MARÉ CONGELADA

A QUEDA DOS REINOS VOL. 4

MARÉ CONGELADA

MORGAN RHODES

Tradução
FLÁVIA SOUTO MAIOR

O selo jovem da Companhia das Letras

Copyright © 2015 by Penguin Random House LLC

Todos os direitos reservados, inclusive o de reprodução total ou parcial em qualquer meio.

Publicado mediante acordo com Razorbill, um selo do Penguin Young Readers Group, uma divisão da Penguin Randon House LLC.

O selo Seguinte pertence à Editora Schwarcz S.A.

Grafia atualizada segundo o Acordo Ortográfico da Língua Portuguesa de 1990, que entrou em vigor no Brasil em 2009.

TÍTULO ORIGINAL Frozen Tides
CAPA Anthony Elder
ARTE DE CAPA Shane Rebenschied
PREPARAÇÃO Alyne Azuma
REVISÃO Renato Potenza Rodrigues e Larissa Lino Barbosa

Dados Internacionais de Catalogação na Publicação (CIP)
(Câmara Brasileira do Livro, SP, Brasil)

Rhodes, Morgan
    Maré congelada / Morgan Rhodes ; tradução Flávia Souto Maior. — 1ª ed. — São Paulo : Seguinte, 2016. — (Coleção A queda dos reinos ; v. 4)

    Título original: Frozen Tides.
    ISBN 978-85-65765-95-4

    1. Ficção — Literatura juvenil I. Título. II. Série.

16-02019   CDD-028.5

    Índice para catálogo sistemático:
1. Ficção : Literatura juvenil 028.5

[2016]
Todos os direitos desta edição reservados à
EDITORA SCHWARCZ S.A.
Rua Bandeira Paulista, 702, cj. 32
04532-002 — São Paulo — SP
Telefone (11) 3707-3500
Fax (11) 3707-3501
www.seguinte.com.br
www.facebook.com/editoraseguinte
contato@seguinte.com.br

Nem todo coração é frio, mesmo quando a magia está em jogo...

IMPÉRIO
KRAESHIANO

JOIA
DO
IMPÉRIO

MAR

DE

AMARANTO

IMPÉRIO
KRAESHIANO

Mítica

MAR DO NORTE

MAR PRATEADO

MAR DE TINGUE

- LIMEROS
  - Costa do Ferro
  - Pico do Corvo
  - Costa do Granito
  - Castelo Damora
  - Templo de Valoria
  - Estrada Imperial
  - Montanhas Proibidas
  - Porto Negro
- PAELSIA
  - Porto do Comércio
  - Complexo do chefe Basilius
  - Terras Selvagens
- AURANOS
  - Porto Real
  - Templo de Cleiona
  - Castelo Bellos / Cidade de Ouro
  - Pico do Falcão
  - Encosta dos Anciãos
  - Costa Radiante

ILHA DE LUKAS

VENEAS

TERREA

ESTREITO DA NAVALHA

PERSONAGENS

Limeros

Magnus Lukas Damora	Príncipe
Lucia Eva Damora	Princesa e feiticeira
Gaius Damora	Rei de Mítica
Felix Graebas	Assassino
Gareth Cirillo	Grão-vassalo do rei
Kurtis Cirillo	Filho de lorde Gareth
Lorde Francus	Membro do conselho real
Lorde Loggis	Membro do conselho real
Sumo sacerdote Danus	Membro do conselho real
Milo Iagaris	Guarda do palácio
Enzo	Guarda do palácio

Paelsia

Jonas Agallon	Líder rebelde
Lysandra Barbas	Rebelde
Olivia	Bruxa
Laelia	Dançarina de taverna

AURANOS

Cleiona (Cleo) Aurora Bellos — Princesa de Auranos
Nicolo (Nic) Cassian — Melhor amigo de Cleo
Nerissa Florens — Criada de Cleo
Galyn — Dono da taverna
Bruno — Pai de Galyn

KRAESHIA

Cyrus Cortas — Imperador
Dastan — Príncipe — primogênito
Elan — Príncipe — segundo filho
Ashur Cortas — Príncipe — terceiro filho
Amara Cortas — Princesa — quarta filha
Neela — Avó de Amara
Mikah Kasro — Guarda kraeshiano
Taran — Revolucionário

SANTUÁRIO

Timotheus — Vigilante ancião
Kyan — Deus do fogo

PRÓLOGO

Trinta e cinco anos antes

O monstro negro como piche se aproximou do garotinho com seus dedos longos e terríveis, pressionando-o contra a cama, sufocando-o. Ele fazia isso todas as noites. E todas as noites o garoto morria de medo.

— Não — ele sussurrava. — Não é um monstro, é só a escuridão. É só a escuridão!

Ele não era mais um bebê com medo do escuro. Tinha quase oito anos e jurou pela deusa que daquela vez não chamaria a mãe aos berros.

Mas a decisão durou apenas alguns minutos, até que não conseguiu mais conter o medo.

— Mãe! — gritou. E, como sempre, ela foi até o menino imediatamente e sentou na beirada da cama.

— Meu querido. — A mãe o abraçou, e, apertando-a com força e se sentindo fraco e tolo, o garoto soluçou junto ao ombro dela. — Está tudo bem. Estou aqui agora.

A luz se expandiu quando ela acendeu a vela ao lado da cama do filho. Embora seu belo rosto estivesse encoberto por sombras, o menino enxergava raiva em sua expressão, mas dava para ver que não era dirigida a ele.

— Eu já disse várias vezes para sempre deixarem uma vela acesa no seu quarto à noite.

— A brisa deve ter apagado — ele justificou, não querendo causar problemas a nenhuma de suas amas-secas.

— Talvez. — A mãe passou a mão no rosto dele. — Está se sentindo melhor?

Com luz e a mãe a seu lado, ele se sentia ridículo.

— Sinto muito. Eu devia ter sido mais corajoso.

— Muitos temem o escuro, e por bons motivos — ela disse. — Você não é o único que vê um monstro terrível nele. Mas o único jeito de derrotar o mostro é... Qual?

— Ficando amigo dele.

— Isso mesmo. — Ela gesticulou para a lamparina na parede, acendendo-a com sua magia do fogo. O menino a observou com admiração, como sempre fazia quando ela utilizava os *elementia*. Ela ficou surpresa com sua reação. — Você não acha que *eu* sou um monstro, acha?

— É claro que não — ele respondeu, balançando a cabeça. Sua mãe era uma bruxa, um segredo que havia compartilhado apenas com o filho. Dissera que algumas pessoas tinham medo de bruxas e as consideravam perversas, mas estavam erradas. — Conte a história de novo — o menino pediu.

— Qual delas?

— A história da Tétrade. — Era sua história preferida e sempre o ajudava a pegar no sono em noites agitadas.

— Muito bem. — Ela sorriu ao segurar a pequena mão do filho. — Era uma vez quatro esferas de cristal guardadas cuidadosamente pelos imortais. Cada esfera continha pura magia elementar, a magia que torna a vida possível. Dizia-se que a magia podia ser vista girando em espiral, sem parar, em seu interior, e que era possível sentir o poder ao segurá-las nas mãos. Na esfera de âmbar, ficava a magia do fogo. Na de água-marinha, a magia da água. Na de selenita, a magia do ar. E na esfera mais escura, de obsidiana, ficava a magia da terra. Quando as deusas imortais Valoria e Cleiona fugiram dos inimigos de seu mundo e vieram para o nosso, trouxeram duas esferas cada uma, que lhes davam poderes incríveis. Quais eram os poderes que Valoria possuía e protegia, meu querido?

— Terra e Água.

— E Cleiona?

— Fogo e Ar.

— Isso. Mas logo as deusas não estavam mais satisfeitas em possuir apenas metade dos *elementia* cada uma. Ambas queriam mais, para poder dominar o mundo sem ninguém para atrapalhar. — Sempre que contava essas histórias, sua mãe ficava com um olhar sonhador e distante. — Infelizmente, o desejo de poder transformou essas duas imortais, antes irmãs, em piores inimigas. Elas lutaram uma contra a outra em uma guerra terrível. No fim, nenhuma saiu vitoriosa. Ambas foram destruídas, e os cristais se perderam. Desde então, a magia vem desaparecendo do mundo, e vai continuar a desaparecer até alguém encontrar os cristais novamente e libertar seu poder.

"Uma profecia ancestral diz que um dia nascerá uma criança mortal com o poder de uma feiticeira, que será capaz de controlar todos os quatro elementos com uma força jamais vista em mil anos. — De jeito nenhum uma bruxa como sua mãe poderia fazer isso. Ela tinha alguma habilidade com a magia do fogo, suficiente para acender velas, e um pouco de magia da terra, que a ajudava a curar cortes e arranhões, mas só. — Essa criança será a chave para encontrar a Tétrade e libertar a magia contida nela. — Ela corou de empolgação. — Mas, é claro, muitos acreditam que não passa de uma lenda.

— Mas você acredita que é real.

— Com toda a minha alma e coração. — Ela apertou a mão dele. — E também acredito que *você* vai encontrar essa criança mágica e importante e vai reivindicar o tesouro para si. Eu soube no instante em que você nasceu.

Ele se sentia muito especial sempre que a mãe lhe contava essa história, mas não demorou muito para a dúvida se instaurar e aquela sensação se esvair.

Como se percebesse a incerteza, ela segurou o rosto do garoto e olhou no fundo de seus olhos.

— Você não terá medo do escuro para sempre. Um dia será forte e corajoso. Vai crescer cada vez mais por muitos anos. A escuridão não vai te assustar. *Nada* vai. E sem o medo para contê-lo, tomará seu lugar no trono e cumprirá seu destino.

— Como meu pai?

O rosto dela se encheu de sombras.

— Não. Você será muito mais forte do que ele jamais poderia ser.

A visão que a mãe tinha do garoto parecia tão incrível que ele queria que se concretizasse no mesmo instante.

— Quando vou mudar?

Ela deu um beijo em sua testa.

— As mudanças mais importantes levam tempo e exigem paciência. Mas tenho fé em você, mais do que em qualquer um no mundo. Você está destinado à grandeza, Gaius Damora. E juro que a grandeza será sua, não importa o que eu tenha que fazer para garantir isso.

1

MAGNUS

LIMEROS

— Todas as mulheres são criaturas enganadoras e perigosas. São aranhas venenosas o bastante para matar com uma só picada. Lembre-se disso.

O conselho que o pai lhe dera uma vez ecoava na memória de Magnus enquanto ele via das docas de Pico do Corvo o navio kraeshiano desaparecer na escuridão. O Rei Sanguinário nunca havia confiado totalmente em nenhuma mulher. Nem em sua rainha, nem em sua antiga amante e conselheira, nem na imortal que sussurrava segredos em seus sonhos. Magnus costumava ignorar a maior parte das coisas que o implacável pai dizia, mas agora sabia quem era a mais perigosa e enganadora de todas.

Amara Cortas tinha roubado um dos cristais da Tétrade, uma esfera de água-marinha com a essência da magia da água, deixando um rastro de sangue e destruição.

A neve violenta lhe corroía a pele, ajudando a anestesiar a dor de seu braço quebrado. Ainda faltavam horas para amanhecer, e a noite estava gelada o bastante para lhe levar a vida, se ele não fosse cuidadoso.

Ainda assim, era impossível fazer outra coisa além de olhar fixamente para as águas negras e para o tesouro roubado, que deveria ser *dele*.

— E agora? — A voz de Cleo finalmente interrompeu seus pensamentos sombrios.

Por um instante, Magnus havia esquecido que não estava sozinho.

— *E agora*, princesa? — ele resmungou, o hálito formando nuvens geladas a cada palavra que dizia. — Bom, acho que devemos desfrutar do pouco tempo que nos resta antes que os homens do meu pai cheguem para nos executar.

A pena por traição era a morte, mesmo para o herdeiro do trono. E ele havia, sem sombra de dúvida, cometido um ato de traição ao ajudar a princesa a escapar da execução.

Em seguida, foi a voz de Nic que atravessou a noite fria.

— Tenho uma sugestão, vossa alteza — ele disse. — Se já terminou de inspecionar a água em busca de pistas, por que não mergulha e nada atrás do navio daquela megera assassina?

Como de costume, o lacaio favorito de Cleo se dirigiu a Magnus sem se preocupar em esconder o desdém.

— Se eu achasse que conseguiria pegá-la, já teria mergulhado — ele respondeu no mesmo tom venenoso.

— Vamos recuperar o cristal da água — Cleo disse. — E Amara vai pagar pelo que fez.

— Não sei se compartilho da sua certeza — Magnus respondeu. Finalmente, ele olhou para trás, para ela: princesa Cleiona Bellos, com a beleza de sempre iluminada apenas pela lua e por algumas poucas lamparinas dispostas ao longo das docas.

Magnus ainda não pensava nela como uma Damora. Ela tinha pedido para manter o sobrenome da família, uma vez que era a última da linhagem, e ele havia concordado. O rei o havia castigado por permitir que Cleiona — uma princesa forçada a um casamento arranjado cujo objetivo era tornar os conquistadores mais simpáticos aos olhos do reino conquistado, com a esperança de conter qualquer rebelião imediata por parte do povo auraniano — tivesse qualquer tipo de liberdade.

Apesar do manto revestido de pele que ela usava sobre a cabeça para proteger o longo cabelo dourado da neve, Cleo tremia. Estava com o rosto pálido e envolvia o corpo com os braços.

Ela não havia reclamado do frio nenhuma vez na rápida viagem do Templo de Valoria até a cidade. Os dois mal tinham trocado sequer uma palavra até o momento.

Mas eles tinham trocado palavras demais na noite anterior, antes de o caos se instaurar.

— *Me dê um bom motivo para não ter deixado Cronus me matar* — ela exigiu quando finalmente o encurralou na quinta de lady Sophia.

E, em vez de continuar a ignorar ou negar o que tinha feito — matado o guarda que recebera ordens do rei para acabar com a vida da princesa aprisionada —, Magnus havia respondido, com palavras que lhe cortaram dolorosamente a garganta como se não tivesse nenhum controle sobre elas.

— *Você é a única luz que consigo enxergar. E, custe o que custar, me recuso a deixar essa luz se apagar.*

Magnus sabia que, naquele momento, tinha dado a Cleo muito poder sobre ele. Agora sentia aquela fraqueza — combinada a tudo o que havia acontecido na noite anterior, a começar pelo beijo avassalador que se seguiu à tola confissão da importância cada vez maior que ela tinha para ele.

Felizmente, o beijo fora interrompido antes que ele se perdesse completamente.

— Magnus? Você está bem? — Cleo tocou seu braço, mas ele ficou tenso e se afastou, como se tivesse sido queimado. A confusão brigava com a preocupação nos olhos verde-azulados da garota.

— Estou bem — ele respondeu.

— Mas seu braço...

— *Estou bem* — ele repetiu, mais firme.

Cleo apertou os lábios, endurecendo o olhar.

— Ótimo.

— Precisamos de um plano — Nic interrompeu. — E rápido, antes que a gente morra congelado aqui.

Seu tom de voz tirou a atenção de Magnus da princesa e a lançou diretamente para o garoto ruivo e sardento que sempre lhe parecera fraco e inútil... pelo menos até aquela noite.

— Você quer um plano? — Magnus rosnou. — Aqui está meu plano: pegue sua preciosa princesa e vá embora. Embarquem em um navio para Auranos. Caminhem até Paelsia. Não me importa. Direi a meu pai que estão mortos. O único jeito de continuarem vivos e bem é partirem para o exílio.

Os olhos de Nic brilharam de surpresa, como se aquela fosse a última coisa que esperasse ouvir de Magnus.

— Está falando sério? Podemos ir?

— Sim, podem. — Era a melhor decisão para todos. Cleo havia se tornado uma distração perigosa, e Nic era, na melhor das hipóteses, um aborrecimento, e na pior, uma ameaça. — É uma ordem.

Ele encarou Cleo, esperando encontrar alívio nos olhos da princesa. Em vez disso, encontrou indignação.

— Uma ordem? — ela resmungou. — Com certeza as coisas seriam muito mais fáceis para você se a gente não estivesse por perto, né? Seria muito mais fácil encontrar sua irmã feiticeira e botar as mãos nos cristais que faltam.

A lembrança de Lucia, que tinha fugido para Limeros com Ioannes, seu tutor e vigilante, foi um golpe inesperado. Havia sangue no chão quando eles chegaram ao templo — e podia muito bem ser de Lucia.

Ela tem que estar viva. Magnus se recusava a pensar diferente. Lucia estava viva e, quando a encontrasse, ele mataria Ioannes.

— Pense o que quiser, princesa — ele disse, voltando ao assunto mais imediato. É claro que Magnus queria a Tétrade para si. Cleo realmente esperava que ele quisesse compartilhá-la com a garota que, praticamente desde o momento em que o conhecera, estava aguardando qualquer oportunidade para retomar o trono? A Tétrade lhe daria poderes para reivindicar não só Auranos, mas todos os outros tronos que quisesse.

Ele precisava daquele poder em suas mãos — e nas de mais ninguém —, assim finalmente teria controle total sobre sua vida e seu futuro, sem precisar temer ou responder a ninguém.

Nem mesmo o que havia acontecido entre eles antes, o que fosse que significasse, poderia mudar aquilo. Eram duas pessoas de lados opostos — ambos em busca da mesma coisa, mas apenas um a conseguiria. Ele não abriria mão de tudo o que sempre quis por *ninguém*.

Uma onda de cor voltou ao rosto da princesa, deixando a frustração transparecer nos olhos.

— Não vou a lugar nenhum. Eu e você vamos para o palácio juntos. E vamos procurar Lucia juntos. E quando seu pai vier atrás de nós, vamos enfrentar sua fúria *juntos*.

Ele lançou um olhar furioso para a princesa zangada. Cleo também o encarou, sem se intimidar. Com os ombros para trás, queixo empinado, ela era uma tocha ardente no meio da noite fria e interminável.

Magnus queria muito ser forte o bastante para odiá-la.

— Muito bem — ele disse por entre os dentes. — Mas lembre-se: você tomou essa decisão sozinha.

A carruagem chegou às dependências do palácio limeriano e passou pelo posto de segurança pouco depois do nascer do sol. Assentado na beira de um despenhadeiro com vista para o Mar Prateado, o castelo negro contrastava completamente com a paisagem de um branco imaculado. As torres de obsidiana erguiam-se no céu da manhã como garras de um deus sombrio e poderoso.

Muitos o consideravam uma imagem ameaçadora, mas, para Magnus, era seu lar. Uma agitação estranha de nostalgia tomou conta dele; lembranças de tempos mais simples, de cavalgadas e aulas de esgrima com os filhos dos nobres da região. De passeios pelos arredores com Lucia a seu lado, a irmã sempre com um livro nas mãos. Da rainha, aventurando-se do lado de fora, enrolada em peles, para receber convidados importantes que chegavam para um banquete. De seu pai voltando de uma caçada, saudando o jovem filho com um raro sorriso.

Para todo lugar que olhava, via fantasmas do passado.

Ele saiu da carruagem e subiu as dezenas de degraus que levavam às grandes e pesadas portas principais, com a superfície de ébano adornada com o emblema limeriano da naja e o lema "força, fé e sabedoria". Dava para ouvir Cleo e Nic sussurrando em tom conspiratório enquanto caminhavam atrás dele.

Magnus dera a eles uma grande chance de partir e não enfrentar nenhuma consequência, mas ainda assim os dois tinham escolhido ir com ele. A responsabilidade pelo que poderia acontecer em seguida seria inteiramente deles.

Dois homens vigiavam as portas de entrada. Usavam o uniforme grosso e vermelho da guarda limeriana, com pesados mantos pretos para ajudar a bloquear o frio. Magnus sabia que não precisava se apresentar. Os guardas fizeram reverências sincronizadas.

— Vossa alteza! — exclamou um deles, antes de olhar com surpresa para Cleo e Nic. — *Altezas* — corrigiu. — Está tudo bem?

Com o braço quebrado apoiado de forma estranha, o rosto machucado e ensanguentado, e a aparência desgrenhada como um todo, Magnus não se surpreendeu com a pergunta do guarda.

— Bem o bastante — ele respondeu. — Abra as portas.

Ele não precisava explicar a um simples guarda por que havia chegado sem avisar naquele estado. Aquela era sua casa, e ele tinha todo o direito de entrar ali sempre que desejasse, sobretudo depois de escapar por pouco da morte nas mãos dos escudeiros de Amara.

Ainda assim, Magnus não conseguia ignorar a possibilidade ameaçadora de que uma mensagem ordenando sua prisão tivesse sido enviada ao castelo via corvo. Mas quando os guardas abriram as portas sem dizer nada, ele soltou o ar que nem sabia que estava prendendo.

Magnus parou um momento na entrada majestosa para se recompor, observando tudo e fixando o olhar na escadaria em espiral esculpida nas paredes de pedra, como se procurasse alguma falha.

— Quem está no comando aqui, com lorde Gareth ainda em Auranos? Imagino que ele ainda não tenha voltado da festa de casamento da filha.

— Lorde Gareth ainda deve demorar algumas semanas. Em sua ausência, lorde Kurtis foi nomeado grão-vassalo do rei.

Magnus não sabia o que responder e pensou que talvez não tivesse ouvido o guarda direito.

— Lorde Kurtis Cirillo foi nomeado grão-vassalo do rei? — ele perguntou depois de um instante.

— Sim, vossa alteza.

Kurtis Cirillo, filho mais velho de lorde Gareth, estava no comando de Limeros. A notícia era uma grande surpresa, já que Magnus tinha ouvido alguns meses antes um rumor de que Kurtis havia se afogado durante uma viagem para o exterior.

Ele ficou decepcionado ao saber que o rumor se provava falso.

— Conheci você em minha última visita — Cleo disse ao guarda enquanto baixava o capuz. — Enzo, não é?

— Isso mesmo. — O guarda observou com agonia o manto rasgado e as manchas de sangue ressecado no cabelo loiro de Cleo. — Vossa alteza, precisa que eu chame o médico do palácio?

Sem se dar conta, ela tocou o ferimento pequeno, porém dolorido, em sua testa, causado por um dos guardas de Amara.

— Não é necessário. Obrigada. — Ela sorriu, e seu rosto se iluminou. — Você é muito gentil, já tinha percebido na última vez.

O rosto de Enzo logo ficou vermelho como o uniforme.

— A senhora facilita a gentileza, vossa graça.

Magnus conteve o ímpeto de revirar os olhos. Parecia que a princesa tinha capturado outra mosca desafortunada em sua teia.

— Enzo — ele disse em voz baixa e assertiva. O guarda virou imediatamente. — Peça para lorde Kurtis me encontrar na sala do trono agora mesmo.

Outra reverência.

— Sim, vossa alteza. — Ele saiu sem dizer mais nada.

— Venham — Magnus disse a Cleo e Nic, dando meia-volta e seguindo o caminho familiar pelo castelo até seu destino.

— *Venham* — Nic repetiu em tom de zombaria. — Ele dá ordens como se fôssemos cães adestrados.

— Não sei se alguém chegou a ensinar ao príncipe como tratar as pessoas com educação — Cleo respondeu.

— E ainda assim — Magnus disse — vocês estão me seguindo, não estão?

— Por enquanto. Mas é melhor lembrar que o charme abre muito mais portas do que palavras afiadas.

— E um machado afiado abre todas as portas.

Havia vários guardas posicionados na entrada da sala do trono, e todos se curvaram ao ver Magnus. Não foi necessário nenhum machado, pois as portas se abriram tão rápido que nem foi preciso diminuir o passo.

Lá dentro, ele inspecionou a sala cavernosa. O trono de seu pai, de ferro negro e couro, ficava sobre uma plataforma em uma das extremidades. Na outra, uma longa mesa de madeira e cadeiras, para as reuniões do conselho. As paredes eram guarnecidas com tapeçarias limerianas e bandeiras, além de várias tochas delineando as molduras, trazendo um pouco de luz aos cantos da sala, onde o sol que brilhava pelas grandes janelas não alcançava.

A sala do trono era cenário de muitas reuniões oficiais. Era onde o rei recebia os cidadãos limerianos e seus vários pedidos de assistência financeira ou justiça contra transgressões. Era onde ele sentenciava prisioneiros por seus crimes e celebrava cerimônias em que tanto homens merecedores quanto não merecedores recebiam títulos oficiais como grão-vassalo do rei.

Pelo canto do olho, Magnus notou que Cleo tinha se aproximado.

— Você já conhece lorde Kurtis, não é? — ela perguntou.

Magnus manteve o olhar fixo no trono.

— Conheço.

— E não gosta dele.

— Não gosto de ninguém, princesa.

Nic bufou.

Os três ficaram em silêncio enquanto Magnus pensava na melhor maneira de lidar com a bagunça que sua vida havia se tornado. Ele se sentia acuado: ferido, desarmado e vulnerável demais. O braço quebrado latejava, mas, em vez de ignorar a dor, ele se concentrou nela, para ajudar a limpar a mente do zumbido constante de confusão e caos.

Fazia seis anos que Magnus não via Kurtis Cirillo, mas ainda se lembrava dele tão claramente como se o tivesse visto no dia anterior.

Naquele dia, o sol estava claro e quente, e a neve tinha derretido tanto que lírios rompiam o solo congelado. Uma rara borboleta de verão, com asas douradas com manchas azuis e roxas, pousou sobre uma das flores no jardim perto da beirada do despenhadeiro. Em Limeros, era considerado sinal de sorte ver uma borboleta de verão, pois elas viviam apenas um dia.

Magnus estendeu a mão na direção do inseto e, para sua surpresa, ela subiu em seu dedo, fazendo cócegas na pele. Era tão bela de perto que quase parecia mágica.

— Isso é uma borboleta?

Um arrepio percorreu suas costas ao ouvir a voz fria de Kurtis. O garoto tinha catorze anos, e Magnus, doze. O rei insistia que o filho fosse simpático com Kurtis durante as visitas de lorde Gareth. Mas era difícil ser simpático com aquele garoto terrível; ficar a apenas dez passos dele já o deixava desconfortável.

— É — Magnus respondeu relutante.

Kurtis chegou mais perto. Ele era bem mais alto que Magnus.

— Você devia matá-la.

Magnus franziu a testa.

— O quê?

— Qualquer coisa estúpida o suficiente para pousar nessa sua mãozinha pálida merece morrer. Mate-a.

— Não.

— Você é o herdeiro do trono. Vai ter que crescer um dia, sabia? Vai ter que matar pessoas e não vai poder chorar depois. Seu pai esmagaria essa coisa em um segundo. Eu também. Não seja tão fraco.

Magnus já sabia que Kurtis gostava de machucar animais. Durante sua última visita, Kurtis tinha matado um gato e deixado o que sobrou do corpo se contorcendo em um corredor onde sabia que Lucia o encontraria. Ela passou dias chorando.

— Não sou fraco! — Magnus retrucou por entre os dentes.

Kurtis sorriu.

— Então vamos fazer um teste. Ou você mata essa coisa agora mesmo, ou prometo que da próxima vez que vier aqui... — Ele se aproximou o bastante para sussurrar. — Corto o dedo mindinho da sua irmã.

Magnus olhou para ele, horrorizado.

— Vou contar para o meu pai que você disse isso. Nunca mais vai poder voltar aqui.

— Vá em frente. Conte. Eu vou negar. Quem vai acreditar em você? — Ele riu. — Agora, escolha. A borboleta ou o dedo da sua irmã. Vou cortar bem devagar e dizer a ela que foi você que mandou.

Ele queria acreditar que aquilo não passava de um blefe, mas a lembrança daquele gato fez sua garganta fechar.

Magnus sabia que não tinha escolha. Bateu a mão esquerda sobre a direita, sentindo o colapso macio das asas brandas ao esmagar a criatura bela e pacífica.

Kurtis abriu um sorriso malicioso.

— Ah, Magnus. Não sabe que dá azar matar uma borboleta de verão?

— Príncipe Magnus, parece que acabou de voltar da guerra. — Mais uma vez, a voz de Kurtis arrancou Magnus daquela terrível lembrança.

Sem perder tempo, Magnus se recompôs, estampando uma expressão agradável o suficiente ao se virar. Kurtis ainda era incrivelmente alto — três a cinco centímetros a mais que Magnus. O cabelo castanho-avermelhado, os olhos verde-escuros e as feições angulosas sempre remetiam Magnus a uma fuinha.

— Não foi precisamente uma guerra. Mas os últimos dias foram desafiadores.

— Estou vendo. Seu braço...

— Vou receber cuidados em breve, assim que tirar algumas pendências do caminho. Fico satisfeito em ver que está bem, Kurtis. Ouvi rumores terríveis.

Kurtis sorriu com aquela expressão repulsiva de sempre e fez um gesto de desdém.

— Ah, sim, os rumores sobre minha morte. Mandei contarem essa história absurda para um amigo ingênuo, de brincadeira. E ele logo espalhou a notícia. Mas, como pode ver, estou vivo e bem. — O olhar curioso de Kurtis foi parar em Cleo, parada ao lado de Magnus, e depois em Nic, que tinha ficado junto à porta, ao lado de três guardas.

Claramente, Kurtis esperava apresentações.

Magnus preferiu fazer o jogo dele naquele momento.

— Princesa Cleiona Bellos, este é lorde Kurtis Cirillo, grão-vassalo do rei de Limeros.

Cleo o cumprimentou com um meneio de cabeça quando Kurtis beijou sua mão.

— É uma honra conhecê-lo — ela disse.

— A honra é minha — Kurtis respondeu. — Ouvi falar de sua beleza, mas minhas maiores expectativas foram superadas.

— É muita gentileza, tendo em vista minha aparência esta manhã.

— De jeito nenhum. Sua beleza é reluzente. Mas deve me assegurar de que não está sentindo dor.

Ela manteve o sorriso.

— Não estou.

— Fico feliz em saber disso.

Todos os músculos do corpo de Magnus ficaram tensos ao som da voz do grão-vassalo.

— E este é Nicolo Cassian, o... — Qual seria a melhor maneira de explicar a identidade do rapaz e sua presença ali? — ... *criado* da princesa.

Kurtis arregalou os olhos.

— Um criado *homem*? Que peculiar.

— Não no sul. — Em um gesto louvável, Nic levou a apresentação na esportiva. — Lá é um trabalho normal, honrado e masculino.

— Tenho certeza que sim.

Magnus já estava farto de cortesias forçadas. Era hora de ir direto ao ponto.

— Suponho que esteja se perguntando por que eu e minha esposa estamos aqui, em Limeros, e não com meu pai, em Auranos — Magnus afirmou. — Ou foi avisado de nossa atual situação?

— Não fui. Foi uma surpresa inesperada, porém muito agradável.

Parte da tensão nos ombros de Magnus desapareceu.

— Então vou confidenciar um segredo muito bem guardado: estamos em Limeros à procura de minha irmã, que fugiu para se casar com seu tutor. Precisamos impedir que ela cometa esse erro... e qualquer outro erro futuro.

— Minha nossa — Kurtis cruzou as mãos atrás das costas. — Lucia sempre foi cheia de surpresas, não é?

Você não faz ideia, Magnus pensou.

— Sim, de fato.

Assentindo, Kurtis subiu os degraus que levavam ao trono do rei e sentou. Magnus o observou com extrema descrença, mas decidiu segurar a língua.

— Colocarei doze guardas à sua disposição para essa importante busca — Kurtis anunciou. Ele então se dirigiu a um dos guardas que estava na porta. — Organize isso imediatamente e retorne a esta sala.

O guarda se curvou.

— Sim, vossa graça.

Magnus viu o guarda sair.

— Eles obedecem suas ordens com muita facilidade.

— É verdade. Faz parte do treinamento. Guardas limerianos recebem qualquer ordem oficial e a cumprem ao pé da letra, de imediato.

Magnus concordou.

— Meu pai não teria feito diferente. Aqueles que demonstram qualquer sinal de desobediência são... disciplinados. — Aquela era uma palavra leve demais para as punições que Magnus tinha visto guardas do palácio sofrerem quando não se dedicavam de corpo, mente e alma a seus deveres para com o reino.

— É assim que deve ser — disse Kurtis. — Agora, vou providenciar acomodações para você, sua bela esposa e seu criado.

— Sim. Fico com meus próprios aposentos. A princesa vai precisar de aposentos separados, de acordo com sua posição. E Nic pode ficar... — Ele olhou para o rapaz. — ... na área dos criados. Talvez em um dos quartos maiores.

— É muita gentileza sua — Nic respondeu em tom sombrio.

— Aposentos *separados* para marido e mulher? — Kurtis disse, franzindo a testa.

— Foi o que eu disse — Magnus confirmou, um instante antes de lhe ocorrer que aquilo podia parecer um pedido estranho em se tratando de um casal.

— Magnus está sendo muito gentil em fazer esse pedido em meu nome — Cleo se manifestou para esclarecer a dúvida de Kurtis. — É uma tradição antiga da minha família manter aposentos separados no primeiro ano de casamento, tanto para boa sorte quanto para tornar nosso tempo juntos mais... animado e imprevisível. — Ela corou e olhou para baixo, como se estivesse constrangida com a confissão. — É uma tradição boba, eu sei.

— Nem um pouco — Magnus disse, impressionado com a mentira ágil da princesa.

Kurtis assentiu, pelo jeito satisfeito com a explicação.

— Muito bem. Vou garantir que tenham exatamente o que solicitaram.

— Ótimo. — Magnus voltou a atenção para o "vassalo". — Também preciso enviar alguns homens ao Templo de Valoria de imediato. Na noite passada, houve uma tempestade de gelo violenta e isolada que deixou muitos mortos. As vítimas devem ser enterradas até o meio-dia, e o templo, restaurado à sua glória original o mais rápido possível.

De acordo com os costumes religiosos de Limeros, o corpo dos mortos deveria ser enterrado com terra benzida por um sacerdote, em até doze horas após a morte.

Magnus não pôde deixar de olhar para Nic, cuja expressão era de dor diante da menção dos corpos no templo. Um dos corpos era do príncipe Ashur — irmão de Amara. O príncipe tinha se tornado próximo de Nic antes de ser assassinado pelas mãos sorrateiras da própria irmã.

— Uma tempestade de gelo? — Os olhos de Kurtis estavam ainda mais arregalados. — Então é por isso que vocês estão nesse estado. Agradeço à deusa por você e sua esposa terem sido poupados. Devem estar precisando de descanso depois de uma experiência tão sofrida.

— O descanso pode esperar.

— Muito bem. — Kurtis segurou os braços do trono. — Por quanto tempo terei a honra de sua presença antes de retornarem a Auranos?

Doze guardas entraram na sala do trono, desviando por um instante a atenção de Magnus. Por mais dedicados e comprometidos que os guardas limerianos fossem, doze não eram suficientes para formar uma equipe de busca pela sua irmã.

— Não pretendo voltar a Auranos — Magnus respondeu, voltando a olhar para Kurtis.

Kurtis inclinou a cabeça.

— Acho que não entendi.

— Este é meu lar, meu palácio, meu reino. E, na ausência de meu pai, esse trono onde você se sentou é meu por direito.

Kurtis o encarou por um instante até um sorriso surgir em seus lábios.

— Compreendo inteiramente. No entanto, o próprio rei me nomeou ao trono durante este período. Executei minhas tarefas com prazer e com sucesso, na ausência dele e de meu pai. Os membros do conselho já se acostumaram a seguir minhas orientações.

— Então agora que estou aqui terão que se acostumar a seguir *minhas* orientações.

O sorriso de Kurtis desapareceu. Ele voltou a recostar no trono, sem fazer nenhuma menção de que pretendia levantar.

— Magnus...

— É *príncipe* Magnus. Ou *vossa alteza* — ele o corrigiu. Mesmo sem subir os degraus, Magnus podia ver a ponta de raiva nos olhos verdes de Kurtis.

— Peço desculpas, *príncipe* Magnus, mas sem nenhuma notificação do rei Gaius, terei de me opor a essa mudança tão repentina. Talvez devesse...

— Guardas — Magnus chamou, sem se virar. — Compreendo que estivessem recebendo ordens de lorde Kurtis nas últimas semanas, o que era o correto a se fazer. Mas sou seu príncipe, herdeiro do trono de meu pai, e agora que estou aqui, vocês estão sob *meu* comando. — Sua expressão era dura ao encarar os olhos que odiava desde os tempos de menino. — O grão-vassalo do rei me insultou com suas oposições. Tirem-no de meu trono e cortem sua garganta.

O ardente ultraje nas feições de Kurtis logo se transformou num medo gélido quando os guardas se aproximaram. Quatro já tinham subido os degraus antes que ele pudesse fazer qualquer movimento. Arrancaram-no do trono e o arrastaram escada abaixo, onde o forçaram a se ajoelhar. Magnus tomou seu lugar no alto da plataforma.

O trono frio e implacável suscitava muitas lembranças, mas Magnus nunca tinha sentado ali antes.

Era muito mais confortável do que esperava.

A tropa de uniforme vermelho aguardava diante dele, todos olhando em sua direção, sem nenhuma dúvida ou preocupação. Cleo estava agarrada ao braço de Nic, o rosto pálido e uma expressão de incerteza.

Ajoelhado diante de Magnus estava Kurtis, olhos apavorados, rosto suado, com a lâmina da espada de um guarda na garganta.

— Vossa alteza — ele conseguiu falar. — Se sentiu que lhe ofendi de algum modo, não foi minha intenção.

— Pode até ser. — Magnus se inclinou para a frente e o observou por um longo momento. — Implore para que eu poupe sua vida e talvez eu apenas corte seu mindinho.

Primeiro, confusão, em seguida, a compreensão transpareceu nos olhos de Kurtis.

É isso mesmo, pensou Magnus. *Agora a situação mudou entre nós, não é?*

— Por favor — Kurtis sussurrou. — Por favor, vossa alteza, poupe minha vida. Eu lhe imploro. Por favor, farei qualquer coisa para provar meu valor e merecer o perdão por ter lhe insultado.

Uma onda de puro poder percorreu Magnus e fluiu dentro dele. Ele sorriu, um sorriso genuíno, para a doninha chorosa.

— Diga "por favor" mais uma vez. — Quando não houve resposta imediata, Magnus fez um sinal para o guarda, que pressionou ainda mais a espada na garganta pálida de Kurtis, formando uma linha fina de sangue.

— Por favooooor — Kurtis conseguiu dizer.

Magnus acenou, e o guarda afastou e embainhou a espada.

— Está vendo? Não se sente melhor agora?

Kurtis levantou tremendo. Talvez, ao contrário de Magnus, ele nunca tivesse sido punido fisicamente por seus erros.

Ele abaixou a cabeça.

— Obrigado, vossa alteza. Estou a seu dispor.

— Fico feliz em saber — afirmou Magnus. — Agora, preciso enviar uma mensagem ao meu pai imediatamente. Quero informá-lo do que pretendo fazer por aqui. Não quero que ele se preocupe comigo.

— É claro, vossa alteza.

— Seja um bom grão-vassalo e vá buscar um pouco de tinta e um pergaminho.

A expressão de Kurtis obscureceu um pouco, mas ele logo se recompôs.

— Sim, vossa alteza.

Magnus notou Cleo observando quando Kurtis deixou a sala, mas ela não disse nada, assim como Nic. Quando a princesa voltou a olhar para ele, Magnus não viu nada além de acusação em seus olhos. Talvez não concordasse com a maneira como Magnus havia reduzido aquele jovem a um servo assustado por causa de uma transgressão sem importância, ao menos aos olhos dela.

Sim, princesa, pensou Magnus. *Sou o filho de Gaius Damora, o Rei Sanguinário. E é hora de começar a agir como tal.*

2
JONAS

AURANOS

Depois de um longo dia de trabalho no vinhedo paelsiano, o melhor amigo de Jonas sempre preferia tomar cerveja, e não vinho, enquanto relaxava na taverna local. A julgar pelas três canecas vazias ao lado de Brion, aquela noite não parecia diferente. Jonas se aproximou com cuidado, sentando na frente dele, perto da lareira.

— Boa noite — Brion disse com um sorriso tranquilo.

Jonas não retribuiu o sorriso. Em vez disso, ficou olhando fixamente para o amigo, desconfiado e cauteloso.

— O que significa isso?

— Como assim?

— Eu estou… morto? Ou estou sonhando?

Brion riu e terminou a quarta cerveja.

— Qual é o seu palpite?

— Sonhando, provavelmente. Esta cena é muito agradável para estar acontecendo nas terras sombrias.

— Você está tão sério hoje. — Brion fez bico e encarou Jonas com um olhar penetrante. — Dia difícil de trabalho?

Um sonho. Apenas um sonho. Ainda assim, Jonas tentou desfrutar da companhia de Brion Radenos. Ele tinha sido um amigo tão querido quanto um irmão, cuja morte ele mal teve tempo de lamentar.

— Pode-se dizer que sim.

— Está precisando de conselhos? — Brion perguntou ao fazer um sinal para a atendente trazer mais cerveja.

— Não seria má ideia.

— Tudo bem, lá vai. Você devia desistir.

Jonas franziu a testa.

— O quê?

Brion voltou a olhar para Jonas, e aquele tom familiar de humor desapareceu.

— Desistir. Acha que pode fazer mais alguma coisa no momento? Esqueça. Você fracassou várias vezes como rebelde e como líder. Estou morto por causa das suas decisões estúpidas e da sua teimosia. Assim como os outros: dezenas morreram por sua causa.

Jonas recuou como se tivesse recebido um golpe. Olhou para baixo e observou as tábuas de madeira.

— Fiz o melhor que pude.

— Você não entende? Seu melhor não é bom o bastante. Todos que confiaram em você morreram agonizando. Você é deprimente. Estaria fazendo um favor a todos se rendendo ao rei e se juntando a mim além da vida.

Não era sonho. Era um pesadelo.

Mas alguma coisa tinha mudado. No meio do discurso, a voz de Brion havia se alterado. Jonas levantou os olhos na direção dele e percebeu que estava encarando os próprios olhos.

— Isso mesmo — o outro Jonas o repreendeu. — Você é inútil. Decepcionou Tomas, decepcionou Brion, decepcionou seus camaradas rebeldes. E a princesa Cleo? Ela estava contando com você para levar aquela pedra mágica e salvá-la dos Damora. Agora é mais provável que também esteja morta. Felix não devia ter parado quando o feriu. Devia tê-lo matado e acabado com seu sofrimento.

As palavras eram golpes, cada uma um punho acertando suas entranhas. É claro que ele já sabia de tudo isso, e agora todos os seus fracassos e erros surgiam à sua frente como uma montanha de dor, tão alta que não dava para ver o outro lado.

Mas, com cada fracasso, ele havia aprendido alguma coisa. Havia crescido. Não era mais o idiota que seguira o chefe Basilius e o Rei Sanguinário em uma guerra de mentiras e traição, onde ele e seus companheiros paelsianos foram usados como peões. Ele havia se lançado à batalha quando nem ele nem seus rebeldes estavam totalmente preparados. Agora carregava as cicatrizes daquela batalha na mente e no corpo, uma mais profunda e sangrenta que a outra.

— Não — Jonas sussurrou.

O outro Jonas inclinou a cabeça.

— O que você disse?

— Não — ele repetiu mais alto. — Pode ser diferente. *Eu* posso ser diferente.

— Impossível.

— Nada é impossível. — Ele levantou a cabeça e encarou furioso seus próprios olhos castanhos. — Agora me deixe em paz para fazer o que preciso fazer.

Sua imagem espelhada deu um sorriso forçado e fez um leve gesto de aprovação antes de desaparecer no ar.

Jonas acordou sobre um catre, ensopado de suor, e ficou olhando para o teto preto. Quando tentou se mexer, o ombro esquerdo doeu muito.

Sob as bandagens apertadas que cobriam o ferimento havia uma camada de lama verde-acinzentada. Galyn, o dono da Sapo de Prata, tinha feito o curativo, dizendo a Jonas que uma vez seu pai, Bruno, havia aceitado a substância medicinal como pagamento de uma bruxa que se hospedara ali.

Seu corpo febril doeu quando ele se obrigou a sair da cama e atravessou o corredor devagar, passando por várias portas que emanavam apenas roncos e silêncio. Desceu com cuidado os frágeis degraus de madeira que levavam à taverna. Não sabia que horas eram, mas estava escuro, ainda era noite, e as únicas coisas que o impediam de tropeçar eram alguns candelabros acesos nas paredes. Suas pernas estavam fracas, e a náusea havia tomado conta de seu estômago, mas ele tinha certeza de que não conseguiria ficar na cama. Havia muita coisa para fazer.

Jonas começaria pegando algo para beber; sua boca estava seca como as terras desoladas do leste de Paelsia.

Ele parou ao escutar vozes abafadas dentro da taverna escura.

— De jeito nenhum. Ele não precisa saber — disse uma voz feminina.

— A mensagem era para ele, não para você — respondeu o companheiro.

— É verdade. Mas ele não está em condições de fazer nada sobre isso.

— Talvez não. Mas vai ficar furioso quando souber.

— Então que fique furioso. Você quer que ele saia correndo nas condições em que está e acabe morrendo? Ele não tem força suficiente para isso agora.

Jonas foi até o canto e encostou na parede até entrar no campo de visão de Lysandra e Galyn.

— Ah, Lys — ele disse com calma. — Adoro sua confiança ilimitada nas minhas habilidades.

Lysandra Barbas, sua amiga e última companheira rebelde restante, fez uma careta ao se virar, enrolando uma mecha do cabelo escuro e cacheado no dedo.

— Você está acordado.

— Estou. E espionando descaradamente os dois amigos que me restaram falando de mim como se eu fosse uma criança doente. — Ele esfregou a testa. — Há quanto tempo estou inconsciente?

— Três dias.

Ele ficou boquiaberto. *Três dias inteiros?*

Três dias desde que Felix enfiou aquela adaga em seu ombro, prendendo-o ao chão da taverna.

E, um pouco antes, Jonas havia beijado Lysandra pela primeira vez.

Duas lembranças — uma ruim e uma boa — gravadas para sempre em seu cérebro.

Galyn, alto, corpulento, com seus vinte e poucos anos, ergueu uma sobrancelha loira e espessa.

— O bálsamo medicinal está funcionando?

Jonas forçou um sorriso.

— Como mágica — ele mentiu.

Em toda sua vida, Jonas jamais acreditara em magia. Mas sua opinião havia mudado de maneira irrevogável quando foi trazido de volta da beira da morte por uma poderosa magia da terra. No entanto, esse suposto bálsamo medicinal... bem, ele não estava convencido que fosse algo além de lama comum.

O sorriso de Jonas se desfez quando notou as vestimentas de Lysandra. Ela usava calça, couro e uma bolsa pendurada num ombro, com seu arco e aljava de flechas no outro.

— Onde está indo a esta hora? — ele questionou.

Ela apertou os lábios e não respondeu, lançando-lhe um olhar desafiador.

— Está bem, vá em frente e seja teimosa. — Ele se virou para Galyn. — Que mensagem chegou para mim, e quem a enviou?

— Não responda — Lys murmurou.

Galyn alternou o olhar entre os dois, sem saber o que fazer, com os braços cruzados diante do peito. Finalmente, suspirou e virou para Jonas.

— Nerissa. Ela passou aqui ontem.

Nos últimos meses, Nerissa Florens havia se provado uma espiã rebelde valiosa. Ela trabalhava no palácio auraniano e tinha a rara habilidade de conseguir informações importantes exatamente quando era necessário.

— O que dizia a mensagem?

— Galyn... — Lys resmungou.

Ele fez cara feia.

— Sinto muito, Lys. Você sabe que tenho que contar a ele. — Galyn virou o rosto calmo para Jonas novamente. — Jonas, o rei mandou preparar um navio. Nerissa não sabe ao certo para onde ele está indo, mas sem dúvida irá em questão de dias.

Um rei se preparando para viajar normalmente não se qualificaria como notícia importante. Mas o rei Gaius estava isolado no palácio havia meses, sem colocar o pé para fora das muralhas desde o desastroso casamento de Cleo e Magnus. Diziam que ele temia outro ataque rebelde, e Jonas não tinha certeza se isso o tornava um homem covarde ou inteligente.

Então o Rei Sanguinário estava não apenas saindo do palácio, mas saindo para uma longa viagem de navio, isso era uma notícia *importantíssima*.

O coração de Jonas começou a acelerar.

— Ela disse para onde ele está indo? Voltando para Limeros? — Era possível chegar no reino ao norte por terra, mas era muito mais confortável e digno de um *rei* ir de navio pela costa ocidental.

— Não. Nerissa só sabe que ele está se preparando para viajar para algum lugar, mas ninguém sabe para onde, nem quando.

Jonas olhou mais uma vez para Lys, cujos olhos ainda apontavam para Galyn, com o rosto vermelho de raiva.

— Não olhe assim para ele — Jonas disse. — Você mesma devia ter me contado tudo isso.

— Quando? Você passou dias inconsciente.

— Sim, mas agora estou acordado e me sentindo muito melhor.

— Era mentira. Ele se sentia fraco e instável, mas não queria que Lys soubesse. — E então? Seu plano é sair sozinha e assassinar o rei assim que ele botar a cabeça para fora do palácio?

— Essa era a ideia, basicamente.

— É um plano idiota. — Uma fúria frustrada tomou conta dele, anulando a dor no ombro. — Você faria isso, não é? Fugiria e acabaria sendo morta tentando aniquilar o Rei Sanguinário.

— Talvez. Ou talvez eu tivesse sucesso e acertasse uma flecha bem na testa dele, botando um fim nisso de uma vez por todas!

Jonas olhou feio para ela, as mãos cerradas, furioso por Lys estar disposta a se arriscar desse jeito sem ninguém para ajudar.

— Por que você faria isso? Por que sairia sozinha?

Com os olhos em chamas, ela soltou a bolsa, o arco e a aljava no chão. Foi na direção de Jonas com tanta rapidez que ele achou que ia levar um soco. Em vez disso, a garota parou pouco antes de tocá-lo, e seu olhar se suavizou.

— Achei que você estava morto — ela afirmou. — Quando vi você ali, preso ao chão com aquela adaga... — As palavras desapareceram quando seus olhos escuros se encheram de lágrimas, e ela os esfregou com raiva. — Que droga, Jonas. Primeiro meus pais, depois Brion e meu irmão, e... e então pensei que tinha perdido você também. E mesmo quando soube que você não tinha sido morto por Felix, você ainda estava muito doente. Com uma febre tão alta... Eu... Eu não sabia o que fazer. Me senti impotente e *odeio* me sentir impotente. Mas agora, com a notícia da viagem do rei... Tenho uma chance de fazer alguma coisa, de fazer a diferença. De... — Sua voz ficou aguda. — De proteger você.

Jonas tentou encontrar as palavras, mas descobriu que não tinha uma resposta imediata. Não conhecia Lysandra havia tanto tempo — pelo menos em comparação ao quanto conhecia Brion. O amigo havia se apaixonado por ela de imediato, perdidamente, mesmo com aquele comportamento abrasivo que ela usava como autodefesa. Jonas precisara de um pouco mais de tempo para se afeiçoar a ela, mas finalmente tinha acontecido, e agora...

— Também não quero perder você — ele conseguiu dizer.

— Verdade?

— Não fique tão surpresa. — Ele parou de fitar o chão, e os olhares dos dois se encontraram. — E saiba que, qualquer dia desses, pretendo te beijar de novo.

Lysandra corou de novo, mas dessa vez Jonas não achou que fosse de raiva.

— Devo deixar os dois sozinhos? — Galyn perguntou.

— Não — Lys respondeu rápido, pigarreando. — Hum. Bem, por falar em Felix...

Jonas se contorceu ao ouvir aquele nome.

— O que tem ele?

— Ele se foi. Não temos notícias. Nem Nerissa, nem ninguém — Lys disse. — Mas se eu o vir de novo, vou acertá-lo com uma flecha também, pelo que fez com você.

— Ele podia ter me matado. Mas não matou.

— Você está defendendo ele? Preciso lembrar que ele também roubou o cristal do ar de nós?

— E vamos pegá-lo de volta. — Jonas ainda estava com o cristal da terra escondido em segurança no quarto. Não que soubesse o que fazer com ele. Para uma pedra brilhante que supostamente tinha poderes mágicos suficientes para abalar o mundo, ela ainda não havia se provado muito útil. Mas o cristal não era para ele, tinha sido prometido a outra pessoa. — Galyn, Nerissa disse mais alguma coisa? Algo... sobre a princesa? Ela foi encontrada?

Galyn negou.

— Não. A princesa Cleiona ainda está desaparecida, assim como o príncipe Magnus. Há rumores na vila, no entanto, de que a princesa

Lucia fugiu para se casar com seu tutor. Talvez estejam todos juntos em algum lugar.

— Esqueça a princesa — Lys disse, voltando a ficar com a voz aguda. — Que diferença faz ela estar viva ou morta?

Jonas rangeu os dentes.

— Ela estava contando comigo para levar o cristal. Confiou em mim.

Lys resmungou.

— Não tenho tempo para ficar ouvindo isso. Preciso ir. — Ela pegou o equipamento. — Volte para a cama, Jonas. Vá se recuperar. Podemos falar sobre o paradeiro da sua princesa dourada mais tarde.

— Espere.

— O que foi? Não podemos ignorar essa chance de acabar com o Rei Sanguinário. Vai mesmo tentar me impedir?

Ele a observou em silêncio por um instante.

— Não. Vou com você.

Lysandra franziu a testa e levou o olhar preocupado até o ferimento dele.

— Eu dou conta — Jonas afirmou. — Você não vai me convencer do contrário.

Jonas estava esperando que ela começasse uma briga — uma briga que ele sabia que provavelmente não teria forças para encarar. Tudo o que podia fazer era tentar parecer o mais forte e determinado possível.

Mas em vez de resistir, ela apenas suspirou, resignada.

— Tudo bem. Mas você não vai a lugar nenhum *assim*.

— Assim como? Eu pareço muito doente?

— Não, é que... — Ela olhou para Galyn.

— Todo mundo sabe quem você é — Galyn disse, gesticulando para Jonas. — Seu rosto é famoso por aqui, lembra?

É claro. Os cartazes espalhados por toda a Mítica, oferecendo uma bela recompensa pela captura de Jonas Agallon, líder rebelde e assassino (falsamente acusado) da rainha Althea Damora, garantiam isso. Ele tinha sido reconhecido várias vezes nas últimas semanas, sobretudo em Auranos.

— Está bem. Preciso de um disfarce — ele disse, levantando a sobrancelha e olhando para Lysandra. — Mas você também precisa. Muita gente deu uma boa olhada em você na execução interrompida.

Ela soltou o equipamento mais uma vez.

— Talvez você tenha razão.

Jonas tocou o cabelo castanho-escuro, longo o bastante para formar cachos em volta das orelhas e cair em seus olhos se não o jogasse o tempo todo para trás.

— Vou cortar o cabelo.

— É um começo — Galyn disse. — E você está com sorte. Tenho um tapa-olho que você pode usar. Fui picado por um escorpião d'água há alguns anos e tive que usar por meses.

Um tapa-olho? Jonas tentou não fazer cara feia diante da ideia de perder metade da visão, mesmo que temporariamente.

— É... parece, hum, ótimo. Eu acho. Obrigado.

Lysandra tirou uma adaga da bolsa.

— Vou cortar seu cabelo assim que terminar de cortar o meu.

Ela levou a lâmina a uma das mechas longas e cacheadas, mas Jonas segurou sua mão.

— Você não vai cortar o cabelo.

Ela franziu a testa quando ele a desarmou com rapidez.

— Por que não?

Ele não conseguiu evitar um sorriso.

— Porque gosto do seu cabelo como ele é. Lindo e indomável, exatamente como você.

Lysandra estava com as mãos na cintura, e Jonas notou que ela tentava conter um sorriso.

— Então que tipo de disfarce sugere para mim?

Ele abriu um sorriso largo.

— Simples. Um vestido.

Ela arregalou os olhos.

— Um *vestido*?

— Um bem bonito. De seda, se possível. Galyn? Alguma hóspede esqueceu alguma roupa por aqui?

O dono da hospedaria riu.

— Na verdade, acho que tenho um dos antigos vestidos da minha mãe em algum lugar por aqui.

— Ótimo — Jonas disse, achando graça do olhar de ultraje no rosto de Lys. — Parece que logo vamos estar prontos e irreconhecíveis. Vamos lá.

3
CLEO

LIMEROS

Certa vez, sua irmã, Emilia, disse que podia adivinhar o humor de Cleo pelo estado da unha de seu polegar esquerdo. Sempre que Cleo estava estressada ou chateada, ela roía a unha ao máximo. Segundo sua ama-seca, Cleo chupou o dedo por muito mais tempo do que a média das crianças, então ela supunha que o hábito de roer a unha fosse uma evolução natural.

Cleo sentiu um puxão rápido e dolorido no couro cabeludo.

— Ai! — exclamou, tirando o dedo ferido da boca.

E viu os olhos de sua criada, Petrina, arregalados no espelho. A garota segurava uma pequena mecha do longo cabelo loiro de Cleo.

— Oh, vossa graça, peço desculpas! Eu não pretendia... Nunca tentei fazer esse tipo de penteado antes.

— Arrancar meus cabelos pela raiz não é a melhor maneira de aprender — Cleo respondeu, com o couro cabeludo ainda latejando. Ela se obrigou a ser paciente com Petrina, mesmo tendo certeza de que até Nic seria mais habilidoso ao trançar seu cabelo.

Como ela desejava que Nerissa estivesse em Limeros, e não no palácio auraniano. Nerissa não era apenas uma boa amiga e a principal conexão de Cleo com Jonas Agallon, mas também era uma criada extremamente habilidosa.

— Não sei o que dizer, vossa alteza. O príncipe vai ficar furioso se souber que não tenho habilidade. Ele vai me punir!

— O príncipe não vai punir você — Cleo garantiu, afagando a mão da criada. — Eu não vou deixar.

A menina olhou para a princesa com admiração.

— A senhora deve ser a pessoa mais corajosa do mundo se consegue enfrentar alguém tão forte e... determinado quanto ele. Eu a admiro mais do que imagina.

Talvez Petrina não fosse tão estúpida, afinal. Parecia captar bem a natureza das pessoas. Para uma limeriana.

— Precisamos enfrentar os rapazes brutos sempre que possível — Cleo afirmou. — Eles precisam saber que não detêm todo o poder, independentemente de quem sejam. Ou *achem* que são.

— O príncipe Magnus me dá medo. Ele me faz lembrar muito o rei. — Petrina estremeceu, depois mordeu o lábio. — Peço desculpas. Não é apropriado admitir esses pensamentos para a senhora.

— Bobagem. Você pode ficar totalmente livre para dizer o que quiser em minha presença. Eu insisto. — Mesmo não pretendendo manter a garota descoordenada como criada, Cleo sabia que sempre era melhor fazer amigos. — Na verdade, se escutar pelo palácio alguma notícia ou informação que ache que deva ser de meu conhecimento, venha até mim no mesmo instante. Prometo manter segredo.

O rosto de Petrina ficou pálido.

— Está me pedindo para espionar para a senhora, vossa graça?

— Não! — Cleo encobriu o sobressalto instantâneo com um grande sorriso. Nerissa sempre ficou feliz em espionar. Para ela era natural como respirar. — É claro que não. Que ideia boba.

— O rei sempre lidou com os espiões com crueldade. Dizem que sua majestade arranca os olhos deles e dá para seus cães comerem.

Cleo ficou nauseada e se esforçou para manter a expressão gentil.

— Tenho certeza de que não passam de rumores. De qualquer modo, você já pode se retirar.

— Mas seu cabelo...

— Está bem assim. De verdade. Obrigada.

Petrina fez uma reverência e saiu sem dizer mais nada. Sozinha diante do espelho, Cleo observou o próprio reflexo, consternada ao ver que seu cabelo era uma mistura de tranças inacabadas e nós na parte de trás da cabeça. Depois de se pentear por alguns minutos sem sucesso, ela desistiu.

— Preciso de Nerissa — ela disse em voz alta para si mesma.

Não só por suas habilidades como criada, mas também porque Cleo precisava saber se ela tinha recebido alguma notícia de Jonas. Em sua última correspondência com o rebelde, Cleo havia passado a ele informações secretas sobre como invocar três dos cristais da Tétrade. No entanto, não tinha tido mais notícias dele desde então.

O mais provável era que Jonas tivesse falhado. Ou, pior, que tivesse conseguido, e depois vendido os cristais a quem pagasse mais. Ou, pior ainda... que estivesse morto.

— Sim, Nerissa — ela disse de novo, meneando a cabeça para si mesma. — Preciso desesperadamente de Nerissa.

Mas como convenceria Magnus a mandar buscá-la?

Bem, teria apenas que *exigir*, é claro. Não se intimidaria com o príncipe, nunca. Apesar de, para ser sincera, ela ter ficado profundamente chocada e confusa com a cena drástica que havia testemunhado com lorde Kurtis. Era como se Magnus estivesse possuído pelo espírito do rei Gaius, tornando-se cruel e insensível, alguém que todos em um raio de quinze quilômetros deviam temer.

Ela estreitou os olhos para o próprio reflexo.

— É claro — ela disse. — Você está se esquecendo de que ele é cruel e insensível. O que aconteceu em Pico do Corvo não muda nada. É provável que estivesse tentando manipular você. Por que está constantemente procurando desculpas para seu comportamento grosseiro? É tão tola a ponto de deixar algumas palavras bonitas e um beijo lamentável mudar sua opinião?

Magnus a havia salvado da morte no calabouço auraniano, isso ninguém podia negar. Mas havia muitas razões para ele fazer isso, além de ela ser... ser...

Quais foram as palavras exatas?

— Como se você tivesse esquecido alguma palavra que ele disse — Cleo sussurrou.

Mas ela não era uma tola romântica, uma garota bobinha que acreditava que um vilão podia se tornar um herói da noite para o dia, mesmo que já tivesse salvado sua vida. Ela era uma rainha que recuperaria o trono e destruiria os inimigos — *todos* eles — assim que tivesse a magia e o poder de que necessitava.

Com um ou mais cristais da Tétrade em mãos, ela faria justiça. Por seu pai. Por Emilia. Por Theon. Por Mira. E pelo povo auraniano.

Cleo apontou para o espelho.

— Nunca se esqueça disso.

Sua determinação estava de volta, assim como a coragem.

Ela precisava ver Magnus. Precisava saber até que ponto estavam seguros no palácio enquanto o rei permanecia em Auranos, e se havia alguma notícia sobre o cristal da água desaparecido. Precisava garantir que o príncipe desse ordens imediatas para a viagem de Nerissa. E se recusava a ficar em seus aposentos esperando Magnus ir até ela.

Embora o palácio auraniano fosse imenso — tão enorme que não era difícil até os mais experientes criados se perderem em seus corredores labirínticos —, pelo menos havia sido preenchido com luz e vida. Pinturas alegres e tapeçarias adornavam as paredes, os corredores eram bem iluminados com lamparinas e tochas, e as muitas janelas davam para a bela Cidade de Ouro. Cleo sempre havia se sentido segura e feliz ali — até o dia em que foram atacados e derrotados.

No palácio limeriano, no entanto, tudo parecia escuro e sombrio, praticamente não havia nenhuma obra de arte — alegre ou não — para enfeitar as paredes. A cantaria era desinteressante e grosseira. O único calor parecia vir das muitas lareiras, vitais para um castelo construído em um reino de inverno constante.

Ela diminuiu o passo quando topou com um corredor de retratos. As pinturas se pareciam muito com a coleção da família Bellos que antes enfeitava as paredes do castelo auraniano; pareciam ter sido feitas pelo mesmo artista.

Todos os Damora pelos quais passou tinham expressão severa e olhar sério. Rei Gaius, de olhar penetrante e brutalmente belo; rainha Althea, magnificente e decorosa; princesa Lucia, de uma beleza solene, com cabelo escuro e olhos azul-celeste.

Ela parou diante do retrato de Magnus. Quando posou, ele era muito mais menino do que o homem em que havia se transformado nos últimos tempos, tão parecido fisicamente com o pai. Mas o menino do quadro ainda tinha aquela cicatriz familiar na face direita — uma cicatriz infligida por seu pai como punição por algo trivial.

Aquela cicatriz era a prova física de que o príncipe nem sempre obedecia às ordens do rei.

— Princesa Cleiona. — Uma voz a chamou de um canto. — Que adorável vê-la hoje.

Era lorde Kurtis, agora parado diante dela, surpreendentemente alto. Era ainda mais alto que Magnus, mas mais esguio, com ombros mais estreitos e braços finos: características de alguém que nunca trabalhou na vida. O sorriso era afável, e os olhos verdes remetiam às oliveiras do pátio do castelo em Auranos.

— É adorável vê-lo também — Cleo respondeu.

— Fico feliz que nossos caminhos tenham se cruzado. — Ele

franziu as sobrancelhas. — Gostaria de me desculpar em pessoa por desrespeitar seu marido em sua frente. Foi incrivelmente rude de minha parte, e estou muito envergonhado.

Cleo tentou pensar na melhor maneira de responder e tomou uma decisão rápida de falar o que estava pensando, sem meias-palavras, como faria um kraeshiano.

— Talvez pudesse ter agido com mais diplomacia, mas acho que o comportamento do príncipe foi excessivamente grosseiro e desnecessário. Por favor, aceite minhas desculpas por seu constrangimento.

— Eu diria que o constrangimento ficou em segundo plano em relação ao temor de ter minha garganta cortada. Mas obrigado.

— Você só estava defendendo o que acreditava ser seu dever.

— Sim, mas eu devia saber que era preciso demonstrar mais cuidado com as palavras e ações quando se trata do príncipe. Afinal, eu já sei...

— Prossiga — ela o estimulou. — O que você sabe?

Ele balançou a cabeça e olhou para baixo.

— Acho que não devo dizer mais nada.

— Não, com certeza deve.

Kurtis parecia preocupado, como se se debatesse com a decisão de falar ou não, o que só deixou Cleo mais ávida para saber.

— Por favor — ela disse. — Conte.

— Bem... quando o príncipe e eu éramos crianças, não nos dávamos muito bem. Meu pai me trazia aqui quando tinha assuntos a tratar com o rei, e eles esperavam que Magnus e eu passássemos algum tempo junto, que ficássemos amigos. Não demorei muito para saber que o príncipe não era de muitos amigos. Ele... perdoe-me, vossa graça, mas ele era um garoto um tanto sádico e intimidador. E sinto muito ao ver que pouco mudou com o passar dos anos.

Um garoto um tanto sádico e intimidador. Parecia descrever exatamente o filho do rei Gaius.

— Só espero… — Kurtis interrompeu a fala mais uma vez.

— O quê?

Ele piscou.

— Só espero que ele não esteja sendo cruel em demasia com você.

Cleo estendeu o braço e apertou a mão de Kurtis.

— Obrigada. Mas posso garantir que, no que diz respeito ao príncipe, sei me cuidar.

— Não duvido nem por um instante. Você é muito parecida com sua irmã. — Ele sorriu, mas o sorriso logo desapareceu. — Minhas profundas condolências pelo falecimento dela, vossa graça. Ela era realmente impressionante.

Cleo tentou ignorar o choque de dor que sentiu ao ser lembrada da irmã e passou a olhar para Kurtis com novo interesse.

— Você era amigo de Emilia?

— Nós nos conhecíamos, mas não sei se diria que éramos amigos. Na verdade, éramos rivais. — Ele levantou uma sobrancelha quando Cleo olhou com curiosidade. — Nós nos encontramos vários anos atrás, em Auranos, onde competimos um contra o outro em um torneio de arqueirismo realizado em homenagem a ela. Emilia era tão talentosa e insistia que rapazes e moças deviam participar das mesmas competições.

Cleo não conseguiu conter o riso ao se lembrar dos festivais e das competições que eram realizados na Cidade de Ouro.

— Sim, Emilia era uma arqueira incrível. Eu a invejava. Mas são necessários anos de prática para apurar uma habilidade como aquela, e naquela época eu preferia atividades muito menos atléticas.

Ir a festas. Tomar vinho. Explorar mercados. Ter o cabelo trançado e penteado por criadas habilidosas. Tirar medidas para vestidos extravagantes. Passar o tempo com bons amigos — embora nenhum deles tenha mandado uma única carta de condolências desde a morte de seu pai e sua irmã.

Kurtis assentiu.

— Não era usual que uma princesa do status dela, além de ser herdeira do trono, tivesse um hobby como aquele, mas ela me impressionou profundamente. E fiquei ainda mais impressionado quando ela foi campeã da competição.

Emilia teria adorado aquilo, Cleo pensou. Derrotar os rapazes em um jogo típico deles.

— Por favor, não me diga que você a *deixou* vencer.

— Longe disso. Fiz meu melhor e fiquei em segundo lugar... foi *por pouco*, mas fiquei em segundo lugar. Teria adorado a glória da vitória, principalmente quando era mais jovem e vulnerável. Sempre esperei uma revanche, mas alguns sonhos não podem se tornar realidade.

— Não, não podem — Cleo refletiu. Sua irmã praticava arco e flecha todos os dias até sucumbir à doença que lhe roubou a vida. Cleo costumava brincar que Emilia era capaz de trazer carne de cervo suficiente para um ano inteiro em apenas uma tarde de caçada. Ou, talvez, defender o palácio junto com os guardas se um dia fossem atacados.

Cleo não tinha talento com armas. Tinha sido capaz de se defender, até então, com uma adaga afiada e uma boa quantidade de sorte. Fora isso, dependia de terceiros para protegê-la do perigo.

— Lorde Kurtis... — ela começou a falar, uma ideia se formando de repente em sua cabeça.

— Por favor, princesa, é apenas Kurtis. Meus amigos não precisam utilizar meu título para se dirigir a mim.

— Kurtis — ela repetiu com um sorriso. — Pode ficar à vontade para me chamar de Cleo.

Seus olhos verde-oliva brilharam.

— Com prazer, *princesa* Cleo.

— Chegou perto. — Ela riu. — Diga, Kurtis, agora que foi dispensado da maior parte de seus deveres no palácio, deve estar com muito tempo livre, não é?

— Suponho que sim. No entanto, espero ser convidado para futuras reuniões do conselho, de acordo com as vontades do príncipe Magnus, é claro. Acredito ainda ter algo a oferecer.

Ela pensou na probabilidade de Magnus concordar com aquilo.

— Bem, você acabou de me lembrar de algo que minha irmã amava e fazia muito bem. Eu gostaria de fazer aulas de arqueirismo para honrar sua memória, e parece que você seria um excelente tutor.

— Pode parecer falta de modéstia se eu concordar, mas de fato seria. E ficaria honrado em ser seu tutor.

— Isso é ótimo, obrigada. Podemos nos encontrar todos os dias? — ela perguntou com avidez. — Costumo me entediar com novos hobbies a menos que faça uma imersão completa neles.

Kurtis concordou.

— Então vamos nos encontrar todos os dias. Farei o que estiver ao meu alcance para ser um bom tutor, princesa.

— Ser um bom tutor? — A voz grave de Magnus os interrompeu. — Tutor de *quê*, posso saber?

Cleo achou melhor não agir com culpa. Afinal, estavam conversando normalmente no meio do corredor, e não sussurrando em uma alcova ou escondendo a conversa de possíveis curiosos. Além disso, ela não tinha motivos para se sentir culpada, então virou para o príncipe sem hesitação.

— Arqueirismo — Cleo respondeu. — Lorde Kurtis é um ótimo arqueiro e concordou em me ensinar.

— Que gentil da parte dele. — Magnus observou Kurtis com um olhar firme e intenso, como uma ave de rapina observaria um pequeno coelho pouco antes de arrancar sua cabeça.

— Sim, muito gentil. — O coração de Cleo disparou de novo, mas ela não podia hesitar agora. — Magnus, preciso falar com você.

— Então fale.

— Em particular.

Kurtis abaixou a cabeça.

— Vou deixá-los a sós. Princesa, o que acha de marcarmos a primeira aula para amanhã ao meio-dia?

— Perfeito.

— Até lá, então. Vossa alteza, vossa graça. — Outra reverência, e Kurtis deu meia-volta e seguiu pelo corredor.

— Sinto muito por interromper a conversa — Magnus disse, desprovido de sinceridade. — Então... arqueirismo?

Cleo assentiu como se não fosse importante.

— Um simples hobby para passar os dias aqui.

— Corrija-me se eu estiver enganado, mas você já não tem um hobby? Sim, acredito que costumava passar seu tempo livre planejando uma vingança contra mim e toda a minha família.

— Tenho muitos hobbies — ela retrucou.

— De fato. Agora... sobre o que queria conversar comigo?

— Eu disse que gostaria de falar em particular.

Ele olhou para o corredor, onde criados passavam, e vários guardas estavam posicionados.

— Aqui é privado o bastante.

— É mesmo? — ela perguntou. — Então talvez possamos começar discutindo o que aconteceu na quinta de lady Sophia e por que você parece fazer questão de esquecer tudo sobre aquilo?

Seu sorriso desapareceu, e Magnus bufou, agarrando Cleo pelo braço e a conduzindo até a mais próxima saída para uma varanda. De repente, ela estava do lado de fora, sob o ar frio, sem um manto para aquecer seu corpo e baforando nuvens geladas.

Magnus abriu os braços.

— Privacidade. Assim como a princesa deseja. Espero que aqui não esteja muito frio para você. Para mim, a temperatura é refrescante depois de tantos meses preso no calor infernal de Auranos.

Como ela desejava poder ler mentes para saber exatamente o que se passava por trás daqueles olhos castanho-escuros. Magnus tinha um talento invejável para despir a expressão de qualquer tipo de emoção que pudesse ser interpretada. Houve um tempo em que Cleo acreditara ter desvendado, aprendido a ver através da máscara, mas agora duvidava disso, assim como de todo o resto.

Sua única certeza era de que, ao decidir acompanhá-lo até o palácio em vez de se exilar com Nic, ela havia colocado seu futuro imediato nas mãos do príncipe. Mas era um pequeno preço a pagar para garantir que viveria para ver um futuro *distante*.

— Se está com medo de que *eu* queira discutir o que aconteceu na quinta de lady Sophia...

— Com medo? — ele interrompeu. — Não tenho medo de nada.

— ... então me permita tranquilizá-lo. — Ela havia ensaiado o discurso várias vezes mentalmente desde que saíra de seus aposentos. — As emoções estavam exaltadas naquela noite, e nossos pensamentos estavam turvos. Tudo o que qualquer um de nós possa ter dito não deve ser levado a sério.

Ele a analisou por um longo momento, em silêncio, com a testa franzida.

— Devo admitir — ele disse finalmente —, os detalhes do que aconteceu antes de chegarmos ao templo são um tanto quanto indistintos para mim. Mas o que posso dizer é o seguinte: à dura luz do dia, acontecimentos confusos ficam muito mais claros, não é? Momentos de insensatez lamentável que parecem acarretar sérias consequências tornam-se totalmente irrelevantes.

— É exatamente o que penso. — O alívio nos olhos dele devia representar uma sensação libertadora, mas, em vez disso, Cleo sentiu um grande peso pressionando seu peito.

Pare, Cleo, ela repreendeu a si mesma. *Você o odeia e sempre vai odiar. Apegue-se a esse ódio e deixe que ele a fortaleça. Você é um peão na batalha de Magnus contra o pai. Apenas isso.*

Mesmo que tivesse desafiado o rei para salvá-la, Magnus ainda era herdeiro de seu pai. Isso significava que continuava sendo sua inimiga, e que ele podia optar por descartá-la a qualquer momento para alcançar seus objetivos. E isso parecia mais possível do que nunca, agora que ele havia mostrado sua verdadeira face ao lidar com uma inconveniência de menor importância como Kurtis.

Cleo jurou que nunca mais baixaria a guarda perto dele, como havia feito naquela noite.

— Bem, estou muito satisfeito com esta nossa conversa particular — afirmou Magnus, caminhando na direção das portas que levavam de volta ao palácio. — Agora, se já terminamos...

— Na verdade, não foi esse o motivo principal da conversa que eu queria ter com você. — Ela endireitou os ombros e ajustou a própria máscara invisível. — Preciso que mande buscar minha criada, Nerissa Florens.

Ele ficou olhando para Cleo em silêncio por um instante.

— Precisa?

— Sim. — Ela levantou mais o queixo. — E qualquer resposta diferente de "sim" é inaceitável. Por mais... encantadoras que sejam as criadas aqui em Limeros, já me acostumei com Nerissa, e acredito que suas habilidades domésticas e cuidados pessoais são incomparáveis.

— Quer dizer que as criadas limerianas são encantadoras? — Ele estendeu o braço na direção de Cleo. Ela ficou paralisada, e Magnus hesitou antes de pegar uma longa mecha de cabelo embaraçado e semitrançado. — Você pediu para sua criada transformar seu cabelo em um ninho de pássaro hoje?

Ele estava perto demais. Perto o bastante para ela saber, pelo cheiro, que Magnus estivera cavalgando. Cleo sentiu os aromas familiares de couro gasto e sândalo.

Afastou-se dele, sabendo que pensaria com muito mais clareza com alguma distância. Seus cabelos escorregaram por entre os dedos de Magnus.

— Você está com cheiro de cavalo.

— Acho que existem cheiros piores. — Ele levantou a sobrancelha e depois apertou os olhos. — Muito bem, vou mandar buscar Nerissa, se a considera tão preciosa.

Cleo olhou para ele surpresa.

— Sem discussão?

— Você preferiria que eu discutisse?

— Não, mas... — *Quando alguém consegue o que quer, deve parar de falar.* O pai de Cleo costumava dizer isso sempre que ela continuava argumentando sobre algo com que ele já havia concordado.
— Obrigada — ela disse então, com o máximo de doçura que conseguiu.

— Agora, se me der licença, preciso lavar o cheiro de cavalo do meu corpo. Não gostaria de ofender mais ninguém com meu fedor. — Mais uma vez, ele se virou para a porta.

Deixe de ser tola e fraca, ela disse a si mesma.

— Ainda não terminei.

Ele ficou com os ombros tensos.

— Não?

Ela tinha começado a bater os dentes de frio, mas se recusava a entrar.

— A mensagem que mandou para seu pai. O que dizia? Você não me contou.

Ele piscou.

— E deveria ter contado?

— Diz respeito a mim também, não diz? Foi você que me ajudou a escapar da execução. Então, sim, devia ter me contado. Quais são os planos dele? Vai vir para cá? Estamos em segurança?

Ele se apoiou na porta da varanda e cruzou os braços.

— *Nós*, princesa, com certeza *não estamos* em segurança. Eu disse a meu pai que havia descoberto que você tinha informações específicas a respeito do paradeiro de Lucia. Escrevi que Cronus era tão dedicado e leal às ordens do rei, que se recusou a atrasar sua execução até eu conseguir extrair as informações. Então cuidei do assunto com minhas próprias mãos.

Cleo soltou o ar que estava segurando durante toda a fala dele.

— E ele respondeu.

Magnus confirmou.

— Recebi uma nova mensagem hoje pela manhã. Pelo jeito, ele está viajando para o exterior e está ansioso para me ver novamente quando retornar.

— Só isso? Ele acreditou em você?

— Eu não diria isso. A resposta pode significar qualquer coisa... ou nada. Afinal, ele sabe que não é possível garantir a confidencialidade de mensagens enviadas por corvos. Mas pretendo defender a história que contei até meu último suspiro. Se puder convencê-lo de que só agi por amor a minha irmã, ele pode ser tolerante comigo.

— E comigo?

— Isso ainda não sabemos.

Cleo não esperava que ele fizesse alguma promessa de mantê-la viva e em segurança, então não ficou surpresa quando ele não fez. Seu silêncio era apenas mais uma prova de que o rapaz que havia intimidado e humilhado Kurtis era o verdadeiro Magnus.

— Agora *eu* quero fazer uma pergunta para *você*, princesa — Magnus disse, os olhos fixos nos dela. Ele chegou tão perto que estavam praticamente se tocando, e ela recuou até as costas encostarem na grade da varanda.

— O quê? — Ela tentou proferir aquelas duas palavras com o máximo de resistência.

— Conseguiu mandar notícias para Jonas Agallon e seus fiéis rebeldes sobre seu atual paradeiro? Talvez ele possa ir atrás de Amara e recuperar o cristal da água.

O nome Jonas Agallon foi um golpe certeiro de volta à fria realidade.

Cleo colocou as mãos no peito de Magnus e o empurrou.

— Afaste-se — ela resmungou.

— Toquei em uma questão delicada? Peço desculpas, mas alguns assuntos precisam ser abordados... mesmo os que você considera desagradáveis.

— Já disse que não tenho, e nunca tive, nada com Jonas Agallon e seus seguidores. — A crença de que ela conspirava com rebeldes foi o que culminou em sua prisão e nas ordens do rei para sua execução imediata.

Mas era verdade, claro — ela *estava* conspirando com ele. Mas nunca havia admitido em voz alta. Em especial para Magnus.

— Bem, independentemente disso, posso sugerir Jonas como tutor de arqueirismo no lugar de Kurtis? Kurtis tem habilidade no esporte, suponho, mas Jonas... é alguém que matou auranianos *e* limerianos com suas flechas, enquanto Kurtis mirou apenas em alvos pintados.

— Kurtis fará um bom trabalho, mas agradeço sua opinião. — Cleo passou por ele e depois olhou para trás ao deixar a sacada. — Tenha um bom dia, Magnus.

Com os olhos semicerrados, ele a viu sair.

— Tenha um bom dia, princesa.

4

LUCIA

PAELSIA

Ele havia pedido para ela chamá-lo de Kyan. Não parecia ter muito mais de vinte anos. Tinha cabelo loiro-escuro, olhos cintilantes cor de âmbar, e era mais alto do qualquer homem que Lucia já tinha visto.

Imortal e indestrutível. Onipotente e temível. Capaz de acabar com a vida de um mortal em um lampejo de fogo e dor com um simples pensamento. Era o deus elementar do fogo, previamente aprisionado em uma esfera de âmbar por vários séculos.

E agora estava ali diante dela, sorvendo sopa de cevada em uma pequena taverna no norte de Paelsia.

— Isso está absolutamente delicioso — Kyan disse sinalizando para a atendente trazer mais uma tigela.

Lucia olhou para ele com descrença.

— É apenas sopa.

— Você diz isso como se não fosse um milagre contido em uma tigela de madeira. É subsistência que alimenta tanto o corpo quanto a alma. Os mortais podem viver de carne sem tempero e grama e, ainda assim, optam por criar receitas com perfume e sabor divinos. Se utilizassem a mente dessa forma para tudo, em vez de perder tempo brigando e se matando por razões insignificantes...

Quando se viram pela primeira vez, Lucia esperava que ele devastasse Mítica completamente em sua missão para assassinar o inimigo

— um vigilante chamado Timotheus que, segundo Kyan, era o único imortal remanescente com o poder de aprisioná-lo de novo.

Naquele momento, ela estava tão tomada pelo luto que não conseguiu pensar direito. Sua dor era tão grande que era a única coisa que queria compartilhar com o mundo.

Lucia se perguntava o que seu pai e seu irmão diriam se pudessem vê-la agora, sentada em uma taverna, de frente para o deus do fogo tomando sopa. O pensamento quase a fez sorrir.

— Coma. — Kyan apontou para a tigela de Lucia.

— Não estou com fome.

— Quer definhar e morrer? — Ele levantou as sobrancelhas. — É isso o que está fazendo? Privando-se de alimento para poder se juntar a seu amado Vigilante?

Sempre que Kyan usava a palavra "Vigilante", sua expressão ficava sombria, e seus olhos cor de âmbar ardiam em azul vivo.

Raiva. Ódio. Desejo de vingança. Tudo isso fervilhava logo abaixo do exterior distinto de seu poderoso ser.

Era mais ou menos o que acontecia quando Lucia ouvia o nome de Ioannes. A dor de saber que ele também a estava usando para benefício próprio havia diminuído nos dias seguintes a sua perda. A cicatriz que havia se formado sobre aquela ferida tinha ficado mais espessa, mais forte, oferecendo a proteção de uma armadura.

Ninguém nunca mais a usaria daquela forma.

— Não — ela respondeu. — Acredite, quero viver.

— Fico muito feliz em ouvir isso.

Lucia ficou olhando para a tigela e levou uma colherada de sopa à boca.

— Está aguada e insossa.

Kyan estendeu o braço e pegou um pouco para experimentar.

— Para você, talvez. Mas não deixa de ser um milagre.

O milagre que Lucia mais queria era encontrar uma bruxa —

quanto mais velha e mais versada, melhor. Eles precisavam de alguém que soubesse encontrar um tipo muito especial de roda de pedra utilizada como passagem mágica direto para o Santuário, mundo dos imortais, onde os Vigilantes protegiam a Tétrade em suas prisões de cristal por milênios.

Lucia quis saber por que nem ela nem Kyan — por mais poderosos que fossem — podiam sentir essa magia sem ajuda externa. Ele explicou que não havia magia para sentir, que tal magia havia sido ocultada para proteger o Santuário de ameaças externas.

Portanto, não precisavam da *magia* de uma bruxa para encontrar essas rodas de pedra, e sim de uma bruxa que as tivesse visto com os próprios olhos e soubesse o que representavam.

Assim que encontrassem uma, Lucia poderia usar sua magia para arrancar Timotheus de seu paraíso seguro.

Lucia percebeu que Kyan a observava e tirou os olhos da tigela.

— Ainda quer me ajudar, não quer? — ele perguntou, mais suave.

Ela assentiu.

— É claro. Odeio os Vigilantes tanto quanto você.

— Duvido muito. Mas com certeza seu sentimento é de hostilidade, depois de tudo o que aconteceu. — Ele suspirou. De repente, pareceu extremamente mortal aos olhos de Lucia: muito vulnerável e cansado. — Quando Timotheus estiver morto, talvez eu encontre a paz.

— Assim que ele estiver morto, vamos encontrar sua família, e *depois* você vai ter paz — ela respondeu. — E qualquer um que ficar em nosso caminho vai se arrepender profundamente.

— Minha pequena feiticeira brutal. — Ele sorriu para ela. — Você me faz lembrar tanto de Eva. Ela nos protegia também. Era a única que entendia o que queríamos, do que precisávamos, mais do que qualquer um.

— Ser livres, e formar uma verdadeira família.

— Sim.

Não era de conhecimento de todos que a Tétrade fosse mais do que apenas forças mágicas encerradas dentro de cristais. Eram *seres* elementares, com esperanças, sonhos e objetivos. Mas todos os que acreditavam em sua existência, incluindo o pai adotivo de Lucia, o rei Gaius, achavam que não passavam de tesouros brilhantes que ofereciam o poder supremo a quem os possuísse.

Assim que ela e Kyan invocassem Timotheus no Santuário, Lucia drenaria toda a magia do Vigilante até torná-lo mortal.

E então ela o mataria, assim como havia feito com Melenia.

Lucia havia se deleitado tanto com a morte daquela bela imortal — uma mulher que havia corrompido Ioannes a ponto de ele quase matar Lucia. Ela havia usado o sangue de Lucia para escapar da própria prisão e despertar Kyan, seu antigo amante.

Mas a dor nos olhos de Melenia, segundos antes da morte, quando se deu conta de que seu amor nunca foi correspondido...

Foi uma vingança muito, muito doce.

— E se encontrarmos uma bruxa, e ela se recusar a nos ajudar? — Lucia perguntou. — Vamos ter que torturá-la?

— Tortura? — Ele franziu a testa. — Acho que não será necessário. Sua magia será suficiente para nos ajudar a conseguir o que precisamos.

Ela sabia que sua magia era mais poderosa que a de uma bruxa comum, mas mal tinha começado a aprender a usá-la. Queria saber mais.

— O que quer dizer?

— Eva tinha uma adaga dourada que utilizava para talhar símbolos na pele das pessoas, tanto de imortais quanto de mortais. Os cortes garantiam obediência e sinceridade em qualquer indivíduo que ela escolhesse.

Essa adaga devia ter sido o que Melenia havia usado em Ioannes para manipular sua mente, obrigá-lo a fazer o que ela ordenava, e tentar matar Lucia. O ato ganancioso deveria ter terminado com a morte de Lucia, mas, em vez disso, Ioannes havia tirado a própria vida.

Lucia queria tanto perdoá-lo, sabendo que ele tinha sido manipulado. Mas muitos estragos já tinham sido feitos, e ela não tinha forças para reunir compaixão.

— Então Eva tinha uma adaga mágica — ela disse, dando de ombros. — Como essa história me ajuda?

— Eva conseguia compelir mortais a dizer a verdade mesmo sem a adaga. Era uma combinação de toda sua magia, misturando os elementos para criar algo novo… algo acima do que qualquer um podia fazer. Manipular as escolhas das pessoas e moldá-las. Obter a verdade de uma língua relutante. A mesma magia com que a adaga havia sido inoculada no momento de sua criação era a magia que ela possuía naturalmente. Você também a possui, pequena feiticeira.

Lucia olhou para ele admirada ao pensar no número de possibilidades que isso apresentava.

— Para ser sincera, nunca vivenciei nada assim. Parece bom demais para ser verdade. Quero dizer… tenho a magia de Eva, mas não sou imortal como ela.

— A imortalidade não tem nada a ver com isso, na verdade. — Kyan limpou sua terceira tigela de sopa. — No entanto, você está certa em observar que tem apenas dezesseis anos, e Eva era uma anciã que não envelhecia. Você vai precisar de muita prática antes de estar pronta para utilizar esse poder sem nenhuma dificuldade.

Ela franziu a testa.

— Dificuldade? Como o quê?

— É melhor mostrar do que dizer. — Ele indicou a atendente que se aproximava com a cabeça. — Experimente esse novo dom com ela. Capte o olhar dela. Use sua magia mais profunda como se fosse uma substância que ela pudesse inalar, e faça-a contar um segredo.

— Muito claras suas instruções, não é mesmo?
Ele deu de ombros.

— Não posso fazer por conta própria. Só vi acontecer. Mas sei que está dentro de você. Deve ser capaz de sentir sua formação e a fluidez por meio de todos os poros de seu corpo.

— Bem... posso acender velas apenas olhando para elas.

— É como essa magia simples, sim. Mas vai além. É mais profunda. Maior. Mais épica.

Mais épica? Ela revirou os olhos, ao mesmo tempo exasperada e fascinada com tudo o que ele tinha dito.

— Está bem. Vou tentar.

O dom de obter a verdade dos lábios de alguém era uma habilidade tentadora demais para ignorar. Seria muito útil em incontáveis situações.

A atendente chegou à mesa e deixou outra tigela fumegante de sopa diante de Kyan.

— Aqui está, bonitão. Gostariam de mais alguma coisa?

— Para mim, não. Mas minha amiga tem uma pergunta para você.

A atendente olhou para Lucia.

— O que é?

Lucia respirou fundo e encarou a mulher nos olhos. Fazer uso de magia havia se tornado algo natural, com que ela havia se acostumado, mas aquilo era diferente.

Mostre-me o caminho, Eva, ela pensou. *Deixe-me ser como você.*

Enquanto o anel de ametista que ela usava no dedo médio da mão direita ajudava a controlar as partes mais selvagens e incontroláveis de seus *elementia*, ela ainda sentia aquele turbilhão de escuridão no fundo de seu ser. Um oceano infinito de magia contido dentro dela. Era como se Lucia pudesse enxergar aquela magia — uma magia cuja superfície ainda conhecia pouco.

Despertar a Tétrade tinha significado mobilizar esse oceano em espiral. Lucia tinha mergulhado tão fundo nele que quase tinha se afogado.

Precisava ir lá de novo, até aquele lugar profundo e perigoso. Não se tratava de acender um pavio. Não era como fazer uma flor levitar, curar um arranhão ou transformar água em gelo.

A magia nas profundezas de seu ser se misturava e fundia na forma de uma adaga. Lucia visualizou a adaga negra pressionada contra a garganta da atendente.

— Conte-me seu segredo mais obscuro. Aquele que nunca contou a ninguém — Lucia disse as palavras, envolta por zumbidos que ecoavam, e as forçou a entrar na mente da mulher.

— Eu… hum… o quê? — a atendente bradou.

Lucia respirou fundo e pressionou ainda mais aquela adaga invisível na garganta da mulher.

— Seu segredo mais obscuro. Conte agora. Não resista.

Um tremor violento percorreu o corpo da atendente, e sangue começou a escorrer de seu nariz.

— Eu… matei minha irmã mais nova quando tinha cinco anos. Sufocada com um cobertor.

Surpresa, Lucia se esforçou para manter a concentração.

— Por quê?

— Ela… ela tinha a saúde frágil. Minha mãe passava o tempo todo com ela e nenhum comigo. Eu era ignorada. Então me livrei dela. Eu a odiava e nunca me arrependi do que fiz.

Lucia finalmente rompeu o contato visual com a atendente, indignada com a confissão.

— Pode ir.

A mulher limpou o sangue do nariz sem pensar, depois se virou e saiu rapidamente sem dizer mais nada.

— Muito bem. — Kyan balançou a cabeça. — Eu sabia que você ia conseguir.

— A magia causa dor *neles* — Lucia observou. — Não em mim.

— Apenas se eles tentam resistir. Eva tinha tanto controle sobre o poder que ninguém resistia, e ninguém se machucava. Você vai ficar mais forte com o tempo.

Um pouco de sangue não era motivo nenhum para culpa. Essa habilidade valia o preço a ser pago, mas Lucia resolveu naquele instante que usaria o poder da verdade com moderação. Algumas verdades não deviam ser reveladas.

Mas algumas sem dúvida sim.

— O que ela confessou me fez lembrar de um segredo meu — Lucia disse, com os pensamentos girando na cabeça.

— O quê?

— Quando era bebê, fui roubada por uma bruxa a mando do rei Gaius. Sei que minha mãe biológica foi assassinada, mas não sei nada sobre meu pai de verdade. — Ela hesitou. — Se ele ainda estiver vivo, quero encontrá-lo. E quero saber se tenho algum irmão ou alguma irmã.

Apenas considerar a possibilidade de ter sua verdadeira família de volta lhe trouxe vida nova e uma sensação eufórica de esperança.

Terminando a refeição, Kyan levantou da mesa e ofereceu a mão a Lucia.

— Vou ajudá-la a encontrar sua família. Prometo.

Ela ficou tão surpresa que não conseguiu conter o sorriso.

— Obrigada.

— É o mínimo que posso fazer por você, minha pequena feiticeira, depois de tudo o que já fez por mim.

Lucia pegou seu manto, tirou uma bolsa de moedas e colocou uma de prata sobre a mesa para pagar pela refeição, com a cabeça ainda tonta com a nova descoberta poderosa.

Um homem careca e de barba preta bem aparada aproximou-se da mesa, sorrindo.

— Boa noite aos dois.

— Boa noite — Kyan respondeu.

Ele colocou a ponta de sua adaga sobre a mesa.

— Não sou muito de apresentações formais, então vou direto ao ponto. Estou muito interessado naquela linda bolsa de moedas que você estava exibindo. Que tal entregá-la para mim, e todos vamos sair desta taverna ilesos?

Lucia olhou para ele com descrença.

— Como ousa me insultar? — ela murmurou, levantando.

Ele riu.

— Sente, garotinha. Você também — ele disse, lançando um olhar agressivo para Kyan.

— Lucia — Kyan disse calmo, voltando a se sentar. — Está tudo bem.

— Não, não está. — Em uma fração de segundos, Lucia já estava pronta para arrancar a pele daquele ladrão odioso, um centímetro de cada vez, pelo insulto.

— Ah, você é nervosa, é? — O olhar repulsivo do ladrão deslizou sobre seu manto aberto enquanto ele balançava a cabeça, demonstrando ter gostado do que viu. — Gosto de garotas bonitas e nervosinhas. As coisas ficam mais interessantes.

— Kyan — Lucia grunhiu. — Posso matá-lo?

— Ainda não. — Kyan recostou na cadeira e pressionou a palma das mãos sobre a mesa, parecendo extremamente calmo. — Está vendo, Lucia? Este é um exemplo perfeito do que eu estava dizendo agora há pouco. Os mortais têm tanto potencial, mas desejam coisas tão vis e insignificantes. Algumas moedas de ouro ou prata, sexo sem importância... Pequenos símbolos de poder ou de prazer momentâneo. Os imortais não são muito melhores. Isso me causa repugnância. — Ele olhou para o ladrão e balançou a cabeça. — Se tivesse simplesmente pedido ajuda, eu teria ajudado. Está com fome? Deixe que paguemos uma refeição. Recomendo a sopa de cevada.

O ladrão o encarou.

— Como se você fosse mesmo ajudar um estranho.

Kyan assentiu.

— Se todo mortal olhasse para os outros como amigos, e não como inimigos, o mundo seria um lugar muito melhor, não seria?

Lucia olhou para Kyan totalmente estupefata. Ele estava falando como um sacerdote limeriano que fazia longos sermões sobre a deusa Valoria e suas virtudes.

Confie em estranhos. Seja altruísta. Seja gentil.

Ela costumava acreditar nessas bobagens.

— É extremamente gentil de sua parte, *amigo* — disse o ladrão, sorrindo. Depois levantou a adaga e investiu com força, prendendo a mão de Kyan à mesa. — Mas prefiro pegar o que pedi. Me dê a bolsa de moedas agora, ou vou enfiar minha adaga no seu olho.

Lucia ficou olhando para Kyan em choque enquanto o deus do fogo analisava calmamente a mão empalada.

— Eu lhe ofereci ajuda, e você fez isso? — ele perguntou, consternado.

— Não pedi sua ajuda. Só pedi seu ouro.

Kyan puxou a mão devagar, forçando a lâmina a cortar entre os dedos.

O ladrão fez uma careta e quase vomitou.

— Mas quê...?

Livre da adaga, Kyan levantou. A expressão pacífica já não passava de lembrança. Seus olhos ficaram azuis, tão vivos que iluminaram a penumbra da taverna.

— Sua fraqueza me enoja — ele disse. — Preciso extirpá-la do mundo.

O ladrão deu um passo para trás, levantando as mãos em rendição.

— Não quero causar problemas.

— É mesmo? Pois quase me enganou — Lucia respondeu, a pele

ainda formigando por causa do jeito lascivo como o homem tinha olhado para ela. — Mate esse mortal deplorável, Kyan, ou eu mesma faço isso.

Ela sentiu o calor antes de ver o fogo. Um estreito flagelo de chamas serpenteou na direção do homem, lambendo suas botas e subindo aos poucos pelos tornozelos, pela panturrilha e coxa como uma videira de fogo. Todos os clientes da taverna perceberam, e cadeiras arranharam o piso de madeira enquanto homens e mulheres se levantaram ao mesmo tempo, alarmados.

Lucia viu o lampejo de medo nos olhos das pessoas e o estranho fogo envolver o ladrão.

O sujeito ficou encarando Kyan com olhos arregalados.

— Não! Não, o que quer que esteja fazendo, não faça isso!

— Já está feito — Kyan respondeu.

— Você... O que você é? Um demônio! Uma fera perversa das terras sombrias!

As chamas engoliram sua boca e seu rosto, até seu corpo inteiro se transformar em uma tocha. Então, de repente, o fogo passou de âmbar intenso a azul brilhante, como havia acontecido com os olhos de Kyan.

O ladrão gritou. O som agudo fez Lucia se lembrar de um coelho assustado preso entre os dentes de um lobo.

A multidão ao redor deles se dispersou, tropeçando uns nos outros na pressa de sair. O ladrão continuou a queimar, e o fogo tomou conta das cadeiras, das mesas e do piso de madeira. Logo, a taverna inteira ardia em chamas.

— Ele mereceu morrer — Kyan disse calmo.

Lucia assentiu.

— Concordo.

Ainda assim, sentiu-se trêmula ao segui-lo por entre as chamas — chamas que não a queimaram, nem mesmo a tocaram. Ela olhou para trás quando os gritos finalmente cessaram e viu o corpo do ladrão se estilhaçar como uma estátua de cristal azul caindo sobre um chão de mármore.

Do lado de fora, Lucia olhou para a mão de Kyan.

O ferimento tinha se curado tão perfeitamente que era como se nunca tivesse existido.

5

FELIX

AURANOS

Era divertido voltar a ser um dos bandidos. Sem remorso, sem consciência pesada. Livre para ser cruel e indiferente. Provocando o caos e despertando medo aonde quer que fosse, sem nenhuma preocupação.

Bons tempos.

Felix tinha acabado de passar três dias muito agradáveis em Pico do Falcão, a maior cidade de Auranos. Primeiro, tinha espancado um homem sem nenhum motivo e roubado suas roupas, descobrindo depois que os sapatos de couro nobre eram, infelizmente, muito apertados. Tinha levado duas lindas loiras — gêmeas idênticas, por sinal — para a cama sem nem se preocupar em saber o nome delas. E, depois, tinha roubado quase duzentos cêntimos de uma taverna movimentada quando o atendente estava de costas.

Felix Graebas, que tinha sido um assassino de grande valor para o Clã da Naja antes de tirar uma pequena licença, tinha retornado à vida a que havia sido destinado.

Jogou o cristal da Tétrade para cima e o pegou, apreciando o peso já familiar nas mãos.

— Aonde vamos? — ele perguntou à magia do ar que girava dentro da esfera de selenita, e depois a segurou perto do ouvido. — Para a Cidade de Ouro? Que ideia excelente! Vamos, eu e você, fazer uma visita para o rei.

Da última vez que encontrara o rei, tinha recebido uma missão muito especial: encontrar Jonas Agallon e se infiltrar em seu grupo de rebeldes, descobrir seus planos, matar Jonas e retornar sem demora para relatar as descobertas ao rei.

Em vez disso, Felix tinha decidido que era o momento perfeito para se redimir dos erros do passado e se tornar um cidadão de bem, honrado, e não um assassino frio a serviço do Rei Sanguinário.

Que piada.

Com sorte, apesar do atraso inesperado, o rei o receberia de braços abertos. Ele voltaria a cortar gargantas e incendiar vilarejos na semana seguinte.

Felix estava passando por um pequeno vilarejo no meio de uma floresta quando ouviu alguém chamar por ele.

— Meu jovem! Meu jovem! Por favor, preciso de sua ajuda!

Ignore-a, Felix disse a si mesmo. *Você não ajuda as pessoas, você as mata. Até mesmo velhinhas indefesas, se forem tolas o bastante para ficar em seu caminho.*

— Meu jovem! — A velha correu até ele e agarrou a manga de sua camisa. — Minha nossa, menino, você não me ouviu? Aonde está indo com tanta pressa?

Ele guardou o cristal do ar no bolso.

— Em primeiro lugar, senhora, não sou um menino. Em segundo, não é de sua conta aonde estou indo.

Ela colocou as mãos na cintura e olhou para ele.

— Bem, não importa. Só sei que preciso de ajuda, e você é alto e parece forte o bastante.

— Forte o bastante para quê?

Ela apontou para uma árvore.

— Lá em cima!

Felix franziu a testa e olhou para a árvore densa, carregada de folhas. Empoleirado de modo precário em um galho bem acima da cabeça deles, havia um gatinho cinza e branco.

— Não sei como minha gatinha querida foi parar ali — explicou a velha, apertando as mãos. — Agora ela não consegue descer. Ela está muito assustada, está vendo? Eu também. Ela vai cair ou ser pega por um falcão!

— É preciso ficar de olho nos falcões — Felix disse, e gargalhou. A mulher ficou olhando para ele, sem entender. — *Ficar de olho. Falcões.* Entendeu?

Ela apontou para cima de novo, dessa vez de modo mais frenético.

— Você precisa subir na árvore e salvar minha gatinha antes que seja tarde demais! — A gata soltou um miado baixo, mas lastimoso, como se enfatizasse o dilema.

Tinha sido uma infelicidade para essa mulher justo Felix ter aparecido em um momento de necessidade. Se fosse Jonas Agallon, provavelmente já teria resgatado a gata e agora estaria ocupado ordenhando uma cabra para o jantar do bichano.

Até mesmo a lembrança passageira do líder rebelde fracassado conseguia estragar o humor de Felix.

— Eu não salvo gatinhos, senhora — ele resmungou.

Os olhos dela se encheram de lágrimas.

— Por favor. Não tem mais ninguém por aqui para ajudar. *Por favor*, faça isso em nome da deusa Cleiona. Ela amava os animais. Todos: os grandes e os pequenos.

— É, bem, sou limeriano, e nossa deusa Valoria só gostava de animais que comiam gatinhos no desjejum.

Um falcão passou voando, e sua sombra cruzou o caminho de Felix. A mulher protegeu os olhos do sol forte ao olhar para cima, em pânico.

Felix não sabia ao certo se era um falcão verdadeiro ou um Vigilante, mas parecia ávido para devorar felinos.

Cruel e indiferente, lembra?

Ele olhou de relance para a mulher com o rosto virado para cima cheia de esperança de que ele pudesse ajudá-la.

Droga.

Não demorou muito para ele subir na árvore, pegar a gata e descer.

— Aqui está — ele disse com rispidez, afastando a bola de pelos.

— Ah, obrigada! — Com gratidão, ela pegou a gatinhas nos braços e a beijou diversas vezes. Depois segurou o rosto de Felix e deu dois beijos barulhentos em suas bochechas. — Você é um herói!

Ele olhou feio para a mulher.

— Definitivamente não sou nenhum herói. Agora, faça um favor para *mim* e esqueça que me viu.

Sem dizer mais nada, ele começou a se afastar da velha, da gata e da maldita árvore da vergonha.

Ele chegou à cidade no fim daquela tarde, quando o sol começava a descer no horizonte, pintando o céu com faixas vermelhas e laranja.

Felix respirou fundo ao se aproximar da primeira entrada do palácio. Dois guardas cruzaram as lanças pontiagudas diante dele, impedindo-o de dar outro passo. Ele os observou de cima a baixo. Os dois homens enormes faziam a figura alta e musculosa de Felix parecer insignificante.

— Saudações, amigos — ele disse com um sorriso. — Está um lindo dia, não está?

— Vá embora — disse o guarda gigante da esquerda.

— Não querem saber quem sou e o que vim fazer aqui?

— Não.

— Bom, vou dizer mesmo assim. Meu nome é Felix Graebas, e estou aqui para ver sua majestade, o rei. Não é necessário marcar hora.

Ele não está me esperando, mas garanto que vai saber quem sou e vai querer falar comigo pessoalmente.

Duas lanças agora apontavam direto para sua garganta.

— E por que ele faria isso? — perguntou o guarda menor.

Felix pigarreou, determinado a demonstrar coragem.

— Por causa disso.

Sem fazer nenhum movimento brusco que os incitasse a usar as lanças, Felix puxou a manga da camisa para mostrar a tatuagem de serpente no antebraço, que o marcava como membro titular do Clã da Naja.

— E? — O guarda não parecia conhecer a importância do que estava vendo.

— Você pode não saber o que significa esta marca, mas é melhor acreditar em mim quando digo que o rei vai ficar *muito* zangado se descobrir que vocês me dispensaram. Sou um de seus assassinos favoritos e mais talentosos. Sei que não vão querer deixar o rei zangado, não é? Vocês dois parecem homens que dão valor a ter todos os membros intactos.

Os olhos do guarda maior se arregalaram ao olhar de novo para a tatuagem, apertando os lábios. Depois de um silêncio um tanto quanto torturante com a ponta das duas lanças ainda apontadas para Felix, o guarda assentiu.

— Venha comigo — ele disse.

Felix foi conduzido até uma sala escura do vestíbulo principal. O pequeno cômodo era adornado com um piso de mosaico de prata e bronze e tapeçarias gigantescas em todas as paredes. Na frente e no centro ficava o brasão auraniano, composto por um falcão e os dizeres: NOSSO VERDADEIRO OURO É O POVO.

Felix imaginou que a sala não devia ser muito utilizada, uma vez que ainda exibia relíquias da família real anterior.

Depois do que pareceu uma eternidade, um homem apareceu na

passagem arqueada e olhou para ele. Tinha nariz pontudo e cabelo preto que ficava grisalho nas têmporas.

— Foi você que pediu uma audiência com sua majestade?

Felix endireitou os ombros e tentou parecer formal.

— Fui eu.

— E você diz que é... — Ele olhou para um pedaço de pergaminho que tinha nas mãos. — Felix Graebas.

— Isso mesmo.

O homem franziu os lábios.

— Que negócios tem a tratar com o rei?

— É algo que preciso discutir pessoalmente, apenas com ele. — Ele cruzou os braços. — Quem é você? Um lacaio?

Ao dizer isso, recebeu um sorriso bastante desagradável.

— Sou lorde Gareth Cirillo, grão-vassalo e estimado conselheiro do rei.

Felix assobiou.

— Parece pomposo.

Ele nunca tinha encontrado lorde Gareth, mas conhecia muito bem seu nome e sabia que era o homem mais abastado de Limeros, à exceção do próprio rei.

Lorde Gareth piscou devagar.

— Guardas, prendam este rapaz agora mesmo.

— Espere... O quê? — Felix mal conseguiu mover um músculo antes de vários guardas se aproximarem por trás da passagem arqueada e o segurarem.

— Existe uma ordem de prisão em seu nome.

— O quê? Sob quais acusações?

— Assassinato. E traição. Foi muito gentil de sua parte se entregar hoje. — Lorde Gareth apontou para a passagem. — Levem-no para o calabouço.

Felix se recusou a andar mesmo com os empurrões violentos dos guardas, então foi arrastado. Os sapatos roubados rangeram e arranharam o piso luxuoso.

— Traição? Não, espere! Preciso falar com o rei. Ele… ele vai querer me ver. Tenho algo que ele quer. Algo de grande valor — Felix hesitou, não querendo mostrar suas cartas tão cedo, mas constatando que não tinha outra escola. — Tenho um cristal da Tétrade.

Lorde Gareth deu ordens para os guardas pararem e ficou observando Felix por um instante em silêncio contemplativo. Depois começou a rir.

— A Tétrade não passa de uma lenda.

— Tem certeza? Se eu estiver mentindo, vou acabar no calabouço de qualquer modo. Mas, se estiver dizendo a verdade e você não informar ao rei, vai acabar tendo a própria cabeça decepada.

— Se estiver mentindo, não vai nem chegar ao calabouço — disse lorde Gareth, com os olhos semicerrados.

Com um sinal do grão-vassalo, um guarda bateu o punho pesado da espada na cabeça de Felix, e o mundo dele escureceu.

Quando Felix voltou a si, teve um único pensamento: o calabouço não cheirava tão mal quanto esperava. Ao abrir os olhos, se deu conta de que era por um bom motivo: ele não estava no calabouço.

Estava na sala do trono, deitado de costas na base dos degraus que levavam à plataforma real. E o rei estava sentado no trono dourado que havia roubado.

Ou conquistado, dependendo do lado em que se estava.

Essa sala do trono era quase idêntica à do norte, só que onde a limeriana era escura, cinzenta e dura, esta era dourada, clara e… dura.

Felix levantou e fez uma reverência exagerada, ignorando a dor lancinante na cabeça.

— Vossa majestade.

À direita do rei Gaius estava lorde Gareth. Seus braços estavam cruzados, e seu rosto enrugado estava sério enquanto observava Felix sobre o nariz pontudo.

— Felix Graebas — o rei se dirigiu a ele. — Fiquei muito decepcionado por não receber notícias suas durante todo esse tempo. Muitos acreditavam que estivesse morto, o que seria uma perda e tanto para o clã quanto para Limeros. Mas aqui está você, vivo e bem.

Felix estendeu as mãos.

— Deixe-me explicar meu prolongado silêncio, vossa majestade.

— Você só continua respirando porque eu gostaria muito de uma explicação — o rei afirmou, inclinando para a frente no trono. — E uma boa. Nos últimos meses, fiquei decepcionado várias vezes com aqueles que tinha na mais alta estima.

A expressão de lorde Gareth ficou sombria.

— Vossa majestade, não entendo por que optou por dar a este rapaz idiota e insolente momentos de seu precioso tempo. Ele cometeu traição, e a punição para isso é a morte.

— Em que momento cometi traição, posso perguntar? — Felix arriscou. — Não consigo me lembrar.

A atenção do rei permaneceu fixa em Felix, o olhar cerrado e examinador.

— Não consegue se lembrar de ter auxiliado Jonas Agallon a libertar dois prisioneiros rebeldes que eu pretendia executar? Não se lembra de ter sido responsável pelas explosões que causaram a morte de muitos cidadãos leais?

Felix piscou.

— Não tenho ideia do que está falando, vossa majestade.

Lorde Gareth bufou, exasperado.

— Você foi visto, idiota. Os uniformes da guarda que você e o rebelde roubaram não cobriam seu rosto.

Ah, merda.

— Posso explicar — ele começou a dizer.

— Poupe seu fôlego — o rei bufou. — Eu lhe dei a tarefa de se aproximar do rebelde, e não de ajudá-lo a lutar contra mim.

Felix achava mesmo que seria fácil entrar no palácio e voltar à vida de antes depois de tudo o que tinha feito?

Sua boca estava seca, mas ele tentava encontrar as palavras certas para falar. Para explicar.

— Servi ao senhor e ao clã muito bem por vários anos, vossa alteza. Dediquei minha vida ao reino e aprendi a sobreviver, a prosperar naquele ambiente, e a matar em seu nome sem questionar. Tinha apenas onze anos quando o clã me acolheu.

— Onze, isso mesmo — o rei confirmou. — Eu me lembro de você, Felix, com mais clareza do que dos outros. Quando foi apresentado a mim, um menino apenas um ano mais velho que meu próprio filho, que havia visto sua família ser assassinada, sua vila ser destruída, você não me olhou com medo. Me encarou nos olhos com rebeldia e força. Onze anos. Eu sabia que havia algo especial em você. Um espírito bruto que eu poderia canalizar para criar algo grandioso. E achei que tinha conseguido. Ficou claro, dadas as suas últimas escolhas, que eu estava errado. Admita seus crimes, rapaz, e vamos acabar logo com essa tolice.

Havia um membro do Clã da Naja, um velho que era como sábio guardião do grupo. Em seu leito de morte, ele havia dito que, na vida, um homem se depara com algumas encruzilhadas que podem definir seu futuro para o bem ou para o mal. Às vezes, é possível reconhecer essas encruzilhadas e parar para pensar na decisão certa. Mas, outras vezes, a escolha só pode ser vista com a clareza que vem depois.

Aquela encruzilhada estava bem iluminada, e era impossível Felix não a reconhecer.

Ao mesmo tempo que se considerava um bom mentiroso, ele sabia que o rei talvez fosse a única pessoa capaz de enxergar a verdade nele.

Ele respirou fundo e reuniu cada grama de coragem e ousadia que lhe restava.

— É verdade, ajudei Jonas a salvar seus amigos e, ao fazer isso, cometi traição contra vossa majestade. Abandonar o clã era uma coisa que eu não pretendia fazer por muitos anos, mas aconteceu. Cometi um erro. Confiei nas pessoas erradas, acreditei que podia fazer uma escolha sobre meu futuro. Mas estava errado. Sou exatamente o que está vendo, seu servo leal que se arrepende dos últimos atos e deseja implorar seu perdão.

— Entendo. — O rei franziu os lábios. — E onde está Jonas Agallon agora?

Felix hesitou.

— Não sei. Só sei que ele é um tolo desafortunado e despreparado que mergulha de cabeça no perigo sem pensar. É um milagre que tenha se mantido vivo até agora. Ele não é ameaça à vossa majestade. E sua única seguidora remanescente é uma garota igualmente idiota.

Felix não gostava de pensar em Lysandra. Desde o momento em que ajudara a resgatá-la da execução, eles discutiram e brigaram por tudo. E ele adorou cada minuto. A garota tinha um comportamento difícil e era hostil o bastante para reduzir qualquer garoto normal a um chorão covarde. Mas Felix não era um garoto normal.

E logo começou a se apaixonar por Lysandra, sem saber se ela percebia ou não.

Mas no primeiro momento de dúvida, a garota havia ficado do lado de Jonas. Lysandra estava apaixonada por ele, o que era uma infelicidade para ela, pois Jonas já estava apaixonado pela princesa Cleo.

— Em resumo, vossa majestade, agora aprendi, sem sombra de dúvida, que não fui feito para nenhum outro tipo de vida. Já estava vivendo a vida para a qual nasci e tinha um trabalho que executava com habilidade. Estou aqui hoje como seu servo leal, com um comprometimento renovado para com o senhor, o clã e meus deveres. E trago comigo a prova mais absoluta dessa lealdade, algo que não teria obtido sem a associação de curto prazo ao rebelde.

Ele enfiou a mão no bolso em busca do cristal da Tétrade, mas não encontrou nada.

— Está procurando por isso?

Felix olhou imediatamente para o trono e viu a selenita na palma da mão do rei Gaius.

— Hum, sim. Era exatamente isso que eu estava procurando. — Felix ficou surpreso com a própria burrice. É claro que lorde Gareth havia mandado os guardas o revistarem depois que ele alegou estar com um cristal da Tétrade.

— E você, por acaso, sabe o que é isso? — o rei perguntou.

— Sei. — Felix confirmou. — O senhor sabe?

— Dirija-se ao rei com respeito — lorde Gareth bradou.

— Lorde Gareth — disse o rei Gaius com calma —, talvez devesse nos deixar conversar a sós.

O grão-vassalo franziu a testa.

— Não pretendo desrespeitá-lo, vossa alteza. É *ele* que está sendo desrespeitoso.

— Neste momento, meu filho está sentado no trono de Limeros. Mas só depois de ter que explicar seu lugar de direito a seu desrespeitoso filho. Se quiser permanecer em minhas boas graças, lorde Gareth, faça o que eu disse. Não vou pedir de novo.

Sem dizer mais uma palavra, lorde Gareth desceu os degraus e saiu da sala do trono.

Felix observou o acontecido com uma combinação inebriante de interesse e medo.

O rei levantou do trono e desceu as escadas. Parou a poucos centímetros de Felix e levantou a esfera de selenita à altura dos olhos.

— Isto, Felix, é uma coisa que desejei a vida inteira. Mas é uma grande surpresa, para dizer o mínimo, você tê-la trazido para mim dessa maneira. Como a conseguiu?

— Jonas recebeu uma mensagem com a localização e instruções para o acesso. Fomos bem-sucedidos na busca, e depois roubei a esfera dele.

Felix não ia admitir que ele e Jonas também haviam encontrado o cristal da terra, e que a mensagem tinha sido enviada pela princesa Cleo. Não porque queria proteger alguém — e com certeza não estava tentando proteger a princesa Cleo, que ele não conseguia distinguir de uma mancha loira no chão. Mas preferia não entregar de uma só vez *todos* os segredos valiosos àquele poderoso homem.

O rei ficou olhando para o cristal do ar como se fosse um amor havia muito perdido que finalmente tinha voltado. Estava tão absorto que Felix imaginou que poderia escapar da sala sem ser notado — se não fosse por uma dúzia de guardas atrás dele.

— Tem só um pequeno *problema* — Felix admitiu. — Não faço ideia de como fazer isso, hum, funcionar. Até o momento, não passa de uma pedra bonita com uma coisa girando dentro.

— Sim. Tem uma coisa girando dentro. — Um canto da boca do rei esboçou um sorriso. — Não tem problema, Felix. Sou um dos poucos mortais que sabem como acessar a magia.

Felix arregalou os olhos.

— Como?

O rei deu uma gargalhada.

— Não importa como. O importante é que agora ela está comigo, e tenho que agradecer a você por isso.

— Não duvida da autenticidade?

— Nem por um instante. Sei que é verdadeira. Posso *sentir*. — Os olhos escuros do rei brilhavam. — Agallon sabe onde encontrar as outras três?

— Não que eu saiba. — Ao soltar essa mentira descarada, Felix prendeu a respiração.

Mas o rei apenas assentiu, com a atenção ainda fixa na esfera.

— Guardas, tragam o outro prisioneiro — ele ordenou, depois se virou e voltou para o trono.

Felix aguardou em silêncio enquanto os guardas traziam outro homem, sujo e acorrentado. Apesar da barba cheia e emaranhada e do olhar selvagem, Felix o reconheceu como um companheiro Naja.

— Felix... é você? — o homem murmurou. — Você está *vivo*. Seu canalha!

— É ótimo ver você também, Aeson. Como tem passado?

Felix nunca tinha sido muito próximo de Aeson, mas o conhecia bem o bastante para saber que era um dos assassinos mais brutais e eficientes que conhecia.

— Estou vendo que se reconheceram — disse o rei. — Bem, então vão ficar felizes em saber que têm algo em comum: ambos abandonaram suas responsabilidades para com o clã por um tempo. Aeson está no calabouço aguardando sua execução há... quanto tempo, Aeson?

— Três longas semanas — ele disparou.

Felix olhou com desconfiança para o rei.

— E então? Vou ser o novo companheiro de cela dele?

— Não, tenho algo muito mais interessante em mente. — Ele fez um sinal para os guardas. — Soltem Aeson e lhe deem uma arma.

Perplexo, Felix olhou para os guardas que executavam sem demora as ordens do rei. Livre das correntes, Aeson esfregou os pulsos esfolados e agarrou a espada que um dos guardas lhe ofereceu.

— Ouvi suas explicações — o rei Gaius disse. — Ganhei a esfera de presente. Agora, Aeson vai tentar matar você. Se conseguir, será libertado. Se fracassar, posso pensar em perdoar você pela aliança momentânea com o paelsiano.

Felix estava certo de que o teto tinha desmoronado sobre sua cabeça. Ele procurou palavras no impressionante silêncio que se fez na sala do trono.

— Mas, mas… espere. Onde está a *minha* arma?

O rei respondeu com um sorriso paciente.

— Você não vai receber nenhuma arma. Considere isso um teste de suas habilidades e de seu desejo de sobreviver.

Aeson não perdeu tempo. Saiu em disparada, diminuindo a distância entre eles, investindo com a lâmina. Felix sentiu a brisa fria gerada pela espada ao conseguir, por pouco, sair do caminho.

Nenhuma arma para se defender, apenas as próprias mãos.

Era um teste para fazê-lo fracassar.

— Da última vez que tive notícias, todos pensavam que você estava morto — Aeson resmungou. — Mas eu sabia que você tinha ido embora por vontade própria. Dava para ver em seus olhos, sempre esteve ali… aquele desejo de viajar.

— Você interpretou bem minha personalidade. E qual é sua desculpa? — Felix andava com cuidado, desenhando um círculo ao redor de Aeson, observando cada movimento, para depois abaixar, desviando de um golpe lateral.

— Percebi que era muito mais lucrativo ser mercenário do que matar pelo reino — Aeson sorriu, revelando uma fileira de dentes quebrados e amarelados. — Por acaso sabe quanto certos indivíduos estão dispostos a pagar pelo assassinato do Rei Sanguinário?

— Bastante, com certeza — Felix respondeu com firmeza.

— Uma pequena fortuna, na verdade. Também ouvi muitas coisas no calabouço… rumores interessantes de todo tipo. — Seus olhos brilhantes se estreitaram, e ele virou muito de leve na direção do rei. — É verdade que seu filho recentemente cometeu traição, vossa alteza? Que ele libertou uma prisioneira que o senhor tinha condenado à morte, e depois ambos fugiram para Limeros? Talvez esteja perdendo o controle sobre seu reino depois de todo esse tempo. Posso afirmar que é uma grande queda para alguém em sua posição.

— Os rumores dos condenados... — As palavras do rei não eram muito mais do que um sussurro gelado. — Triste. Muito triste.

Aeson deu mais um sorriso desvairado para Felix, depois se virou e disparou na direção da plataforma, acertando com a espada dois guardas que estavam em seu caminho.

Felix foi atrás dele em um instante. Pegou a espada de um dos guardas caídos e saltou sobre o inimigo, que rapidamente se aproximava do rei. Então, em um único movimento instintivo, enfiou a lâmina de uma vez no peito de Aeson. A espada que havia sido emprestada a ele caiu.

Felix puxou a lâmina. O corpo inanimado de Aeson caiu para trás, pelos degraus, amontoando-se no chão.

Os guardas restantes foram todos para cima de Felix. Um deles posicionou a espada em sua garganta, perto o bastante para atravessar a pele e fazer um filete de sangue quente escorrer pelo pescoço, enquanto outro o desarmou, e um terceiro o arrastou para baixo.

O rei ainda estava sobre a plataforma, mas agora em pé, segurando a selenita.

— Soltem-no — ele ordenou.

Os guardas obedeceram, mas mantiveram os olhos ardentes fixos em Felix.

O rei Gaius ficou observando Felix em silêncio por um momento longo e tenso. Parecia perfeitamente calmo para um homem que quase havia sido assassinado.

— Muito bem, Felix. Eu sabia que Aeson usaria essa oportunidade para tentar tirar minha vida.

— E simplesmente ficou aí sentado? — Felix perguntou sem pensar.

— Estava mais do que preparado para me defender — disse o

rei, tirando uma adaga do sobretudo de couro. — Mas você agiu com rapidez e optou por me proteger. Passou em meu teste.

A percepção do que o rei havia acabado de dizer se assentou aos poucos.

— Bem, ótimo, então. E como ficam as coisas? O que isso significa? Serei perdoado?

O rei voltou a embainhar a adaga e guardou a esfera no casaco.

— Vou deixar Auranos amanhã cedo e partir em uma importante viagem. Você vai me acompanhar como meu guarda pessoal.

A declaração inesperada surpreendeu Felix como um tapa. Ele se esforçou para encontrar a própria voz.

— Para onde vamos?

O rei sorriu, mas os olhos continuaram frios.

— Kraeshia.

6

AMARA

KRAESHIA

Vou encontrá-la!, era o que Ashur gritava em todos os pesadelos que ela tinha desde que deixara a costa de Limeros. *E, quando conseguir, vou destroçá-la por sua traição. Vou fazê-la gritar por perdão, mas ninguém vai ouvir.*

Ela acordou assustada, se lembrando histericamente de que, não, seu irmão *não* a encontraria. Nunca mais. Tentou se concentrar em afastar qualquer dúvida que ainda tinha a respeito de suas novas responsabilidades, e o que precisava ser feito para executá-las. Nada mais importava.

Finalmente, o navio passou pelas barreiras marítimas e atracou no porto. Ela havia retornado para Joia do Império, capital de Kraeshia.

— Bem-vinda, princesa — disse uma voz conhecida. Mikah, um guarda do palácio, esperava por ela no fim da prancha de desembarque. Como todos os guardas kraeshianos, Mikah começou a ser treinado aos doze anos — depois de ter sido vendido pelos pais ao imperador —, e já estava baseado na residência real havia uma década. De certo modo, ele e Amara tinham crescido juntos.

Ela levantou o queixo e não sorriu para saudá-lo.

— Me leve até meu pai.

Mikah se curvou.

— Sim, princesa.

O trajeto até o palácio passou como um borrão. Ela não se preocupou em olhar a paisagem por onde a carruagem passava — já tinha visto um milhão de vezes, e mesmo a longa estadia em Mítica não havia conseguido apagá-la de sua memória. É possível se entediar até com a beleza quando se está constantemente cercado por ela.

Os auranianos achavam que sua Cidade de Ouro era o lugar mais bonito do mundo, mas só porque nunca tinham estado em Joia. Ali, não era o ouro espalhafatoso ou o mármore frio que dominavam, mas as variadas cores vivas da natureza.

Para onde se olhasse, era evidente que o imperador Cyrus Cortas gostava de tons de ametista e esmeralda. Murais enormes retratando o próprio imperador adornavam as paredes de todas as quadras, em todas as regiões, pintados predominantemente com essas duas cores fortes. As ruas eram pavimentadas com paralelepípedos roxos e verdes, em padrões belos e elaborados, e tantos cidadãos de Joia usavam túnicas dessas mesmas cores para tentar agradar seu governante que visitantes de fora podiam pensar que se tratava de um uniforme oficial do país.

O imperador era apaixonado pela natureza e insistia que as condições fossem tais que ela sempre pudesse florescer, mas também insistia que cada arbusto, cada folha e pedaço de grama fossem bem cuidados e podados à exaustão. Ele importava plantas e flores raras de terras conquistadas. Um exército de jardineiros estava o tempo todo aparando cercas vivas e árvores em formas geométricas precisas. Paisagistas do mundo todo eram chamados para usar suas habilidades na terra kraeshiana. A estrada que Amara percorria parecia uma manta de beleza infinita, que levava direto à residência real: uma enorme torre verde, como uma lança de esmeralda perfurando o céu. Então era apropriado que a estrutura levasse o nome de Lança de Esmeralda. Muitos dos que nunca a tinham visto antes chamavam a torre de milagre da arquitetura, construída com ângulos tão impossíveis que só podia haver magia envolvida.

Mas nada era impossível quando se tinham recursos para recrutar os melhores entre os melhores, pessoas que realmente tinham visão e experiência para fazer o trabalho. O imperador procurava esses artistas e arquitetos em reinos que ainda não havia conquistado e lhes pagava pequenas fortunas por seus dons. Eles sempre voltavam para casa sorrindo, ávidos e dispostos a retornar a qualquer momento para fazer mais. Joia do Império tinha levado mais de vinte anos para chegar a esse nível de beleza, mas o pai de Amara ainda não estava satisfeito. Assim como em todos os aspectos da vida, ele sempre ansiava por mais.

Depois de crescer cercada por tanta beleza fabricada, Amara acabou desejando algo diferente. Algo que não fosse necessariamente belo. Algo imperfeito, interessante e talvez até mesmo feio.

Mas *feio* não era permitido em Joia.

— Fez boa viagem, princesa? — Mikah perguntou depois de um longo silêncio.

— Sim. E agora estou muito feliz por estar em casa.

A esfera de água-marinha estava no bolso de seu manto de seda. Amara envolveu a superfície fria com os dedos. No navio, tinha passado vários dias tentando descobrir seus segredos e aprender como dominar a magia da água, mas havia falhado sempre. Por fim, ficou tão frustrada que quase a jogou no mar.

Amara inspirou devagar e depois soltou o ar, contando até dez no processo. Precisava ficar calma, ignorar toda decepção ou dúvida que pudesse se instaurar.

Mente lúcida, olho vivo. Nada mais podia ajudá-la agora.

O cristal é real. E é meu.

Ela repetiu esse mantra diversas vezes, até sentir que o cristal da água lhe pertencia total e completamente. Teria preferido ficar em Mítica para encontrar os outros três, mas um teria que bastar por enquanto. Só precisava descobrir seus segredos.

— Seu pai está ansioso por seu retorno — Mikah comentou.

— Verdade? — Um sorriso tocou seus lábios de leve. — Ele sentiu muito a minha falta?

O guarda levantou as sobrancelhas escuras.

O sorriso dela se abriu, parecendo mais genuíno.

— Não se preocupe, Mikah. Só estou brincando. Sei o que esperar de meu pai. Ele raramente me surpreende.

Mikah a conhecia fazia tempo suficiente para responder apenas com um aceno de cabeça compreensivo.

Os dois chegaram à Lança de Esmeralda, e Mikah conduziu Amara até a sala de mapas do imperador.

— Espere aqui fora — ela disse quando Mikah abriu a porta pesada.

Ele se curvou.

— Sim, princesa.

A sala de mapas tinha um nome apropriado. Sob o teto abaulado, ocupando a maior parte do imponente espaço, havia um mapa tridimensional do cada vez maior Império Kraeshiano, que agora correspondia a um terço do mundo conhecido. Especialistas em cartografia viajavam para Joia duas vezes ao ano para atualizar o mapa e incluir quaisquer reinos ou porções de terra recém-adquiridos.

Do outro lado da sala, em meio a um grupo de guardas e conselheiros, estava o pai de Amara. Ele estava imerso em uma conversa sussurrada com o irmão dela, Elan, quatro anos mais velho que a princesa e pelo menos dez centímetros mais baixo. Elan era muito magro e frágil, e tendia a grudar no pai como craca em um navio. Muito diferente do irmão mais velho, Dastan, primogênito e herdeiro, que era alto e belo, parecido com Ashur. Seriam gêmeos idênticos se não tivessem seis anos de diferença.

Amara estava agradecida por Dastan estar no mar, a caminho de casa depois de reivindicar uma nova porção de terra para o império.

Ainda não se sentia pronta para ver alguém que a fizesse lembrar tanto de Ashur.

— Pai — ela o chamou. Ele não tirou os olhos de Elan, então Amara repetiu mais alto: — Pai!

O imperador voltou o olhar intenso a ela.

— Então você finalmente voltou.

— Voltei. — Seu coração batia tão forte que ela mal conseguia pensar. Havia muito a dizer, e muito mais a esconder.

Os conselheiros do imperador a olharam como se a julgassem, mas ninguém disse nada nem sorriu. Aqueles homens sempre a deixavam nervosa. Eram como abutres esperando para bicar os restos dos mortos.

— Venha aqui. — O imperador fez um sinal na direção dela. — Deixe-me ver minha bela filha de perto.

Talvez o que ela dissera a Mikah sobre o imperador não fosse muito preciso — o pai chamá-la de bela era uma grande surpresa, de fato. Ele raramente a elogiava, especialmente dessa forma. Amara deu a volta no mapa, passando a mão esquerda pela borda lisa.

Se ao menos pudesse compartilhar todas as suas conquistas com ele, se ao menos ele escutasse, Amara tinha certeza de que ficaria orgulhoso. Mesmo não tendo encontrado os quatro cristais da Tétrade, considerando que estavam perdidos havia um milênio, conseguir um deles já era uma vitória incrível.

— Minha irmã — Elan disse, saudando-a com um tom monótono.

— Meu irmão — ela respondeu com um meneio de cabeça.

O imperador olhou para ela, os braços cruzados diante da túnica verde-escura intrincadamente bordada com flocos de ouro e fênix e dragões violeta — símbolos de Kraeshia e da família Cortas.

— Diga, filha, como foi a viagem à pequena Mítica?

— Movimentada.

— Vejo que veio sozinha. Ashur planeja voltar para casa algum dia? Ou vai continuar a perambular pelo mundo, perseguindo suas borboletas mágicas?

Em Limeros, Amara tinha ameaçado voltar para seu pai e acusar Magnus de ter assassinado Ashur. Naquele momento de paixão, pareceu uma escolha lógica, mas agora que tinha tido muitos dias para considerar as opções, tinha decidido não dizer nada — por enquanto.

Ela forçou um sorriso.

— Sim, meu irmão tem alma de viajante. Mas foi encantador poder passar um tempo com ele. Tenho certeza de que vai voltar logo, só não disse quando.

Talvez na próxima vida, Amara pensou. Os kraeshianos acreditavam em reencarnação. Assim como a fênix que representava o império, eles também ressurgiam depois da morte para iniciar uma nova vida.

— Estou certo de que você teve a oportunidade de conhecer o rei Gaius durante sua estada.

Ela assentiu.

— O rei foi muito gentil comigo e com Ashur. Até nos ofereceu uma quinta.

Ela não mencionou que a quinta ficava o mais afastada possível do palácio. Ou que o rei quase a prendeu, junto com Ashur, para tentar usá-los contra o imperador. Ou que bastou um único encontro para ela ter certeza de que ele teria cortado a garganta dos dois sem remorso se sentisse que isso o favoreceria.

Todos os rumores sobre Gaius Damora eram verdadeiros. Ele era uma cobra: peçonhento e sangue-frio. É claro que Amara não tolerou suas tentativas de transformá-la em uma presa enquanto estava em Mítica, mas agora, com alguma distância entre os dois, achava que, na verdade, era capaz de apreciar sua brutalidade.

— E que tipos de coisa discutiu com o rei? — o imperador perguntou, pegando distraidamente um pequeno modelo de navio da costa do mapa.

— Nada em especial, foi tudo muito cortês. — Amara tentou se lembrar de qualquer conversa memorável que tivera com o rei. — Ele nos apresentou aos conselheiros do palácio, falou um pouco sobre as atrações de Auranos, nada útil nem esclarecedor. E obviamente não foi nada surpreendente. Os habitantes de Mítica não falam o que pensam e sentem como nós. Tudo não passa de amabilidade vazia e insinuações passivo-agressivas.

— Não são nada parecidos conosco. — O imperador segurou o rosto dela entre as mãos grandes e sorriu.

— Definitivamente diferentes de nós.

— Então me permita ser direto, filha. — Ele apertou o rosto dela, e a expressão agradável desapareceu de seu rosto envelhecido. — Que segredos compartilhou com o Rei Sanguinário que podem ser usados contra mim?

Ela arregalou os olhos.

— O quê? Eu não disse nada, é claro.

— É mesmo? — ele perguntou, o olhar firme e fixo. — Porque me pergunto por que, exatamente, recebi uma mensagem de Auranos informando que o rei estava a caminho daqui, para se encontrar comigo. Não acha que é muita coincidência ele ter escolhido fazer essa pequena viagem agora, logo depois que você partiu de Mítica?

Uma dor profunda se espalhou por suas têmporas, onde o imperador continuava apertando cada vez mais.

— Pai, juro que não disse nada.

— Talvez você fale dormindo, então? — Ele levantou uma sobrancelha em resposta à expressão aturdida da filha. — Sei que acha que não presto atenção em você, Amara. Mas presto atenção no que dizem a seu respeito. Que você leva para a cama qualquer homem que sorri para você. Que minha filha, a princesa de Kraeshia, não é melhor do que uma prostituta qualquer.

— Pai! — O rosto dela se incendiou, e Amara agarrou as mãos

dele, cravando as unhas. — Não sou uma prostituta! E não dormi com o rei. E não contei nada sobre você nem sobre o império. Eu nem conheço nenhum segredo a seu respeito. Lembre-se, não sou um de seus filhos. Sou sua filha, apenas uma garota. Sei muito bem que sou pouco mais que um ornamento para você.

Ele a analisou por um longo momento. Seus olhos azuis acinzentados eram exatamente da mesma cor dos dela, só que aquosos e contornados pelas rugas que tomavam conta do rosto velho. Finalmente, o rei a soltou.

— Você sempre me decepciona, sua garota inútil. Se ao menos eu tivesse conseguido me livrar de você anos atrás...

A dor tomou conta do peito de Amara.

— É, bem, infelizmente as leis ancestrais só lhe deram uma chance de assassinar uma filha indesejada, não é?

Ela estava tentando provocá-lo, mas o rei nem piscou.

— Retire-se da minha presença para eu poder me preparar para a chegada de nosso convidado inoportuno.

— Talvez o rei Gaius queira conquistar você — ela disse em voz baixa.

Fez-se um instante de silêncio antes da gargalhada retumbante do imperador preencher a grande sala.

— Eu gostaria de vê-lo tentar.

— Um reizinho patético conquistar *seu império*, pai? — Elan se juntou ao imperador no momento de diversão tempestuosa. — Que ideia absurda!

Amara se virou, as mãos cerradas em punho, unhas perfurando a carne, e deixou a sala de mapas.

Sim, que absurdo alguém pensar que tinha alguma chance contra aquele conquistador magnífico e grandioso.

— Algo a incomoda, princesa? — Mikah perguntou quando Amara passou apressada na direção de seus aposentos, na ala leste da Lança.

Estava constrangida por achar que seu pai ficaria satisfeito em vê-la depois da viagem. É claro que ele não estava satisfeito. Por que tinha achado que alguma coisa mudaria em semanas, quando tinha sido assim toda sua vida?

— Meus problemas não são da sua conta — ela respondeu de maneira brusca. Talvez brusca demais. Amara parou por um instante e virou para ele. — Estou bem, Mikah — ela disse com mais suavidade dessa vez. — De verdade.

— Espero que sim. Não gosto de vê-la tão triste.

Ela lhe dispensou outro olhar e viu que Mikah a observava atento com seus olhos escuros, curiosos e examinadores. Os outros criados costumavam ficar de cabeça baixa na presença de sua família e não falavam a menos que fosse solicitado.

— Por que é sempre tão gentil comigo? — ela perguntou. — Nenhum outro criado se preocupa com *meus* sentimentos.

Ele ficou pensativo.

— Acho que, quando vejo alguém sofrendo, quero ajudar.

— Alguns animais feridos mordem a mão de quem tenta ajudá-los.

— Então ainda bem que você não é um animal. — Ele se permitiu um pequeno sorriso. — Um dia, talvez nos tornemos próximos o bastante para você se sentir à vontade para me confidenciar todo tipo de sentimento e segredo.

— Confiar em um homem kraeshiano? — ela disse, mais para si mesma. — Não sei se isso é possível.

— Talvez eu seja diferente dos outros homens kraeshianos.

— Uma frase que muitos homens kraeshianos poderiam dizer — ela rebateu.

Os dois chegaram aos aposentos dela e pararam na entrada. Amara ficou na porta por um instante, olhando para o belo rosto de Mikah.

Era difícil para ela vê-lo como mais do que um servo, ainda trabalhando para quitar a taxa pela qual seus pais venderam o filho forte e saudável para o Império. E ainda que ele sempre tivesse sido gentil e atencioso com ela, Mikah *era* kraeshiano. Em Kraeshia, todos os garotos — e garotas — eram criados para acreditar que apenas os homens eram dignos de honra e respeito, enquanto as mulheres existiam como meros ornamentos e brinquedos, sem influência sobre outras pessoas nem sobre o mundo como um todo.

Ela se recusava a se apaixonar por um kraeshiano apenas para ser enganada por ele.

— Preciso descansar depois da longa viagem — disse Amara. — Mas antes, mande chamar minha avó. Preciso falar com ela.

Ele fez uma reverência.

— Como desejar, princesa.

Amara entrou, fechou a porta e encostou nela. Todas as emoções turbulentas que tinham sido empurradas para bem fundo de seu ser durante a viagem agora se apressavam para subir até a superfície. Ela correu até o espelho e o segurou pelas laterais.

— Estou viva — ela falou para o reflexo de olhos arregalados. — Dezenove anos depois, e ainda estou aqui. Posso fazer tudo o que quiser. Posso *ter* tudo o que quiser.

— Sim, minha querida. Com certeza pode.

Ela se virou e viu a avó, Neela, sentada perto da janela que dava para o mar.

— Vovó! — A alegria de vê-la espantou todas as dúvidas e a tristeza. Ela adorava aquela mulher enrugada e grisalha, sua única confidente, que ainda fazia questão de se vestir de maneira impecável, com a mais fina seda e as melhores joias. — Estava esperando por mim?

Neela assentiu e levantou, abrindo os braços. Amara correu para um abraço apertado, sabendo que, apesar de aparentar fragilidade, sua avó era a mulher mais forte que conhecia.

— Você conseguiu? — Neela sussurrou, acariciando os cabelos brilhosos da neta.

— Sim.

Fez-se um instante de silêncio.

— Ele sofreu?

Amara engoliu o nó que havia se formado em sua garganta e se afastou da avó.

— Foi rápido. Como a senhora suspeitava, ele me traiu na primeira oportunidade, optando por depositar sua confiança e lealdade em um rapaz que mal conhecia em vez da própria irmã. Vó, sei que precisava ser feito, mas tenho tantas dúvidas...

Neela assentiu, os lábios apertados e a expressão melancólica.

— Seu irmão tinha bom coração. Mas esse foi seu defeito fatal. Confiava em estranhos com muita facilidade; via o bem naqueles que só tinham o mal dentro de si. Poderia ter sido um valioso aliado seu, *nosso*, mas, quando chegou o momento crucial, ele não provou seu valor.

Amara sabia que Neela estava certa, mas aquilo não tornava as coisas mais fáceis.

— Ele passou seus últimos momentos me odiando.

Neela encostou a palma da mão fria e ressecada no rosto quente da neta.

— Então use aquele ódio para se fortalecer, *dhosha*. Ódio e medo são os sentimentos mais poderosos que existem. Amor e compaixão enfraquecem. Os homens sabem disso desde o princípio dos tempos e usam esse conhecimento para benefício próprio.

Sua avó falava sem nenhum traço de raiva ou dor na voz. Em vez disso, fazia sua afirmação com simplicidade, como uma verdade transmitida para a geração seguinte por uma mulher que tinha passado a vida toda tendo que se subordinar a homens opressores e controladores.

Uma pergunta que Amara guardou no coração a vida inteira queimava em sua língua, trazida à tona depois de ser insultada e dispensada pelo pai. Ela precisava perguntar naquele momento — precisava de uma resposta que a ajudasse a entender tudo aquilo.

— *Madhosha...* — Era a palavra em kraeshiano para avó, assim como *dhosha* significava neta. Ao continuar a agregar novos reinos a seu império nas últimas três décadas, o imperador Cortas havia permitido que a língua deles desaparecesse em favor dos dialetos falados na maior parte do mundo. Neela sempre lamentou a perda de sua língua nativa e tinha ensinado a Ashur e Amara, em segredo, várias palavras em kraeshiano para garantir que mantivessem parte de sua cultura. A garota tinha um amplo vocabulário kraeshiano, mas a língua era complexa, e ela não chegava nem perto de ser fluente.

— Sim? — Neela respondeu com delicadeza.

— Eu... eu sei que não devemos falar sobre as leis ancestrais, mas... por favor, tenho dezenove anos e preciso saber. Como sobrevivi ao ritual de afogamento? Como isso foi *possível*?

— Minha querida, sofro muito por você ter conhecimento daquele dia terrível.

A lembrança já estava enevoada, pois Amara não tinha muito mais que cinco anos quando ouvira a avó e o pai conversando sobre ela — a avó falando em voz baixa, o pai quase gritando.

— *Está dizendo que ela é especial* — o rei resmungou. — *Não vejo nada especial nela.*

— *Ela ainda é uma criança* — a avó respondeu, a voz fina, porém calma, em um pequeno navio no meio de um mar afrontado por um furacão iminente. — *Um dia vai entender por que os deuses a pouparam.*

— *Ora! Tenho três filhos ótimos. Que utilidade terá uma filha?*

— Uma filha significa um casamento com o filho de um rei importante, para ajudar nas negociações políticas.

— Não preciso de negociações, só preciso mandar minha frota para a costa desse rei importante e tomar sua terra em nome de Kraeshia. Mas... o sangue. Sem dúvida um sacrifício de sangue apropriado me seria útil como oferenda aos deuses, para manter meu império forte.

— Você já teve sua chance com Amara — Neela sussurrou. — Uma chance, apenas uma. Mas ela sobreviveu, porque é especial e destinada à grandiosidade. Faça qualquer nova tentativa contra a vida dela, e haverá uma marca negra em sua alma. Você sabe que é verdade. Nem você seria tão ousado a ponto de arriscar tanto.

Neela falara com uma força calma que nem o imperador era capaz de ignorar.

Quando Amara tentara abordar a avó para falar sobre o que havia escutado, Neela tinha ficado furiosa e a mandado sair, dizendo que não havia nada com que se preocupar.

— Por favor, me diga, *madhosha* — Amara agora insistia. — Por que não me afoguei? Mesmo se eu fosse *especial* de alguma forma... Eu era apenas um bebê. Bebês não são peixes. Não nascem sabendo nadar como se fosse magia.

— *Magia* — Neela repetiu devagar. — É uma palavra importante, não é?

Amara observou os olhos sábios e acinzentados da avó, e seu coração parou por um segundo.

— Minha sobrevivência teve algo a ver com magia?

— Está na hora de você saber a verdade. — Neela foi até a janela e olhou para o cintilante Mar Prateado. — Sua mãe a amava muito. Ela quase não sobreviveu à violência que sofreu por ter dado à luz uma menina. — O rosto de Neela se contorceu, como se doesse relembrar. — Minha filha odiou o marido, seu pai, desde que soube que se casariam. O rei tinha fama de ser especialmente cruel com mulheres que tinham opinião própria e discutiam com ele. Gostava de acabar com essa propensão, até que concordassem com cada palavra que dissesse. Durante anos, ela tolerou seu comportamento agressivo. E, depois que você nasceu, sabia que ele invocaria o ritual para se livrar de uma menina, símbolo de sua suposta fraqueza. Ela já tinha parado de tentar se defender, mas jurou proteger você a qualquer custo. Encontrou um boticário em um reino recém-conquistado supostamente capaz de preparar uma poção muito rara e muito perigosa que verteu em seu ouvido pouco antes do ritual acontecer.

Amara não sabia quase nada sobre a mãe, que tinha morrido pouco depois de seu nascimento. Seu pai, que ainda não havia se casado de novo, tinha muitas amantes, e se recusava a falar sobre ela, assim como todas as outras pessoas no palácio.

— A poção... foi o que me manteve viva?

— Não exatamente. Era uma poção de ressurreição.

Amara encarou Neela com olhos arregalados.

— A poção não a manteve viva — Neela disse com seriedade. — A poção a trouxe de volta da morte.

Amara levou a mão à boca para conter o choque. Sempre achou que devia existir uma resposta simples para não ter se afogado — talvez a água não fosse funda o bastante, talvez tivesse conseguido boiar, ou uma ama-seca tivesse feito algo em segredo para ajudá-la a ficar viva.

Existiam muitas poções para uma variedade de doenças, mas Amara nunca havia ouvido falar de nada tão poderoso.

— Qual o preço de uma magia dessas? — ela perguntou com a voz rouca.

Neela entrelaçou os dedos em um medalhão que trazia no pescoço.

— É a magia mais cara de todas. Uma vida por outra.

Uma onda de vertigem roubou o ar de Amara e quase a fez cair de joelhos. Sem pensar, a princesa pegou uma cadeira e se sentou fazendo barulho.

— Minha mãe deu a vida dela pela minha.

Neela virou para a neta com os olhos brilhantes, mas sem lágrimas. Amara nunca a tinha visto chorar, nem uma vez.

— Como eu disse, sua mãe a amava demais. Sabia que você se transformaria em uma pessoa forte e corajosa, como ela. E foi o que aconteceu. Posso ver em seus olhos, minha doce *dhosha*. É por isso que, assim que você começou a falar e a aprender as coisas, eu lhe ensinei todas as habilidades específicas e o conhecimento que tenho. E juro pela minha vida, esta e a próxima, que continuarei a guiá-la na direção de seu destino.

Neela estendeu o braço, e Amara levantou da cadeira e segurou a mão da avó.

— Obrigada, vovó.

A revelação arrepiante só deixou Amara mais comprometida com seu objetivo principal. Matar seu irmão e roubar o cristal da água tinham sido apenas os primeiros passos. Não importava quanto tempo levasse para ela ter sucesso. Não importava o que custasse. Não importava quantas mentiras teria que contar e quanto sangue teria que derramar.

Um dia, Amara Cortas seria a primeira imperatriz de Kraeshia. E dominaria o mundo.

7
JONAS

AURANOS

As docas de Porto Real fervilhavam em atividade quando Jonas e Lysandra chegaram, no meio da manhã. Centenas, talvez milhares, de homens circulavam, carregando e descarregando os navios atracados. Ali, à beira-mar, havia uma vila cheia de vida, com tavernas, hospedarias e lojas a postos para o momento em que os trabalhadores encerrassem o turno.

O plano era chegar antes do amanhecer, mas, por causa do ferimento, Jonas estava se movimentando mais devagar que de costume.

Em frente a uma capela, Lysandra lhe entregou uma caneca de cidra de pêssego com especiarias.

— Como você está? — ela perguntou, preocupada.

— Bem. — Ele forçou um sorriso. — Estou bem. Quero dizer... para um pobre sujeito meio cego. — Ele apontou para o tapa-olho emprestado. — Por sinal, já comentei como você está adorável com esse vestido? Rosa definitivamente é a sua cor.

Ela fez uma careta e olhou para a roupa.

— Não me lembre que estou usando esta monstruosidade. *Odeio* este vestido. Quem, em sã consciência, gostaria de usar uma coisa tão extravagante?

— É apenas uma peça de algodão. Não é exatamente uma roupa de seda com babados para um baile no palácio.

— Queria ter apenas cortado o cabelo em vez de usar isso — Lys disse, fazendo careta, para então mover o queixo na direção de Jonas. — Ou ter deixado você ou Galyn cortarem.

Ela fazia uma referência ao novo corte de cabelo de Jonas, cortesia de Lysandra e de uma lâmina afiada. O couro cabeludo dele era uma tapeçaria formada por pedaços raspados, pele arranhada e pequenos tufos de cabelo escuro. Felizmente, ele havia conseguido desarmá-la antes que derramasse muito sangue. A menina era uma excelente lutadora, mas péssima cabeleireira.

— Besteira, o vestido está ótimo — Jonas disse. — E agora estamos aqui. Está vendo alguma coisa?

— No meio dessa multidão? Não. Vamos ter que nos separar e começar a perguntar por aí. Alguém deve saber para quando está agendada a partida do navio do rei.

— Então não vamos perder tempo. — Ele engoliu a cidra, e a doçura lhe deu um pouco mais de energia. Agora só desejava que o ombro não estivesse ardendo e que os dedos do mesmo braço não estivessem dormentes.

Vamos nos preocupar com uma coisa de cada vez, Jonas pensou.

Eles combinaram de se encontrar em uma hora e saíram. Jonas observou enquanto Lys desaparecia com seu vestido cor-de-rosa. Não fosse pelo grande saco de lona pendurado no ombro para esconder o arco e as flechas, ela facilmente passaria pela filha de um auraniano abastado.

Muitos dos homens nas docas estavam encapotados com mantos de lã e casacos pesados. Ao olhar para eles, Jonas sabia como a manhã estava fria, mas a febre lhe dava a impressão de ser o momento mais quente do dia. Ele também estava zonzo, mas, ainda assim, se recusava a descansar em outro lugar enquanto Lysandra tomava a frente. Isso era importante demais. O rei estaria ali, a céu aberto. No meio daquela multidão, com certeza ele e Lysandra conseguiriam criar uma confusão grande o suficiente para distrair os guardas pessoais, acuar o rei e interrogá-lo sobre o paradeiro de Cleo antes que Jonas pudesse, afinal, cortar sua garganta.

Ele forçou o corpo enfraquecido a entrar na multidão, onde ficaria mais próximo dos navios, parando vários homens enquanto andava e perguntando sobre os horários de partida e os passageiros. Ele e Lysandra tinham inventado uma história para contar àqueles estivadores. Diriam que eram um casal, que tinham fugido e para tentar embarcar em um navio que os levasse para se casarem no estrangeiro. Acreditavam que essa mentira seria especialmente bem-sucedida para engatar uma conversa sobre o rei, já que havia boatos de que a própria princesa Lucia tinha fugido com alguém.

Depois de falar com pelo menos dez homens, Jonas havia recebido ofertas para embarcar em cinco navios diferentes, mas nenhuma informação útil.

Frustrado e enfraquecido, ele fez uma pausa e parou na doca de madeira, examinando a fila de navios até que seu olhar se fixou em um deles: um barco que parecia frágil, com metade do tamanho dos outros, videiras pintadas nas laterais e a inscrição VINHO É VIDA.

Uma embarcação paelsiana entregando vinho em Auranos.

Se fosse outra ocasião qualquer, ver o barco teria deixado Jonas nostálgico. Mas naquele dia, nada além de raiva surgiu dentro dele.

— De volta aos negócios, como se nada tivesse acontecido — ele resmungou.

É claro, não importava a que tipos de absurdos e de violência sua terra natal havia sido submetida, os auranianos não ousariam abrir mão do belo vinho paelsiano, que era admirado pela doçura na medida certa e total ausência de efeitos adversos depois de uma noite de exageros.

Beber até cair e sentir-se bem no dia seguinte. É claro que essa era uma promessa de importância máxima para os auranianos — ainda hedonistas, mesmo que sob o domínio do Rei Sanguinário.

Agora que Jonas acreditava nas lendas e havia testemunhado em primeira mão os efeitos revigorantes das sementes de uva paelsianas infundidas com a magia da terra, que o haviam trazido de volta do leito de morte, ele tinha certeza de que o vinho paelsiano fazia sucesso graças aos *elementia*.

E Jonas ainda podia condenar Auranos por escravizar paelsianos, monopolizar seus vinhedos e prendê-los a contratos de exclusividade de venda.

Era um bom lembrete de que os limerianos não eram os únicos malfeitores do mundo.

Jonas perdeu o equilíbrio quando uma tontura tomou conta de seu corpo. Havia um fedor ali perto da água — de peixe, de lixo jogado pelos navios atracados e de bebida que vinha do corpo dos trabalhadores. Ele podia sentir a febre piorando.

Quando estava prestes a desabar, uma mão agarrou seu braço, mantendo-o em pé.

— Mas não é meu rebelde favorito?! — retumbou uma voz alegre. — Bom dia, Jonas!

Jonas virou para o homem, que o recebeu com um largo sorriso. Ah, sim, era Bruno, pai de Galyn. Jonas conhecia bem o velho, grande entusiasta da causa rebelde, alguém com a tendência de expor seus pensamentos e suas opiniões em voz muito alta.

— Bruno, por favor, fale baixo. — Jonas olhou ao redor, nervoso.

O sorriso de Bruno se desfez.

— Meu pobre rapaz, perdeu seu olho?

— Eu... hum, não. — Sem perceber, ele passou os dedos no tapa-olho. — É apenas um disfarce. É muito fácil me reconhecerem por aqui, caso não saiba. Então, fique quieto.

— Bem, agradeça à deusa por isso! Dois olhos são muito mais úteis que um só. — O velho sinalizou para um trabalhador que havia desembarcado do navio paelsiano e se aproximava deles. — Bom, isso é bom! Vinte caixas, certo?

— Sim, senhor!

Jonas analisou a embarcação.

— Veio pegar um carregamento?

Bruno assentiu.

— Tenho vindo aqui todos os dias há quase uma semana porque o navio atrasou. Mas precisei ser cuidadoso para outra pessoa não aparecer de surpresa e roubar meu pedido. O vinho é tão popular que a Sapo de Prata fecharia de vez sem ele.

Se ele estava ali fazia uma semana, poderia ser de grande auxílio para Jonas.

— Bruno... sabe quando o rei vem para cá? Ouviu pessoas conversando sobre a partida dele nessa última semana? Nerissa contou que ele vai viajar para o exterior.

Bruno franziu a testa.

— O rei Corvin? Mas ele está morto!

Jonas tentou manter a paciência.

— Não, Bruno. O rei Gaius.

Bruno ficou aborrecido.

— Ora! É uma cobra maldosa, esse aí! Vai jogar todo mundo na fogueira se dermos meia chance a ele!

— Concordo. Mas ouviu alguma coisa sobre sua partida de Auranos?

Ele balançou a cabeça.

— Nada. Mas eu o vi.

Jonas piscou.

— Você o *viu*?

Bruno apontou na direção da frota de navios que partia.

— Ele partiu de manhã em um enorme navio limeriano preto com uma vela vermelha. Um brasão com uma cobra feia pintado na lateral. Como alguém pode achar que ele é digno de confiança, navegando em uma embarcação sinistra como aquela?

— Ele partiu hoje de manhã?

Bruno confirmou.

— Passou bem ao meu lado enquanto esperava neste mesmo lugar. Tentei cuspir nele para mostrar meu apoio aos rebeldes, sabe? Mas acabei acertando um pássaro.

O rei já tinha partido. E era culpa de Jonas terem chegado tarde demais. Ele tinha sido teimoso ao insistir em vir junto. Se Lys tivesse saído mais cedo, enquanto Jonas ainda estava dormindo, como ela queria, o rei poderia estar morto naquele instante, e não fugindo para sua próxima missão perversa.

— Meu rapaz, você ficou muito pálido — Bruno deu um tapinha no braço dele. — Está tudo bem?

— Não. Definitivamente não estou bem. — Era só mais um fracasso doloroso para adicionar à extensa lista.

Bruno cheirou o ar, então inclinou a cabeça e voltou a fungar.

— O que é *isso*?

— O quê?

— Sinto cheiro de... argh, deusa misericordiosa, é como um cruzamento de estrume de cavalo com carne podre. — Ele continuou a fungar e então se aproximou de Jonas.

Jonas olhou para ele tenso.

— O que está fazendo?

— Estou cheirando seu ombro, é claro. O que parece que estou fazendo? — O queixo do homem caiu. — Ah, nossa. É você.

— Eu?

Bruno confirmou.

— Receio que sim. Meu filho deu a você um pouco da lama medicinal, não deu?

— Deu.

— Venha aqui, vamos ver como está. — Bruno cutucou o ombro esquerdo de Jonas, fazendo-o gritar de dor.

Jonas tentou se concentrar em alguma coisa que não fosse o fedor das docas e dos corpos suados que passavam a seu redor. De repente, desejou nunca ter acordado depois de ser ferido e ainda estar inconsciente em sua cama na Sapo de Prata.

Com relutância, ele puxou a camisa para o lado para facilitar o acesso de Bruno às bandagens.

Bruno as desenrolou com cuidado, examinou o que havia por baixo e fez cara de nojo.

— A aparência está pior que o cheiro.

— E a sensação é ainda pior que tudo. — Jonas deu uma olhada. A maior parte da lama já tinha saído, expondo um ferimento em carne viva cercado por manchas roxas que pareciam relâmpagos e com as beiradas esverdeadas, vertendo pus.

— Está apodrecendo feito um melão depois de três semanas — Bruno anunciou, ajeitando as bandagens de volta.

— Então a lama medicinal não está funcionando?

— Aquela mistura é bem velha. Funcionava um pouco logo que a recebi, mas *nunca* teria funcionado em um ferimento tão sério quanto este. Sinto muito, meu rapaz, mas você vai morrer.

Jonas ficou boquiaberto.

— Quê?

Bruno franziu a testa.

— Eu sugeriria amputar o braço, mas infelizmente o ferimento não está na melhor posição para isso. Seria preciso remover o ombro também, para limpar toda a infecção, e receio que não seja possível. Talvez você possa encontrar algumas sanguessugas e torcer para dar certo?

— Não vou procurar sanguessuga nenhuma. E *não* vou morrer. — Ainda assim, ao dizer aquilo, ele próprio sabia que não parecia convencido. Tinha visto homens em sua vila em estado crítico por causa de ferimentos em estado de putrefação. Alguns dos paelsianos mais supersticiosos acreditavam que aquelas mortes eram uma punição por maldizer seu líder, mas, mesmo quando criança, Jonas sabia que não podia ser verdade.

— Esse é o espírito de luta! — Bruno então deu um tapinha na cabeça de Jonas. — Acho que é disso de que vou sentir mais falta quando você estiver morto.

— Tenho muito a fazer antes de morrer — Jonas rosnou. — Só preciso de um... curandeiro.

— É tarde demais para um curandeiro.

— Então preciso de uma bruxa! Preciso de uma bruxa que cure com o toque. Ou... de sementes de uva.

Bruno o encarou como se Jonas tivesse enlouquecido.

— Sementes de uva? Talvez exista alguma bruxa que possa curar um simples arranhão com lama mágica ou, talvez, sementes encantadas de algum tipo. Mas curar um ferimento tão profundo e pútrido como esse? Não vai dar certo.

— Mas conheço uma quê... — Ele interrompeu a frase, lembrando que, claro, Phaedra não era uma bruxa comum, era uma Vigilante. E estava morta, depois de sacrificar sua imortalidade para salvar a vida de Jonas.

— Talvez você encontre uma bruxa com magia da terra forte o bastante para acabar com sua febre e devolver um pouco da sua força — Bruno disse. — É improvável, mas diria que é sua maior esperança.

— E onde posso encontrar alguém assim? — ele resmungou, e então um pensamento lhe ocorreu. — Acha que Nerissa sabe?

— Pode ser que Nerissa saiba, sim — Bruno disse. — Mas ela também se foi. — Ele apontou para o mar. — Pelo jeito, o príncipe Magnus requisitou oficialmente a presença dela no norte. Está vendo aquele navio auraniano lá longe, com as velas douradas? É o dela, indo para Limeros.

— Espere. Você disse que Magnus está em Limeros? — Jonas perguntou, ignorando outra onda de tontura.

— Sim. No trono, ao que tudo indica, com a bela esposa ao lado.

Conheceu a princesa, não? É uma jovem tão adorável... É claro que não apoio os Damora de jeito nenhum, mas em termos apenas físicos, não acha que ela e o príncipe formam um casal um tanto quanto impressionante? E a química entre os dois quando os vi em sua lua de mel... estavam praticamente pegando fogo.

A dor de Jonas ficou pior do que antes.

— Preciso ir imediatamente. Diga a Galyn... diga que mando uma mensagem assim que puder. — Antes que Bruno conseguisse responder, Jonas já havia partido, com a cabeça girando com as novidades, informações demais para processar de uma só vez.

O rei havia partido para sabe-se-lá-onde.

Nerissa também foi embora.

O príncipe Magnus estava no trono em Limeros.

E a princesa Cleo estava com ele.

A hora tinha passado, mas Lysandra não estava no ponto de encontro. De repente, ele ouviu um grito alto e agudo vindo de algum lugar próximo.

Lys.

As pernas de Jonas estavam fracas, mas ainda assim ele correu na direção do barulho, sacando a espada com a mão direita.

— Lys! — ele gritou enquanto chegava aos limites da vila, pronto para proteger Lysandra dos agressores, para lutar com tanto afinco quanto fosse necessário para mantê-la viva.

Quando virou uma esquina, ele a viu parada, ofegante e com a barra do vestido suja. Dois jovens estavam caídos no chão na frente dela, gemendo de dor.

Lys virou para Jonas, as bochechas coradas e o olhar raivoso.

— É por isso que não uso vestidos! Atrai o tipo errado de atenção. Uma atenção que não quero!

— Eu... hum... — Jonas, abalado com a imagem, tropeçou nas palavras.

— Esse monte de estrume tentou pegar no meu peito! — Ela chutou um dos homens que gemiam. — E este aqui — ela deu um chute forte no outro — riu e o encorajou! Nunca mais uso esta roupa. Não importa se o próprio rei Gaius me reconhecer.

Jonas ficou meio alarmado e meio satisfeito quando um dos jovens olhou para ele agonizando.

— Tire-a de perto de nós — ele gemeu para Jonas.

— Com prazer — Jonas pegou o braço de Lysandra e a arrastou de volta pela esquina e até uma rua principal.

— Você nunca deixa de me impressionar, sabia? — Jonas disse para Lysandra enquanto andavam. — Pensei que estava correndo algum perigo.

— Estava ofendida e irritada, talvez, mas não...

Jonas a puxou para perto e lhe deu um beijo rápido e firme nos lábios, sorrindo.

— Você é incrível. Nunca se esqueça disso.

A cor vívida voltou às suas bochechas quando Lys tocou a própria boca.

— Sorte a sua eu não ter problemas com você, ou estaria no chão também, por me pegar de surpresa desse jeito.

— Muita sorte — ele concordou, ainda sorrindo.

Ela mordeu o lábio.

— Agora, hum, o que está acontecendo? Não consegui nada útil de ninguém por aqui. E você? Alguma coisa?

— Sim, descobri muita coisa. — Ele contou sobre Bruno, sobre a partida do rei, sobre Magnus e Cleo em Limeros, e Nerissa prestes a se juntar aos príncipes.

Lysandra praguejou em voz baixa.

— E agora? Vamos entrar em um navio e tentar ir atrás do rei?

Ele indicou que não.

— Tarde demais para isso. Mas, por sorte, temos algo para fazer tão importante quanto isso.

O olhar dela foi parar no ombro de Jonas.

— Procurar alguém capaz de curar seu ferimento?

Jonas sabia que não ia conseguir esconder o rosto febril e a fraqueza dela, então nem se preocupava mais em tentar. Mas, se conseguiriam ou não encontrar alguém com dons suficientes para ajudá-lo a tempo era uma boa pergunta.

— Se conseguirmos encontrar um curandeiro apropriado, sim. — Ele levantou o queixo e encarou os olhos castanho-claros dela com determinação. — Depois vamos a Limeros resgatar uma princesa e matar um príncipe.

8
MAGNUS

LIMEROS

O pai de Magnus costumava insistir para que ele participasse das reuniões do conselho real quando era mais jovem, embora o príncipe não prestasse muita atenção nelas. Ele se arrependia disso agora, enquanto tentava com muito empenho não se afogar em um mar de dilemas complicados e decisões políticas.

A primeira reunião tinha sido ruim, e os conselheiros não hesitaram em demonstrar seu desânimo por Kurtis não estar mais no comando. É claro que não ousaram ser rudes, mas, de seu assento à cabeceira da longa mesa, Magnus pôde sentir a desaprovação crescente na rígida linguagem corporal e nos olhares severos. Muitos dos atuais conselheiros, incluindo os ricos e influentes lorde Francus e lorde Loggis, e o sumo sacerdote Danus, faziam parte do círculo mais próximo do rei desde que Magnus era um garoto emburrado com o hábito de se manter escondido no palácio. Com certeza, naquela época, não o viam como um forte e competente herdeiro ao trono. E Magnus sabia que ainda era julgado daquela maneira, sem saberem que ele estava diferente, muito mais parecido com o pai em vários aspectos.

O conselho solicitou por unanimidade que o lorde Kurtis assumisse um assento no conselho, alegando ser seu direito, em razão de toda a responsabilidade que havia assumido durante a ausência de seu pai. Como Kurtis não havia cometido nenhum crime de fato contra o trono, e para acalmar o conselho, Magnus decidiu atender à solicitação.

Magnus examinou o documento que havia sido entregue a ele no início da reunião do dia.

— É um problema e tanto, não é, vossa alteza? — Kurtis perguntou em seu tom agudo.

A guerra com Auranos — por mais curta que tivesse sido — havia custado a Limeros uma grande fortuna. O déficit também foi potencializado pelo alto custo da construção da Estrada Imperial. Para compensar, mesmo os cidadãos mais pobres tinham começado a pagar impostos até chegar à miséria absoluta. O reino ainda não havia falido por completo, mas estava claro que algo precisava mudar.

— A situação é extremamente preocupante — Magnus disse devagar. — Mas o que mais me preocupa, lorde Kurtis, é que nos meses em que seu pai foi grão-vassalo do rei, ele não foi capaz de chegar a uma solução razoável.

— Minhas mais sinceras desculpas, vossa alteza, mas meu pai não tinha autoridade para fazer mudanças tão rigorosas sem a permissão do rei. E o rei ficou em Auranos, ocupado com assuntos do sul por tanto tempo que ouso dizer que muitos de seus súditos quase se esqueceram de seu rosto.

Um comentário tão insolente quanto aquele deveria ter recebido olhares sinistros dos outros membros do conselho, mas, em vez disso, Magnus os viu assentindo.

Um guarda entrou na sala.

— Vossa alteza — disse o guarda, fazendo uma reverência —, peço desculpas por interromper, mas a princesa Cleiona está aqui.

Essa era a última coisa que esperava ouvir de um guarda ao interromper uma reunião do conselho.

— E?

O guarda franziu a testa e então olhou para Kurtis, que se levantou.

— Vossa alteza, isso é obra minha. Sua adorável esposa expressou interesse em participar desta reunião do conselho durante nossa aula de arqueirismo hoje pela manhã, e não a dissuadi.

— Entendo — Magnus respondeu, áspero.

— Ela está ansiosa para aprender sobre tudo, vossa alteza, mas é claro que vou entender se considerar que não há lugar para uma mulher em reuniões como esta.

Ouviu-se o burburinho na mesa do conselho de velhos, que concordavam com aquela afirmação.

Magnus achou que sabia o que Kurtis estava tentando fazer. Ele queria que Magnus parecesse um tolo perante o conselho, fosse por permitir que uma mulher se juntasse à reunião — mulheres eram rigorosamente proibidas de participar de quaisquer afazeres oficiais do palácio — ou por se opor àquela sugestão, arriscando assim ofender a princesa, o que permitiria que Kurtis ganhasse mais um pouco da confiança de Cleo.

Magnus gesticulou para o guarda.

— Deixe-a entrar.

Cleo entrou na sala do trono, com o olhar intenso e o queixo levantado. Se estava nervosa por estar ali, não demonstrava.

Seu vestido era azul, a cor de Auranos, e sua favorita. O cabelo longo e loiro caía solto até a cintura, sem tranças nem cachos.

Magnus preferia quando ela usava o cabelo preso. Assim não o distraía tanto.

— Princesa — ele disse com firmeza, indicando a cadeira vaga à sua direita. Um pouco hesitante, ela se aproximou e sentou.

Durante o tempo que passaram em Limeros, é claro que ele via Cleo durante as refeições e outros eventos públicos, mas não falava em particular com ela desde a discussão que tiveram na varanda. Magnus lembrou que devia evitar varandas no futuro — eram lugares perigosos para ficar a sós com ela.

— Todos vocês tiveram a honra de conhecer a princesa Cleiona Bellos de Auranos. — Ele apresentou os membros do conselho mais uma vez, que acenaram com a cabeça. — E, é claro, princesa, que já conhece bem o lorde Kurtis.

— De fato. Lorde Kurtis tem me ensinado arco e flecha durante esta última semana — Cleo explicou aos conselheiros. — Ele é um excelente tutor.

— E você é uma excelente aluna — Kurtis respondeu. — Logo estará vencendo competições como sua irmã, se for esse seu objetivo.

Ah, sim, Magnus pensou com ironia. *Tenho certeza de que é exatamente por isso que ela quer aprender a atirar flechas afiadas precisamente.*

Magnus decidiu imaginar o olho direito de Kurtis como seu próprio alvo pessoal.

— Vossa alteza, talvez seja interessante pedir a opinião da princesa sobre o problema em pauta? — Kurtis sugeriu.

Aquilo soou muito como um desafio.

— Sim — Magnus concordou. — Seria interessante, não?

— Isto é absolutamente ridículo — o sumo sacerdote disse em voz baixa.

— O quê? — Magnus perguntou, ríspido. — Disse alguma coisa?

O sacerdote abriu um sorriso fraco.

— Não, vossa alteza. Estava apenas pigarreando. Estou ávido para ouvir o que sua esposa pensa.

Magnus empurrou o documento financeiro para Cleo. Ela o examinou rapidamente, e sua expressão ficou séria.

— Esta é uma quantia enorme de dinheiro — ela disse. — Quem é o credor?

— O rei Gaius tem um acordo com os usurários de Veneas — Kurtis respondeu. — Eles esperam ser pagos sem grandes atrasos.

— E então vocês estão cobrando impostos de todo o povo limeriano para alcançar essa grande soma? — Ela lançou um olhar intenso para cada um dos membros do conselho. — E os ricos?

— O que há com os ricos, vossa graça? — perguntou lorde Loggis.

— De acordo com este documento, os problemas financeiros foram causados por decisões tomadas pelos ricos. Por que não se espera que eles contribuam com seu quinhão desta dívida e limpem a própria bagunça?

— É uma opinião e tanto para alguém da realeza auraniana — Loggis retrucou. — Por outro lado, os pobres de Auranos seriam equivalentes a nossos ricos, não?

— Obrigada por sua opinião sobre minha terra natal, mas não respondeu à minha pergunta — Cleo disse, com um sorriso paciente. — Devo entender seu insulto como uma forma de evitar o assunto? Ou como incerteza quanto ao motivo de os impostos serem estruturados dessa maneira?

Magnus a observava com um deleite que mal conseguia disfarçar. Cleo com certeza não estava ganhando muitos aliados na sala, mas ele achava aquela habilidade de defender seu próprio ponto de vista profundamente admirável.

Mas não pretendia admitir isso em voz alta algum dia, é claro.

— E então? — Cleo insistiu, lançando um olhar para lorde Kurtis. Kurtis estendeu as mãos abertas.

— Podemos apenas esperar que seu marido encontre uma solução que beneficie a todos. É ele, afinal, quem está no comando.

Naquele momento Magnus imaginou outra flecha entrando no olho *esquerdo* de Kurtis. Aos poucos. Repetidamente.

— Bem — Magnus disse depois de um longo silêncio —, o que sugere, princesa?

Cleo o encarou, e era a primeira vez que o olhava de forma tão direta desde a última conversa na varanda.

— Quer saber mesmo?

— Se não quisesse, não perguntaria.

Ela o encarou por mais um instante, antes de voltar a falar:

— Meu pai nunca teve problema com dívidas.

— Que bom para o seu pai — lorde Loggis resmungou.

Ela lançou um olhar penetrante para o lorde, depois se virou para se dirigir ao resto do grupo.

— Na verdade, foi exatamente o oposto. Auranos era e é muito rico. Meu pai emprestou dinheiro a outros reinos com frequência, assim como se sabe que aqueles de Veneas fazem.

— E? — Magnus provocou depois que todos na mesa ficaram em silêncio. — Como essa lembrança do passado pode auxiliar na situação atual? As finanças de Auranos foram incluídas como parte deste documento; parte de Mítica como um todo. E eles também tiveram os cofres esvaziados numa tentativa de pagar uma parcela desta dívida.

"Graças à sede de poder do seu pai" eram as palavras não ditas que Magnus tinha certeza de que tinha visto brilhando nos olhos semicerrados da princesa.

Cleo limpou a garganta e em seguida suavizou a expressão, que tinha se tornado dura, com um sorriso paciente.

— Talvez — ela disse. — Mas o problema tem origem em Limeros, não em Auranos. Limeros, pelo que sei, nunca chegou nem perto de ser rica como Auranos. Há muitas coisas separando nossos povos, não apenas a terra paelsiana. Mas, em meio a essas diferenças, acredito que possamos encontrar uma resposta.

Lorde Francus se inclinou para ficar mais próximo e analisou a princesa com uma expressão de descontentamento, ainda que demonstrasse curiosidade.

— E qual, precisamente, é essa resposta, vossa graça?

— Em uma palavra só? — Ela lançou um olhar para todos da mesa. — Vinho.

Magnus piscou.

— *Vinho.*

— Sim, vinho. Suas leis proíbem qualquer tipo de bebida alcoólica, mas, ainda assim, o vinho é uma fonte de grande fortuna; tanto pelas vendas dentro do reino quanto pelas exportações. Enquanto o solo limeriano é provavelmente frio demais para cultivar qualquer coisa, os vinhedos de Paelsia não ficam tão longe daqui. Um bom terço da terra deles ainda é rico, mesmo que o povo não seja. Se trabalhadores e mercadores limerianos ajudarem os paelsianos na produção e no comércio de vinho, com a ajuda dos auranianos, Mítica pode voltar a ser um reino de muita abundância.

— O vinho é proibido em Limeros — o sumo sacerdote comentou, de forma ríspida.

Cleo franziu a testa.

— Então *desproíbam*. Este conselho certamente tem o poder para fazê-lo, correto?

— A deusa proibiu! — o sumo sacerdote gritou. — Apenas ela pode fazer tal mudança, e não a vejo sentada à mesa. Uma sugestão dessas é... — Ele balançou a cabeça em negativa. — Ridícula. E, francamente, ofensiva!

Cleo o encarou, exasperada.

— A sugestão para mudar uma lei obsoleta que impede que a crise financeira seja resolvida, que poderia garantir o futuro do reino se fosse revertida, é *ofensiva*?

— Nossa deusa... — ele começou.

— Esqueça sua deusa — Cleo o interrompeu. Vários membros do conselho engasgaram. — É preciso pensar nos cidadãos, especialmente nos pobres, que estão sofrendo neste exato momento.

Todos começaram a falar ao mesmo tempo, um argumento se sobrepondo ao outro, criando uma cacofonia de resmungos.

Magnus recostou na cadeira, juntou as mãos sobre as pernas e observou em silêncio o acesso de fúria. As bochechas de Cleo ficaram vermelhas, mas ele sabia que não era por constrangimento, mas sim por pura raiva.

— Quietos, todos vocês — Magnus disse, mas ninguém o escutou por causa do barulho que faziam. Ele gritou: — Silêncio!

O conselho finalmente se calou, e todos os olhares se voltaram para ele, cheios de expectativa.

— A sugestão da princesa Cleiona sem dúvida é... — *Qual seria a melhor maneira de colocar?* — auraniana.

— *Revoltante* é mais adequado — Loggis resmungou.

— Revoltante para nós, talvez. Mas não significa que não tenha seu mérito. Talvez Limeros *tenha* ficado presa ao passado por muito tempo. Deixando a tradição religiosa de lado, a princesa sugeriu uma solução em potencial, e concordo que mereça mais consideração e discussão.

Cleo virou para ele, o rosto tomado pela surpresa.

— Mas a deusa... — o sumo sacerdote começou a protestar mais uma vez.

Magnus levantou a mão.

— No momento, a deusa não ocupa um assento neste conselho.

— *Eu* represento a deusa aqui, caso tenha se esquecido — ele continuou, com a voz inflamada, em tom de desafio. E torceu o nariz quando Magnus lançou um olhar severo, depois baixou os olhos para a mesa, rangendo os dentes.

Magnus se levantou e deu a volta na longa mesa, ponderando sobre aquele problema.

— Vou enviar uma mensagem para meu pai apresentando essa proposta. Como ele nunca tentou suspender as vendas e o consumo de bebidas alcoólicas em Auranos, acredito que possa ver o potencial nisso de resolver muitos problemas com uma decisão arrojada. — O sumo sacerdote abriu a boca mais uma vez, e Magnus levantou a mão para interrompê-lo. — Pode jurar pela deusa neste exato momento que nunca provou nem uma gota de vinho na vida, sumo sacerdote Danus? Eu, com certeza, não posso.

— Nem eu — Kurtis reconheceu. — A princesa é tão esperta e inovadora quanto é bonita.

— De fato, ela é — Magnus concordou sem pensar.

Cleo olhou de relance para ele, claramente surpresa com aquela confissão. Os olhares se encontraram e se mantiveram. Ele foi o primeiro a desviar.

— Esta reunião chegou ao fim — Magnus anunciou, recobrando a voz.

Os membros do conselho se movimentaram para sair, mas lorde Loggis levantou um dedo e os impediu.

— Há um último assunto a ser discutido, vossa alteza — ele disse. — A enorme equipe de busca formada por guardas que foi enviada para procurar a princesa Lucia não encontrou nada. Desculpe, mas manter tantos homens nessa tarefa parece mau uso tanto de mão de obra quanto de recursos.

O nome de sua irmã atraiu toda a atenção de Magnus.

— Eu discordo.

— Mas, vossa alteza, nada nessa atual situação indica que sua irmã esteja em perigo — lorde Loggis prosseguiu. — Talvez... — Ele pigarreou. — Talvez assim que a princesa tiver tempo suficiente para refletir sobre seus últimos atos e sobre como podem ter causado certo alarde, ela simplesmente retorne ao palácio, e todos ficarão bem e serão perdoados.

Quando Magnus triplicou o número de guardas encarregados de procurar Lucia, não deu a eles e nem a seus comandantes nenhum detalhe sobre o desaparecimento. Não revelou que o tutor dela era um Vigilante exilado. Que Lucia era uma feiticeira. Que o único lugar onde sabia que ela tinha estado de fato fora deixado manchado de sangue, com cadáveres do lado de fora e uma tempestade de gelo conjurada por magia elementar pura e irrestrita.

— Mais uma semana — Magnus disse. — Se os guardas não a encontrarem nesse período, convoco metade deles de volta. — Lorde Loggis abriu a boca para protestar mais, mas Magnus levantou a mão. — É minha decisão final.

O lorde concordou, com um olhar desprovido de qualquer cordialidade.

— Sim. É claro, vossa alteza.

Magnus apontou para a porta, e os membros do conselho marcharam para fora da sala.

— Princesa, espere — ele disse, interrompendo Cleo, que estava prestes a atravessar a porta.

Ela se virou para Magnus, outra vez com uma expressão de surpresa, e então ele fechou a porta quando os outros saíram, deixando-os sozinhos na cavernosa sala do trono.

— Pois não? — ela disse.

— Pode parecer estranho, mas acho necessário agradecer por sua participação hoje.

Ela levantou as sobrancelhas.

— Me agradecer? Estou sonhando?

— Não se preocupe. Estou certo de que não vai acontecer de novo tão cedo. — Magnus se aproximou ainda mais de Cleo, e o sorriso dela se desfez.

— Deseja mais alguma coisa? — ela perguntou.

Se ao menos você soubesse, ele pensou. *Provavelmente fugiria correndo daqui e nunca olharia para trás.*

— Não — ele respondeu.

Ela limpou a garganta.

— Nerissa chegou pela manhã.

— Então foi ela a responsável por seu cabelo hoje? — Ele enrolou uma mecha sedosa e loira no dedo e a examinou com cuidado, sentindo o perfume, como se fosse uma flor exótica e intoxicante.

— Foi — Cleo respondeu depois de uma longa pausa.

— Em Limeros, mulheres decentes não usam o cabelo solto desse jeito. Diga a ela para fazer tranças ou prendê-los daqui por diante. A menos que seu objetivo seja parecer uma cortesã.

Cleo puxou o cabelo da mão dele.

— Preciso lhe agradecer também, Magnus.

— Por quê?

— Por me lembrar constantemente de como você realmente é. Às vezes eu me esqueço.

Com isso, Cleo passou por ele e deixou a sala.

Dizia-se que a razão pela qual a deusa Valoria havia proibido o consumo de álcool em suas terras era garantir que o povo sempre mantivesse a pureza, a saúde e a clareza de pensamento.

Mas em qualquer terra onde se proibia algo, sempre havia maneiras de se adquirir o proibido. Magnus tinha ouvido rumores sobre uma das maneiras — e sobre como ter acesso a ela — a apenas alguns quilômetros do palácio, em uma hospedaria que parecia caindo aos pedaços, chamada Uróboro.

Ele entrou na hospedaria, deixando o único guarda que havia levado consigo esperando do lado de fora com os cavalos. Estava quase vazia; apenas uns poucos clientes ocupavam a pequena área com mesas, e nenhum deles se deu ao trabalho de levantar a cabeça para ver quem tinha entrado.

Magnus analisou o local, protegido pelo pesado capuz de seu manto negro, e seu olhar pousou sobre uma porta de madeira com aldrava de bronze na forma de uma cobra devorando o próprio rabo. Ele a segurou e bateu três vezes rápido, três vezes devagar.

A porta abriu com um rangido pouco depois, e ele a atravessou para chegar a outro salão — muito maior e com mais pessoas do que o anterior. Magnus examinou os rostos rosados em vinte ou mais mesas, as mãos agarradas às canecas de cerveja, até se deparar com um rosto dolorosamente familiar.

— Incrível — ele resmungou enquanto se aproximava da mesa no fundo do salão.

— Ora, ora! — Nic exclamou com a língua enrolada, levantando a caneca e derramando cerveja. — Veja quem está aqui! Devo fazer um anúncio formal de sua chegada?

— Prefiro que não. — Magnus passou os olhos de novo pelo grande salão, mas ninguém parecia tê-lo reconhecido até então.

— Venha. — Nic empurrou com o pé a pesada cadeira de madeira que estava a seu lado. — Junte-se a mim. Odeio beber sozinho.

Magnus ponderou por um instante e depois fez o que Nic sugeriu. Manteve-se de costas para o resto das pessoas para continuar ocultando sua identidade.

— Está com sede? — Nic perguntou, sinalizando para que o taberneiro fosse até a mesa deles sem nem esperar a resposta.

O homem corpulento e careca, com barba cheia e escura, aproximou-se com confiança, mas, no momento em que Magnus olhou para ele por baixo do capuz, seus passos se tornaram hesitantes.

— Vossa alteza — o homem disse, ofegante.

— Silêncio — Magnus respondeu. — Não é necessário informar a ninguém sobre minha presença.

O homem tremeu enquanto se curvava e baixou o tom de voz até um sussurro rouco.

— Eu imploro, não me julgue com tanto rigor. Normalmente não sirvo tais bebidas malditas e pecaminosas aqui. Mas a noite está tão fria e... bem, estes leais cidadãos procuravam apenas alguma coisa para aquecer a barriga.

Magnus olhou para o homem com calma.

— Então é isso? Em uma sala exclusiva que requer uma batida especial para entrar?

O taberneiro fez uma careta, e seus ombros desabaram.

— Poupe minha família. Leve-me. Execute-me. Mas os deixe em paz. Eles não têm nenhuma responsabilidade por minhas decisões sombrias.

Magnus estava sem paciência para mártires chorões aquela noite.

— Traga-me uma garrafa de seu melhor vinho paelsiano. Não há necessidade de taça.

— Mas... — O homem piscou repetidamente. — Bem, vossa alteza, vinho paelsiano é vendido somente em Auranos. É parte do acordo entre eles, como o senhor decerto sabe. Mesmo que a lei me permitisse vendê-lo, não poderia ser importado para cá.

Magnus olhou feio para ele.

— Sim, é claro, muito bem — cuspiu o taberneiro. — Minha melhor garrafa de vinho paelsiano. Já está a caminho.

O homem desapareceu em uma sala nos fundos e voltou quase no mesmo instante com uma garrafa verde-escura de vidro com o símbolo paelsiano, uma videira, gravado de forma tosca. Enquanto o taberneiro a desarrolhava, Magnus olhava de relance para Nic.

— Isso é proibido. — Nic apontou para a garrafa. — Príncipe Sanguinário mau. Muito mau!

Magnus sinalizou para o taberneiro sair, então tomou um grande gole direto da garrafa e se permitiu um momento para apreciar a doçura familiar enquanto a bebida deslizava por sua língua.

Nic bufou.

— Mas é claro, *você* pode fazer o que quiser. Contanto que seu pai diga que está tudo bem.

Embora Magnus acreditasse que Nic merecia uma morte dolorosa havia tempos, precisava admitir que aquele rapaz o divertia de vez em quando.

— Seria bom você considerar a possibilidade de eu não me importar com o que meu pai diz — ele disse, tomando mais um gole. — Há quanto tempo está bebendo aqui, Cassian?

Nic balançou a mão de forma petulante.

— O suficiente para não me importar com o que vai acontecer depois. Posso matá-lo agora mesmo. Sério. Simplesmente atravessá-lo com essa faca de mesa. Até que esteja bem morto.

— Claro, bom, o sentimento é recíproco. Agora podemos escolher alguma coisa pela qual valha a pena brindar esta noite?

Nic voltou sua atenção à cerveja, olhando para baixo como se a bebida pudesse dizer seu futuro.

— Ao príncipe Ashur.

— Como?

— Príncipe Ashur. Lembra-se dele? — Seu rosto ficou melancólico. — Quero saber se ele foi enterrado e onde. Não é certo que fique em uma sepultura sem identificação. Ele era da realeza, sabe? Seu corpo devia ter sido tratado com mais respeito.

Magnus fez menção de tomar mais um gole, mas percebeu que já tinha bebido todo o conteúdo da garrafa. Poucos segundos depois, o taberneiro nervoso correu para substituí-la.

— Qual a relação entre vocês dois, exatamente? — Magnus perguntou, a nova garrafa já aberta. Estava curioso sobre Nic e Ashur desde a noite em que fora revelado que trabalhavam juntos contra Amara.

Nic não respondeu e continuou olhando fixamente para sua bebida.

Então, o efeito sublime de beber vinho rápido começou a tomar conta de Magnus, e o salão ao redor começou a girar e brilhar. O peso do dia finalmente tinha sido aliviado.

— Ah, agora resolveu fechar a boca, é? Considerando os boatos que ouvi a respeito do príncipe, não fico muito surpreso.

Nic franziu a testa.

— Que boatos?

Magnus o encarou.

— Estou certo de que entendeu o que eu disse.

Nic tomou a cerveja, envolvendo a caneca com as mãos pálidas.

— Não é isso. Ele era meu amigo.

— Uma amizade bem curta, e, ainda assim, a morte dele causou um pesar tão profundo.

— Não quero falar sobre isso.

O rosto do rapaz corou. Parecia que Magnus tinha chegado perto demais da verdade. Ele quis ficar satisfeito com a pequena vitória, mas não parecia capaz de invocar tal emoção. Em vez disso sentiu... o que era aquilo?

Compaixão?

Ele tomou um bom gole do vinho.

— Deve ser muito desagradável sentir algo tão... *inegável* por alguém por quem não deveria sentir nada. — Ele fez uma pausa, perdendo-se em seus pensamentos. — E saber que tais sentimentos são errados.

— Não havia nada *errado* naquilo — Nic resmungou.

Magnus prosseguiu, ignorando o argumento.

— Se permitir, essa... *fraqueza* por outra pessoa pode destruí-lo. Não, ela *vai* destruí-lo. Não tem outro fim possível. Então você precisa ser forte, mesmo quando não parece haver esperança. Quando não há como negar que há uma... uma pedra no seu sapato, irritante, dolorosa e impossível de ignorar.

Nic o encarou.

— Sobre o que está falando, pelo amor da deusa?

Magnus secou o que restava na nova garrafa antes de voltar a falar.

— Esqueça.

— Sabe, eu entendo — Nic disse, estreitando os olhos. — Você não consegue me enganar. Sei por que fez o que fez. Por que mais teria salvado a vida dela? Você a deseja, não?

O pior medo de Magnus — de ser tão transparente, mesmo para alguém tão insignificante quanto Nicolo Cassian — estava diante dele, ameaçando enfraquecê-lo a um ponto do qual não conseguiria se recuperar.

Ele deveria apenas levantar e sair sem dizer mais nada, mas seus membros estavam tão pesados, e os pensamentos tão confusos, que ficou ancorado no lugar.

— Não estamos falando sobre quem eu desejo — ele devolveu. — E sim sobre você desejando o príncipe Ashur.

— Cale a boca — Nic o repreendeu.

Magnus levantou da mesa para encarar o rapaz de uma posição superior.

— Não, cale *você* a boca. Se há alguém que quero, é Lucia. *Apenas* Lucia. Tenho certeza de que ouviu rumores sobre como o desejo que sinto por minha irmã controla tudo o que faço, cada decisão que tomo.

Uma sombra de dúvida surgiu no olhar de Nic.

— Talvez eu tenha. Mas rumores são rumores, e estive observando-o. A maneira como olha para Cleo, às vezes...

Quase imediatamente, Magnus desembainhou a espada e a pressionou contra o pescoço de Nic.

— Você vê coisas que não existem — ele sussurrou.

A fúria brilhou nos olhos de Nic.

— Vá em frente. Corte minha garganta. Você podia não saber quem era Theon quando o matou, mas imagine como o ódio de Cleo por você será muito maior se me matar também. É por isso que sei que não fará nada. Ela o defendeu para mim muitas vezes, mas eu vejo a verdade. Não importa quantas vezes salve a vida dela ou poupe a minha. O que fez, os atos pelos quais sua família foi responsável são imperdoáveis. Não importa o que tiver que fazer para protegê-la de você, eu o farei.

— Você é tão forte, não? Tão valente.

— Sou mais forte e valente do que pode imaginar. Anote o que estou dizendo, *vossa alteza*: odiarei você e seu pai pelo resto da eternidade. Agora me mate ou me deixe ir.

— Só está valente esta noite por causa da cerveja. Não estaria dizendo nada disso se já não estivesse embriagado.

Nic afastou a ponta da espada de Magnus da garganta.

— Pode ter certeza de que eu estaria.

Nic levantou, tomou o resto da bebida da caneca e saiu da taberna.

9
JONAS

PAELSIA

— Deixa eu ver só uma vez...

— Não, Lys — Jonas disse. — Tire a mão daí.

— Vamos, não seja tímido!

— Não estou sendo tímido. — Quando Lys tentou pegar a camisa de Jonas de novo, ele saiu de perto. — Pare.

Lysandra olhou feio para ele.

— Seu teimoso, me deixa ver o machucado.

— Não. — Ele se concentrou na fogueira, cutucando-a com uma vareta para não deixar o fogo apagar.

— Droga, Jonas. Está feio, não está? Pior do que você está dizendo.

Ele se recusou a encará-la para Lys não enxergar a verdade.

— Estou me sentindo ótimo. Nunca estive melhor. Agora vamos descansar por algumas horas e depois precisamos continuar. Temos um bom trecho para percorrer até chegarmos a Limeros.

— Não confia em mim?

Havia algo na voz dela que Jonas nunca tinha ouvido antes e que deixou seu coração apertado.

— É claro que confio. — Ele engoliu em seco, com um nó na garganta. — Confio em você mais do que em qualquer pessoa no mundo.

O lábio inferior dela tremia.

— A lama não está funcionando, não é? Você está piorando e não quer que eu saiba o quanto está doente.

Ele tentou rir.

— Pareço tão mal assim?

— Para dizer a verdade, parece, sim. — Lys segurou o rosto dele, forçando-o a encarar seu olhar sério. — Você vai morrer?

— Todos nós vamos morrer. Somos mortais, lembra? — Ele tentou manter o sorriso, mas percebeu que exigia força demais. — Só tenho a avaliação de Bruno, que disse que não me resta muito tempo. Mas ele não é nenhum especialista.

Lys ficou tensa, e Jonas notou que ela se esforçava para parecer determinada.

— Então temos que nos concentrar em encontrar alguém para ajudá-lo.

— Se aparecer alguém, sim. Mas minha prioridade é chegar a Limeros e matar o príncipe Magnus.

— E minha prioridade é curar você. Deveria ser a sua também.

Ele riu.

— Acha mesmo que mereço ser salvo depois de todos os problemas que causei? As coisas seriam muito mais fáceis para você sem minha presença.

A raiva surgiu nos olhos escuros dela.

— Você é mesmo tão idiota assim? Estou viajando com um completo imbecil por todos esses meses?

A indignação dela soou estranhamente afetuosa.

— Nossa, Lys, suas doces palavras aliviam tanto minha...

Antes que ele conseguisse terminar, Lysandra o segurou e o beijou com intensidade. De repente, a dor no braço e a dormência na mão desapareceram. Ele entrelaçou a mão nos cachos escuros dela e a puxou para mais perto.

— Estou apaixonada por você, seu idiota. E não vou perdê-lo. Entendeu? — Lys sussurrou junto aos lábios dele antes de beijá-lo mais uma vez.

A confissão o fez perder o fôlego, de modo que só conseguiu assentir em resposta.

— Agora, de novo, como fazemos para curar você? — ela perguntou quando finalmente se separaram.

Na verdade, ele já tinha quase perdido as esperanças de encontrar um modo de resolver seu problema. Mas a teimosia de Lysandra, sua devoção e amizade haviam lhe trazido nova determinação para enfrentar mais um dia.

Jonas respirou fundo.

— Precisamos procurar uma bruxa.

Ela assentiu.

— Então vamos procurar uma bruxa.

Eles deixaram a fogueira no mesmo instante e seguiram sem demora para o norte de Paelsia, finalmente parando em uma vila poucos quilômetros depois da fronteira de Limeros com várias hospedarias e tavernas no centro, cercada por outros estabelecimentos comerciais e pela área residencial. Era o primeiro sinal de vida humana que os dois viam em mais de um dia. Durante a viagem, a temperatura havia caído muito, e o solo estava coberto por uma fina camada de gelo; alguns flocos de neve caíam do céu noturno nublado.

Lysandra desapareceu por um momento para explorar alguns casebres, voltando com roupas mais quentes. Jonas notou que ela tinha trocado seu vestido rosa, sujo e rasgado, por um novo, amarelo-claro.

— Onde arrumou tudo isso? — perguntou enquanto ela lhe entregava um manto de couro.

— No mesmo lugar onde arrumei isso. — Ela pegou um saquinho

amarrado com barbante e o sacudiu para Jonas ouvir o tilintar das moedas.

Ele não conseguiu conter o sorriso.

— Estou impressionado.

— Agora vamos arrumar alguém para curá-lo.

Lys pegou a mão dele com cuidado e o ajudou a entrar na hospedaria mais próxima. Mesmo tarde da noite, estava cheia de hóspedes jantando em volta da lareira.

Jonas posicionou o tapa-olho, e Lysandra colocou algumas moedas sobre o balcão.

— Que tipo de acomodação pode nos oferecer por esse valor?

O dono da hospedaria ajeitou os óculos sobre o nariz.

— É suficiente para uma noite em um quarto confortável para você e seu... — Ele franziu a testa ao olhar para Jonas, pálido e suado.

— Marido — Lys respondeu.

— Marido. Sim. Um bom jantar está incluído também — o homem disse em tom agradável, mas ainda com a testa franzida. — Moça, desculpe me intrometer, mas seu marido parece muito doente.

— É porque ele *está* muito doente. — Ela colocou mais duas moedas de prata sobre o balcão. — Por isso também estamos procurando alguém para ajudá-lo. Precisamos de alguém com dons muito particulares e especiais, e estamos dispostos a pagar bem pela informação.

O dono da hospedaria levantou uma sobrancelha.

— Dons especiais?

Lys chegou mais perto e disse em voz baixa:

— Precisamos de uma bruxa que domine muito bem a magia da terra.

O homem se afastou, observando Lys e Jonas atentamente.

— Uma bruxa? Minha cara, vocês sabem que estão em Limeros, não sabem? Aqui não é Auranos. Nossas leis para bruxaria e magia negra não são tão brandas. O rei prende, e com frequência executa, todos os acusados de bruxaria, além de não tratar bem aqueles que os ajudam de qualquer maneira.

Jonas virou para a sala de jantar e notou que algumas pessoas olhavam com curiosidade na direção deles. Uma pessoa em especial chamou sua atenção: uma mulher que usava um manto preto de cetim e tinha o rosto oculto pelas sombras.

— Então pode esquecer. Não queremos causar problemas para ninguém — ele disse. Lys apertou sua mão com força. — Ai!

— Senhor, entendo os riscos, mas estamos dispostos a tentar a sorte — Lys explicou. — Sabe, somos recém-casados e... e já estou esperando uma criança. — Lágrimas surgiram em seus olhos castanhos. — Não posso perder meu amado marido tão cedo. Preciso dele, entende? Vou ficar perdida sem ele para me proteger e cuidar de mim. Por favor, faço qualquer coisa para curá-lo. *Qualquer coisa*, entendeu? Por favor, nos ajude.

Jonas ficou impressionado com a capacidade de manipulação de Lysandra. Resolveu ficar quieto e deixá-la assumir.

O dono da hospedaria ficou olhando para ela com a testa franzida até que Jonas viu lágrimas se formando em seus olhos.

— Minha cara. Você é tão corajosa... Você dois são muito corajosos. Este mundo precisa de mais jovens como vocês, dispostos a correr grandes riscos. A amar... É só isso que importa, não é?

— É, sim — Lysandra concordou. — Então, pode nos ajudar?

— Se pudesse, ajudaria. De verdade. Mas as supostas bruxas desta região se foram há muito tempo. — Ele ficou pensativo. — No entanto, ouvi dizer que muitas podem ser encontradas em Pico do Corvo. Eu recomendaria que procurassem ajuda lá.

Pico do Corvo, capital de Limeros, ficava a vários dias de viagem da fronteira.

Jonas não sabia se tinha todo esse tempo.

Eles comeram, dormiram e deixaram a hospedaria no dia seguinte, antes de amanhecer, com o plano de tentar encontrar — ou roubar — dois cavalos para acelerar a viagem.

Jonas tentou manter os passos firmes e ligeiros, sem deixar Lysandra perceber o quanto havia enfraquecido desde o dia anterior.

De repente, Lysandra agarrou seu braço.

— Alguém está nos seguindo — ela sussurrou.

Jonas parou de repente, com frio na barriga.

— Não sei se consigo lutar — ele admitiu com relutância.

— Não se preocupe. Eu cuido disso.

Mais uma vez, Jonas tentou manter o ritmo, mas as botas com solado liso não eram feitas para superfícies congeladas e escorregadias. Eles viraram uma esquina, depois outra, e Lysandra fez sinal para Jonas seguir em frente. Ele continuou, seus passos cambaleantes fazendo barulho sobre a neve, enquanto ela esperava atrás do tronco de um grande carvalho que ficava perto de uma fileira de estabelecimentos comerciais e tinha os galhos cheios de gelo.

Um instante depois, Jonas viu Lys sair do esconderijo e avançar contra uma figura coberta por um manto. Ela jogou a vítima contra a parede, pressionando a lâmina da adaga incrustada de joias de Jonas contra sua garganta.

Quando ficou claro que a pessoa que os seguia tinha sido pega, Jonas se aproximou e viu que a figura tinha mais ou menos o mesmo tamanho e a mesma altura de Lys.

— Por que está nos seguindo? — ela bradou.

— A arma não é necessária — respondeu uma voz feminina.

Jonas sabia que aquelas palavras não significavam nada para Lys, que tinha mais dificuldade de confiar nas pessoas do que qualquer um que ele conhecia. E, apesar do tamanho, ela era tão perigosa quanto qualquer homem, quando necessário.

— Isso cabe a mim julgar — Lys disparou, segurando a adaga com mais força. — Quem é você? — Antes de lhe dar tempo de responder, ela puxou o capuz do manto de cetim preto.

Jonas quase engasgou quando viu o rosto adorável da garota, apenas alguns tons mais claros que o cabelo castanho-escuro, com um par de olhos verde-esmeralda que os encaravam calmamente.

— Sou uma amiga — a garota disse. Não parecia estar com medo.

— Por que está nos seguindo? — Jonas perguntou, se aproximando. Ele achou que a estava reconhecendo. — Você estava na hospedaria ontem à noite, não estava?

— Estava. E é exatamente por isso que sei que está procurando uma bruxa capaz de ajudá-lo.

O coração dele deu um pulo ao ouvir aquilo.

— Você conhece uma bruxa?

— Eu *sou* bruxa. — Ela voltou a olhar para Lys. — Agora, afaste a arma ou posso mudar de ideia.

Lys trocou um olhar de dúvida com Jonas. Ele assentiu, e ela, com relutância, embainhou a adaga.

Quando Lysandra saiu de perto, a expressão da garota permaneceu serena, e não aliviada nem grata por ter sido libertada.

— Então... — Jonas disse, desconfiando daquele encontro aparentemente bom demais para ser verdade. — Qual é a armadilha?

— Não tem nenhuma armadilha — a garota respondeu com a voz calma. — Agora, aconselho que parem de perder tempo. Por sua aparência, Jonas Agallon, não lhe resta muito.

Um filete de suor escorreu pelas costas dele.

— Você sabe quem eu sou?

— Apesar de sua tentativa um tanto quanto fraca de se disfarçar, sim. — Ela olhou pra Lys. — E você é Lysandra Barbas, companheira de Jonas e fiel rebelde. Lindo vestido, por sinal. Uma fantasia simples, porém eficaz para alguém que passou a vida toda usando calças.

Lysandra cruzou os braços, olhando para a garota com profunda cautela e desconfiança.

— O que você é? Espiã a serviço do rei, talvez?

— Não.

— E por que devemos acreditar em você?

— Para mim, é indiferente se acreditam ou não.

— Acho que entendi — Jonas disse. — Você quer dinheiro. Quanto?

A garota suspirou, impaciente.

— Realmente não estou com disposição para debater minhas intenções. É extremamente cedo, o frio está muito desagradável, e só estou cumprindo minha obrigação ao me oferecer para salvar sua vida. Se não quiser aceitar por vontade própria, serei obrigada a forçá-lo.

Jonas arregalou os olhos. Para alguém que alegava indiferença, ela era muito insistente.

Lysandra a mediu de cima a baixo.

— Como você se chama?

— Olivia.

— Jonas — Lysandra disse devagar —, vamos dar uma chance a Olivia.

— Mas, Lys...

— Não — ela o interrompeu. — Está decidido. Olivia, do que precisa para começar?

— Primeiro, preciso sair deste vento frio.

Lysandra assentiu e os conduziu até o local mais próximo, um estabelecimento que vendia velas e lamparinas e que àquela hora ainda estava fechado.

— Afastem-se — disse Lys, aproximando-se de uma janela e se preparando para quebrá-la.

— Não precisa. — Olivia pegou na maçaneta e abriu a porta.

— É esse o costume em Limeros? Deixar as portas destrancadas? — Jonas perguntou.

— Não. Mas agora está destrancada.

Jonas e Lys trocaram olhares desconfiados ao acompanhar a bruxa até o interior da loja pequena e vazia, ocupada com mesas cheias de velas de todas as formas e tamanhos imagináveis. Lysandra logo pegou algumas e as acendeu com o sílex para iluminar melhor a pequena área.

— Mostre-me o ferimento — Olivia disse, apontando para Jonas. — Rápido.

Ele deixou a bolsa no chão.

Olivia suspirou, impaciente.

— Seria bom se fosse hoje.

Jonas olhou feio para ela.

Não fazia ideia do motivo para ela querer — precisar, ao que parecia — ajudá-lo, mas se tudo o que ela tinha dito fosse verdade, ele não podia correr o risco de perder a oportunidade. Estavam procurando uma bruxa experiente e, como num passe de mágica, Olivia tinha simplesmente ido até ele e oferecido seus serviços.

Aquele não era o momento de questionar suas intenções. Ele prometeu a si mesmo que faria isso mais tarde, quando não estivesse se sentindo a morte em pessoa.

Isto é, se Olivia de fato conseguisse fazer o que dizia ser capaz.

Lysandra o ajudou a desamarrar a camisa e expor o ombro esquerdo.

— Ah, Jonas! — ela ficou sem fôlego e torceu o nariz ao ver o ferimento purulento. — É a coisa mais asquerosa que já vi em toda minha vida. Estou surpresa por ainda estar em pé e respirando.

Ele estreitou os olhos.

— É, bem, imagine como estou me sentindo. Agora, pode me ajudar ou não?

Ela revirou os olhos e virou para Lysandra.

— Ele é sempre hostil assim?

— Ignore-o. O que você acha? Pode fazer uma lama medicinal nova?

Ou talvez ela tenha um saquinho de sementes de uva brilhantes e mágicas na bolsa, prontas para serem usadas. Jonas pensou. Então teria certeza de que tinha sido derrubado pela febre e aquilo não passava de um sonho.

— Foi *isso* que você aplicou antes aqui? — Olivia sentiu ânsia. — Minha nossa. Acho que vou vomitar.

Lys fez uma careta.

— Aparentemente a lama estava muito velha para reter a magia e não fez nenhum efeito.

— Por isso está tão repugnante. — Olivia ficou indignada. — Está bem. Sim, vou preparar mais um pouco de lama medicinal, já que lama é uma substância perfeita para magia da terra. Primeiro, preciso encontrar uma vaca.

Jonas estava fraco demais para expressar o quanto queria que ela começasse logo, mas aquilo era realmente inesperado.

— Por que precisa de uma vaca?

— Do que acham que a lama é feita? — ela perguntou, com um lampejo de diversão nos olhos verdes. — Excremento de vaca é um ingrediente comum em muitos preparados com magia da terra.

Olivia saiu sem esperar a resposta.

Jonas ficou observando-a, estupefato.

— Ela pretende me curar com excremento de vaca?

Lysandra deu um tapinha em seu outro braço.

— E você vai deixar.

Olivia voltou com um balde cheio de achados malcheirosos. Mandou Jonas tirar totalmente a camisa e retirou as bandagens quando estava pronta para começar.

Lysandra olhou o balde de esterco marrom.

— É só isso?

— Só.

Jonas rangeu os dentes.

— Vamos acabar logo com isso.

— Deite-se. — Olivia enfiou a mão no balde e tirou um punhado de lama fedorenta.

Jonas deitou sobre a mesa firme onde estava sentado. Estendeu o braço na direção de Lysandra, que segurou sua mão direita.

— Estou pronto — ele disse.

— Pense na cura — Lys sugeriu.

— Farei o possível.

A bruxa começou a espalhar a lama medicinal sobre o ombro dele. Até o mais leve toque era dolorido, mas era bom sentir a lama fria sobre a pele ardente.

— Mais — ele disse.

— Sim, você com certeza vai precisar de tudo — ela concordou.

Era muito diferente de quando Phaedra tinha curado Jonas com as sementes de uva. A magia de Olivia proporcionava uma sensação refrescante e agradável, enquanto a de Phaedra se assemelhava a lava sendo vertida em sua garganta e se espalhando por todos os membros.

— Isso é tão bom e reconfortante — ele disse. — É assim que devo me sentir?

— Reconfortante? — Olivia franziu a testa. — Eu não acho que...

Jonas levantou e gritou de dor. Era como se um soldado tivesse agarrado seu braço e o arrancado, para depois atear fogo e jogá-lo aos lobos. Ele se debatia, tentando desesperadamente tirar a lama ardente da pele.

— Segure-o — Olivia gritou para Lysandra. — Não podemos tirar nada ainda.

Lys obedeceu às ordens da bruxa imediatamente. Cada uma segurou um braço e pressionou Jonas sobre a mesa, enquanto ele se contorcia e agonizava.

— Ela está tentando me matar! — ele exclamou. — Lys... Lys, não deixe!

— Aguente firme — Lys sussurrou. — Por favor, aguente só mais um pouco.

Ele sentiu a lama penetrar ainda mais em sua pele, queimando cada camada, devorando músculos e ossos. Perfurava seu ombro como a mordida de um demônio com dentes de navalha.

Mas, tão de repente como tinha começado, a dor desapareceu por completo. Ele sentiu o corpo mole de novo, sob a mão das garotas, e só conseguiu ouvir o som de sua própria respiração ofegante.

— Pronto — Olivia disse, soltando um longo suspiro de alívio. — Viu? Não foi tão ruim assim, foi?

Ruim? Tinha sido mais do que ruim. Foi uma tortura.

A bruxa desapareceu nos fundos do estabelecimento. Lysandra pegou um pano e, com as mãos trêmulas, limpou o ombro de Jonas.

— Funcionou — ela disse, claramente admirada. — Ela não só o ajudou. Ela o *curou* de verdade.

Jonas conseguiu sentar. Pegou o pano de Lys e limpou o resto da lama do ombro, revelando uma área de pele lisa e imaculada. Nenhum ferimento, nenhuma infecção.

Mas... como? Jonas podia ter se convertido e passado a acreditar na magia de Mítica, mas não achava que uma bruxa fosse capaz de um milagre tão perfeito.

Bruno tinha dito que uma bruxa não podia curar um ferimento tão grave. Mas talvez o velho simplesmente não conhecesse nenhuma capaz disso.

Lysandra o agarrou e lhe deu um abraço apertado.

— Achei que ia perder você. Nunca mais me assuste assim, entendeu?

— Entendi — Jonas sussurrou entre os cabelos dela.

Olivia voltou, limpando as mãos em uma toalha.

— Está melhor?

Lysandra correu até Olivia e apoiou as mãos em seus ombros.

— E pensar que poucos instantes atrás eu não acreditava em nada relacionado a bruxas ou magia, e aqui está você... E fez muito mais do que eu poderia desejar. Obrigada. Muito obrigada! — Depois Lysandra puxou a garota e a abraçou com força.

Olivia arregalou os olhos surpresa e, sem jeito, deu alguns tapinhas nas costas de Lys.

— Fico feliz por ter conseguido ajudar a tempo.

Apesar dos temores iniciais, a bruxa tinha mais do que provado seu valor a Jonas.

— Minha mais profunda gratidão, Olivia — Jonas disse. — Devo minha vida a você.

Ela afastou Lysandra gentilmente.

— É, acho que sim.

Jonas esperou que ela dissesse o preço, provavelmente algum pedido exorbitante que ele nunca conseguiria pagar.

— E...? — ele perguntou.

Olivia inclinou a cabeça.

— E... preciso ir agora. Adeus.

Ela virou para a porta.

— Espere! — Jonas disse. — Aonde está indo? Procurar outros estranhos aleatórios por aí para curar?

— Talvez — ela respondeu.

A garota era um verdadeiro mistério. Mas, na verdade, tudo o que Jonas precisava saber a seu respeito era que ela era capaz de realizar magia poderosa.

— Venha conosco — ele disse.

Ela franziu a testa.

— Para onde?

— Para o palácio limeriano.

Olivia cruzou os braços e o analisou por um longo momento de silêncio.

— Jonas Agallon, líder rebelde fracassado cujo objetivo de vida é destruir o rei Gaius e devolver a paz e a liberdade para Mítica, quer que eu me junte a ele em uma viagem até o palácio limeriano.

— Na verdade, vou começar destruindo o filho dele. E, sim, quero que se junte a nós. Lys, o que acha?

Lysandra o encarou.

— Você tem razão, precisamos dela.

— Vou me tornar sua mais nova recruta rebelde? — Olivia perguntou.

— Você acabou de salvar minha vida sabendo quem eu era — Jonas argumentou. — E conhecendo meu objetivo.

— E você me quer por perto para salvá-lo de novo, se houver necessidade — Olivia afirmou.

— Não vou negar que seria um grande bônus. Sei que não tenho muito a oferecer, mas se eu obtiver sucesso... se conseguir fazer o que pretendo... Tudo será melhor em Mítica, para todos os que chamam esse lugar de lar.

Olivia virou, como se fosse embora, mas fez uma pausa.

— Está bem. Concordo em acompanhá-los nessa jornada.

— Ótimo — ele disse, com um sorriso no rosto. — Então vamos indo.

10
FELIX

KRAESHIA

Felix se debruçou na lateral do navio, fazendo o possível para não cair nas águas agitadas. Olhou para cima e viu pássaros voando em círculos. Entre eles, havia um falcão dourado. Talvez um Vigilante estivesse supervisionando seu sofrimento. Ele sentiu um tapa nas costas e virou para o agressor com um olhar hostil.

Era Milo Iagaris, ex-guarda do palácio que tinha sido acusado de auxiliar os rebeldes, crime pelo qual foi mandado para o calabouço auraniano, onde permaneceu até pouco tempo atrás. Ao ser solto, Milo não ficou sabendo que a culpa era de Felix, por roubar seu uniforme.

Seria melhor que Milo nunca ficasse sabendo daquele pequeno detalhe. Felix achava que ele não seria tão complacente quanto o rei.

Ele tinha sido designado parceiro de Felix na segurança do rei durante a viagem. Felix precisava admitir que Milo, um amontoado de músculos, realmente tinha o físico adequado para o trabalho. Além disso, pelas conversas que tinham tido durante aqueles dias no mar, Milo parecia mais do que preparado para infligir dor sem nenhum remorso sempre que necessário. E mesmo quando não fosse.

— Ainda mareado? — Milo perguntou.

— O que você acha?

Milo riu.

— Vou considerar como um "sim". Não acredito que nunca esteve no mar antes.

— Pode acreditar. Agora vá embora e me deixe morrer.

— Não se preocupe, não falta muito para chegar. Dá para ver a terra daqui.

Felix conseguiu levantar os olhos vermelhos para ver que, bem ao longe, depois de vários quilômetros de mar aberto e agitado...

Seu estômago se revirava e reclamava.

...havia uma margem de terra.

— Graças às deusas — Felix gemeu. — Acho que posso ficar em Kraeshia para sempre.

— Imagino que logo saberemos exatamente por que o rei decidiu vir para cá — Milo disse.

— Não acha que foi só pela areia e pelo sol?

Os dois trocaram um olhar jocoso ao pensar no Rei Sanguinário se preocupando com algo tão mundano. Mas Felix estava incomodado por não ter ideia do motivo pelo qual o rei desejava adentrar a capital de um império que tinha derrubado mais de um terço dos reinos conhecidos do mundo.

Finalmente, o navio chegou a um porto e atracou. Felix acompanhou o rei de perto pela prancha de desembarque, se controlando para não ceder à vontade de se jogar sobre o cais de madeira e beijá-lo.

Lá estava ele, o Império Kraeshiano. Ou, para ser mais exato, a capital de Kraeshia, conhecida como Joia do Império, uma cidade construída no meio das maravilhas naturais e exóticas que formavam esta grande ilha, mais ou menos do mesmo tamanho de Auranos. Felix tinha escutado histórias sobre a beleza de Kraeshia, mas, depois de passar quase a vida toda na fria e austera Limeros, nenhuma descrição poderia tê-lo preparado para ver tudo isso com os próprios olhos.

As árvores altas estavam repletas de folhas verdes espessas e brilhosas, cada uma do tamanho de um homem, e a areia cintilava como joias ao longo da costa. Ao longe, junto à praia, Felix tinha certeza de que tinha visto um grupo de mulheres tomando banho de sol, nuas como lagartos do gelo.

O rei tinha decidido que, durante a viagem, Milo e Felix não usariam o uniforme oficial da guarda limeriana, o que os teria feito se destacar como duas ervas daninhas em um jardim de belas flores. Então vestiam roupas impecáveis semelhantes às dos lordes: calça de couro, túnica de linho branca e o melhor manto sobre o qual Felix já havia posto os olhos, feito de lã de carneiro — e talvez tão leve quanto o ar.

Agora que estava em terra firme, Felix descobriu que se sentia mais parte do Clã da Naja do que nunca, preparado e ávido para proteger o rei em território desconhecido.

O Rei Sanguinário. Aquele que faz mal aos inocentes, escraviza os pobres, tortura os fracos.

Seu rosto teve um espasmo.

Saia de minha cabeça, Jonas, Felix pensou.

Ele viu uma figura esperando no fim das docas, e de repente seus passos vacilaram. Ele endireitou os ombros e levantou a cabeça ao se aproximar de uma beldade de cabelo escuro.

Felix não acreditava em amor à primeira vista — mas e quanto a *desejo* à primeira vista? Era um conceito incrivelmente real, recém-comprovado pela bela criatura diante dele.

— Ora, será que ouso acreditar em meus olhos? — perguntou o rei Gaius, parando diante da linda garota. — Princesa Amara Cortas veio me receber oficialmente? Admito que estou surpreso em vê-la.

Princesa Amara.

Felix tinha ouvido que a filha e o filho do imperador Cortas tinham estado recentemente em Auranos, como convidados do rei, mas nunca tinha visto a princesa pessoalmente. Ela tinha uma beleza exótica como sua terra, com cabelo longo e preto como azeviche caindo em ondas soltas pelas costas. Os lábios eram vermelhos como rubis, e os olhos, da cor da prata tocada por uma gota de azul. A pele impecável era de um tom mais escuro, bronzeado. Usava um vestido verde-azulado sem manga, para mostrar os belos braços, e com uma longa fenda que ia até o meio da coxa. O abdome firme estava coberto apenas por uma camada de tecido transparente que se movimentava com suavidade com o sopro da brisa quente.

Ela tinha perfume de jasmim, apenas um toque, mas combinado com o doce aroma do clima tropical, Felix achou tão inebriante quanto um gole de vinho paelsiano.

— Rei Gaius, que prazer vê-lo aqui. — Ela ignorou a demonstração sarcástica de surpresa meneando rapidamente a cabeça e estendendo a mão. — Bem-vindo a Kraeshia.

— Está ainda mais bela do que da última vez em que nos encontramos. — Ele pegou sua mão e roçou os lábios sobre ela. — Como é possível? Só se passaram algumas semanas.

O sorriso dela diminuiu.

— Sinto-me honrada com palavras tão gentis.

— O imperador também está aqui?

— Não. Ele está no palácio. Meu irmão mais velho, o príncipe Dastan, voltou esta manhã do reino de Castoria, nossa mais nova aquisição.

— Uma grande vitória para ele. — O rei franziu a testa. — Espero que ele possa dispor de um tempo para se reunir comigo hoje. Viemos de muito longe.

A princesa Amara assentiu.

— É claro, sem dúvida ele está ansioso para recebê-lo. Meu pai está honrado por sua visita, e estou igualmente honrada em acompanhá-lo até a residência real. Assim que chegar à Lança de Esmeralda, poderá comer, descansar e se recuperar da viagem. Considera aceitável?

O rei abriu um sorriso tênue.

— É claro. Muito obrigado, princesa.

Ela sorriu e olhou para Felix e Milo. Felix fixou um meio sorriso no rosto, esperando ser tão charmoso quanto consideravam as garotas de Mítica.

Sim, princesa, ele pensou. *Você poderia me fazer esquecer Lysandra.*

— Princesa — disse o rei. — Permita-me apresentar dois de meus conselheiros de maior confiança, Milo Iagaris e Felix Graebas.

Felix e Milo se curvaram diante dela.

— Muito prazer — ela disse, fazendo uma pequena mesura. — Considerando a aparência deles, vossa graça, acho que posso dizer que, em Mítica, "conselheiro" é sinônimo de "guarda pessoal"?

O rei riu.

— Você é muito perspicaz. Como pude esquecer dessa sua qualidade, princesa?

— Não esqueci nada sobre você. — O sorriso de Amara se manteve intacto naquele rosto encantador. — Podemos ir?

Em Mítica, as carruagens eram fechadas, com pequenas janelas, portas firmes e grandes rodas de madeira feitas para longas viagens por estradas cobertas de gelo e pedra. Em Kraeshia, as carruagens tinham forma abobadada, sombreada e, ao mesmo tempo, aberta para o sol. As rodas eram extremamente delicadas e finas, e a estrutura, entalhada em madeira clara de álamo e adornada com metais preciosos.

Felix recostou no assento e fechou os olhos, saboreando os raios quentes no rosto. Vários cavalos brancos com flores perfumadas entrelaçadas à crina e cauda puxaram a carruagem para longe das docas, e o cocheiro começou a conduzir pelas estradas planas e sinuosas de Joia. Kraeshia era tão colorida, e as construções, comércios e tavernas eram muito diferentes do que Felix estava acostumado.

Logo, Felix se deu conta de que Joia ostentava muito mais do que riquezas. Era a perfeição em si. Cada detalhe, cada canto, cada centímetro bem cuidado da cidade era impecável, como um detalhe em uma pintura ou escultura. As janelas cintilavam. As ruas brilhavam. No céu, não havia uma única nuvem.

— É lindo — Felix murmurou.

— É mesmo, não é? — comentou Amara, e Felix ficou surpreso por ter acidentalmente chamado sua atenção. — Meu pai fez da beleza uma prioridade em Kraeshia, principalmente aqui em Joia. Ele acredita que beleza é poder.

— O que acontece quando aparece algo feio? — Felix perguntou.

A princesa ficou pensativa.

— Não consigo pensar em nada aqui que possa ser descrito dessa forma.

— Bem, agora que Milo está aqui, acho que não se pode mais dizer isso.

Felix conseguiu provocar o esboço de um sorriso genuíno na princesa, mas com o rei e Milo perto o bastante para escutar, ele sabia que estava na hora de ficar quieto.

A carruagem passou e refletiu em uma gigantesca construção abobadada prateada, que Amara descreveu como o principal templo de Joia. Felix não sabia muita coisa sobre a religião kraeshiana, mas estava certo de que não rezavam para Valoria nem Cleiona.

Todos ficaram em silêncio por vários minutos, até Amara finalmente dizer:

— Perdoe-me, rei Gaius, mas preciso perguntar, pois estou profundamente curiosa desde que soube de sua visita. Sobre o que quer conversar com meu pai? Que assunto urgente o trouxe de tão longe?

— Admiro sua sinceridade tanto quanto sua curiosidade, princesa. Mas receio que o assunto seja entre mim e o imperador. Tenho certeza de que você compreende.

— Ah, por favor! Com certeza pode dar pelo menos uma pista.

O sorriso cordial permaneceu nos lábios do rei.

— Você gostou da visita ao meu reino, princesa?

Amara hesitou antes de responder à abrupta mudança de assunto.

— Gostei muito.

— Lamentei ao saber que embarcou antes que eu tivesse a chance de me despedir.

— Sim, também fui muito desafortunada por perder o grupo de guardas que enviou à quinta para escoltar a mim e a meu irmão de volta a seu palácio. Peço desculpas pela partida repentina, mas era hora de ir. Preferi não abusar da hospitalidade ficando tempo demais em seu reino.

Por fora, não passava de uma conversa educada entre dois membros da realeza, mas Felix podia jurar que percebeu um tom obscuro, exatamente o oposto de amigável.

— É uma pena — disse o rei. — Mandei os guardas porque tinha conseguido providenciar excelentes acomodações para vocês, bem no palácio.

— Uma atitude extremamente atenciosa.

O rei a observava, o sorriso ficava cada vez mais aberto, e os olhos escuros brilhando com interesse.

— Você me decepcionou, princesa. Em geral não é tão difícil despertar a conhecida franqueza dos kraeshianos. Vai mesmo fazer esse jogo?

— Só entro em jogos quando sei que vou ganhar.

— E seu irmão, o príncipe Ashur? Ele joga tão bem quanto você?

— Infelizmente não chega a meus pés.

— Ele também deixou Mítica e voltou para casa?

Felix analisava Amara, mas sua expressão era indecifrável.

— Ainda não — ela respondeu simplesmente.

O rei ficou em silêncio por um longo momento, enquanto a carruagem prosseguia na direção do palácio.

— Talvez um dia você queira me revelar seus verdadeiros pensamentos em vez de ocultá-los.

— Não sei se você apreciaria muito esse dia, rei Gaius.

— Não tenha tanta certeza.

Felix teve a impressão de que ele e Milo tinham se tornado completamente invisíveis, e apenas a realeza se confrontava na carruagem.

— Como está o príncipe Magnus? — Amara perguntou.

— Muito bem.

— Verdade? Encontrou-o recentemente?

O rei cerrou os olhos.

— Meu filho está viajando no momento, mas sempre mantemos contato. Acabei de receber uma mensagem dele, informando que se encontra em Limeros no momento.

— Ah, sim, eu já sabia. — Ela suspirou. — Seu querido herdeiro, tão determinado a fazer as coisas a seu próprio modo, não é? Tão teimoso...

— Suponho que a teimosia seja outra característica que compartilhamos como pai e filho.

— Sim. E ele é fascinado pela esposa, não é? Quando os vi pela última vez em Limeros, não conseguiam tirar os olhos um do outro. O amor é assim. É uma das poucas coisas na vida pelo que vale a pena matar, não é verdade? O príncipe seria capaz de fazer *qualquer coisa* por ela, não seria? Que romântico, considerando que ela continua sendo a maior ameaça a seu trono.

A expressão do rei estava resoluta e impassível, mas seu rosto tinha ficado um pouco mais vermelho.

— Peço desculpas. — A princesa Amara franziu a testa. — Eu disse alguma coisa que o chateou?

— De jeito nenhum — o rei respondeu, e Felix o viu se inquietar no assento. — Mas, me diga, durante sua viagem de última hora a Limeros, onde alega ter visto meu filho e sua esposa...

— Não alego. Eu os vi. No Templo de Valoria, na verdade.

— Você por acaso também viu minha filha Lucia?

— Não posso afirmar. Por quê? Ela também fugiu do ninho? Céus, vossa graça! Parece que ambos os seus filhos o abandonaram em um período muito delicado para seu governo. Deve ter sido um tanto quanto decepcionante.

Felix e Milo se entreolharam, confusos. O que, exatamente, estavam testemunhando ali?

O rei riu, surpreendendo sua pequena plateia.

— Princesa, é de fato uma jovem muito especial. Prometo nunca mais subestimá-la.

— Seria sábio de sua parte — ela respondeu, virando para a frente. — Ah, vejam. Estamos quase chegando à Lança de Esmeralda. Foi desse lugar que mais senti falta quando estive fora.

Felix virou e viu o gigantesco palácio verde erguendo-se na direção do céu.

— Rei Gaius, Felix, Milo... — Amara abriu um grande sorriso. — Bem-vindos à minha casa.

11
CLEO

LIMEROS

— Muito bem, princesa — exclamou lorde Kurtis. — Concentre toda sua energia no centro do alvo.

Cleo apontou a flecha com calma, a vinte passos do alvo. Fazia frio, mas o céu estava claro, e não havia neve para distraí-la dessa vez.

— Quando estiver pronta, solte a flecha.

Ela deixou a flecha voar, sentindo mais confiança do que em qualquer aula anterior.

Mas a flecha percorreu apenas a metade do caminho e mergulhou no chão congelado. Essa falha específica havia se tornado muito comum na última semana.

O arqueirismo como esporte parecia fácil visto de fora, de onde ela assistia às competições de sua irmã. Agora, olhando para os próprios dedos, sangrando e cheios de bolhas, ela se deu conta do quanto estava errada. Todo dia era a mesma coisa: puxar o fio do arco, mirar, soltar a flecha. Repetidas vezes. E falhar em todas.

Estava ainda mais constrangida pelo fato de vários guardas estarem perto do campo de arqueirismo, testemunhando sua falta de progresso, incluindo Enzo, o guarda amigável para quem Cleo fazia questão de dar bom-dia todas as manhãs.

— Muito bem — Kurtis disse, tentando animá-la. — Você está melhorando muito.

Ela tentou não rir.

— Mentiroso.

— De jeito nenhum! Você não vê seu progresso, mas eu vejo. Sua mira se tornou excelente, e sua força está melhorando a cada aula. Dominar uma habilidade como esta requer muita paciência e tempo.

Por que tudo o que era importante requeria tanta paciência e tempo, quando ela não tinha mais nenhum dos dois?

Quando conheceu Lysandra Barbas, Cleo tinha ficado impressionada pela garota rebelde, que tinha muita facilidade para acompanhar rapazes como Jonas e que era capaz de empunhar um arco e flecha como se tivesse nascido com ele nas mãos. Embora nunca fosse admitir a ninguém, em especial à beligerante Lysandra, ela tinha passado a admirá-la profundamente.

— Acho que chega por hoje — ela disse, soltando o arco e aquecendo as mãos nas dobras do manto azul-claro, forrado de pele.

— Muito bem. — Kurtis deu ordens para um guarda recolher o equipamento, e eles começaram a caminhar devagar na direção da entrada do palácio. — Vossa graça, posso lhe falar francamente?

— Sobre?

— O príncipe Magnus.

Cleo olhou para ele, surpresa.

— O que tem ele?

Ele hesitou.

— Perdoe-me se interpretei mal, mas sinto que nos tornamos amigos.

— Não interpretou mal. — Cleo tinha interesse em fazer o máximo de amizades que pudesse. — Por favor, fique à vontade para dizer o que está pensando.

— Obrigado, vossa graça. A verdade é que... ando um pouco preocupado com seu marido. Durante as reuniões do conselho que ele presidiu, não consegui deixar de notar como é óbvio que o príncipe duvidava das próprias habilidades como governante. Temo que seja apenas uma questão de tempo até que o resto do conselho perceba e comece a acreditar que ele não tem aptidão para o cargo. Se o conselho o considerar inadequado para governar no lugar de seu pai, tem o poder de retirá-lo do cargo.

— Todos os novos líderes cometem erros no início — Cleo afirmou depois de refletir. — E, na verdade, devo discordar de você. Quando estive na reunião, ele pareceu tão confiante quanto capaz.

Acabei de dizer isso em voz alta?, ela pensou, consternada.

Cleo sabia o quanto Magnus detestava fazer discursos públicos, então tinha ficado surpresa de fato com a maneira aparentemente relaxada como ele assumiu o comando da reunião do conselho. Quando ele falou, ela teve a impressão de que todas as outras pessoas desapareceram.

— Conheço o príncipe há muito mais tempo que você — Kurtis respondeu sem hesitar. — Ele nunca demonstrou nenhum sinal de liderança e nenhum interesse em aprender mais sobre o que faz um grande líder. Ainda assim, apareceu de repente, exigindo controle e disseminando frustração.

Cleo não sabia muito bem se estava gostando da direção que a conversa estava tomando, mas queria ver aonde Kurtis pretendia chegar.

— Ele é o herdeiro do trono.

— É. — Kurtis reconheceu. — Como você era a herdeira do trono auraniano, se não fosse pelo pai de Magnus. Não sou tolo. Sei que não está casada por livre e espontânea vontade. Perdoe-me se pareço um tanto rude, mas é quase como se você não fosse esposa, e sim prisioneira de guerra. Sabendo como ele era ameaçador quando éramos crianças, compadeço-me muito de sua situação.

Ele era muito mais perceptivo do que Cleo imaginava.

— Não sei bem como responder a isso, Kurtis.

— Não precisa dizer nada. Mas, saiba de uma coisa: em meu coração, sei que Magnus não foi feito para aquele trono. Ele pertence a outra pessoa. Alguém que tenha feito por merecer e seja muito mais digno.

Ela notou que não estava conseguindo respirar. Kurtis estava se oferecendo como aliado?

— Kurtis...

— Aquele trono é *meu* — ele continuou. — Com o rei e meu pai em Auranos, *eu* deveria estar no poder aqui.

Ela se esforçou para esconder a surpresa.

— É uma pena, então, que o príncipe de Limeros discorde de você.

— Você precisa saber que o príncipe conseguiu fazer muito mais inimigos que amigos desde sua chegada — Kurtis disse, baixando a voz conforme se aproximavam do palácio. — Estou preocupado com a segurança dele.

— Acredita que a vida de Magnus corre risco?

— Rezo para a deusa para que não seja verdade, claro. — Ele fez uma pausa, cerrando os lábios até quase formar uma careta. — Mas o que posso dizer com certeza é que poucos em Limeros lamentariam a morte dele, ou a de seu pai.

— Por que está me dizendo isso?

— Espero que encoraje seu marido a renunciar.

— Acha que tenho tanto controle sobre ele?

— Pareceu ter certa influência sobre ele na reunião do conselho quando discutíamos a crise de Limeros. Ficou claro para mim que ele valorizou sua opinião.

— Acho que não compartilhamos da mesma certeza.

— Ainda assim, vai considerar o meu pedido, princesa?

Ela se obrigou a sorrir e apertou o braço de Kurtis.

— Aprecio sua franqueza, Kurtis. E, sim, vou considerar.

— Excelente. Então prometo não tomar mais seu tempo.

Ele se despediu e a deixou ali, na entrada do palácio, imersa nos próprios pensamentos.

O que acabou de acontecer?

O desejo de Cleo de retomar o que era seu por direito não havia desaparecido, e Kurtis Cirillo seria um aliado interessante. Se ao menos sua abordagem, seu desejo explícito pelo trono, não tivesse deixado um sabor tão rançoso na boca dela...

Então, o conselho odiava Magnus. E, se tivessem a chance, ficariam do lado de Kurtis. Se Magnus se opusesse, sua vida estaria em perigo.

Um dia aquele já tinha sido o objetivo dela — ver o príncipe morto ao lado de seu pai.

A julgar pela sensação de tensão e mal-estar que se agitava em seu estômago, os termos com certeza haviam mudado.

Ela voltou para os jardins gelados um pouco mais tarde, protegendo-se com o manto enquanto explorava a área, tentando esvaziar a cabeça. Tudo à sua volta estava coberto por uma camada de branco puro. Até o palácio, uma estrutura negra e ameaçadora como uma fera, parecia sossegado e cinza, com quase todos os centímetros de sua superfície cobertos de gelo. Ela andou pelos longos caminhos gelados que atravessaram os jardins, imaginando que estavam delimitados com cercas-vivas podadas e roseiras cheias de flores. Talvez um arco coberto de hera. Cheio de cores e calor, como em seu lar.

Cleo amava Auranos, é claro. Mas Limeros também tinha sua beleza — uma beleza fria e intocável, mais fácil de admirar de longe.

Assim como o príncipe.

Mas o príncipe nem sempre é frio e intocável, é?, ela se perguntou.

De repente, alguma coisa — uma sensação, um som fraco... ela não sabia ao certo o quê — a fez parar e virar.

Alguém percorria o caminho atrás dela, a uns cem passos de distância. Ela ficou ali, paralisada, enquanto a figura se aproximava.

Até finalmente conseguir ver quem era.

— Não é possível — ela sussurrou.

Quando ele estava a cerca de trinta passos de distância, ela começou a caminhar, as pernas se movimentando por iniciativa própria, levando-a para mais perto dele.

Theon.

Theon Ranus usava calça de lã marrom e um manto preto e grosso, com o capuz abaixado, revelando seu belo rosto. Era um rosto que ela havia memorizado um milhão de vezes. Um rosto que a assombrava. Um rosto que amava.

— Co-como? Como você está aqui? — ela conseguiu perguntar quando soube que estava perto o bastante para ele ouvir.

Ele parou ao alcance de suas mãos.

— Eu disse que a encontraria. Eu estava falando sério, princesa. Sempre vou encontrá-la. Tinha alguma dúvida?

Ela estendeu o braço para tocá-lo, com a mão trêmula, e sentiu que era firme, quente e real.

— Mas... eu vi você morrer! Com aquela... aquela espada enfiada no coração. Você estava *morto*!

Ele pegou a mão dela.

— Uma vigilante exilada me encontrou bem a tempo. Ela me curou com um preparado de sementes de uva com magia da terra, mas demorei meses para ficar forte o bastante para partir. Procuro você desde então, princesa. Procurei por todo lado e, graças à deusa, finalmente a encontrei.

Foi por isso que ela tinha estado em Paelsia um tempo atrás, para procurar as míticas sementes de uva que, segundo rumores, eram capazes de trazer alguém da beira da morte.

Ele estava vivo. Theon estava vivo! Isso mudava tudo.

— Senti tanto sua falta!

Theon olhou para ela com carinho e seriedade.

— Você passou por muitos horrores nos últimos meses. Foi obrigada a fazer coisas terríveis para sobreviver. Mas agora acabou. Estou aqui e prometo mantê-la em segurança. — Ele olhou para a fachada do castelo negro. — Precisamos ir embora imediatamente.

— Ir embora? Mas, espere… preciso contar ao Nic… — Ela estava cheia de esperança mais uma vez, mas tudo parecia mudar tão rápido que ela mal tinha tido tempo de processar as informações.

— Depois mandamos um recado para que ele saiba onde nos encontrar.

— Meu reino… Theon, preciso retomá-lo.

— E vai, mas não aqui. Não com *ele*. — A expressão de Theon ficou tensa. — Sinto muito por não ter conseguido protegê-la daquele monstro, meu amor. Mas o farei agora. Nunca mais precisará vê-lo.

Theon a abraçou forte, mas ela ficou tensa.

— Não posso partir — ela disse tão baixo que mal pôde escutar a si mesma. — Há muita coisa que preciso fazer aqui. Sinto muito.

Theon se afastou dela e pareceu inconformado.

— Como pode me dizer isso?

— Por favor, tente entender…

— Por que ficar com ele um instante a mais do que o necessário? Não se lembra do que ele fez comigo?

Devagar, sangue começou a correr do canto de sua boca.

Ela ficou horrorizada.

— Theon!

— Ele me matou, princesa. Aquele covarde maldito enfiou uma espada em minhas costas e não merece nada além de dor em troca disso. Você sabe!

Ela balançou a cabeça, os olhos cheios de lágrimas.

Theon cambaleou para trás e caiu de joelhos. Abriu a parte da frente do manto para mostrar a mancha vermelho vivo no centro da túnica.

— Ele me roubou de você. Ele roubou seu reino e sua família e seu futuro. Esqueceu disso?

Lágrimas quentes escorriam pelo rosto dela.

— Não. Você... você não entende...

— Eu amo você, princesa. Podíamos ter sido tão felizes juntos se não fosse por ele. Por que me trairia dessa forma?

Ele caiu no chão, os olhos acusatórios vidrados, fixos nela.

Cleo acordou do sonho gritando.

A princesa procurou Nic, mas encontrou Magnus no corredor. Tentou evitá-lo, mas ele se colocou em seu caminho.

— Princesa — ele disse, notando o manto e as luvas. — Está com pressa para ir a algum lugar?

Cleo estava com dificuldades para encará-lo nos olhos, então voltou a atenção ao chão escuro.

— Nenhum lugar em particular.

— Estou curioso para saber como estão suas aulas de arqueirismo.

É claro que, justo hoje, ele queria parar para uma conversa amigável. Que encantador.

— Não poderiam estar melhores.

— Lorde Kurtis é um bom instrutor?

— Muito bom. Eu... na verdade estou procurando Nic. Você o viu?

— Não recentemente. — Magnus piscou e endireitou os ombros. — O último lugar onde o vi foi em uma taverna da região. Parece que ele estava por lá para tentar esquecer um certo príncipe kraeshiano. Curioso, não é? E eu pensei que ele era loucamente apaixonado por você... Algumas pessoas são cheias de segredos, não são?

— De fato. Agora, se me der licença.

Ele segurou seu braço quando Cleo passou.

— Está tudo bem, princesa?

— Está tudo ótimo.

— Olhe para mim.

Cleo rangeu os dentes e se obrigou a encarar aqueles olhos escuros. Assim que o fez, mil emoções diferentes a atingiram de uma só vez, e seus olhos começaram a arder.

Não, não aqui. Não vou chorar na frente dele.

Magnus franziu as sobrancelhas.

— Diga por que está tão chateada.

— Como se você se importasse. — Ela olhou para a mão grande dele apertando seu braço. — Está me machucando.

Ele a soltou de imediato, e Cleo sentiu o olhar em suas costas enquanto se afastava tentando fingir não estar com pressa.

Ela tentou respirar normalmente, tentou achar um jeito de recuperar sua força, mas tudo lhe escapava a cada passo que dava.

Finalmente, encontrou Nic saindo do quarto, na ala dos empregados. Tinha círculos escuros sob os olhos, e o cabelo ruivo estava desgrenhado.

— Não me deixe esquecer de uma coisa no futuro, Cleo — ele disse. — É melhor ficar com o vinho paelsiano. Qualquer outra bebida em excesso não leva a nada além de muita dor e arrependimento na manhã seguinte.

Se fosse qualquer outro dia, ela poderia até achar graça.

— A dor que está sentindo deve servir como lembrete — ela afirmou, depois olhou para os dois lados do corredor. — Preciso falar com você em particular.

Ele esfregou a testa.

— Agora?

Ela assentiu, com um nó na garganta.

— Tudo bem. — Ele apontou na direção de seu quarto. — Entre e vivencie os luxos que me concedeu sua majestade.

Ela mordeu o lábio.

— Não, vamos lá fora. Preciso de um pouco de ar fresco e... vai fazer bem a você.

— Excelente ideia. E se eu morrer congelado, não vou mais ser um fardo para você.

— Pare com isso, Nic. Você não é um fardo. Para ser sincera, não sei o que faria sem você. — Ela o puxou e lhe deu um abraço apertado.

Ele ficou tenso com a surpresa, mas logo retribuiu o abraço.

— Você está bem?

— É uma ótima pergunta. Não tenho mais tanta certeza.

Nic assentiu.

— Então vamos conversar.

Nic pegou um manto quente, e Cleo saiu com ele na direção dos jardins gelados.

— Viu o labirinto? — ela perguntou, cobrindo a cabeça com o capuz de seu manto para ajudar a bloquear o frio.

— Só de longe.

Ela viu os guardas de vermelho pontuando a paisagem branca.

— Já andei por ele várias vezes e conheço o caminho. Vai nos dar um pouco de privacidade.

Quando entraram no labirinto, Cleo passou o braço pelo de Nic para se aquecer um pouco mais.

— Certo — ele disse. — O que é tão urgente e pessoal para precisarmos entrar em um labirinto de gelo no dia mais frio da minha vida?

— Bem, primeiro quero me desculpar. Sinto que fui negligente com você quando... — Cleo pegou a mão fria dele. — Quando você está precisando muito de uma amiga.

Seus passos vacilaram, e ele ficou sério.

— Do que está falando? Sei que é minha amiga. É *mais* do que isso. Você é minha família agora. A única família que tenho.

— Sim, é claro. Mas sei que anda chateado desde o templo... desde que o príncipe Ashur morreu.

Ele ficou pálido.

— É disso que se trata essa conversa? Não me pergunte sobre ele, Cleo. Por favor.

— Sei que está sofrendo, Nic. Quero ajudar.

— Estou resolvendo sozinho.

— Ficando bêbado toda noite?

— Talvez não seja a melhor estratégia para esclarecer uma mente confusa, mas é uma das poucas que tenho disponíveis.

— Posso ver que está confuso. Converse comigo, Nic... sobre *ele*. Estou à sua disposição. É sério.

O nariz do rapaz já tinha ficado vermelho devido ao frio, e as sardas se destacavam no rosto pálido.

— Só sei que nunca tinha me sentido assim, nunca, por... — Ele rangeu os dentes. — Não sei, Cleo. Não consigo explicar, nem para mim mesmo. Gostei de meninas a vida toda, e sei que não estava apenas me enganando. Meninas são bonitas, suaves e... incríveis. O que senti por você, *principalmente* por você... não era falso nem uma mentira. Mas com o príncipe... não sei o que pensar. Não passei por nenhuma enorme mudança e agora quero beijar todo garoto que passa na minha frente.

— Mas você gostava dele. Talvez *mais* do que isso.

Ele passou a mão nos cabelos curtos.

— Eu mal o conhecia, Cleo. Mas... o que comecei a sentir... não parecia errado.

Cleo assentiu.

— Entendo completamente. O que nosso coração quer pode passar por cima do que nossa mente nos diz ser proibido. Não podemos controlar esses sentimentos, mesmo quando desejamos muito.

Nic começou a olhar para ela com desconfiança.

— Você entende, não é? Por quê? *Seu* coração também está confuso? Viemos aqui falar sobre mim? Ou estamos falando sobre *você*?

Nic sempre a enxergou com clareza — mais do que qualquer outra pessoa. Seria sensato que ela se lembrasse disso agora.

Cleo fechou os olhos e tentou bloquear toda a confusão, mas só conseguia ver a imagem de Theon em seu pesadelo, encarando-a com dor e dúvida.

Por que me trairia dessa forma?

— Cleo, olhe para mim — Nic pediu.

Com relutância, ela abriu os olhos.

— Não — ele disse com severidade. — Simplesmente.

— Nem sei do que você está falando.

— É claro que sabe — Nic disse, resmungando. — Só lembre de uma coisa: tudo o que o príncipe fez nos últimos tempos, ele fez apenas por uma pessoa... e não é você. É ele. Magnus é tão calculista, ardiloso e egocêntrico quanto o pai. Você é inteligente demais para isso, Cleo. Sei que é. Precisa enxergar através das motivações por trás de tudo o que ele faz.

Seu tom estava desprovido de acusação ou repulsa. Em vez disso, falava com paciência e compreensão... e talvez com certa frustração.

— Não sei mais em que acreditar, Nic.

— Dá para ver. — Ele afastou o cabelo dela do rosto. — Sei que não me procurou hoje para falar de amor, Cleo. Você me procurou porque sabe que, sempre que as coisas ficam um pouco confusas, posso ajudá-la a voltar a enxergar tudo de maneira racional. O príncipe Magnus é seu inimigo mortal, não um herói obscuro que vai se redimir em nome do amor verdadeiro. E isso nunca vai mudar.

Ela não achou graça, mas não conseguiu deixar de rir.

— Você me faz parecer uma completa idiota.

— Não, você não é idiota. É a garota mais inteligente que conheço. — Ele riu. — E a mais bonita de todas, com certeza. Sei que vai fazer a coisa certa. Mas precisa lembrar quem é seu inimigo. Lembrar o motivo por que voltamos para este palácio, que é conseguir mais informações sobre a Tétrade. Se pudermos encontrar pelo menos um dos cristais, você terá seu trono de volta.

O que era mais importante para ela? Vingar a morte de sua família, recuperar o trono que lhe fora tomado e garantir um futuro livre do Rei Sanguinário para o seu povo?

Ou um príncipe, a quem sabia que nunca poderia confiar totalmente seu coração ou sua vida?

Tudo parecia muito claro de novo. Graças à deusa ela havia sonhado com Theon para se lembrar do que nunca poderia esquecer — e também tinha Nic como voz da razão.

— Você está absolutamente certo — Cleo disse depois de um pesado silêncio. Por fim, ela os guiou até a saída do labirinto. — Magnus é meu inimigo. Eu o odeio por tudo o que tirou de mim... de nós... e sempre odiarei.

Nic soltou o que pareceu um suspiro de alívio.

— É bom ouvir isso.

Finalmente saíram do labirinto, mas foram recebidos por uma voz seca e séria.

— Sim, é bom ouvir isso, não é? Para todos nós.

Magnus estava apoiado no muro do labirinto congelado como se estivesse esperando os dois. O sangue de Cleo virou gelo ao se deparar com ele.

— Nossa, a conversa deve ter sido fascinante. É uma pena só ter escutado o final. Fiquei imaginando por que estava tão chateada no palácio, princesa, então tomei a liberdade de seguir você e seu melhor amigo para ouvir o motivo. Afinal, como seu inimigo eterno e mortal, desconfio muito de suas intenções.

Pensar que ele só tinha escutado o fim da conversa, e não qualquer indício de seu conflito interno em relação a ele, era o único alívio que ela conseguia encontrar.

— Você não está usando seu manto — ela disse quando finalmente encontrou voz. — Vai morrer congelado aqui fora.

— Você gostaria disso? — Ele não estava tremendo, mas estava com os braços cruzados. — Sinto decepcioná-la, mas vou ficar bem. Talvez meu coração negro e frio seja a diferença. — Ele voltou seu olhar gelado para Nic. — E eu que pensei que tínhamos nos aproximado na taverna ontem à noite. Que decepção. — Ele hesitou, franzindo a testa. — Está me ouvindo, Cassian?

— Hum — Nic começou a falar. — Parece que está prestes a receber uma companhia inesperada hoje.

Cleo virou e acompanhou a linha de visão de Nic, boquiaberta.

Vindo direto na direção deles estava a princesa Lucia Damora.

12
MAGNUS

LIMEROS

— Lucia... — Magnus foi na direção dela como se estivesse em um sonho. Era mesmo verdade? Aquilo estava de fato acontecendo? — Você está aqui. Está a salvo!

Ela usava um longo manto cinza com acabamento em pele de coelho branco. O cabelo pretíssimo estava solto, um contraste extremo com os arredores cobertos de neve, assim como o lábio vermelho e os olhos azul-celeste.

Caminhando ao lado dela estava um jovem que Magnus não reconheceu.

— Saudações, Magnus — disse Lucia. — Não tinha ideia de que tinha voltado para Limeros.

Ela falou com tanta calma que parecia que os dois haviam se visto um dia antes. Como se ele não a tivesse procurado por toda Mítica, tentando impedir que deixasse aquele Vigilante evasivo arruinar sua vida, encontrado apenas sangue e morte no templo.

Ele só queria estender o braço e pegar na mão da irmã, certificar-se de que era real. Houve um tempo, não muito distante, em que ela era sua única amiga no mundo, a única que o conhecia melhor do que qualquer um.

Cleo e seu dedicado lacaio continuavam parados perto da saída do labirinto de gelo, mas estavam próximos o bastante para escutar a conversa. Da última vez que as duas princesas se encontraram, Lucia tinha supostamente tentado matar Cleo. Depois de ouvir as palavras frias que Cleo tinha dito a Nic, Magnus estava mais convencido do que nunca de que Lucia tivera um grande motivo para ameaçar a vida da princesa auraniana. Ele não conseguiu se conter e olhou para trás para ver a reação dela diante da volta de sua irmã adotiva. Cleo estava ali parada, punhos cerrados, sem nenhum pingo de medo nos olhos. Não era surpresa.

Ele franziu a testa.

— Onde mais eu estaria, Lucia? O bilhete que deixou, sua fuga para se casar...

— Não lembro de ter mencionado que viria para Limeros.

— Eu conheço você, lembre-se. Talvez mais do que imagina. Ficou imediatamente claro aonde gostaria de ir com seu... *amado*. — E havia também o fato de que, em um ataque de raiva, Lucia tinha dito a Cleo que o cristal da água poderia ser invocado aqui. Para onde mais seu Vigilante pretendia levá-la?

— Tenho certeza de que está muito zangado comigo — Lucia disse depois de um momento de consideração.

— Eu estava zangado — ele admitiu. — Mas não com você. Culpo Ioannes por tudo o que aconteceu.

— Eu também.

Era uma confissão surpreendente, e talvez uma explicação para a curiosa ausência dele.

— Vocês estiveram lá no templo, não? Antes da tempestade de gelo? — Magnus perguntou.

Ela assentiu.

— Estivemos.

Ele estava conseguindo ignorar bem o frio, mas naquele momento um arrepio correu por sua espinha.

— Você *causou* a tempestade de gelo, não foi?

— Sim — ela respondeu apenas.

Magnus olhou de novo para o jovem que estava ao lado dela, observando-o com muita curiosidade. Era bem alto, tinha o queixo quadrado, olhos cor de âmbar e cabelo loiro-escuro quase na altura do ombro. O rapaz o observava com interesse, levantando uma sobrancelha.

— Quem é você? — Magnus perguntou de forma agressiva.

— Sou Kyan.

— O que está fazendo com minha irmã, Kyan?

Ele inclinou a cabeça.

— Muitas coisas.

A resposta curta e desrespeitosa enfureceu Magnus, mas ele conteve a raiva dentro do peito.

— Onde está seu marido, Lucia?

— Ioannes está morto.

O olhar de Magnus voltou para ela de imediato.

— *O quê?*

— Está morto. Ele e Melenia.

Melenia. A poderosa Vigilante que tinha visitado os sonhos de seu pai, aconselhando-o a construir uma estrada que o levasse à Tétrade. Até então, Magnus presumia que o rei ainda estava esperando pacientemente que ela voltasse a entrar em contato.

Parecia que os dias de orientação imortal do rei Gaius haviam acabado.

— Foi você que os matou? — Cleo perguntou à distância. Magnus ficou tenso ao ouvir sua voz.

— Um deles — Lucia respondeu com calma.

Magnus sabia como os *elementia* de Lucia eram poderosos, mas também sabia que, com frequência, eram incontroláveis. Tanto que a própria Lucia tinha medo deles. Ela ficava preocupada que sua magia a tivesse tornado perversa, mas Magnus sempre garantia que ela nunca seria perversa.

Será que ainda acreditava nisso?

Lucia olhou com firmeza para a outra princesa.

— Estou surpresa por vê-la aqui, Cleo. Tinha certeza de que já estaria morta a esta altura.

— Estou viva e bem, muito obrigada — Cleo respondeu por entre os dentes.

— Magnus — Lucia disse, virando para o irmão —, você devia escolher melhor suas companhias. Aquela garota vai cravar uma adaga em você assim que virar as costas.

— Acredite, sei muito bem disso — ele concordou.

— E ainda assim a deixou viver.

— Acho que ela pode ser útil.

— Eu discordo.

Ele ignorou o resmungo de indignação de Cleo.

— Por que está aqui, Lucia?

Ela levantou uma sobrancelha escura.

— Achei que ficaria feliz em me ver.

Seu comportamento indiferente, junto com a confissão nada emotiva de que seu precioso Vigilante dourado estava morto, tinha deixado Magnus tenso. Não era exatamente o reencontro de irmãos que havia imaginado, assim como aquela não era a mesma Lucia de que se lembrava.

— Você acabou de dizer que não sabia que eu estava aqui, então está claro que voltou para casa por outro motivo. Qual é?

— Esta não é minha casa — Lucia respondeu, observando o palácio com desgosto. — Nunca foi, não de verdade.

— Está errada. Esta é sua casa, assim como é a minha. — Ele olhou para Kyan com cautela. — Por que você e seu amigo não entram, onde está mais quente?

Com o braço direito ainda apoiado em uma tipoia, ele estendeu a mão esquerda para a irmã, mas Lucia recuou e se aproximou de Kyan.

— Ainda não — ela disse.

Magnus deixou a mão cair ao lado do corpo.

— Disseram que, em algum lugar nessa região, há uma antiga roda de pedra — Kyan disse. — Quero vê-la.

Uma roda de pedra? Imediatamente, o presente de casamento que lorde Gareth tinha oferecido durante a turnê real veio à mente de Cleo. O lorde tinha se vangloriado de que a roda feia, esculpida em pedra aparentemente comum, era uma peça histórica valiosa com ligações com os Vigilantes.

— Devem estar mal informados — Cleo se intrometeu antes que Magnus pudesse responder.

Magnus virou e franziu a testa para ela, encarando seus olhos por um breve momento. Ele jurou ter visto um alerta silencioso em seu olhar celeste.

Não conte nada a eles.

Um vislumbre de memória passou por sua mente, uma relação que ele não tinha feito até aquele exato momento. A biblioteca auraniana abrigava uma coleção muito mais diversa de livros e assuntos do que a biblioteca limeriana. No decorrer dos séculos, desde o domínio de Valoria, os reis limerianos tinham ordenado que muitos volumes sobre lendas, deusas e a história dos *elementia* fossem destruídos. No entanto, vários grupos radicais tinham conseguido salvar um número impressionante de livros, enviando-os para a vasta coleção auraniana, onde estariam em segurança.

Nos últimos tempos, Magnus tinha começado a ler tudo o que pudesse encontrar sobre magia. Era o mínimo que podia fazer depois que o rei revelara a verdade chocante de que sua mãe não era a rainha Althea, e sim sua ex-amante, Sabina, uma bruxa ardilosa que Lucia havia matado.

Se fosse verdade, Magnus precisava saber o que aquilo poderia significar para ele, que efeitos esse sangue de bruxa poderia ter em sua vida e em seu futuro.

Magnus tinha lido que houve um tempo em que os imortais eram capazes de ir e vir do Santuário quando quisessem, tanto na forma de falcão quanto na forma humana. Alguns imortais tinham casos com mortais, e alguns desses casos resultavam em filhos. Como esses filhos — e os filhos de seus filhos — eram resultado da união com um imortal, todos tinham o potencial de carregar uma pequena quantidade de *elementia*. Os que possuíam esses traços de magia eram bruxos, e a grande maioria era do sexo feminino.

Que pena. Uma parte de Magnus tinha ficado intrigada pela possibilidade de existirem traços de magia dentro dele.

Mas isso não tinha importância no momento. O que era importante era a lembrança de uma ilustração que ele tinha visto em um livro antigo, retratando o portal que os imortais usavam para entrar em Mítica quando vinham do Santuário sobrenatural.

Um portal que se parecia muito com uma roda de pedra.

Ele lançou outro olhar desconfiado para a princesa Cleo.

O que sabe sobre isso, princesa?

— A princesa Cleo tem razão — Magnus disse depois de um instante de silêncio. — Essa informação não está correta. Não acha que se lembraria de um objeto como este se ele realmente existisse aqui, Lucia? Você passou dezesseis anos perambulando por essas terras a meu lado, lembra?

Lucia e Kyan trocaram olhares severos e repletos de cumplicidade silenciosa. Quando ela voltou a atenção ao irmão, sua expressão estava mais suave. Os lábios se curvaram, formando aquele sorriso doce de que Magnus se lembrava tão bem.

— É claro que lembro — ela disse. — Tivemos uma infância tão maravilhosa, não foi?

— As partes que incluem você foram maravilhosas. — Ele hesitou. — Sei que não pode me perdoar por... muitas coisas que fiz. Mas meu único desejo é que encontremos um modo de passar por cima desses erros. Um dia, espero que possa me ver de novo como antes... como irmão e amigo.

— É um pensamento excepcionalmente sentimental vindo de você, Magnus. — Ela levantou uma sobrancelha. — Mas está certo de que isso é tudo o que quer de mim agora? Uma amizade casta entre irmãos e nada mais?

Seu coração tinha começado a acelerar.

— Lucia...

Ela se aproximou e segurou o rosto de Magnus entre as mãos quentes.

— Saber que você me amava tão profundamente foi a única verdade a que me apeguei nas últimas semanas. Fui tola em negar meus sentimentos por você esse tempo todo. Agora enxergo tudo.

— O que está dizendo?

— Apenas isso. — Lucia puxou o rosto dele e o beijou, fazendo-o ficar sem fôlego de tanta surpresa.

Ele a havia beijado apenas uma vez antes, quando tinha resolvido, de maneira imprudente, expor sua alma e seu coração e contar que cultivava sentimentos profundos em segredo pela irmã. Os dois podiam ter sido criados juntos, mas não tinham o mesmo sangue. Aquela revelação tinha tornado aceitável para Magnus desejá-la como mais do que uma irmã, mas não para Lucia.

Quando se beijaram daquela vez, ela se afastou com repulsa. Mas agora era Lucia que, inesperadamente, o beijava, e tinha acabado de puxá-lo para mais perto, encostando seus lábios mornos e macios nos dele.

As coisas teriam sido muito diferentes se ela tivesse correspondido ao beijo dessa forma meses atrás.

— Magnus — Cleo agarrou seu braço, interrompendo o momento.

Sua cabeça girava, e ele se sentia instável.

— Tire a mão de mim.

Cleo fez o que Magnus pediu, mas o encarou fixamente. Nic continuava ao lado de sua princesa, os braços cruzados.

— Magnus, ouça o que estou dizendo. Ela está tentando manipular você. É tão estúpido para não perceber?

— Acho que conhece tudo sobre manipulação, não é, princesa? — ele rebateu.

Lucia abriu um sorriso.

— Por que tolera essa princesa derrotada, Magnus? Eu devia tê-la matado quando tive a oportunidade.

— Mas não matou — Cleo disse. — Você se conteve porque sabia que era errado. Aquela sua parte sã e virtuosa foi eliminada de alguma forma?

Lucia resmungou.

— Estou tão cansada do som de sua voz. — Ela apontou para Cleo, e uma onda de magia do ar soprou a princesa para trás, derrubando-a sobre uma pilha de neve.

Nic correu imediatamente até ela, para ver se não estava ferida e a ajudar a levantar.

Lucia olhou para a tipoia de Magnus.

— Pobre irmão. Isso parece dolorido. Desde que *ela* apareceu, sua vida foi tomada por tanta dor... Isso só prova que você ainda precisa de mim.

— É claro que preciso de você — ele concordou.

— *Shhh*. Preciso me concentrar. — Ela apoiou a mão sobre seu braço machucado e o apertou com cuidado, vertendo magia da terra para dentro dele.

Os joelhos de Magnus cederam em resposta a uma onda repentina de dor, similar à sensação que tomou conta dele quando esteve à beira da morte na batalha auraniana, e ele caiu no chão, rangendo os dentes e tentando não gritar.

Quando a dor finalmente arrefeceu, ele apertou a própria mão e dobrou o cotovelo, quase sem conseguir acreditar que a fratura tinha sido curada. Seu braço parecia forte como sempre. Ele olhou para a irmã admirado.

— Obrigado, Lucia.

Ela passou os dedos pelo cabelo dele, colocando-o atrás das orelhas, enquanto Magnus se levantava.

— Agora, meu querido Magnus, olhe para mim.

Ele sorriu e fez o que a irmã pediu, mas logo — sem nenhum aviso, nenhum movimento de sua parte — foi tomado por uma espécie de tontura que levou sua mente para o que parecia um abismo escuro e infinito. De repente, era como se Magnus não pudesse desviar o olhar dos olhos azuis de Lucia, mesmo se quisesse.

— Onde está a roda de pedra? — Lucia perguntou.

Imediatamente, a resposta subiu a duras penas por sua garganta, invocada por uma necessidade extrema de dizer a verdade, mas ele conseguiu engolir as palavras, cada uma delas afiada como uma lâmina.

— Não resista — ela disse. — Por favor, Magnus, pelo seu próprio bem, não resista.

A pressão implacável de mil tornilhos comprimia as laterais de seu crânio.

— O que está fazendo comigo?

— Diga onde está a roda — ela repetiu.

Quando resistiu, um sabor cúprico e denso inundou sua boca, e Magnus engasgou.

— Lucia... — ele bradou, e o sangue escorreu por seu lábio inferior.

— O que está fazendo com ele? — Cleo gritou ao se aproximar de novo.

Lucia não tirou os olhos de Magnus.

— Quieta.

— Você o está machucando!

— E se estiver? Por que se importaria? Magnus, por favor, pare de resistir à minha magia e me diga a verdade. Assim tudo isso vai acabar em um instante. Onde está?

Ele não conseguiu segurar por mais tempo. A pressão e a dor eram fortes demais. As palavras saíram apressadas.

— Na outra... extremidade... do labirinto. Perto da borda do penhasco.

Ela assentiu com os olhos destituídos de prazer.

— Muito bem. — Ela se virou para Kyan. — Fica a apenas cem passos daqui.

— Mostre o caminho, pequena feiticeira.

Resistir ao ímpeto incontrolável de falar tinha sido uma tortura maior do que qualquer coisa que Magnus já tinha sentido. Ele caiu de joelhos e abraçou o próprio corpo no chão, ofegante, enquanto gotas de sangue manchavam a neve branca.

— Vamos voltar em breve — Lucia prometeu, antes de partir com Kyan na direção da roda.

Cleo segurou o braço de Magnus.

— Levante.

— Não consigo — Magnus tinha a respiração pesada e ofegante.

— Você precisa. Precisamos ir atrás deles. Se isso tiver alguma coisa a ver com a Tétrade, precisamos saber.

— Deixe-o aí — Nic disse. — Podemos ir sem ele.

— O que sabia a respeito da roda até hoje? — Magnus murmurou para Cleo, com um tom de voz agudo e fraco.

— Quase nada — Cleo respondeu. — Mas se uma feiticeira e seu amigo estranho querem tanto encontrá-la a ponto de recorrer à magia torturante para arrancar a verdade de você, deve ser importante. — Ela se ajoelhou e limpou um pouco do sangue no queixo do príncipe com as bandagens retiradas do braço. — Não somos aliados e nunca vamos ser, mas agora Lucia demonstrou ser uma inimiga em comum. Meu anel, o anel que está no dedo de sua irmã, teve uma reação estranha àquela roda da última vez que estivemos aqui. Tenho medo do que ele pode fazer hoje. Agora, levante. Se Nic e eu nos aproximarmos dela sem você, tenho certeza de que vai nos matar.

— Cleo... — Nic protestou.

Ela lançou um olhar sério para o amigo, que se calou.

A última coisa que Magnus queria era admitir que Cleo estava certa, mas era verdade: a irmã que ele conhecia nunca lhe causaria tanta dor, independentemente da informação que estivesse procurando. Que nova magia era essa? Ela tinha se tornado muito mais poderosa desde a última vez em que a viu.

A Tétrade precisava ser dele; era a única forma de garantir seu futuro, e três dos cristais ainda estavam desaparecidos. Ele sabia, agora mais do que nunca, que Lucia era a chave para encontrá-los.

E não duvidava que seu novo amigo Kyan também soubesse.

Magnus levantou e reuniu toda a energia e força de vontade que conseguiu para se arrastar pela lateral do labirinto, com Cleo e Nic atrás dele. Dava para ver os dois. Eles tinham chegado à roda de pedra ancestral, meio enterrada na neve e mais alta do que qualquer homem que conhecesse. Ele os observou inspecionando-a juntos, e a raiva em seu coração serviu de estímulo para endireitar o corpo e andar mais rápido.

O olhar âmbar de Kyan se fechou em Magnus quando ele se aproximou.

— Quem visitou esta roda antes de nós? — perguntou o jovem zangado.

— Não tenho ideia do que está falando. — Magnus parou de repente, junto com Cleo, a poucos centímetros dele.

— A magia... — Kyan apoiou as mãos sobre a superfície áspera e pressionou. — Não sinto nada, nem ao chegar tão perto.

— Que estranho. Eu, por outro lado, sinto algo. Sinto uma forte necessidade de jogá-lo em meu calabouço por raptar e corromper minha irmã.

Kyan riu.

— A irmã de que se lembra mostrou apenas um reflexo do que está destinada a se tornar. A grandeza dela o cega?

— Kyan — Lucia o interrompeu, ficando entre os dois. — Ignore Magnus, ele não pode fazer nada contra nós. Encontramos uma roda, bem aqui em Limeros, exatamente como prometeu aquela velha bruxa. Qual é o problema?

— Consegue sentir a magia? Pode invocá-la de volta?

Lucia franziu a testa, depois apoiou a mão sobre a superfície congelada. Magnus notou o anel de ametista que pertencia a Cleo em seu dedo indicador.

— Não sinto nada.

— Qualquer magia que tenha existido previamente nesta pedra foi removida. — A expressão de Kyan ficou obscura. — Isso é obra de Timotheus. Ele está tentando me manter longe do Santuário, longe de seu paraíso seguro. — Ele parecia inconformado. — Ele acredita de verdade que pode vencer esse jogo.

— Um *jogo*? Isso é um jogo para você? — Magnus disse por entre os dentes. — Deixe-me adivinhar. Acha que Lucia é a arma secreta que vai ajudar na vitória?

— Magnus, tome cuidado. — Cleo se aproximou e sussurrou.

Magnus olhou feio para ela.

— Fique fora disso, princesa.

Cleo o encarou, resoluta.

— Acho que é tarde demais para isso.

Kyan sorriu para Magnus, um sorriso mais sinistro do que os que o próprio Rei Sanguinário sorria.

— Acha que estou *usando* Lucia — Kyan ponderou. — Mas você

e toda sua gananciosa família a usaram por dezesseis anos. Só agora que finalmente está livre de vocês ela é capaz de fazer as próprias escolhas.

— Eu nunca a usei para nada. — Aquela ideia era um insulto. — Nenhuma vez.

— Ah, Magnus. — Lucia balançou a cabeça. — Acho que você acredita nisso mesmo. Acho que você acredita tanto nessa mentira que se eu utilizasse magia para extrair a verdade, você diria exatamente a mesma coisa.

— Quem é essa criatura que você se tornou? — Magnus perguntou, os olhos semicerrados e carregados de preocupação. — E o que fez com minha linda e carinhosa irmã?

Lucia revirou os olhos.

— Sua *linda e carinhosa irmã* morreu quando seu amante tirou a própria vida no chão de um templo, bem diante de seus olhos. A Lucia que você conheceu era fraca e deprimente. Acredite, Magnus, estou muito melhor agora. Vou atrás das coisas que quero, e as consigo. E ninguém nunca mais vai me usar ou manipular. — Ela deu o braço para Kyan. — Se esta roda é inútil para nós, Kyan, vamos encontrar outra.

— O que quer que esteja tentando fazer, vai fracassar — Cleo disse.

— Vou mesmo? — Um sorriso frio se abriu no rosto de Lucia. — Muito obrigada por sua opinião. Ela tem muito valor para mim.

Cleo deu um passo na direção da feiticeira.

— Você perdeu alguém que amava. Eu sei como é isso. Mas não pode deixar o luto, a dor indescritível, transformá-la em algo que não é.

— Está mesmo tentando se compadecer de mim? Não é necessário, criaturinha. Tudo o que senti, todas as provações e dores que vivenciei foram necessárias para eu chegar até aqui. Minha profecia foi concluída, e agora meu futuro me pertence. — Ela deu um sorriso doce. — Cleo, vamos falar sobre o cristal da água. Sei que foi invocado no templo aquela noite, depois que saí. Onde está?

Magnus viu Cleo começar a tremer, mas sem deixar de olhar direto nos olhos de Lucia.

— Eu... não... sei.

— Sabe, sim. E, só para sua informação, enquanto não tive prazer nenhum em causar dor a Magnus, terei muito prazer em fazê-lo com você.

Cleo gritou, pressionando a palma das mãos no rosto quando começou a escorrer sangue de seu nariz. Magnus assistiu àquilo horrorizado.

— Pare com isso! — Nic correu até a feiticeira, mas um movimento com o dedo o jogou para trás, e ele atingiu a parede do labirinto com tanta força que perdeu a consciência.

— Diga — Lucia exigiu, rangendo os dentes.

Uma lágrima de sangue escorreu pelo rosto de Cléo, que continuava a resistir àquela magia nova e apavorante.

— A princesa Amara — ela finalmente revelou. — Ela roubou. Tenho certeza de que já voltou para Kraeshia com o cristal. Sua vadia!

Lucia não desfez o sorriso.

— Viu? Não foi tão ruim, foi?

Ela virou para Kyan, e Cleo desabou no chão. Magnus correu para o lado dela, ajudando-a a levantar, e tirou o cabelo dourado de seu rosto.

Ela passou a mão sob o nariz cheio de sangue.

— Vou ficar bem.

Magnus assentiu, com firmeza, e lançou um olhar sombrio a Lucia e Kyan.

— Quando saírem daqui, não voltem nunca mais. Nenhum dos dois.

Lucia se dirigiu ao irmão, ainda calma, mas visivelmente surpresa.

— E se nos recusarmos a seguir suas ordens? — Kyan perguntou com tranquilidade, como se as palavras de Magnus fossem as de um bobo da corte que existia apenas para entretê-los.

Magnus deu mais um passo para a frente e o mediu de cima a baixo com desdém, assim como tinha feito com o insignificante pretendente anterior de Lucia. Tentou empurrar Kyan, mas o jovem não se moveu nem um centímetro.

Magnus então girou o punho direito, acertando Kyan no queixo.

Mais uma vez, o rapaz nem se abalou, mas a expressão de entretenimento desapareceu.

— Está testando minha paciência, garoto.

— Sério? Que bom. — Magnus o golpeou de novo, dessa vez com o punho esquerdo. Seus dedos estavam ansiosos para pegar o cabo de uma espada, afundá-la no peito de Kyan e ver a vida se esvair de seus olhos.

Então, em um instante, os mesmos olhos que Magnus desejou apagar passaram de âmbar a um azul vivo e brilhante.

Magnus deu um passo para trás, esbarrando em Cleo, que estava a apenas trinta centímetros atrás dele.

— O que é você? — ele perguntou.

Seus pés ficaram quentes. Magnus olhou para baixo e ficou impressionado ao ver que um círculo de fogo âmbar havia se formado a seu redor. Cleo estremeceu e saltou para longe das chamas.

— *O que eu sou?* — Kyan repetiu, inclinando a cabeça. — Está dizendo que realmente não sabe?

— Não! — Lucia agarrou o braço do jovem. — Kyan, não faça isso. Não com ele.

— Peço desculpas, pequena feiticeira, mas já está feito.

As chamas ficaram mais altas, envolvendo as pernas de Magnus como serpentes de fogo. Ele não conseguia se mexer, não conseguia pensar; só conseguia observar as chamas deslizando por seu corpo.

Mas, apesar de conseguir sentir o calor pelo couro da calça, elas ainda não o tinham tocado, não o tinham queimado — ainda.

Mas queimariam. Magnus não tinha nenhuma dúvida sobre isso.

— Acho que não me ouviu direito, Kyan. — Lucia levantou a voz. — Eu disse *não*.

Um golpe violento de magia do ar atingiu Magnus. Ele voou para trás, indo parar a uns vinte passos de distância, ao lado do corpo inconsciente de Nic. Ele olhou em volta, perplexo. Suas pernas tinham sido libertadas das chamas, que continuavam ardendo no ponto onde estava antes.

Magnus levantou rápido, trocando um olhar breve e sofrido com Cleo, antes de seus olhos irem parar na irmã.

— Lucia!

Ela pegou o braço de Kyan e o arrastou na direção contrária. Trêmulo, Magnus começou a correr atrás deles.

— Lucia! Pare! — ele gritou. — Posso ajudá-la!

— *Me* ajudar? — Ela o olhou com frieza. — Meu querido irmão, você não parece capaz de ajudar nem a si mesmo.

Uma parede de chamas se levantou para bloquear seu caminho e sua visão.

13

JONAS

LIMEROS

Finalmente, depois de uma viagem de vários dias, lá estava ele ao longe: o palácio limeriano. Tão grande e feio quanto Jonas tinha escutado que era.

— O trabalho de vocês é encontrar comida e alojamento para passarmos a noite — Jonas anunciou a Lysandra e Olivia. Os três tinham acabado de chegar a um vilarejo a pouco menos de dois quilômetros das dependências do palácio.

— Está bem — Lys respondeu, enquanto Jonas lhe entregou a bolsa pra que ela a guardasse em segurança. — Você ainda insiste em me deixar aqui enquanto vai observar o palácio? Vá em frente, então, e perca sua cabeça sozinho.

— Não sei — Olivia disse. — Jonas tem uma fama. Depois de todos seus supostos crimes, acredito que o joguem no calabouço em vez de matá-lo de imediato.

— Bem pensado — Lys disse, sem rodeios. — Vão querer ter tempo para juntar uma multidão de espectadores antes de cortarem sua cabeça.

Jonas olhou feio para as duas, ajeitando o tapa-olho.

— Obrigado por confiarem tanto em minhas habilidades. Volto assim que puder. — Ele logo seguiu para o palácio sem dizer mais nada. Já tinha estado em Limeros, mas nunca no palácio. E não fazia ideia de quais tipos de obstáculos o esperavam na entrada.

Diferentemente do palácio auraniano, não havia nenhuma muralha cercando o castelo. Em vez disso, havia uma guarita a cerca de quatrocentos metros dos portões do castelo, junto com uma única estrada que levava à estrutura gigante de granito preto. Qualquer visitante ou entregador teria de parar ali primeiro, ser questionado pelos guardas armados, que registrariam seu nome e o motivo da visita antes de negar ou permitir que continuasse.

Jonas viu apenas uma parte disso tudo de seu esconderijo sob uma lona, entre dois grandes sacos de batata, na parte de trás de uma carroça.

A segurança ali era ridícula se comparada à da Cidade de Ouro. Mas, até aí, o reino de Limeros não travava guerra em seu próprio território fazia...

Jonas ficou pensando. Seu conhecimento sobre a história de Mítica não era vasto, mas não conseguia lembrar de *nenhuma* batalha significativa em terras limerianas.

Sem muralha, poucos guardas e um castelo escuro, enorme e feio, que seria muito fácil de invadir.

A ideia o fez sorrir.

Depois de passar pelos guardas no portão, a carroça vacilante seguiu caminho. Assim que se aproximaram do palácio, Jonas saiu discretamente. Analisou a área e quando não viu sinais de guardas de uniforme vermelho escondidos, ele começou a explorar o terreno.

Os ventos que sopravam pelas planícies nevadas que cercavam o palácio eram os mais pungentes que já havia sentido, e ele vestiu o pesado manto cinza-claro que tinha roubado durante a viagem. A peça o camuflava bem na paisagem invernal monocromática. Jonas passou por um pequeno lago completamente coberto por uma camada de gelo marcada, com alguns buracos na superfície para pesca. Em seguida, ele se aproximou de uma estrutura gigantesca feita do que parecia gelo esculpido e, quando chegou mais perto, se deu conta de que se tratava de um labirinto em tamanho real. Parecia um detalhe um tanto quanto frívolo para um reino orgulhoso da própria austeridade.

Apenas mais uma prova de que o rei Gaius não passava de um hipócrita.

Jonas parou assim que ouviu o som de duas vozes não muito distantes. Quando teve certeza de que os donos das vozes estavam se aproximando, ele se abaixou atrás do muro da extremidade oeste do labirinto.

— Você sempre pensou o pior de mim.

— Você nunca me deu motivos para pensar em você de outra maneira.

Jonas não reconheceu a primeira voz masculina, mas a segunda era uma que ele nunca esqueceria.

Príncipe Magnus Damora.

Jonas espiou de seu esconderijo para ver o desenrolar da discussão, impressionado com a sorte que estava tendo naquele dia.

Exatamente o príncipe que estava procurando.

— Vossa alteza, sou seu leal servo — o jovem esguio e alto disse em um tom hipócrita.

— Sério? É por isso que tentou virar o conselho contra mim?

— Eles têm a própria opinião. Por que me escutariam?

Magnus riu, irônico.

— Lorde Kurtis, você me lembra seu pai: um homem que tenta expandir seu poder por meio da manipulação, e não da habilidade nem da inteligência.

— Caso tenha esquecido, ainda sou grão-vassalo do rei aqui. O título vem com poder, concedido a mim pelo rei em pessoa. Não pode mudar isso, nem se tentar cortar minha garganta de novo.

— Que excelente sugestão.

— Acho que sua esposa não gostaria muito disso. — Lorde Kurtis fez uma pausa, cerrando os olhos. — Sabe, a princesa Cleo e eu nos tornamos bons amigos.

O coração de Jonas deu um salto ao ouvir aquele nome.

A expressão de Magnus se manteve fria.

— Deixe-me adivinhar... Está tentando fazê-la se voltar contra mim também? Não será necessário se esforçar tanto.

— Sei que ela o odeia. Mas não sei ao certo se o sentimento é mútuo.

Aquela afirmação provocou uma careta no príncipe.

— É, sim. Acredite.

Um sorriso frio surgiu no rosto de Kurtis.

— Uma criatura tão encantadora e frágil... Já disse o quanto ela me faz lembrar uma borboleta de verão? Tão bela e rara e, ainda assim, tão fácil de esmagar se pousar na mão errada.

Em um instante, Magnus agarrou o jovem pelo pescoço e o jogou contra o muro de gelo.

— Guarde minhas palavras... — ele rosnou enquanto sufocava Kurtis, o rosto ficando rapidamente vermelho. — ... se voltar a me desafiar, vou enterrá-lo tão fundo no solo congelado que nunca será encontrado. Entendeu?

Kurtis só parou de ofegar e engasgar quando Magnus o soltou. Seus olhos ardiam de ódio, mas ele assentiu.

— Agora, saia da minha frente.

Não houve mais conversa, apenas o som das botas sobre a neve enquanto lorde Kurtis se retirava.

Quando teve certeza de que Magnus estava sozinho, Jonas não hesitou mais nenhum instante. Deu a volta, desembainhou a espada e a colocou contra o pescoço do príncipe Magnus, que o encarou com uma gratificante expressão de choque.

— Onde estávamos? — Jonas perguntou. — Acredito que a última vez em que nos vimos, eu estava prestes a matá-lo quando fomos grosseiramente interrompidos.

— Eu me lembro. Vigilantes, magia e fogo elementar descontrolado.

— De fato.

Magnus levantou uma sobrancelha.

— Belo tapa-olho, Agallon. E o cabelo... é um visual bastante inovador para um paelsiano. Suponho que deva ser seu grandioso disfarce?

— De joelhos. — Jonas pressionou mais a lâmina sobre a pele do príncipe. — Agora.

Devagar, Magnus se abaixou até o chão.

— Vai me matar? — Magnus perguntou.

— Aprendi a lição. Por que hesitar quando se pode acabar com as coisas de uma vez? — Jonas não se conteve e revelou diante daquela vitória incrível. — Mas, primeiro, me diga onde está Cleo?

— *Cleo* — Magnus repetiu. — Sim, é claro, você é um dos poucos privilegiados que não se refere a ela por seu título real, já que são aliados. Ela espera sua chegada? — Quando Jonas não respondeu. Magnus arriscou levantar os olhos, com uma sobrancelha erguida. — Ah, por favor. Ela confessou tudo. Sei que ela ajudou você e seus pequenos rebeldes a planejar o ataque no dia do casamento. Que pena que as coisas não saíram como o esperado. — O príncipe sorriu de maneira sinistra quando Jonas, estupefato, ficou em silêncio. — Tudo bem, Agallon. Ela é muito convincente quando quer. É capaz de manipular um garoto estúpido como você com a mesma facilidade com que balança o cabelo dourado.

— Você não sabe metade da verdade.

— Está apaixonado por ela? — O sorriso desagradável de Magnus aumentou. — É por isso que está arriscando seu pescoço de novo por aquela garota? O tipo de garota que normalmente não olharia duas vezes para você?

Jonas não se deixaria insultar nem intimidar por aquela cobra cruel e assassina.

— Onde ela está?

— No palácio, imagino. Fazendo coisas de princesa.

— Se você a feriu de alguma forma, juro que...

— O quê? Que vai me matar duas vezes?

— Vou fazer o possível para você ter essa sensação.

— Sei que nunca chegamos a ver as coisas da mesma forma, Agallon. Mas, antes de cortar minha garganta, tenho um conselho valioso para você.

— E qual é?

— Se quer chegar a algum lugar neste reino, em especial com Cleo, me matar é simplesmente a última coisa que deveria fazer.

Jonas riu alto.

— É mesmo?

— Sei que quer meu pai morto mais do que qualquer coisa. E vou contar um segredo... Eu também.

Jonas se esforçou para manter a mão firme.

— Mentiroso.

— Meu pai queria a princesa morta, mas decidi mantê-la viva. Isso é traição, Agallon. E um dia, em breve, ele vai chegar aqui e pedir minha cabeça por tê-lo desafiado. Gaius Damora ainda é um homem relativamente jovem. Tem tempo de sobra para semear um novo herdeiro para tomar meu lugar.

As declarações do príncipe pareciam absolutamente ridículas. Ele esperava mesmo que Jonas acreditasse que Magnus tinha desafiado o pai e salvado Cleo da morte?

— Se tudo isso é verdade, por que está aqui, no palácio limeriano, brincando de rei no trono de seu papai?

— Estou no comando, o que está entre meus direitos enquanto meu pai está fora. Imaginei que passaria uma impressão melhor do que se apenas desaparecesse e me escondesse. Então, aqui estou, aguardando o Rei Sanguinário voltar para finalmente nos enfrentarmos, pai cruel contra filho decepcionante. A espera me deu muito tempo para pensar. E me dei conta de que meu pai fez muitas coisas ruins, para você, para mim, para quase todos os que cruzaram seu caminho, que nunca poderão ser perdoadas. Ele merece morrer, não merece um trono dourado e um futuro brilhante.

Jonas se esforçava para manter ao mesmo tempo a concentração e a firmeza na mão com a espada.

— Mesmo que acreditasse em você, o que não é o caso, que diferença isso faz para mim? Por que deveria me importar com seus problemas de realeza?

— Porque ambos odiamos o rei. E porque eu e você não deveríamos mais ser inimigos. — Magnus encarou Jonas nos olhos. — Deveríamos ser aliados.

Dessa vez Jonas teve que rir, de tão ridícula a situação.

— Que conveniente para você fazer tal sugestão quando estou com uma espada em sua garganta.

— Você e eu não tivemos muitas oportunidades de conversar — Magnus respondeu. — Agora, abaixe a espada e me acompanhe até o palácio, onde poderemos discutir nossos planos.

Jonas estava na posição perfeita. Tinha a oportunidade de matar o Príncipe Sanguinário, de desferir um grande golpe no rei Gaius, que o prejudicaria profundamente. Mas se Magnus estivesse falando a verdade, se tinha cometido traição contra seu pai e estava pacientemente aguardando sua vingança, se Jonas o matasse, ficaria em uma situação pior do que antes. O rei teria facilidade em condenar Jonas como assassino do príncipe Magnus e da rainha Althea.

A recompensa por sua cabeça quadruplicaria.

— Tenho amigos de vigia — Jonas disse devagar, se odiando por dentro por ter deixado Lysandra e Olivia no vilarejo. — Se tentar qualquer coisa, *qualquer coisa*, eles o acertarão com uma flecha.

— Entendido. — Magnus levantou os braços, mostrando que não pretendia pegar nenhuma arma. — Então, o que me diz? Trégua?

— Fico me perguntando se você demonstraria alguma misericórdia se as posições fossem ao contrário.

— Se achasse que você poderia me ajudar, com certeza sim.

— Se descobrir que Cleo foi submetida a qualquer tipo de maus-tratos, *mato* você.

— Garanto que ela está bem. — Então Magnus assentiu com prudência. — Estou vendo que o que a princesa diz sobre você é verdade, Agallon. É um grande líder, que se preocupa mais com os outros do que consigo mesmo. Você mudou muito nesses últimos meses, não foi?

Cleo tinha mesmo dito aquilo sobre ele?

— Ela mudou também — Jonas disse, tentando não deixar transparecer o quanto estava lisonjeado. — Cleo passou por uma dor imensurável e só se fortaleceu com isso.

— Sim. Ela é um grande exemplo para todos nós — Magnus olhou para a lâmina que ainda estava em sua garganta. — Então vamos entrar e conversar, só nós três.

Jonas tinha duas opções. Podia presumir que Magnus era um manipulador mentiroso, assim como seu pai, e manter o plano inicial de acabar com a vida dele ali mesmo. Ou podia correr o risco — um risco enorme — e confiar nas alegações de seu arqui-inimigo na esperança de se beneficiar de um bem maior.

Ele ainda era assombrado pela expressão de dor e decepção de Felix quando ficou sabendo que Jonas acreditou em coisas horríveis sobre ele apesar de meses de amizade leal. É claro que Felix tinha mentido sobre seu passado. E o fez porque queria um recomeço, queria se livrar dos erros já cometidos.

Jonas desejava poder voltar àquela noite e agir de outra forma.

Obrigando-se a tirar Felix da mente, ele guardou a espada e ofereceu a mão a Magnus, que segurou seu punho e levantou.

Os dois ficaram se encarando em silêncio por um momento.

— Isso é muito estranho — Jonas admitiu.

— Para nós dois.

Magnus o levou até uma das entradas do palácio, onde dois guardas abriam as portas para o príncipe.

— Guardas — Magnus apontou para Jonas —, este rapaz é um rebelde declarado. Retirem suas armas e o acorrentem. Depois levem-no à sala do trono.

Jonas tentou pegar a espada, mas os guardas o derrubaram antes que conseguisse tocar nela.

— E mandem chamar a princesa — Magnus disse. — É hora de todos termos uma conversinha.

Jonas não sabia o que era pior: ter perdido suas armas ou ter perdido a cabeça.

A segunda, ele pensou. *Com certeza a segunda.*

Jonas não podia culpar ninguém além de si mesmo por ter acreditado nas mentiras do príncipe. O único alívio que sentia vinha do fato de Lys e Olivia ainda estarem em segurança na vila. Mas aquele consolo logo foi sufocado quando ele foi levado à sala do trono, acorrentado de acordo com as ordens do príncipe, e viu Olivia e Lysandra, impotentes, com as mãos amarradas atrás das costas.

— O que estão fazendo aqui? — ele sussurrou.

Olivia deu de ombros.

— Nós te seguimos.

— Eu disse que era melhor não fazer isso — Lysandra disse. — Mas ela me convenceu.

— E agora? — Jonas questionou a bruxa, esperando que ela lançasse mão de seus *elementia* e os libertasse de alguma forma. — Pode fazer alguma coisa?

— Prefiro ver o que vai acontecer antes.

— "Ver o que vai acontecer"? — ele repetiu, perplexo.

O cristal da terra estava no fundo da bolsa que ele havia entregado para Lysandra antes de invadir as dependências do palácio. Onde estaria agora?

— Por favor, me avisem quando terminarem a conversa de vocês. — A voz de Magnus chamou a atenção de Jonas para a passarela, onde o príncipe estava sentado no trono de seu pai.

— Já terminamos — Jonas resmungou.

— Ótimo. — Ele fez um sinal para o guarda. — Traga-a.

O guarda abriu as portas e a princesa Cleo entrou na sala do trono. Por um instante, Jonas só conseguiu contemplá-la, grato por continuar tão bela — e *viva* — quanto da última vez que a viu. Pelo menos o príncipe não estava mentindo sobre isso.

Ela deu três passos graciosos antes de perder o equilíbrio. Seus olhos arregalados alternavam entre Jonas e Magnus.

— O que está acontecendo? — ela questionou.

— Alguém apareceu para uma visita — Magnus respondeu, apontando para Jonas. — Achei que deixá-lo ficar por um tempo seria a coisa mais hospitaleira a fazer.

— Este... é Jonas Agallon — ela disse.

— Sim — Magnus confirmou. — Estou impressionado por ter reconhecido o grande líder rebelde mesmo com seu engenhoso disfarce.

O rosto dela ficou pálido.

— Por que o trouxe aqui? Para pagar por seus crimes?

Não, Jonas pensou. *Ah, não. O que foi que eu fiz?*

Mais provas das mentiras do príncipe. A princesa nunca tinha confessado a ele seu papel no levante, e Jonas acabou confirmando que eram aliados.

Agora, graças a sua persistente ingenuidade, Jonas tinha condenado não apenas a si próprio, mas Cleo também.

— Encontrei este estimado líder lá fora, onde ele tentou me assassinar — Magnus explicou. — Obviamente, fracassou. Mas é isso que dizem sobre o líder rebelde: *ele fracassa*. Várias vezes.

— Você sabe o que dizem sobre você, Magnus? — Jonas perguntou, pensando que não tinha mais nada a perder. — Que você devia lamber a bunda de um cavalo!

— Ah, o tipo de declaração charmosa que eu esperaria de um camponês paelsiano!

— Vou ver você sangrar, seu filho da puta — Lysandra bradou.

Magnus virou seu olhar sinistro para ela.

— Saudações, Lysandra. Eu lembro de você, é claro.

— E eu lembro de você.

— Sem dúvida não vai acreditar em mim, mas acho que deveria saber que acho que o rei cometeu um erro imperdoável executando seu irmão. Ele nos seria muito mais útil vivo.

Lysandra respirou fundo, trêmula, os olhos repletos de dor e ódio. Cleo retorceu as mãos.

— Magnus, por que trouxe esses rebeldes para a sala do trono? Por que não os mandou direto para o calabouço?

— Por que pergunta, princesa? Talvez porque seria mais fácil para você ajudá-los a escapar?

— Como é? — O rosto dela ficou ainda mais pálido. — O que está insinuando?

— Chega. Já sei a verdade, que você é livre para negar até seu último suspiro. Meu pai estava certo a seu respeito e sua aliança com o rebelde. — Ela se esforçou para encontrar palavras, gaguejando, mas Magnus ergueu a mão para silenciá-la. — Não se dê ao trabalho. Agallon já confirmou tudo.

Jonas esperou pelo massacre de vergonha e fracasso, mas só sentiu raiva.

A confusão no olhar de Cleo foi substituída por uma onda repentina de rebeldia.

— É mesmo? E você acredita em alguém que me sequestrou duas vezes em benefício próprio?

Magnus riu.

— Agora você só está desperdiçando fôlego. Qualquer mentira nova é irrelevante para mim. Vou mandar executá-lo ao pôr do sol.

Cleo ficou boquiaberta.

— Não! Você não pode fazer isso!

— Não posso? — Magnus ficou olhando para ela. — Muito bem. Admita para mim que você e Jonas estavam trabalhando juntos há meses, que você chegou a ponto de conspirar para o ataque que aconteceu em nosso próprio casamento, e eu o deixo viver. Uma palavra sela o destino dele. Sim? Ou não?

Um turbilhão de raiva, dúvida e medo passou pelo rosto da princesa, até seus traços refletirem pura e profunda fúria.

— Fale, ou vou tomar a decisão por você. Sim ou não?

— Sim — ela finalmente murmurou.

— Muito bem, princesa — Magnus afirmou, mas havia pouco prazer em sua expressão. Jonas viu um músculo se contorcer em sua face marcada pela cicatriz.

Ela olhou feio para o príncipe, os punhos cerrados.

— E agora você vai matá-lo assim mesmo, não vai? E talvez a mim também? Ou prefere que eu me rebaixe ainda mais?

— Se é isso que você chama de "se rebaixar", estou muito decepcionado. — Magnus fez sinal para os guardas. — Desacorrente o rebelde e suas amigas. Leve as moças para esperar em um lugar confortável enquanto terminamos a conversa em particular. Se falarem com alguém sobre o que presenciaram aqui, terão a língua cortada.

Jonas ficou olhando para o príncipe, consternado, enquanto os guardas soltavam as pesadas correntes. Depois fizeram o mesmo com Lysandra e Olivia antes de as escoltarem para fora da sala do trono.

Magnus levantou e desceu as escadas, depois assumiu seu assento na cabeceira da longa mesa preta.

— Vamos conversar — ele disse, gesticulando para Cleo e Jonas se juntarem a ele.

Jonas sentou em uma cadeira de mogno e esfregou os punhos doloridos.

— Se você só queria conversar, para que as correntes? Os guardas?

— Você me fez ficar de joelhos, colocou sua espada em minha garganta, me fazendo acreditar que estava a minutos da morte. Isso era o mínimo que eu podia fazer para ficarmos quites.

Inacreditável, Jonas pensou, descrente. Isso tudo tinha sido um espetáculo para aplacar o orgulho ferido do príncipe.

— Agora, voltando ao assunto... — Magnus continuou. — Minha oferta continua valendo, Agallon.

— Que oferta? — Cleo perguntou. Seu rosto estava corado, e os dedos agarravam a beirada da mesa.

Magnus ficou tenso.

— Propus uma trégua entre mim e Jonas.

Cleo expressou seu choque.

— Uma trégua? Eu... eu acho muito difícil acreditar. — Ela encarou Jonas. — Você concordou com isso?

Ele assentiu com relutância.

— Concordei em discutir a questão.

— Não compreendo.

— Ao mesmo tempo que o rebelde tem sido um espinho dolorido, acredito que pode ser útil — Magnus explicou. — Ele concordou em matar meu pai para que ele não seja mais uma ameaça a mim e a nenhum de nós. Embora Agallon já tenha tentado antes e fracassado, terá muito mais sucesso aliando-se a mim.

Cleo franziu a testa.

— Com seu pai morto, você seria o rei de Mítica inteira.

— Sim, seria.

— Bem, e isso é muito conveniente para você, não é? Jonas faz todo o trabalho, e você fica com toda a recompensa.

— Sei que você tem um argumento, princesa.

— Meu argumento é: o que acontece depois? Se o rei estiver morto, e você tiver todo o poder? Não vai mais precisar do Jonas... nem de mim.

— Eu, na verdade, não preciso de você. Mas, se teme por sua vida, não é necessário. Não ganharia nada com sua morte depois que conseguir o que quero.

O rosto dela ficou vermelho.

— Você confirmou hoje que sou uma mentirosa e que já auxiliei os rebeldes. Por que me perdoaria por isso?

Magnus a observou em silêncio por um momento, com as mãos apoiadas sobre a mesa.

— Por que não mentiria? Por que não se aliaria a alguém que pudesse ajudá-la a se libertar de seus inimigos? Eu teria feito exatamente a mesma coisa se estivesse em sua posição.

Ela franziu ainda mais a testa.

— Às vezes acho que sua tarefa diária é me deixar confusa.

— O sentimento é mútuo, princesa.

Os dois continuaram a se encarar em silêncio enquanto a tensão na sala aumentava cada vez mais.

Jonas limpou a garganta.

— A princesa tem razão. Parece que você está me pedindo para fazer o trabalho sujo enquanto fica tranquilo e recebe a maior parte da recompensa. O que nós ganhamos?

— Nós? — Magnus repetiu, desgostoso. — Está falando de você e da princesa?

— É claro. E de Lys e Olivia. E de Paelsia como um todo. É parte do reino de seu pai agora. De *seu* reino, se eu tiver sucesso.

— O objetivo de meu pai era unir Mítica porque achou que era a chave para encontrar a Tétrade — Magnus explicou. — O chefe Basilius foi tolo o bastante para ajudá-lo a levar Paelsia para a ruína. E agora ele está morto. Quando meu pai finalmente se juntar a ele nas terras sombrias, quero devolver uma época mais simples a este país. Limeros é meu único interesse, tanto agora quanto no futuro. Paelsia é sua, Agallon. E Auranos será devolvida a você, princesa.

Jonas tinha certeza de que não podia ter escutado direito. A ideia de que aquilo pudesse ser verdade fez o mundo girar à sua volta.

— E você espera que acreditemos nisso?

— Não pode ser verdade — Cleo disse em tom de descrença, balançando a cabeça. Seu rosto tinha ficado muito pálido.

— É verdade e está em meus planos. Cabe somente a vocês decidir se desejam fazer parte deles. Se discordarem ou preferirem continuar duvidando, podem deixar o palácio e nunca mais voltar.

Da primeira vez que Jonas tinha resolvido confiar na palavra de Magnus, foi acorrentado de imediato e ameaçado de morte. E tinha sido poucos minutos atrás.

Seria uma aposta fatal confiar nele de novo.

Ainda assim, tinha muito a perder se fosse embora, e muito mais a ganhar se aquilo fosse verdade.

— Está bem — Jonas disse, rangendo os dentes. — Eu concordo.

— Ótimo. E você, princesa? — Magnus perguntou, virando para Cleo. — Quando o rei estiver morto, seu reino será devolvido a você, e prometo que nunca mais terá que me ver.

Ela ficou em silêncio por tanto tempo que Jonas ficou se perguntando se tinha perdido a voz.

Finalmente, ela assentiu.

— Eu concordo.

14
LUCIA

LIMEROS

Com a ajuda das bruxas pelo caminho, Lucia e Kyan encontraram quatro dos portais de pedra.

Infelizmente, a magia de todos tinha sido removida.

Kyan estava quase certo de que Timotheus tinha enviado seus lacaios do Santuário para desativar cada uma das rodas. A cada nova descoberta e decepção, Kyan ficava mais furioso. E Lucia sabia que, quanto mais furioso ficasse, mais pessoas morreriam.

Depois de deixar Magnus e a terceira roda para trás, os dois viajaram para um campo vasto e deserto no centro de Limeros para encontrar a quarta, que estava enterrada bem fundo na neve.

— O Vigilante deve ter a si mesmo em muita consideração — Kyan rosnou, andando de um lado para o outro diante da roda. — Mas ele não vencerá.

Enquanto andava, um calor intenso emanava de Kyan, até que a neve ao redor deles derreteu, e ambos foram cercados por um mar de chamas.

Lucia permaneceu parada e em silêncio enquanto Kyan reclamava de Timotheus, mas sua paciência estava acabando. Ela sabia que Kyan tinha temperamento forte, é claro, mas desde a visita ao palácio limeriano passou a questionar sua relação com ele.

Como aquele deus elemental onipotente, alguém que Melenia desejou por milênios, podia ser tão imaturo quanto um bebê?

Mas não. Ele não era onipotente. Se fosse, não precisaria de sua ajuda.

— Seu acesso de raiva já acabou? — ela perguntou.

Kyan olhou feio para ela, os olhos ainda de um azul brilhante.

— Quase.

— Ótimo. Porque isso está ficando cansativo.

— É mesmo? Minha jornada para destruir meu inimigo e me reunir à minha família está se tornando cansativa para você, é isso?

— Não. Mas tudo *isso* com certeza está. — Ela apontou para o campo em chamas.

— Achei que apreciaria ser aquecida neste dia gelado. Estava enganado. — De repente, suas íris voltaram à cor de âmbar, e as chamas a seu redor desapareceram. Ele levantou uma sobrancelha. — Melhor assim? Certifique-se de que não vai sorrir, pequena feiticeira. Vai arruinar o olhar austero que tem praticado.

— Não tenho intenção de sorrir. Sabe que ainda estou furiosa pelo que fez com Magnus.

— Seu irmão me desrespeitou.

— Ele não sabe quem você é.

— Exatamente.

— Então, em vez de poupá-lo por sua ignorância, decidiu matá-lo?

Toda a raiva na expressão de Kyan se esvaiu ao abrir um sorriso charmoso para Lucia.

— Eu não diria que descarregar minha fúria sobre ele foi exatamente uma *decisão*. A magia do fogo é quem sou. *O que* sou.

Ela cruzou os braços e começou a se afastar dele.

— Não é desculpa. Deixe Magnus fora disso. Se machucá-lo, de qualquer forma, não vou mais ajudá-lo.

Lucia não lidou bem com o fato de ter torturado Magnus com sua magia por vontade própria até ele falar a verdade. Ainda assim, se seu irmão não tivesse resistido, ela não teria tido necessidade de infligir tanta dor.

Causar dor a Cleo, entretanto, não a aborreceu nem um pouco.

Alcançando-a, Kyan começou a andar a seu lado.

— Timotheus merece morrer.

— Então morrerá. — Ela assentiu. — Só não entendo por que está com tanta pressa de arrancá-lo do Santuário. Você acabou de despertar. E é tão imortal quanto ele.

— Esperei uma eternidade para ser livre, pequena feiticeira. Por que devo esperar mais um dia para saber que isso será permanente? — Ele segurou o braço dela, reduzindo sua velocidade e fazendo-a parar. — Sei que está com raiva de mim, e é a última coisa que queria que acontecesse. Mas acho que posso me redimir.

— É mesmo? — Ela olhou para ele, cética. — Como?

— Vamos encontrar sua verdadeira família.

Ela ficou sem ar.

— Agora?

Kyan sorriu.

— Você está certa, minha vingança pode esperar alguns dias. Mas você esperou dezesseis anos para descobrir quem é de verdade.

As bruxas que os haviam ajudado a encontrar as rodas também tinham fornecido informações sobre a profecia de Lucia. Os dois descobriram que, na noite em que Lucia nasceu, as estrelas tinham se alinhado, levando várias bruxas a viajar a Paelsia para encontrá-la. De acordo com o boato transmitido por uma delas, duas irmãs com controle sobre a magia de sangue tiveram sucesso.

Uma delas era Sabina, a bruxa que Lucia tinha matado muitos meses antes no palácio limeriano, quando seus poderes começaram a despertar. Quem dera tivesse esperado para esmagar o crânio da mulher e atear fogo nela só depois de perguntar sobre suas origens.

— Tudo bem, vamos — Lucia disse, o entusiasmo crescendo no peito. — Estamos perto de descobrir a verdade. Posso sentir.

— Então está decidido. — Kyan confirmou. — Amanhã vamos partir para Paelsia.

No segundo em que fechou os olhos para dormir, Lucia foi assombrada pela imagem de Magnus no chão do palácio.

A alegria e o alívio dele quando ela se aproximou.

A confusão quando ela não se jogou imediatamente nos braços dele.

A incerteza quando ela o beijou.

E a dor quando ela extraiu a verdade dele, com violência e contra sua vontade.

É assim que sou agora, querido irmão, ela pensou. *É assim que sempre fui destinada a ser.*

Com essa afirmação, ela finalmente foi tomada por um sono, e rezou para não sonhar.

Infelizmente, suas preces não foram atendidas.

Em seu sonho, ela estava em um prado. Mas não era um prado qualquer. Era o prado do Santuário, o mesmo onde havia encontrado Ioannes, também em sonho.

Maçãs vermelhas como rubis pendiam das árvores ao redor, o céu estava radiante como uma safira, e o sol brilhava sobre o esplendor que a cercava.

Era o último lugar no mundo onde queria estar.

Um falcão voava em círculos bem alto no céu, para depois descer e pousar em uma árvore próxima.

Não é Ioannes.

Não pode ser.

Ainda assim, uma pequena parte de seu coração vinha alimentando a esperança de que talvez, apenas talvez, ele ainda pudesse visitá-la. Quando a existência de um imortal chegava ao fim, seu corpo retornava à magia elementar que o originara. Ele não deixava um cadáver para trás, a menos que tivesse vivido como mortal por muitos anos.

Seria possível ele ainda conseguir encontrá-la em sonhos?

Ela tentou se aproximar do pássaro.

— Ioannes?

O falcão levantou a cabeça e desapareceu diante de seus olhos.

— Sinto muito em dizer que, não, não sou Ioannes.

Lucia se virou. Diante dela estava um jovem que vestia um manto branco como os usados por sumos sacerdotes. Mas quase todos os sacerdotes que Lucia conhecia eram velhos, enrugados e feios — diferentes daquele homem, que era tão bonito quanto Ioannes.

— Bonito? — ele perguntou.

Ela engasgou.

— Você pode ler mentes.

— Apenas em sonhos. Como no seu agora.

— Quem é você? — ela indagou.

— Acho que já sabe a resposta para essa pergunta — ele respondeu, andando ao redor dela.

— Timotheus.

Ele confirmou, abrindo um leve sorriso.

— E você é Lucia Eva Damora, princesa de Limeros. A feiticeira renascida. O rei deu a você o nome de Eva. Que previsível.

Então lá estava a criatura que havia aprisionado Kyan e o mantido longe de sua família por incontáveis séculos. Um monstro tão cruel quanto Melenia.

Os punhos dela brilharam com as chamas, e Lucia estreitou os olhos.

— Você cometeu um erro ao me atrair para este sonho.

— Oh, não me insulte, criança. — Ele agitou o punho, e o fogo dela se apagou.

Ela olhou para as próprias mãos e, disfarçando a consternação, tentou reacender sua magia do fogo. Mas não conseguiu conjurar nem uma faísca.

— Vamos tentar nos entender desde o início — Timotheus disse. — Você não tem poderes aqui. Eu controlo este sonho.

— Este sonho é *meu*. E quero acordar.

Durante um longo silêncio, Timotheus não fez nada além de ficar parado diante dela e observá-la. Por fim, em um tom calmo e controlado, disse:

— Nunca entendi por que Ioannes se entusiasmava tanto com você. Até agora, não fez nada que tenha me impressionado. Dizem que é tão poderosa quanto Eva, mas mesmo que passasse os próximos quinhentos anos vivendo e respirando nada além dos *elementia*, teria apenas uma fração da grandeza dela.

Ela avançou, tentando atingi-lo. Se não podia usar magia, usaria a força bruta. Mas, quando moveu o punho, não acertou Timotheus, mas uma superfície invisível, sólida e dura como pedra.

Ela gritou quando uma dor inimaginável tomou conta de seu braço.

— Como ousa! — Ela o atacou, lutando contra sua insignificância para tentar arranhar e rasgar seu rosto, mas a barreira invisível e mágica que ele havia manifestado a impedia de tocá-lo.

— Pare de agir como uma criança.

Ele agitou o punho de novo e a fez voar para trás e se chocar contra um tronco de árvore áspero e grosso, arrancando o ar de seus pulmões.

— Me deixe ir! — ela disse, ofegante. — Me deixe acordar! Não quero ficar aqui com você. Esse prado era meu e de Ioannes, e você só está destruindo tudo.

Timotheus a observou com um olhar turbulento que parecia de ouro fundido, enchendo-a de repulsa.

— Ioannes desistiu da imortalidade para ficar com *você*.

— A pedido de Melenia.

— Você fala como se a parceria deles fosse amigável. Melenia o usou.

— E ele permitiu!

— Nossa, como você é teimosa. Muito bem. Não vou mais macular as lembranças que tem deste local imaginário. — De repente, o ar começou a girar e brilhar, e o cenário ao redor deles começou a se transformar.

Lucia levantou e se viu nos jardins de gelo do palácio limeriano. Timotheus estava parado à sua frente, vestindo manto negro e botas de couro, com a mesma expressão de ódio que tinha no prado.

— Agora que provei que estou no controle aqui, podemos começar — Timotheus disse.

— Começar o quê? — ela resmungou.

— O que o deus do fogo lhe contou? O que ele disse que queria?

— Deus do fogo? — Ela ofereceu um leve sorriso. — Não faço ideia do que está falando.

— Ele acha que pode me matar?

— Por que alguém desejaria matá-lo, Timotheus? — ela perguntou. — Para ser sincera, não consigo imaginar tal coisa, dada a maneira gentil e respeitosa como me tratou até agora.

— Ele contou o que planeja fazer depois que eu estiver morto?

Ela respirou fundo, ignorando o coração acelerado.

— Suas perguntas não fazem sentido para mim e não vou responder a nenhuma delas.

— Você matou Melenia — Timotheus afirmou, sem nenhum traço de dúvida no tom da voz.

— Tem certeza?

Ele a observou, ignorando suas respostas evasivas.

— Você drenou a magia dela. Ioannes lhe ensinou esse truque. Muito engenhoso da parte dele. Parece que ele tinha mais controle sobre seu livre-arbítrio do que eu imaginava.

— Como você...? — Mas então ela parou, porque, de repente, percebeu que Timotheus sabia sobre aquela noite no templo. No sonho, ele podia ler a mente dela e, portanto, também podia ver suas memórias. Todos os Vigilantes podiam fazer isso? Ioannes também tinha essa habilidade?

— Não, ele não tinha. — Timotheus disse, respondendo à pergunta silenciosa. — Embora pudesse ser considerado antigo em seu mundo, Ioannes era um dos mais jovens entre nós. Eu, entretanto, não sou tão jovem. Sou um dos primeiros imortais criados para proteger a Tétrade e tudo o que há para além do Santuário.

— Assim como Melenia — ela disse.

Ele assentiu.

— Havia seis de nós no começo.

— Agora você é o único que restou. — Ela levantou o queixo. — Por falar em imortalidade...

— Somos imortais. Não indestrutíveis.

— Muito obrigada por lembrar — Lucia disse, o peito doendo ao pensar em Ioannes mais uma vez.

— Kyan está te iludindo. Ele não se importa com você. Está manipulando você para chegar até mim.

— Ele não está me manipulando. Concordei em ajudá-lo.

— Então parece que Lucia Damora é capaz de dizer a verdade. — Ele balançou a cabeça, e então olhou para ela com algo que Lucia reconheceu como piedade. — Está tão cheia de raiva, dor e pesar... Ainda assim, em vez de deixar que essas emoções a permeiem e a tornem mais forte, escolhe descarregá-las no resto do mundo para que outros também possam sentir sua dor.

— Já acabamos? — Lucia perguntou, ríspida, tentando ao máximo não pensar em nada que Timotheus pudesse usar contra ela. — Estou ficando muito entediada.

— Acha que essa armadura que criou vai protegê-la, mas é apenas uma distração. Debaixo dela, você ainda é a mesma garota mimada e egoísta de sempre.

Ela ficou boquiaberta. Se conseguisse conjurar pelo menos uma fração de sua magia, Timotheus já teria sido engolido pelas chamas naquele momento.

— Kyan está certo — ela resmungou. — Você é exatamente igual a Melenia. E merece ser destruído tanto quanto ela. Embora eu suponha que sua morte não o pegará de surpresa, não é?

— Acha que fui surpreendido pela morte de Melenia, criança?

— Pare de me chamar de "criança" — ela disse, rangendo os dentes.

— Eu vi a morte dela — ele disse, apontando para a têmpora. — Eu a vi há quase dezessete anos.

— Você "viu"? — Ela franziu a testa. — Pode ver o futuro, também?

— De vez em quando.

Lucia mal podia esperar para fugir daquele monstro e voltar para Kyan, mas estava muito curiosa. Quanto mais aprendesse sobre ele, mais poder teria quando finalmente se encontrassem em carne e osso.

— Todos os Vigilantes têm habilidades proféticas como a sua? — ela perguntou. — Melenia fez meu pai acreditar que ele seria poderoso se a escutasse, que ela era capaz de ver seu futuro. No entanto, ela não viu o próprio destino.

— Melenia não tinha o dom da visão. Se tivesse, teria sido uma Vigilante bem diferente.

— Então você é o sortudo?

— Sortudo? — Mais uma vez, ele não sorriu. Sua expressão se

manteve melancólica enquanto a encarava com aqueles olhos dourados, adequados para seu jovem rosto dourado. — Quando a magia de Eva foi roubada, herdei suas visões. Então, sim, sou o único no Santuário sortudo o bastante para ver todos os futuros possíveis o tempo todo, passando pela minha mente sem serem convidados.

— Futuros *possíveis*? — Lucia exclamou.

Ele ficou tenso.

— Escolhas, criança. A liberdade de escolha faz toda a diferença. Por exemplo, você escolheu auxiliar o deus do fogo em sua jornada para me destruir. Essa escolha determina tanto o seu destino quanto o meu.

— Você viu? Meu futuro?

— Vi o suficiente.

— Pode compartilhar alguma coisa do que viu?

— Não.

Ela sentiu o corpo todo enrijecer de fúria.

— Então tenho certeza de que viu o dia em que Kyan e eu finalmente encontramos uma roda que você não tenha alterado.

— Ah, criança. Está tão imersa nisso que nem percebeu que está se afogando. Está certa, enviei meus lacaios para atrasá-los. Mas não para impedi-los. Não para matá-los.

Ela respirou fundo, perplexa com a confissão de Timotheus e com o que aquilo significaria se fosse verdade.

— Enviei meus lacaios a outras missões, também. Missões com o objetivo de mudar certas visões que considero inaceitáveis ou que comprometem o que devo proteger. Mortais são muito frágeis. São criaturas tolas que dançam em direção à própria morte a cada decisão idiota que tomam. Mas isso não muda o fato de que toda vida mortal é preciosa. Alguns mortais simplesmente requerem mais proteção do que os outros.

— Mortais como eu?

— Não, não mortais como você. Os outros precisam ser *protegidos* de você e seu novo amigo. Lembre-se de uma coisa, criança.

— Já disse para parar de me chamar de "criança" — ela rosnou.

— Lembre-se: toda magia tem um preço. Um preço que não é revelado até que o dano já tenha sido causado.

— Se estou além da salvação, se já me afoguei, se sou tão perigosa que todo o mundo mortal é ameaçado pela minha existência, então o quê, Timotheus? O que quer de mim?

Ele se aproximou um pouco mais, encarando-a nos olhos.

— Preciso que acorde, garota estúpida.

Com um suspiro, ela sentou na cama com os olhos bem abertos, observando frenética o quarto escuro e vazio.

— Obrigado por se apresentar para mim, Timotheus — ela sussurrou.

Kyan estava certo — aquele Vigilante precisava morrer.

15

AMARA

KRAESHIA

O imperador Cortas deixou o rei esperando dois dias inteiros até concordar em recebê-lo. Pensar em como o rei Gaius devia estar se sentindo afrontado por aquele desdém era uma grande diversão para Amara.

A avó de Amara havia lhe dito que os homens estavam reunidos para uma refeição privada no salão de banquetes. A princesa não tinha sido convidada, mas isso não a impediu de ir.

Quando Amara entrou na sala, de cabeça erguida, sentiu o olhar de reprovação de Dastan. Por se parecer muito com Ashur, Amara estava evitando seu irmão mais velho desde que ele retornara do mar, e Dastan também não se esforçava muito para encontrá-la.

Elan, como sempre, estava ao lado do imperador, como se fosse um tumor grudado ao pai.

Ao ver Amara, o imperador apertou os olhos claros diante da presença indesejada. Mas, antes que pudesse falar alguma coisa, o rei Gaius entrou na sala acompanhado de seus guardas pessoais, ambos vestidos de forma tão elegante quanto qualquer membro da nobreza.

Um sorriso dividiu os lábios do imperador, e seu refinado manto de seda farfalhava ao se aproximar do rei.

— Ah, Gaius Damora. Finalmente conseguimos nos encontrar.

O rei pressionou a mão direita sobre o coração e fez uma pequena reverência — a saudação tradicional kraeshiana. Amara ficou levemente impressionada que ele tivesse aprendido aquele costume.

— Imperador Cortas, é um prazer indescritível. Sua Joia é isso mesmo... um precioso tesouro diferente de tudo o que já vi antes. Impressionante. Dá para entender por que tem a reputação de ser o lugar mais belo do mundo conhecido.

— Espero que não seja muita vaidade de minha parte concordar com você.

O imperador havia preparado uma mesa cheia de iguarias kraeshianas. Frutas de cores vibrantes e legumes cultivados em Joia, servidos com ervas kintha frescas e saborosos óleos de açafra. A dieta kraeshiana se abstinha do consumo de todas as carnes, exceto peixe e frutos do mar, e naquele dia parecia que todas as espécies estavam representadas: salmus defumado, camarões vermelhos, lagostrus sem casca, entre tantos outros. Uma mesa repleta de doces foi montada à parte, incluindo tortas de amora-anil e bolos açucarados com desenhos e detalhes complexos, quase belos demais para comer.

Amara observava o rei com atenção e curiosidade. Cada gesto, cada palavra, cada olhadela. Era preciso admitir que aquela pequena encenação era muito convincente. Se já não soubesse que ele era uma cobra calculista, acreditaria que estava mesmo desfrutando da companhia dos que o cercavam. As palavras dele eram suaves, sua conduta, charmosa e educada, e ele era bonito e carismático.

Muito diferente do que se esperaria de um homem com o título de Rei Sanguinário.

Amara se aproximou, fingindo admirar a mesa de jantar para poder ouvir a conversa com seu pai.

— Estes são meus filhos — o imperador apresentou, apoiando a mão sobre o ombro de Dastan. — Dastan, meu primogênito, nunca foi derrotado em nenhuma batalha que liderou...

— Sim, é claro. Conversamos sobre a grande reputação deste jovem em Mítica. Parabéns pela recente conquista de Castoria — disse o rei.

Dastan pressionou a mão sobre o coração e se curvou.

— Obrigado. E já que está ciente de minhas vitórias, suponho que seja uma felicidade nos encontrarmos em terreno amistoso, não, vossa graça?

O rei Gaius sorriu.

— Não há verdade maior.

— E este é Elan — disse o imperador, dando tapinhas nas costas do rapaz e impelindo-o a fazer a saudação kraeshiana. — Gosto de pensar nele como o vizir em que mais confio, alguém cuja opinião é sempre inestimável para mim. Em todos seus vinte e três anos, acredito que nunca contou uma mentira sequer. Certo, meu garoto de ouro?

— Certo — Elan concordou. Ele se manteve parado como se estivesse costurado à manga do pai, como uma criança com medo de se perder.

Elan era mesmo muito doce, sem nenhuma malícia, e Amara sempre desejou que um dia os dois se aproximassem. Mas, apesar de sua natureza gentil, ele ainda era um kraeshiano, criado para não demonstrar o mínimo de respeito ou estima pela irmã nem por qualquer outra mulher.

— Infelizmente, Ashur, meu filho mais novo, não está aqui para recebê-lo. Mas estou certo de que teve muito tempo para conhecê-lo durante o período que passou em seu pequeno reino.

Cada músculo do peito de Amara ficou apertado ao som do nome do irmão morto. Para se acalmar e evitar um desmaio, ela tomou um gole de vinho espumante.

— Tive, de fato — Gaius respondeu. — Ashur é um rapaz encantador, deve ter muito orgulho dele.

Em vez de concordar orgulhoso, como fez ao apresentar Dastan e Elan, o imperador se retraiu um pouco e torceu a boca.

— Ashur me lembra a mãe dele, de muitas formas. Sempre vagando pelo mundo, procurando tesouros.

— E ele tem sucesso nessas buscas?

— Não com frequência suficiente para justificar o tempo e os fundos necessários para custear essas pequenas excursões.

Ao dizer aquilo, o imperador sinalizou para os convidados ocuparem os lugares na mesa e se servirem do banquete. Amara observou os dois guardas de Gaius enchendo os pratos com montes de comida e, quando Felix notou que estava olhando, sorriu e piscou para ela.

A princesa não considerou aquela ousadia algo ofensivo, mas uma prova de que ele não tinha participado de muitos banquetes formais antes.

Enquanto os convidados se deleitavam com a refeição, o imperador conduzia a conversa, informando Gaius sobre a nova estrutura que estava sendo construída em Joia, um auditório que receberia apresentações de poetas, cantores e companhias de teatro.

— Nossa, parece maravilhoso. A cultura é muito importante para a vitalidade de nações civilizadas — o rei comentou.

— Estou surpresa por pensar assim — Amara disse, aproveitando a oportunidade para se manifestar. — Principalmente porque as atividades artísticas são desencorajadas em Limeros.

Gaius levantou o cálice e balançou a sidra, pensativo.

— É verdade, princesa. Nossa radiante deusa não aprova futilidades nem demonstrações extravagantes, e se há algo que se pode dizer dos limerianos é que somos leais às leis de nossa amada deusa. No entanto, tendo passado tanto tempo em Auranos recentemente, percebi que as artes têm a capacidade de elevar o espírito dos cidadãos em tempos difíceis. A arte lhes dá esperança. E sem esperança, qual o motivo para viver?

— Bem colocado, Gaius — disse o imperador, espetando um pedaço de peixe frito e o mergulhando em um molho shanut picante. —

E, por favor, perdoe a ousadia de minha filha. Eu não estava ciente de que ela se juntaria a nós hoje. Mas, sim, a esperança é uma coisa bela... e eu adoro coisas belas!

Os convidados conversaram e comeram felizes até a hora da sobremesa. Quando os criados retiraram todos os pratos, o imperador recostou na cadeira e bateu de leve na barriga enorme.

— Agora, Gaius, meu amigo, diga. Por que está aqui?

O rei levantou minimamente a sobrancelha.

— Estou aqui, vossa senhoria, para conhecê-lo melhor. Para compreender suas intenções. Sei que planeja conquistar Mítica em breve.

Amara conteve a surpresa diante da inesperada franqueza do rei e olhou para o salão para ver a reação dos demais no momento de silêncio total que se seguiu. Embora os dois guardas do rei tenham permanecidos serenos em seu papel de sentinela, ela notou que Felix arregalou os olhos por um instante.

O imperador admitiu aquilo com um meneio de cabeça.

— Devo confessar que, dado seu tamanho, Mítica não tem sido uma grande prioridade para mim. Sua nação seria apenas uma pequena mancha de sujeira no meu mapa. Mas, sim, o grande interesse de Ashur por sua história e suas lendas chamou minha atenção. Suas praias estão a um pulo de minha Joia, então o custo e o esforço para conquistar a terra seriam mínimos. E também há os vinhedos, que têm a fama de produzir o melhor vinho do mundo. Acredito que seria uma bela adição ao meu império.

— Entendo. E quando você e seus filhos planejam visitar minha adorável mancha de sujeira?

O imperador riu.

— Não vamos falar de estratégia, Gaius. Hoje estamos sentados à mesa como amigos, não inimigos.

— Sendo um líder como você, admiro como está confiante de que Mítica seria conquistada com tanta facilidade.

O imperador sorriu, bebeu todo o vinho em sua taça e fez um sinal para um criado enchê-la.

— Dastan? Acredito que você seja o perito nesse assunto.

— Temos um grande motivo para estar confiantes — Dastan disse, assumindo o lugar do pai. — Atualmente, seu exército está espalhado por toda Mítica, e sua defesa costeira é risível na melhor das hipóteses. São cem de nós para cada um de vocês.

O rei Gaius concordou, cordialmente.

— Você está certo, claro. Com essas estatísticas a seu favor, Kraeshia conquistaria Mítica com facilidade.

— Muito bem, então! — o imperador exclamou. — Estamos todos cientes da situação entre nossas terras, e parece que não temos mais negócios a discutir. — Ele levantou da mesa e apoiou as mãos na cintura. — Agora, se está aqui para se render pessoalmente em nome de sua nação, poupará muito dinheiro e a vida de muitos de seu povo.

O rei franziu a testa.

— Render? Acho que me entendeu mal. Não vim aqui para lhe servir Mítica em uma bandeja de ouro.

— Então explique mais uma vez — Dastan disse. — O que, exatamente, veio fazer aqui?

— Vim para dar um aviso. Amigável, por ora. E também para fazer uma oferta.

A expressão jovial do imperador se desfez, embora ele parecesse tão pomposo quanto de costume. Amara mordeu o lábio, fascinada para saber o que aconteceria em seguida.

O pai dela voltou a se sentar.

— Um aviso, você disse.

— Sim.

— Você, o rei de uma terra minúscula como Mítica, tem um aviso para mim, um líder que conquistou tantos reinos?

Gaius sorriu com calma e permitiu um momento de silêncio antes de prosseguir.

— Devo presumir que o príncipe Ashur compartilhou algumas de suas lendas favoritas sobre Mítica com você, não? Antes de partir?

Elan confirmou, obviamente ávido para contribuir.

— Havia duas lendas que ele adorava. Aquela da magia dos elementos aprisionada em pedras. E outra sobre falcões imortais que viajam para outros mundos. Pedras e falcões.

— Está correto, Elan — disse o rei Gaius, assentindo, satisfeito consigo mesmo. — Você está falando da Tétrade e dos Vigilantes, duas das figuras mais importantes de duas de nossas lendas mais fascinantes sobre a magia ilimitada que pode ser encontrada em meu reino.

— Está tentando nos dizer que essas lendas são verdadeiras? — Dastan perguntou com tranquilidade.

— Não estou tentando. Estou afirmando.

— Se é assim — o imperador disparou —, então só está confirmando que Mítica vale o esforço, uma confirmação que Ashur foi incapaz de me dar.

— Há uma profecia vinculada às lendas, vossa senhoria — o rei Gaius continuou, destemido. — Ela conta a história de uma garota mortal capaz de controlar os *elementia* de uma feiticeira e iluminar o caminho até a Tétrade, os cristais elementares perdidos. — Ele fez uma pausa e observou devagar em volta da mesa de ricos kraeshianos. — Minha filha, Lucia, é essa feiticeira.

A revelação de Gaius foi recebida com silêncio absoluto, rompido apenas quando o imperador soltou uma gargalhada.

— Sua filha é a feiticeira da profecia? Que conveniente para você.

— Ela é minha filha, mas não de sangue. Eu a encontrei quando era criança e a levei dos pais verdadeiros com a ajuda de bruxas e da magia do sangue. Esperei dezesseis anos para que ela manifestasse seus poderes, mas a espera valeu a pena. Foi a magia dela que permitiu que eu derrubasse o rei auraniano e o conquistasse em menos de dois dias. E foi a magia dela que me guiou até a Tétrade.

— Ah, vocês de Mítica gostam mesmo de compartilhar suas fábulas interessantes! Mas palavras não são nada além de palavras, e só provas são provas. Duvido que haja alguém em seu reino ou no meu que tenha visto alguma evidência real de que a princesa é uma feiticeira.

— Na verdade, *eu* tenho — Amara disse. Todos os olhares se voltaram para ela, que sorriu. — Fiquei amiga de Lucia quando estive em Mítica e testemunhei sua magia. Prometi manter segredo, mas, para mim, essa parece uma situação que requer que quebre minha promessa. Tudo o que o rei está dizendo é verdade.

A sala foi tomada por um silêncio cheio de terror, que nem mesmo o próprio imperador seria capaz de causar.

— Você sabia disso? — ele perguntou, esmurrando a mesa. — Por que não me contou?

Ela se permitiu, por um momento, aproveitar a satisfação pelo fato de a informação tê-lo surpreendido.

— Você não perguntou.

O rei assentiu.

— Princesa Amara, talvez também esteja ciente de que, graças à minha filha, agora estou de posse de todos os cristais da Tétrade.

Amara teve que tomar um gole de vinho para evitar responder a ele com uma gargalhada.

— Todos? — ela disse assim que se recompôs. — Isso é um tanto quanto incrível.

E uma enorme mentira, ela pensou. Afinal, *ela* estava com o cristal da água, não aquele rei mentiroso, e os outros três podiam estar em qualquer lugar.

O imperador olhou para ela como se sua paciência estivesse acabando.

— Que humilde de sua parte, então, viajar para cá de navio em vez de vir voando.

— Isso é absurdo, pai — Dastan cortou. — Essas histórias de criança são um desperdício de nosso valioso tempo.

— Talvez. Mas Amara afirma que o rei diz a verdade. Minha filha pode não aprovar a vida que tracei para ela em meu império, mas nunca mentiu para mim.

Amara permitiu-se rir por dentro. Para um homem tão astuto e poderoso, seu pai era mesmo muito estúpido quando o assunto eram as mulheres.

O imperador analisou Gaius.

— Prove sua alegação.

— Muito bem. — O rei Gaius se levantou, enfiou a mão dentro do casaco e tirou uma pequena esfera esbranquiçada. Dançando dentro dela, havia uma sombra pálida e esfumaçada.

Amara suspirou.

— O cristal do ar.

O rei lançou um olhar penetrante.

— Estou certa? Ashur me deu alguns livros sobre suas lendas. — Amara disse, tentando projetar alguma incerteza na voz. — Dizem que o cristal do ar é uma esfera de selenita. É ela mesmo?

— É.

O imperador levantou, foi rapidamente até Gaius e examinou o cristal com cuidado.

— Que interessante.

— Vim aqui para avisar — Gaius anunciou, trazendo o cristal para perto do corpo e para longe do imperador — que, se tentar conquistar Mítica, minha filha vai contra-atacar com o poder de uma feiticeira capaz de afundar frotas inteiras de navios. Capaz de congelar o Mar Prateado com um único pensamento. Capaz de incinerar seus soldados e transformá-los em pilhas de cinzas e poeira. Capaz de tirar o ar de qualquer inimigo que ousar cruzar seu caminho com um movimento do dedo. Nenhum exército, não importa o tamanho, pode competir com a força de seus *elementia*.

Os lábios do imperador estavam apertados, seu olhar, ameaçador.

— E sua oferta?

— Ofereço uma parte de meu tesouro. Isto — ele disse, apontando para a esfera — será seu. Assim que eu revelar o segredo para liberar o poder que está dentro deste cristal, ele lhe dará o dom da magia do ar. Em troca, você vai concordar em acolher Mítica não como uma conquista, mas como uma parceira, e vai dividir seu império comigo em partes iguais.

Então foi por *isso* que o rei tinha vindo a Kraeshia. Amara ficou ao mesmo tempo surpresa e impressionada com a audácia.

A tensão que pairava no ar naquele momento era quase tão visível quanto fumaça.

— Metade do meu império em troca de uma pedra polida? — Apesar do sarcasmo, havia um lampejo de preocupação na expressão do imperador, o que levou Amara a acreditar que ele não estava mais achando graça em nada daquilo.

— Exato — Gaius disse, olhando calmamente para o cristal.

Aquele banquete estava sendo muito mais empolgante do que Amara esperava. Embora soubesse que o rei havia mentido e blefado para se aproveitar da situação, ele tinha posse de pelo menos um cristal. E Lucia *era* a feiticeira da profecia.

Seria sábio da parte de seu pai levá-lo muito a sério.

— Você diz que sabe como liberar a magia de dentro do cristal — disse Amara. — Pode compartilhar conosco como descobriu esse segredo?

Gaius segurou firme a esfera de selenita e examinou Amara por um instante.

— Conheço esse segredo porque minha mãe me contou. Ela era

bruxa e tinha um vasto conhecimento sobre o mundo dos imortais. Ela sabia que um dia eu seria quem encontraria a Tétrade, então é claro que me contou o que fazer assim que invocasse meu destino.

Amara refletiu sobre aquelas palavras.

— Sua história é encantadora, mas me faz questionar por que tantas mulheres acusadas de bruxaria foram executadas em Limeros sob ordens suas ao longo dos anos se sua própria mãe era uma delas. Estou certa de que há uma explicação fascinante que não tem nenhuma relação com as leis de sua deusa.

Desta vez, quando os olhares se cruzaram, os olhos do rei estavam escuros, frios e abismais.

— Você não faz ideia, princesa.

O imperador deu um passo à frente, interrompendo a conversa entre Amara e o rei.

— O que me impede de tomar este cristal e matá-lo agora mesmo, Gaius? — Felix e Milo se levantaram de imediato, e o imperador gesticulou para dispensá-los. — A não ser que os dois sejam feiticeiros, não têm como protegê-lo de mim.

— Você pode me matar e tomar este cristal — o rei reconheceu. — Mas ele será inútil se não souber como liberar sua magia.

O imperador bufou.

— Posso torturá-lo e arrancar o segredo de você em minutos.

O rei não recuou. Na verdade, seu olhar tornou-se mais duro e inflexível.

— Faria isso por sua própria conta e risco. Ademais, tal segredo não lhe traria bem algum aqui em Kraeshia. E se chegar em Mítica sem mim, minha filha estará esperando para destruir até o último homem de seu povo. — Ele guardou a esfera no bolso. — Já disse o que tinha para dizer e fiz minha oferta. Com certeza vai querer um tempo para pensar a respeito. Esta reunião está encerrada. — Ele meneou a cabeça para seus guardas.

Felix deu de ombros para Amara e abriu mais um pequeno sorriso malicioso enquanto acompanhava o rei para fora da sala.

— Pai? — Dastan chamou em voz baixa quando todos ficaram em silêncio no salão.

— Parece que tenho muito no que pensar — o imperador respondeu.

Sim, Amara pensou. *Com certeza tem.*

Mais tarde naquela noite, Amara vagava pelos corredores, sentindo-se muito cheia de energia para se recolher a seus aposentos e dormir. Ela não conseguia parar de pensar na maneira como o rei tinha assumido total controle daquela reunião. Ela havia se perguntado por que ele tinha sido tolo o bastante para ir até lá, pensando que qualquer um estaria cometendo um erro ao tentar confrontar seu pai.

Ela tinha se esquecido da reputação do rei Gaius.

O Rei Sanguinário era implacável, sedento por poder, e agora alegava que sua mãe tinha sido uma bruxa.

Fascinante.

Seus devaneios foram interrompidos quando esbarrou em Felix.

— Pare — ela disse.

— Estou parado — ele respondeu, e depois apontou para a porta atrás de si. — Por sorte, este é mesmo meu quarto.

— Sei que não cresceu em um palácio, mas deveria ao menos saber que não é muito esperto nem educado piscar para uma princesa, especialmente durante um evento formal — ela disse.

— Bem, nunca fui acusado de ser esperto nem educado antes.

Amara o observou por um instante em silêncio. Era alto, e ela gostava da largura de seus ombros. E, apesar de não parar de puxar a gola da camisa, ela também gostava de como a roupa elegante e feita sob medida ficava nele.

— Seu nariz é torto — ela disse.

Ele o tocou e então franziu a testa.

— Já foi quebrado algumas vezes. Na verdade, tenho sorte de ainda ter um nariz.

— É bem feio.

— Hum...

— Eu gosto dele.

— Obrigado? — Ele limpou a garganta. — Há algo que posso fazer por você, princesa?

— Na verdade, sim.

— E o que seria?

— Pode me levar para sua cama.

Felix piscou.

— Não tenho certeza se entendi o que disse.

— Você me entendeu muito bem. Depois de passar um dia sendo ignorada enquanto dois homens poderosos e implacáveis discutiam política e magia, preciso de um pouco de atenção. — Ela deslizou as mãos pelo peito e pela nuca dele, depois o puxou para perto e o beijou.

Felix não resistiu.

Ela sorriu com os lábios colados nos dele.

— Uma noite. É tudo o que quero de você.

Ele abriu a porta do quarto com o cotovelo e mostrou um sorriso malicioso.

— Será um prazer, princesa.

16
CLEO

LIMEROS

— Deixe-me tentar entender — Nic disse para Cleo. Ele estava nos aposentos dela enquanto Nerissa a ajudava a pentear o cabelo. — Jonas Agallon invade as dependências do palácio e aponta uma espada para a garganta do príncipe. Nesse momento Magnus descobre que você mentiu sobre ter trabalhado com Jonas durante meses e, em vez de matar os dois, ele decide devolver seu reino?

Cleo olhou para o reflexo de Nic no espelho.

— Parece bem difícil de acreditar quando a história é contada desse jeito. Você acha que ele está mentindo?

— Desculpa, mas você está mesmo me perguntando se acho que o príncipe Magnus, filho do Rei Sanguinário e irmão de uma feiticeira enlouquecida pelo poder, mentiria para a antiga princesa de Auranos? Está falando sério?

A presunção de Nic conseguia irritar Cleo ao máximo — principalmente porque ele quase sempre tinha razão para ser presunçoso e desconfiado. No momento, ela queria se apegar à crença de que Magnus estava sendo sincero. Afinal, se Magnus quisesse mesmo o pai morto, precisaria de Jonas para ajudá-lo a colocar a ideia em prática. E se ele se importava apenas com Limeros e não queria ter que lidar com os problemas de controlar os três reinos, então tudo realmente fazia sentido.

Por sorte, Nic não era a única pessoa em cuja opinião ela confiava.

Era tão maravilhoso ter Nerissa de volta, a bela garota com cabelo curto e escuro e mais sabedoria nos olhos do que qualquer pessoa de dezoito anos de idade. Pelo pequeno favor de trazer Nerissa de Auranos para o norte, Cleo sentia uma gratidão imensa em relação a Magnus. Ele facilmente poderia ter negado seu pedido.

Não que Cleo tivesse aceitado aquela resposta como definitiva.

Cleo pegou a mão da garota.

— Nerissa, o que você acha?

Nerissa colocou a escova de cabelo com cabo de opala sobre a penteadeira e olhou para o reflexo de Cleo no espelho.

— Você disse que já concordou com esse novo plano — ela comentou —, então acho que deve honrar o acordo. Esse estágio da ideia do príncipe está muito mais relacionado com Jonas do que com você. Ao que parece, nada mudou. Exceto, talvez, seu atual questionamento sobre o príncipe ser ou não capaz de honestidade a respeito de suas verdadeiras intenções.

— Acho que está certa — Cleo respondeu.

— Você disse que ele a perdoou por ter conspirado com Jonas.

— Ele disse que entende o que fiz e meus motivos.

Nic soltou um resmungo exasperado.

— Como vocês duas não entenderam ainda? Se a boca do príncipe está se mexendo, ele está mentindo.

O olhar de Cleo ficou carregado de frustração.

— E se ele não estiver mentindo o tempo todo? Vamos apenas desistir da primeira chance que tivemos em meses de retomar nosso reino?

— Mas e se ele *estiver* mentindo, enganando você mais uma vez? Cleo, que droga — ele praguejou em voz baixa. — Não posso perder você também. Entendeu? — Seu tom de voz era sério, mas os olhos estavam marejados. Ele os esfregou e virou de costas para ela. — Preciso tomar um ar, mesmo correndo o risco de congelar meus pulmões.

Ele deixou o quarto, e Cleo levantou para segui-lo.

— Deixe-o esfriar a cabeça — Nerissa disse, colocando a mão sobre o ombro da princesa. — Isso lhe dará tempo para fazer o mesmo.

— Nerissa... Não sei mais em que acreditar. Tudo costumava ser tão claro, e agora... estou tão confusa. — Sua voz falhou. — Nem tive a chance de falar com Jonas em particular.

Magnus tinha acomodado o rebelde e suas amigas na outra extremidade do castelo, mas Cleo não sabia exatamente onde. E o príncipe deixou claro que não contaria a ela.

— Sim, é claro que precisa falar com ele — Nerissa disse. — Mas primeiro precisa falar com o príncipe. Se conseguir eliminar as camadas de animosidade e desconfiança e... confusão que está sentindo, talvez perceba que seu senso de lucidez não está tão prejudicado quanto pensa.

A ideia de falar com Magnus depois de tudo o que havia acontecido na sala do trono fez seu corpo arrepiar.

Não, ela não se permitiria temê-lo. Odiá-lo? Abominá-lo? Desconfiar dele? Sim. Mas temer, nunca. Ela tinha tomado essa decisão havia muito tempo.

Ainda assim, Cleo balançou a cabeça.

— Hoje é o dia do silêncio em Limeros. Eu nem saberia onde encontrá-lo. — Cleo nunca tinha vivenciado um único dia de silêncio no palácio auraniano, e testemunhar tanta quietude em um lugar tão austero como o castelo era a coisa mais desagradável que era capaz de imaginar.

— Este dia de devoção só vai tornar mais fácil encontrá-lo e falar com ele em paz — Nerissa argumentou. — Todos em Limeros estão reunidos nos templos e centros comunitários para venerar a deusa. E, por acaso, sei exatamente onde o príncipe foi praticar sua adoração.

— Onde?

— Ele está bem aqui, no palácio, passando o dia no templo real.

— Cleo a encarou admirada. Ela nem sabia que havia um templo real dentro do castelo. Nerissa sorriu. — Fiz amizade com Enzo, um jovem guarda do palácio. Ele tem muitas informações úteis. Agradeço muito por ter nos apresentado, princesa.

— Vocês ficaram *muito* amigos, não foi? — Cleo conhecia a proficiência de Nerissa na manipulação de homens receptivos e ingênuos e não conseguiu deixar de achar graça. — Fico feliz por você já estar se divertindo tão pouco tempo depois de sua chegada.

— Limeros é muito mais fascinante do que eu imaginava. E, para ser sincera, Enzo também.

— Bem, fico satisfeita em saber que pelo menos uma de nós está feliz aqui.

Nerissa abriu um sorriso largo.

— Vá ter aquela conversa com o príncipe. Tenho muita fé que você, mais do que qualquer outra pessoa, será capaz de arrancar algumas palavras do príncipe Magnus hoje.

Cleo caminhou até a ala oeste do castelo, que ficava no mesmo nível do alto penhasco. Ela foi até o fim de um corredor e abriu duas grandes portas de ébano esculpidas com uma série de serpentes retorcidas. Lá dentro, esperava encontrar uma pequena réplica do templo central localizado perto de Pico do Corvo — escuro e sinistro, muito diferente dos templos dedicados à deusa de quem Cleo herdara o nome, adornados com mosaicos, ouro e pedras preciosas.

Em vez disso, embora o pequeno templo tivesse piso de granito preto e grandes bancos de madeira de frente para um altar de obsidiana, apresentava uma outra característica tão surpreendente a seus olhos que Cleo foi incapaz de conter a admiração. Na parede oposta à entrada do templo havia três janelas que iam do chão até o teto com vista para o Mar Prateado, permitindo visão total do sol se pondo e das cores do céu: vermelho, laranja, roxo e azul.

Ela conseguiu desviar os olhos da maravilhosa vista, então procurou os fiéis. Viu apenas uma figura, o príncipe Magnus, sentado na frente, virado para a janela e de costas para ela.

Cleo caminhou devagar pelo corredor e se sentou em um banco bem atrás do príncipe.

— Essa vista... — Cleo comentou depois de alguns instantes. — Dá para entender por que quis passar o dia aqui. É tão lindo... E, devo admitir, tão inesperado em um lugar como este.

Ele não respondeu, mas Cleo não desistiu. Ela se debruçou sobre o encosto do banco dele. Seu cabelo castanho-escuro tinha crescido bastante nos últimos meses, e Magnus não tinha se dado ao trabalho de apará-lo. Ele não cheirava a couro quente, como quando saía para cavalgar. Naquele dia, seu perfume era de sândalo, como de costume, e algo cítrico. Seria uma nota de limão?

Limões eram uma iguaria na gelada Limeros, muito caros para importar.

— Você coloca açúcar nos seus limões? — ela perguntou. — Nunca consegui comer sem açúcar. Sempre preferi que fossem espremidos e transformados em bebidas adocicadas.

Mais uma vez, Magnus não respondeu. Mas, na verdade, aquilo era muito mais agradável do que discutir.

Ela pousou o olhar sobre a cicatriz dele — uma linha irregular que ia do alto da orelha direita até o canto da boca. O rei tinha feito aquilo com Magnus, retalhado seu rosto por tentar roubar uma bela adaga durante uma visita ao palácio auraniano.

Ele tinha sete anos de idade. Receber uma punição tão violenta tão novo...

— Por que está aqui? — ele finalmente perguntou, a voz grave transformada em pouco mais que um sussurro.

O fim do silêncio a arrancou de seus pensamentos.

— Ele fala.

— Só para perguntar por que me interrompeu em um momento visivelmente inapropriado.

— Conheço as tradições deste dia, mas, mesmo assim, você passa muito tempo pensando sozinho. Tanta solidão não faz bem para a alma. — Ela olhou para baixo e viu um livro com capa de couro equilibrado no colo do príncipe. — Está pesquisando mais sobre magia?

— Que bom que você resolveu ser tão falante justo hoje. — Ele segurou o livro, cuja capa tinha uma estampa dourada com o nome LUKAS e o contorno do que parecia um pequeno país ou uma ilha.

— Lukas. Seu segundo nome — ela afirmou.

— Muito bem, princesa. Você prestou atenção. — Ele passou o dedo indicador sobre as letras. — E é daqui que vem o nome. Da Ilha de Lukas.

Isso mesmo. A ilha lhe era familiar. Ficava a cerca de oitenta quilômetros do extremo sul de Auranos, mas ela não pensava nela havia séculos.

— Já ouvi falar. Quis visitar alguns verões atrás, mas na época meu pai estava furioso comigo por ter deixado alguns amigos entrarem escondidos em um baile real, então não me deixou ir como castigo. — Ela franziu a testa. — Dão aulas de arte lá, não dão?

— Entre outras coisas.

Ela percebeu que o livro não pertencia à biblioteca. Era um caderno, semelhante ao que sua irmã tinha. Emilia havia frequentado aulas de arte na ilha, no mesmo verão em que descobrira que sua destreza no arqueirismo era muito maior do que o talento para desenhar árvores e flores. A mãe de Cleo também tinha estudado lá fazia muito tempo. O caderno de desenho de Elena Bellos era uma das únicas recordações que Cleo tinha da mãe, falecida tragicamente ao dar ela à luz.

— Seu nome é uma homenagem a uma ilha? — Cleo perguntou.

— A rainha queria usar o nome do meu avô, Davidus, pois acreditava que um dia eu seria um grande rei, como ele havia sido. Foi meu pai que insistiu em colocar Lukas. Ele passou uma temporada na ilha quando era jovem, assim como fiz três verões atrás. Imagino que o fato de ter me dado o nome da ilha queira dizer que o tempo que passou lá foi importante. Ou talvez tenha detestado e quis ter um lembrete constante. Ele nunca se preocupou em me explicar o motivo.

Cleo não conseguiu conter o riso.

— Está dizendo que você e o rei Gaius fizeram aulas de arte? Os limerianos não reprovam essas atividades frívolas?

— Há algo nobre em aprender como reproduzir perfeitamente uma imagem, o tipo de nobreza que faz meu pai achar que a arte às vezes pode ser um passatempo digno.

— Você disse *perfeitamente*. Deixe-me ver com meus próprios olhos se seus desenhos são bons. — Ele permaneceu imóvel, segurando o caderno com firmeza, então ela se debruçou ainda mais sobre o banco. — Vamos, não seja tímido.

Sentindo-se ousada, ela estendeu o braço e pegou o caderno, e Magnus não a impediu.

Cleo esperava não encontrar nada além de poucas páginas com rascunhos inacabados e sem inspiração do tedioso verão de Magnus em Lukas. Mas encontrou um caderno completo, do início ao fim, com dezenas de desenhos bonitos, todos diferentes, e um mais impressionante que o outro.

— Isso é incrível — ela disse, sem conseguir tirar os olhos da descoberta mais surpreendente a respeito do marido.

A primeira metade do caderno estava preenchida por desenhos que retratavam vários aspectos da Ilha de Lukas, desde paisagens até detalhes de pequenos roedores com cauda peluda e retratos de jovens, que Cleo presumiu serem os colegas de classe de Magnus. Mas quando chegou à segunda metade, ela notou uma mudança abrupta de temática. O resto do caderno continha apenas retratos, e todos eram de Lucia.

Lucia olhando pela janela, Lucia andando pelos jardins, Lucia segurando uma flor, Lucia sorrindo, Lucia gargalhando.

Cada um retratava a imagem dela à perfeição, sem desprezar nenhum detalhe. Apenas o retrato da última página estava inacabado. Magnus só tinha esboçado dois olhos, que inequivocamente pertenciam a Lucia — desenhados com tanta nitidez que pareciam perfurar Cleo.

Ele sempre será meu, Lucia parecia dizer a ela. *Esta é a única prova de que precisa.*

Magnus pegou o caderno da mão dela e olhou para o último desenho de sua irmã adotiva.

A boca de Cleo estava seca.

— Foi por isso que veio aqui hoje, por isso queria ficar sozinho. Não para honrar este dia de adoração, mas para olhar seus desenhos. Você está preocupado com ela, não está?

Magnus não respondeu, mas cerrou os dentes. Cleo se levantou e foi sentar ao lado dele. Quando apoiou a mão sobre a do príncipe, ele ficou tenso, mas não se afastou.

— Você a ama — ela disse.

— Mais do que tudo.

Cleo sempre soube que era verdade, independentemente do que havia acontecido entre ela e Magnus. Ainda assim, algo em seu interior se contorcia de forma desagradável diante daquela admissão tão fácil. Ela passou por cima daquilo.

— E ela também o ama — Cleo disse. — Mas Lucia não é ela mesma neste momento. Aquele homem, Kyan... ele a está manipulando.

— O homem de fogo. Ouvi rumores a respeito dele nos últimos meses. Pensei que não passavam disso: rumores. — Ele olhou para a mão de Cleo. — Sabe, não parece que faz tanto tempo que estávamos sentados em outro templo, tendo outra conversa séria.

Ela se lembrava daquela noite na Cidade de Ouro com muita clareza. Sua necessidade de se aliar a Magnus era tão forte que ela pensou que podia de fato ser uma possibilidade.

Em vez de brigar o tempo todo, Cleo havia dito a ele, *podíamos encontrar um jeito de ajudar um ao outro.*

Desde então, Cleo tinha aprendido muita coisa sobre os perigos de simplesmente dizer seus pensamentos. Aqueles eram o tipo de pensamentos que seriam usados contra ela depois.

— Você estava embriagado aquela noite — ela afirmou, tentando usar um tom indiferente.

— Estava. Embriagado demais. Foi na mesma noite que levei Amara para minha cama. Achei que precisava estar com alguém muito menos... hostil que você. Foi revigorante, por um tempo.

Cleo tentou não demonstrar nenhum sinal do desgosto que sentia sobre aquele assunto.

— Todos cometemos grandes erros de julgamento.

— De fato. — Pela primeira vez desde que ela tinha entrado no templo, os olhos escuros e desanimados de Magnus olharam direto nos seus. — É uma pena, na verdade. Formamos uma dupla incrível, Amara e eu. Seus dons como amante não têm comparação, até mesmo em relação às cortesãs mais cobiçadas. Talvez, se ela tivesse confessado o verdadeiro motivo da visita ao meu quarto, eu teria compartilhado o cristal com ela.

Cleo soltou a mão dele, ficando com o sangue ácido.

— Não acredito em você.

— Verdade? É mais difícil de acreditar do que uma união secreta entre você e Jonas Agallon?

Ela estava errada. Seus olhos não estavam desanimados e indiferentes, e sim cheios de indignação.

— Achei que você tinha dito que entendia meus motivos.

— Entender? Sim. Aprovar? Não. Você tem um talento surpreendente para ocultar a verdade. Parabéns, princesa.

Como ela podia ter demorado tanto para perceber que Magnus estava furioso com ela?

— E daí? — ela disse, abandonando qualquer esperança de manter a diplomacia e partindo direto para o interrogatório. — Você *também* estava mentindo, não? Sobre esta nova aliança? Sobre o que vai acontecer depois?

— Finalmente a princesa revela suas verdadeiras intenções, o verdadeiro motivo de ter me procurado neste dia de devoção. Não tem interesse nenhum nos detalhes do meu passado.

— Não podem ser as duas coisas? Por que não posso querer informações sobre meu futuro e ter curiosidade sobre o seu passado ao mesmo tempo?

— Esta conversa está encerrada. — Ele levantou e caminhou na direção da saída, e Cleo correu atrás dele para bloquear seu caminho.

— Não, a conversa *não* está encerrada — ela bufou.

— Responda uma coisa, princesa: o que, exatamente, existe entre você e Agallon? É mais do que uma aliança amigável entre uma princesa e um rebelde?

— O que está insinuando?

Magnus olhou feio para ela como se fosse uma criança evitando, de propósito, dar uma resposta.

— Está apaixonada por ele?

Ela ficou boquiaberta.

— *O quê?*

— Sob quaisquer outras circunstâncias, eu não me importaria, é claro. Mas se vocês estiverem apaixonados, será muito mais complicado nós três seguirmos em frente.

— Você ficou louco.

— "Sim" ou "não" seria suficiente. Considerarei sua resposta como um... "talvez". É bom saber, princesa. Fico muito grato.

Cleo pegou no braço dele e apertou com força.

Magnus olhou feio.

— Me solte.

— Ainda não. Preciso que ouça o que tenho para dizer.

Cleo se esforçou para encará-lo nos olhos, tentando ver além da raiva e da incerteza em seu olhar. Havia mais alguma coisa ali? A nova máscara que ele usava era maravilhosa, mais grossa e forte do que nunca, encobrindo todas as emoções, à exceção da raiva.

Mas toda máscara podia ser quebrada.

— O que precisa me dizer? — o príncipe finalmente perguntou.

Ela respirou fundo e reuniu o máximo de confiança possível.

— Eu de fato me apaixonei por alguém. Alguém que muitos diriam ser a pessoa mais errada para mim. Mas não me importei.

Ele a observou por um longo momento.

— É mesmo, princesa? E quem era essa pessoa?

Com ousadia, ela colocou a mão sobre o coração dele para sentir seu ritmo acelerado.

Ele ficou olhando, franzindo a testa enquanto a encarava.

— Quer mesmo saber? — ela perguntou, com a voz bem suave.

Magnus ficou tanto tempo em silêncio que ela não sabia se voltaria a falar. Então, finalmente, ele assentiu.

— Quero.

Ele a observava com um olhar sombrio enquanto ela mordia o lábio. Cleo já tinha visto aquela escuridão em seus olhos antes, e sabia que não vinha da raiva.

— Princesa — ele pediu. — Diga.

Ela o encarou.

— O nome dele era Theon Ranus — ela afirmou. — E você o assassinou.

Magnus se afastou dela, fechando a expressão que antes demonstrava sensibilidade.

— Às vezes eu esqueço aquele dia. — Ela tentou ignorar a dor em seu coração enquanto falava. — Mas algo sempre acaba me fazendo lembrar. Boa noite, Magnus.

Cleo saiu do templo sem olhar para trás.

Havia uma mensagem esperando por Cleo quando ela voltou a seus aposentos.

Encontre-me em meu quarto.
Nerissa

Cleo foi às pressas até a ala dos empregados e bateu na porta de Nerissa.

— Ótimo, você está aqui — Nerissa disse, abrindo a porta de imediato e agarrando Cleo pelo punho para puxá-la para dentro. Ela colocou a cabeça para fora, olhou para os dois lados do corredor, depois virou e sorriu para a princesa. — Vou deixar vocês dois conversarem sozinhos. Mas, por favor, não demorem.

— Nerissa, o que você...?

Mas antes que Cleo tivesse tempo de terminar, Nerissa saiu do quarto e fechou a porta.

— Bem, vossa alteza, depois de uma pequena eternidade, parece que finalmente estamos a sós de novo.

Cleo se virou, com olhos arregalados, e se viu frente a frente com Jonas. O rebelde não estava mais usando aquele tapa-olho ridículo, o que era um alívio — principalmente porque, quando o viu com aquilo pela primeira vez, achou que ele tinha sofrido um terrível acidente. Ou que Magnus fosse o responsável.

Cleo respondeu à saudação de Jonas com um silêncio aturdido, e logo a expressão de satisfação dele tornou-se hesitante.

— Sinto muito pela maneira como cheguei. Não era minha intenção comprometê-la... e tenho vontade de me bater por isso. Acredite, Lys prometeu me estrangular na primeira oportunidade que tiver por quase condenar todos nós à morte. Foi idiota e irresponsável, mas garanto que...

Cleo atravessou o quarto correndo e se jogou nos braços dele.

— Eu estava tão preocupada com você!

— Oh. — Ele ficou tenso, depois riu de leve e a puxou para mais perto. — E eu estava esperando um belo tapa! Assim é mil vezes melhor.

— Por que veio até aqui? Devia saber que estaria correndo muito perigo.

— Por quê? — Ele tirou o cabelo do rosto. — Para salvar você, claro. E para matar o príncipe. Nessa ordem.

— Não preciso ser salva.

— Sim, bom, mas como eu poderia saber? Você desapareceu de Auranos. Poderia estar morta. Não mandou nenhuma mensagem para avisar que estava em segurança.

— E para onde eu deveria enviá-la? Para alguma casa da árvore nas Terras Selvagens? Ou deveria mandar por Nerissa e colocá-la em perigo?

— Se tem uma pessoa que sabe se virar é Nerissa.

— Eu também.

— É, sei disso agora. Parece que conseguiu domar a mais sinistra das feras. — Ele tentou sorrir, mas Cleo percebeu que estava tenso. — E eu achando que vocês se odiavam...

— Nós nos odiamos. *Eu o odeio.* — Basta disso, ela não tinha muito tempo com Jonas e queria discutir questões mais importantes. — Jonas, sei que recebeu minha última mensagem. As instruções para ir ao Templo de Cleiona...

— Recebi. E as segui à risca. Na verdade, ainda estávamos lá quando você e sua comitiva chegaram.

— Você... o quê?

Aquele olhar travesso estava de volta, e o sorriso parecia muito menos tenso do que antes.

— Sabia que era arriscado ficar ali, mas não consegui resistir à chance de ver a decepção no rosto do príncipe ao se dar conta de que alguém tinha chegado antes dele para invocar o cristal da terra. Impagável.

Uma onda de alívio agitou-se no peito de Cleo, e ela ignorou a alfinetada em Magnus.

— Então está com você?

— Ah, sim. — Ele colocou a mão no bolso e tirou uma esfera de obsidiana pequena o bastante para caber na palma da mão.

Ela prendeu a respiração.

— É isso — ela conseguiu dizer. Estendeu a mão trêmula para pegar a esfera. — O cristal da terra! É real!

— E é seu. — Jonas depositou o cristal sobre a palma da mão da princesa. — Eu o mantive em segurança para você. E aquecido. Tão aquecido que parecia que estava chocando um ovo.

Essa realidade era mais do que ela poderia esperar — mais do que estava se *permitindo* esperar. O cristal da terra, bem ali... Magia infinita ao alcance de suas mãos. Com ele, poderia reaver seu trono com facilidade. Ela sentiu o formigamento da magia subir pelo braço enquanto olhava para a superfície brilhante e jurou ter visto uma sombra cor de ébano girando dentro da esfera.

Ela estava sem fôlego.

— Jonas... Obrigada. Prometo recompensá-lo muito bem quando tudo isso acabar. Terá mais riquezas do que pode sonhar. E os cristais do ar e do fogo? Você os invocou também?

— Bem, princesa, viajamos aos locais que descreveu, desenhamos os símbolos com sangue no chão exatamente como você disse... mas não funcionou. Não como funcionou com o cristal da terra. Só estou com este. Sinto muito.

— Não, Jonas, por favor, não se desculpe. Encontrar um já é um milagre. Isso é maravilhoso. — Ela apertou a esfera, descobrindo que o simples peso da pedra em sua mão lhe dava força. — Agora... como funciona?

Jonas franziu a testa.

— Não tenho a mínima ideia. Você tinha instruções tão precisas sobre como encontrá-la... mas não sabe como usá-la?

Cleo ficou olhando para ele por vários minutos, em choque, e depois caiu na gargalhada.

— Também não faço a mínima ideia!

— Que azar. Eu já estava completamente preparado para ver você se transformar em uma deusa da terra, toda poderosa, e subjugar a todos nós.

Embora Cleo estivesse decepcionada por ainda não poder ter acesso a todos os segredos e poderes do cristal, também sentiu um grande alívio. Se ela não sabia como liberar o poder do cristal da terra, significava que Amara provavelmente também não sabia liberar o do cristal da água.

— Princesa, eu tenho um plano — Jonas disse com uma seriedade pouco usual. — Acredito ter provado ser digno de sua confiança, então espero que ouça com atenção.

Cleo assentiu.

— Nunca duvidei de você.

— Nunca? Verdade?

Ela sentiu o rosto aquecendo.

— Bem, depois que você me sequestrou... *duas vezes*... e tentou me matar, acabamos chegando a um acordo.

— Eu me sentiria muito melhor se você conseguisse esquecer os sequestros. Pelo menos o primeiro.

Cleo arregalou os olhos.

— Aqueles dias que passei presa no galpão de sua irmã foram muito desagradáveis.

— Eu cavei um penico improvisado muito bom para você. Não teria feito isso por qualquer refém da realeza, sabia?

Ela fez uma careta.

— Obrigada por me lembrar disso. Realmente *quero* esquecer que aconteceu.

— Sabia que mudaria de ideia.

Cleo sorriu e voltou a observar o cristal, os pensamentos girando em sincronia com a magia presa lá dentro.

— E então? Qual é o plano?

— Não confio no príncipe. Nem um pouco.

— Não? Parecia confiar quando concordou em ajudá-lo a matar o pai dele... antes e depois de ser acorrentado.

— É, bom, por sorte, tive tempo para pensar desde então. Provei que sou digno de confiança, provei a muitas pessoas nos últimos meses, mas ele, não. Não estou disposto a correr mais nenhum risco por causa dele. Lys, Olivia e eu vamos embora. E você vem conosco. Podemos descobrir como fazer o cristal funcionar e reconquistar nossas terras por conta própria assim que estivermos bem longe daqui.

Cleo já havia tido muitas oportunidades de simplesmente sumir do palácio limeriano desde quando chegaram às docas de Pico do Corvo. Mas não o fizera. Sentia que tinha mais coisas para descobrir ali, mais a ganhar, e que fugir apenas a deixaria na mesma posição em que estava.

— Sei que o príncipe tem princípios morais que, na melhor das hipóteses, podem ser descritos como "questionáveis". Quero ficar longe dele tanto quanto você. Mas preciso ficar mais um tempo por aqui. Preciso saber onde o rei está e quais são seus planos.

— Podemos rastrear o rei de qualquer lugar.

Ela balançou a cabeça.

— Vai ser muito mais difícil sem os recursos e as informações de Limeros. Jonas, também tenho um plano. Espero que esteja disposto a me ajudar a colocá-lo em prática.

Jonas abriu a boca, como se estivesse pronto para argumentar contra sua decisão, mas assentiu.

— Muito bem. Que plano é esse?

— Temos um cristal, mas não sabemos como liberar sua magia. No entanto, acredito que um Vigilante deve conhecer esse segredo.

— Bem, então me deixe estalar o dedo e nos transportar até o Santuário para encontrar um — Jonas disse, sarcástico.

— Por favor, apenas ouça. Conheço uma Vigilante exilada que vive em Paelsia. Ela me falou das lendas, contou histórias que eu nunca tinha lido nem escutado antes. Relatos reais de Eva, a feiticeira original, e de seu caso de amor com um caçador mortal. Eva teve um filho com ele antes de as deusas a matarem pela Tétrade. — Cleo parou e respirou fundo, depois voltou a encarar Jonas.

Jonas ficava mais sério a cada palavra. Ela podia ver naqueles olhos castanhos a paciência brigando com o ceticismo.

— Continue.

— Preciso que você e suas amigas visitem essa Vigilante exilada e descubram se ela sabe como liberar a magia. Nic pode ir com vocês; ele vai saber onde encontrá-la.

Ele levantou uma sobrancelha.

— Está sugerindo que Nic, Lys, Olivia e eu devemos simplesmente fugir e deixá-la aqui, sozinha, com um príncipe que pode muito bem estar tramando sua morte?

— Vou ficar bem. Sei me cuidar sozinha.

— Sim, já provou isso. — Ele coçou o queixo e franziu a testa. — Vou dizer uma coisa: seu plano é muito mais intrigante que o meu.

Ela tentou não sorrir ao ouvir aquilo.

— Parabéns, rebelde.

— Acha mesmo que o príncipe vai nos deixar sair do palácio com tanta facilidade?

— Seu plano era ir embora daqui, não era?

— Sim, mas era com a certeza de nunca mais voltar. A segurança daqui não é tão impenetrável quanto a de Auranos, mas ainda é um palácio, e ainda há muitos sentinelas controlando todos os que entram e saem.

Jonas tinha um excelente argumento. E mesmo que Magnus não tivesse anunciado a todos que o líder rebelde paelsiano atualmente era um "hóspede" do castelo, ele teria muitas perguntas se, de repente, Jonas e suas amigas fossem embora do nada.

— Vou falar com Magnus e dar a ele um excelente motivo para sua saída temporária — ela disse com confiança. — Vou guardar o cristal da terra aqui comigo. Aquela Vigilante exilada pode ser muito gentil e sábia, mas não tenho certeza se posso confiar isso a ela.

Jonas cruzou os braços e a observou.

— E vai ser fácil assim? Ele simplesmente vai aceitar sua palavra sem questionar?

— Vai ter que aceitar. Senão meu plano não vai dar certo.

— Não, princesa. Eu cuido disso. Se vou levar esse plano adiante, não quero que se prejudique. Quando ele perguntar por mim, você vai simplesmente dizer que nem imagina para onde fui, que parti sem dizer nada. Lido com as consequências quando voltar.

O coração dela ficou leve.

— Então está dizendo que concorda? Que vai até lá?

Ele caminhou até o outro lado do pequeno quarto, ainda de braços cruzados. Cleo prendeu a respiração enquanto aguardava a resposta. Finalmente, Jonas se virou para ela e sorriu.

— Será uma honra, vossa alteza. Mas quando eu voltar, sem dúvida bem-sucedido, como um grande herói, vou pedir algo em troca. Algo que não tenho há muito tempo.

Ela ficou com o coração acelerado.

— Qualquer coisa. O que é?

Ele abriu um sorriso ainda mais largo.

— O beijo de uma princesa.

17

LUCIA

PAELSIA

Se Kyan soubesse da visita de Timotheus a Lucia em um sonho, ficaria furioso. E como Lucia aprendeu rápido durante suas andanças que o melhor era manter um deus do fogo calmo, resolveu não falar nada.

Ainda assim, o sonho a havia deixado perturbada — e irritada também. O objetivo de Timotheus era dissuadi-la de ajudar Kyan, mas o tom ofensivo e as palavras desrespeitosas só tinham conseguido renovar seu comprometimento com a causa do deus do fogo. Se Ioannes tivesse revelado metade do comportamento desagradável do Vigilante mais velho, Lucia nem teria dado atenção a ele.

Olhando em retrospecto, teria sido muito melhor para todos. Ela afastou aquele encontro detestável com Timotheus da mente e se concentrou na tarefa atual: encontrar sua verdadeira família.

Lucia e Kyan estavam trabalhando juntos para tirar informações de várias bruxas de Mítica por meio de uma combinação de rompantes de fogo e extração de verdades, e finalmente tinham uma pista sólida para seguir.

Essa pista os levara para a vila de Basilia, perto do Porto do Comércio, em Paelsia. A vila era cercada por vinhedos, portanto, seus cidadãos se sustentavam com os lucros provenientes de navios visitantes e da exportação de vinho para Auranos. Graças à localização privilegiada perto do porto e do fluxo constante de visitantes e comerciantes, Basilia era a vila mais abastada e luxuosa de toda Paelsia, com hospedarias confortáveis, tavernas movimentadas que serviam bebidas importadas de todo o mundo conhecido, e uma variedade de bordéis para marinheiros.

Eles entraram em uma taverna chamada A Videira Púrpura, movimentada pelos clientes apesar de ainda ser meio-dia.

A primeira coisa que Lucia notou foi que era uma das únicas cinco mulheres presentes, e que a maioria dos clientes era formada por homens barulhentos, grandes e grosseiros, gritando, batendo nas mesas e pedindo mais comida e bebida. Os odores — de todos os tipos, desde carne de cabrito queimada até o fedor azedo de axilas mal lavadas — fizeram Lucia querer dar meia-volta e sair, mesmo que com isso perdesse a pista promissora.

— Isso é fascinante — Kyan disse, sorrindo enquanto passava os olhos pela multidão. — Mortais em um momento de lazer.

Ela mal podia ouvi-lo com todo aquele barulho. Segurando o braço de Kyan, ela abriu caminho pela multidão até uma mesa vaga perto de um pequeno palco de madeira, do outro lado do salão. Era impossível chegar à mesa sem encostar nos homens, e Lucia se contorcia a cada contato.

Um brutamontes peludo assobiou para ela.

— Menina bonita, vem aqui sentar no meu colo!

Ela mandou um sopro de magia do ar na direção dele, derrubando a grande caneca de cerveja sobre suas pernas. Ele praguejou em voz alta e levantou, e Lucia virou a cabeça para esconder o sorriso dissimulado.

Irritada de precisar se submeter a tanta apalpação apenas para chegar até o palco, ela parou diante de uma mesa a vários passos de distância de seu objetivo inicial. Já estava ocupada.

— Quero sentar aqui — ela disse para o homem de aparência grosseira que estava sentado.

— Vá embora, menina. — O homem a dispensou com um aceno. — E me traga um pouco de guisado de cordeiro... e pão para acompanhar.

Kyan observou Lucia com um sorriso e os braços cruzados.

— E então? Vai trazer o guisado para ele? Eu também gostaria de provar um pouco.

Lucia se aproximou mais do homem e, ignorando a podridão de seu bafo, encarou seus olhos aquosos.

— Eu disse que quero sentar aqui. Saia da minha frente.

O rosto do homem se contorceu, e ele cuspiu uma mistura de saliva e cerveja. No mesmo instante, Lucia pensou na reação aflitiva de Magnus à sua magia, e seu estômago ficou embrulhado.

O homem pegou a tigela de guisado e desocupou a mesa sem dizer mais nada — e, felizmente, antes que sofresse qualquer sofrimento real.

— Muito bem — Kyan disse, pegando a cadeira recém-desocupada pelo homem. — Você está ficando cada vez melhor nisso.

— Mentes fracas facilitam as coisas... para eles e para mim. Sente.

Ao se sentarem, Lucia fez sinal para a atendente e pediu duas sidras e uma tigela de guisado de cordeiro para Kyan.

— Não querem vinho? — a atendente perguntou, uma mão no quadril largo. — A maioria das moças finas como você só consegue tolerar um lugar como este com um pouco de vinho na barriga.

— Eu não bebo vinho.

— Não bebe vinho? — A atendente riu. — Por acaso é limeriana? — Ela virou sem esperar a resposta, e Lucia a acompanhou com o olhar até a moça desaparecer na multidão.

No outro canto da taverna, um trio de flautistas começou a tocar, e o salão começou a se aquietar.

A apresentação estava começando.

Lucia estava ali para encontrar uma dançarina conhecida como

Deusa das Serpentes e agora sabia que estava no lugar certo. Quando a melodia do trio chegou ao primeiro crescendo, uma jovem saiu de trás do palco. Os braços, as pernas e o rosto estavam pintados com tinta dourada, e o cabelo bem preto era longo, chegando quase até o joelho, com tranças finas espalhadas em volta do rosto. Os olhos azuis eram expressivamente delineados com kajal. Ela usava uma máscara enfeitada com pedras preciosas que cobria metade do rosto, e tudo o que cobria seu corpo ágil e bronzeado era um traje feito de véus transparentes. A vestimenta não teria atraído nenhum olhar em uma localidade mais exótica, como Kraeshia, mas ali era uma imagem chocante, pelo menos para Lucia. Mas o aspecto mais chocante da garota não era a veste reveladora, mas a grande jiboia branca que trazia pendurada nos ombros.

A multidão vibrava enquanto a Deusa das Serpentes dançava e balançava os quadris no ritmo da música, enquanto sua cobra de estimação mostrava a língua sem parar, como se procurasse a próxima refeição.

Quando a dança terminou, a multidão aplaudiu e pediu mais, e a dançarina com a cobra soprou beijos, prometendo voltar à tarde.

Ela estava prestes a retornar aos bastidores quando Lucia tirou da bolsa um punhado de moedas, colocando-as sobre a mesa. Lucia viu a dançarina parar, expressar curiosidade diante do tilintar e do brilho da prata, e então dar meia-volta e ir até a mesa. Ela parou diante de Lucia e Kyan, abrindo um grande sorriso.

— Bem-vindos À Videira Púrpura — ela murmurou acariciando a cabeça da cobra branca, ainda enrolada em seus ombros como um xale escamoso.

Lucia empurrou as moedas na direção dela.

— Sente conosco por um momento.

Houve apenas um segundo de hesitação, e a dançarina apanhou as moedas, envolveu-as com um dos lenços e sentou.

De repente, Lucia percebeu que estava nervosa, e tinha muito pouco a ver com a serpente. Que ridículo. Era ela que estava no controle. A prata compraria as respostas de que precisava. E se não comprasse, sua magia o faria.

A atendente voltou com as sidras e o guisado de Kyan. Lucia esperou a mulher sair antes de falar.

— Deusa das Serpentes é um nome encantador — ela afirmou, querendo manter a voz calma e equilibrada. — Mas qual é seu nome verdadeiro?

A garota sorriu.

— Laelia.

— Certo. E suponho que não seja uma deusa de verdade.

— É uma questão de opinião. — Ela sorriu e passou a mão no braço de Lucia enquanto seu bicho de estimação se enrolava cada vez mais no corpo da dona. — Por mais algumas moedas, eu ficaria feliz em fazer você e seu belo amigo se sentirem como um deus e uma deusa hoje à noite. É uma oferta especial, que faço muito raramente, e apenas para almas especiais que me atraem de imediato.

Lucia lançou um olhar severo para Laelia, e a dançarina retirou a mão rapidamente, como se tivesse se queimado.

— Peço desculpas — ela disse, visivelmente assustada. — Talvez tenha interpretado mal suas intenções…

— Sem dúvida.

— Fica para outra vez. — Laelia se recompôs, recostando sem pressa na cadeira e estampando um novo sorriso no rosto. — Por que, então, vocês me atraíram até sua mesa com a oferta de mais moedas do que posso ganhar aqui em um mês?

Kyan permaneceu em silêncio e concentrado em sua refeição, deixando Lucia conduzir a conversa.

— Fiquei sabendo que você talvez saiba algo sobre uma profecia — Lucia disse.

O sorriso de Laelia se desfez.

— Uma profecia?

— Sim — Lucia respondeu, fingindo acreditar na falsa ignorância da garota, mas começando a ficar impaciente. — Uma profecia sobre uma menina que poderia possuir a magia de uma feiticeira. Quando a profecia se realizou, duas bruxas roubaram-na do berço, ainda bebê, e assassinaram sua mãe. Isso aconteceu em alguma parte de Paelsia, há quase dezessete anos.

— Que história trágica — Laelia disse, com a pele por trás da máscara quase tão pálida quanto sua companheira de sangue frio. — Mas, sinto muito, não sei como posso ser útil a vocês.

— Quantos anos você tem? — Lucia perguntou. A garota obviamente estava mentindo. — Dezenove? Vinte? Você devia ser muito nova na época, mas imagino que uma história como essa, de assassinato e sequestro, tenha sido passada adiante pelas vilas de Paelsia por muitos anos. Sei que conhece a história a que estou me referindo.

Laelia levantou com a respiração acelerada.

— Por que está me fazendo essas perguntas?

— Porque sou a criança da profecia — Lucia revelou, olhando fixamente para a garota.

— O quê? — Laelia voltou a sentar, depois ficou encarando Lucia por alguns minutos. — *Você é a criança roubada?*

Lucia assentiu, esperando Laelia juntar as peças e revelar alguma coisa.

Finalmente, Laelia falou de novo, a voz estridente:

— Em uma noite, quando eu tinha três anos... minha mãe foi assassinada logo depois que dois ladrões levaram minha irmãzinha do berço. Meu pai procurou por todo lado, mas ninguém sabia de nada... ou preferira não dizer. Pouco tempo depois, se casou de novo e foi como se tivesse se esquecido de tudo, como se a perda da filha e da esposa não importasse mais. — Ela ficou assustada. — Mas aquela profecia... não era sobre minha irmã. Era sobre meu pai. Foi o que ele sempre nos disse. Ele acreditava que era um feiticeiro e que um dia salvaria Paelsia de sua maldição sinistra. Acreditou nisso até o dia de sua morte.

O peito de Lucia ficava mais apertado a cada palavra que Laelia dizia.

— Quem é... quem *era* seu pai?

A garota passou os olhos pela taverna, como se de repente tivesse ficado com medo de ser ouvida.

— Tento não falar mais sobre ele. Não quero que me culpem por todas as coisas que ele fez. É por isso que uso essa máscara quando danço.

Lucia apertou a mão de Laelia com força, fazendo-a voltar os olhos para ela. Olhos, agora Lucia percebia, que eram exatamente da mesma cor dos seus.

— *Quem era ele?* — ela insistiu.

Uma expressão de concentração dolorosa apareceu no rosto de Laelia quando Lucia a obrigou a contar a verdade por meio de sua magia.

— O ex-líder de Paelsia. Hugo Basilius.

Uma pontada de choque atravessou Lucia. Ela soltou a mão da garota.

Chefe Basilius. Um homem tolo e ignorante que cobrava impostos absurdos enquanto vivia como rei. Assassinado pelo rei Gaius depois de ter sido enganado e convencido a ajudá-lo a conquistar Auranos.

Seu povo acreditava que ele era um feiticeiro. Acreditava que era um deus vivo, quando, na verdade, não passava de uma fraude. Uma fraude egoísta, enganadora e mentirosa.

A cobra de Laelia se arrastou, enrolando-se ainda mais em seu pescoço, como se tentasse lhe dar um abraço reconfortante.

— Você é minha irmã — Laelia disse em um sussurro.

Lucia levantou.

— Preciso ir. Agora.

Laelia segurou a mão dela, impedindo-a.

— Não, por favor. Por favor, fique. Precisamos conversar mais. Você é minha irmã... e tem dinheiro. Você precisa me ajudar.

Lucia fechou os olhos e evocou magia do fogo. Laelia se assustou e tirou a mão quando sua pele ficou vermelha e cheia de bolhas.

— Fique longe de mim — Lucia murmurou. — Não quero saber de você.

Finalmente, Lucia teve a resposta que procurou por tanto tempo. E só serviu para se sentir mais vazia do que nunca.

Ela não tinha uma família de verdade. E nunca teria.

Kyan a acompanhou até o lado de fora.

— Lucia, pare.

— Na verdade, é engraçado. — Ela riu, mas a risada não soou verdadeira. Uma tempestade se formava dentro dela, e Lucia mal podia esperar para deixá-la sair. — O que eu esperava? Descobrir uma família boa e normal, com mãe, pai e irmãos que ficariam felizes em me reencontrar? Que ridículo!

Kyan segurou nos ombros dela.

— Conheço muito bem sua decepção. Você precisa usar isso para se fortalecer. Use tudo o que sente, as coisas boas e ruins, para obter mais poder.

— Estou totalmente sozinha. Em um mundo que odeio. Que odeio muito.

— Você não está sozinha, pequena feiticeira. Você tem a mim.

Seus olhos ardiam, mas ela se recusava a chorar. Em vez disso, olhou para Kyan.

— Tenho?

— É claro que tem. Você acha que somos muito diferentes, mas somos exatamente iguais. Desejo as mesmas coisas que você: uma família, um lar. Uma vida real e apaixonante. Mas essas coisas sempre estão fora do nosso alcance. E, por causa disso, ambos guardamos uma raiva incontrolável que precisa ser libertada. E quando libertamos essa raiva, outros se juntam ao nosso sofrimento. Sabe o que isso significa?

Ela não confirmou nem negou, mas manteve um olhar firme e resoluto.

— O quê?

— Significa que *nós* somos uma família.

Kyan falou com tanta certeza, tanta confiança, que ela soube que falava a verdade. O grande peso que tinha se instalado em seu coração ficou um pouco mais leve.

— Eu e você. Uma família.

Kyan sorriu.

— Sim. E assim que nos reunirmos com meus irmãos, seremos um grupo apavorante para esses mortais imperfeitos e simplórios.

— Mas eu sou mortal.

— Ah, mas isso não passa de um obstáculo, uma pequena dose de fragilidade sobre a qual ainda não precisamos pensar. — Ele acariciou o cabelo preto de Lucia, ajeitando uma mecha atrás da orelha. — Agora, vou visitar uma bruxa para falar sobre uma roda de pedra. Você fica aqui e explora o mercado. Refresque a cabeça. Divirta-se um pouco até eu voltar.

— Minha mãe costumava fazer isso. Ir ao mercado para se sentir melhor. — Lucia franziu a testa. — A rainha, na verdade. Não minha mãe. A rainha me levava para Pico do Corvo para comprar coisas que achava dignas de uma princesa limeriana. Vestidos, sapatilhas, joias. Mas eu só queria livros.

Kyan sorriu e indicou com a cabeça a direção do mercado movimentado.

— Sei que há muitos tipos de livros aqui. Vá. Compre o que quiser. E nos vemos em breve, certo?

— Certo. — Ele se aproximou e deu um beijo na testa de Lucia, e o gesto inesperado a fez sorrir.

Lucia caminhou até o mercado no centro da vila, entrando no meio da multidão barulhenta que cercava centenas de comerciantes em bancas coloridas. Tudo o que pudesse imaginar — vinho, legumes e verduras, carnes defumadas, joias, vestidos bordados, belas colchas — estava à venda.

Um homem sentado atrás de um cavalete a chamou.

— Mocinha bonita! Por favor, me faça um favor e me deixe desenhá-la. Seria um prazer. Apenas cinco cêntimos de prata.

— Só tenho limmeas.

— Muito bem. Um retrato por apenas dez limmeas de prata, então.

— Você cobra o dobro do preço em moeda limeriana? Não faz o menor sentido. Usei minhas moedas em Paelsia sem nenhum problema até agora.

O homem virou a palma das mãos para cima, como se sugerisse que não tinha controle sobre os valores.

— Cêntimos são aceitos em toda Mítica, sem sombra de dúvida, mas limmeas, não. É assim que as coisas são. Mas, tudo bem, que tal oito limmeas de prata?

— Seu trabalho não vale tanto — ela o ridicularizou. E continuou andando, deixando o artista imbecil para trás. Que atitude mais simplória e ignorante, barganhar com clientes para fazer uma venda.

Em seguida, ela passou por uma banca com carcaças de animais pequenos despelados. O vendedor acenou para ela.

— Venha, experimente minhas lascas de warlag condimentadas com um pão que acabou de sair do forno. Ou talvez sementes de chaeva, ideais para aliviar as terríveis cólicas mensais?

Lucia sentiu o cheiro do warlag — um animal comum, nativo de Paelsia, que parecia um cruzamento de coelho com rato — extremamente condimentado, e seu estômago revirou.

— Não, obrigada. — Ela passou rápido pela banca.

Depois de escapar do vendedor e do odor terrível, Lucia chegou a uma banca enfeitada com lenços, todos bordados à mão com elaborados padrões florais. Ela parou e passou a mão em um modelo azul e violeta.

— Ótima escolha. Combina muito com seus olhos. — A vendedora idosa sorriu, esticando o rosto abatido e enrugado e revelando a ausência de vários dentes.

— É lindo — Lucia concordou.

A mulher pegou o lenço e colocou nos ombros de Lucia.

— Eu sabia. Foi feito para você. Deve ser seu, e de mais ninguém.

Só o suntuoso material já valia muito mais que qualquer retrato desenhado às pressas, sem falar no tempo e na habilidade exigidos na costura e no elaborado bordado. Ela pegou a bolsa com as moedas.

— Quanto é? — ela perguntou. — Já aviso, só tenho limmeas.

A vendedora assentiu.

— Duas limmeas de prata, então.

Lucia arregalou os olhos.

— Tão pouco?

— Seria um prazer saber que minha criação será usada e apreciada por uma garota encantadora como você.

Lucia entregou três moedas de ouro à mulher.

— Aceite estas moedas e saiba que usarei o lenço com muito orgulho.

A velha ficou encarando-a, com um brilho contente de surpresa nos olhos, enquanto Lucia saía com sua nova compra.

Em seguida, ela se demorou em uma banca movimentada que exibia túnicas bordadas com contas, todas chamativas demais para qualquer cidadão de Limeros usar em público. De qualquer modo, uma túnica em particular a atraiu, macia e costurada para parecer a silhueta de um falcão, e ela passou os dedos pela costura.

Alguém esbarrou nela. Quando se virou, deparou com um belo jovem com ombros largos e olhos brilhantes.

— Peço desculpas — ele disse.

Ela tentou ignorá-lo, voltando a olhar a túnica de falcão.

— Linda camisa — ele disse. — Não acha? Embora seja um pouco auraniana demais para o meu gosto.

— Não estou muito para conversa hoje. Siga seu caminho.

— Ah, o que é isso? O dia está lindo... não tão lindo quanto você, é claro.

— Me deixe em paz.

— Tudo bem, como quiser. Mas, antes de ir, preciso de uma coisa sua.

Ela se virou e fez cara feia para o rapaz sorridente.

— O quê?

Ele indicou a bolsa.

— Isso.

Ela suspirou, sentindo pena do aspirante a ladrão que resolveu perturbá-la.

— Você realmente precisa...

Mas, antes que ela pudesse terminar, o homem puxou a bolsa da mão dela com uma força que quase a machucou. Lucia ficou boquiaberta, e ele cobriu seu rosto com a mão e a empurrou para trás, derrubando-a sobre a banca de túnicas.

Então, um conhecido véu sombrio tomou conta dela.

Lucia olhou para cima e viu o céu se fechando enquanto se levantava. Procurou o ladrão no meio da multidão, pronta para incendiá-lo.

Ele pensava que podia assaltá-la?

O rapaz nunca mais roubaria nada de ninguém.

Ela tinha uma visão clara do indivíduo, mas pouco antes de lançar a magia, o ladrão tropeçou e caiu no chão com tudo. Lucia correu até lá e se juntou à multidão que se formava ao redor dele.

Um jovem que usava um tapa-olho preto estava sobre o ladrão, a sola da bota sobre o peito do homem.

— Sabe — ele disse, abaixando-se para tirar a bolsa dele —, você é o tipo de escória que dá a todos nós, paelsianos, uma má reputação.

Com a bolsa de Lucia na mão, o jovem tirou a bota do peito do ladrão.

— Você devia aprender a cuidar da própria vida — o ladrão resmungou enquanto tentava levantar.

— Sempre fui péssimo nisso. Agora, vá. Antes que eu mude de ideia. — Ele tirou uma adaga com o cabo adornado com pedras preciosas da cintura e a girou devagar.

O ladrão olhou rapidamente para a faca e saiu correndo na outra direção.

A luz apareceu no céu nublado.

O jovem de tapa-olho olhou para cima e depois virou para Lucia, que se aproximava dele.

— Parece que vamos ter uma tempestade — ele comentou. — O clima é imprevisível aqui em Paelsia. As nuvens sempre aparecem sem avisar, como se fosse mágica.

O rapaz era jovem, não muito mais velho que ela, tinha cabelo escuro como Magnus, mas era muito mais baixo que seu irmão. A pele era muito bronzeada, e o olho que não estava escondido tinha cor de canela.

— Está tudo bem? — ele perguntou, franzindo a testa diante do silêncio de Lucia.

A obscuridade dentro dela continuou aumentando, ainda querendo ser libertada.

— Aqui está. — Ele entregou a bolsa para Lucia, que hesitou apenas por um segundo antes de pegá-la e guardá-la sob o manto.

— Imagino que queira uma recompensa — ela afirmou.

— É claro que não. Ajudar uma jovem encantadora como você é recompensa suficiente. — Ele sorriu.

E então tudo ficou claro. Ela sabia exatamente quem era o rapaz.

— Você é Jonas Agallon.

Ele piscou.

— O quê?

— Você é Jonas Agallon. O líder rebelde procurado pelo assassinato da rainha Althea. — Ela tinha visto os cartazes que ofereciam recompensa por sua captura, mas nunca o havia visto em pessoa. Com certeza teria se lembrado. — Desculpe, mas seu disfarce é péssimo.

— Ah, está falando disso? — Ele apontou para o tapa-olho. — Foi um acidente com um forcado. Foi terrível. Sinto muito decepcioná-la, mas não sou esse tal de Jonas Agallon.

As tentativas de negar eram quase cômicas.

— Não se preocupe, não vou entregá-lo. Sou grata por tudo o que fez na luta contra o rei. Por que parou?

O rapaz olhou de novo para cima.

— O céu está abrindo. Não vai ter tempestade, no fim das contas.

— Muito bem. Posso fazer uma pergunta que *talvez* você responda? — Lucia sugeriu em um tom de voz desprovido de raiva.

— Sem dúvida pode tentar.

Ela manteve um sorriso firme nos lábios.

— Onde está o cristal da terra?

O olhar consternado no rosto dele confirmou uma antiga suspeita de Lucia: Cleo tinha dado ao rebelde informações sobre os cristais, permitindo que ele os obtivesse primeiro.

A princesa mentirosa merecia morrer.

Lucia se distraiu de repente com a imagem de alguém caminhando no meio da multidão, empurrando as pessoas que estavam em seu caminho, indo direto em sua direção. A garota estranha, que tinha cabelo escuro e cacheado e usava um vestido amarelo horroroso, parou ao lado de Jonas. Ela segurava um arco e flecha e apontava bem para o rosto de Lucia.

Jonas olhou para a garota, sobressaltado.

— Abaixe isso, Lys. Você vai acabar machucando alguém.

— Cale a boca — a garota murmurou. — Você perdeu a cabeça? Tem ideia de quem é essa?

Jonas tirou os olhos da garota selvagem e voltou a encarar Lucia.

— Claro que sim — ele afirmou com firmeza. — É a princesa Lucia Damora.

18

JONAS

PAELSIA

Antes daquele momento, Jonas tinha visto a princesa Lucia de longe em três ocasiões: cavalgando, entrando ostensivamente em Auranos ao lado do pai e do irmão; no Templo de Cleiona, logo depois que ele invocara o cristal da terra; e sobre a plataforma do palácio no dia em que Lysandra seria executada.

Ele tinha demorado um pouco para reconhecê-la, considerando o vestido simples e o cabelo solto como o de qualquer garota paelsiana, mas assim que viu aquele olhar astuto e penetrante, lembrou de como a bela princesa era inesquecível. No entanto, o movimentado mercado de Basilia era o último lugar do mundo onde esperava vê-la.

Nic e Olivia os tinham alcançado e estavam ao lado de Jonas e Lys. Depois que Lys sacou o arco e flecha, o resto da multidão se afastou, e os cinco ficaram isolados no meio do mercado, enquanto centenas de vendedores e fregueses observavam com curiosidade e cautela.

— Tenha cuidado, princesa — Nic disse a Lucia. — Já vi o que Lys é capaz de fazer com essa coisa.

— Nicolo, não é? — Lucia disse. — É claro que me lembro de você. O animalzinho treinado de Cleo, que ela mantém por perto para entretê-la. O que achou da diversão que meu amigo e eu propiciamos durante minha última visita ao palácio?

Nic apenas riu, olhando para Lucia com uma mistura de ódio e medo. Ver Nic sem palavras era raro. Seu talento com a fala tinha sido responsável por eles terem conseguido passar pelos guardas que vigiavam o portão do palácio limeriano. Nic tinha insistido, como o mais próximo confidente da princesa, que ele e os amigos tinham todo o direito de sair para ir a Pico do Corvo comprar um presente para o aniversário de Cleo. Jonas ficou impressionado quando os guardas logo abriram caminho, sem questionar.

Lucia suspirou e, sem um pingo de medo, olhou de novo para a flecha afiada.

— E você é... Lys?

— Lysandra — ela bufou.

— *Lysandra*, querida, sugiro que pare de apontar essa arma para mim. É muito grosseiro.

— Abaixe isso, Lys — Olivia disse por entre os dentes.

— E por que eu deveria fazer isso? — Lys rosnou. — Ela pertence à mesma realeza imprestável que só ficou olhando enquanto minha cabeça estava prestes a ser cortada, como se assistisse a uma apresentação de fantoches, e não a uma execução.

— Ah, sim. É claro — Lucia exclamou em um tom de voz calmo e até mesmo doce. — Eu conheço você. É a rebeldezinha selvagem que escapou da execução, livre como um pássaro. Preciso lhe dar os parabéns. Sabia que pertence ao pequeno grupo de prisioneiros que conseguiram escapar da punição do rei Gaius?

— Nossa, quanta confiança você tem. Mesmo pouco antes de ser morta por mim.

— Confiança é uma virtude. Não tinha no passado, mas agora ela transborda de mim. — Lucia tirou os olhos de Lysandra e se dirigiu ao resto do grupo. — Agora, chega. Vocês estão entediando os espectadores. Eles devem preferir um pouco de ação, não acham? Vamos começar com um pouco de poeira.

Lucia movimentou o punho e o arco e flecha de Lysandra se desintegrou, transformado em uma pilha de serragem e cinzas, assustando a multidão.

— Ela é uma bruxa! — alguém gritou. — Uma bruxa malvada! — As pessoas começaram a se revoltar com murmúrios e berros, e então uma pedra foi jogada na direção da cabeça de Lucia.

Ela levantou a mão. A pedra ficou paralisada no ar, a menos de trinta centímetros de seu rosto. Com mais um pequeno movimento, também foi transformada em poeira.

— Agora — ela disse, voltando-se de novo para Jonas —, vamos falar sobre aquele cristal da terra que você roubou de mim.

Jonas tinha ficado sabendo da visita de Lucia a Limeros e não subestimava nem um pouco a feiticeira.

— Sinto muito, mas não está comigo — ele disse.

— Ah, por favor, Jonas. Você acha mesmo que consegue me enganar com tanta facilidade? Vamos tentar de novo.

— Princesa Lucia... — ele começou a falar, mas logo foi interrompido por um relâmpago. A tempestade havia começado a se formar mais uma vez. Uma sensação nauseante tomou conta de seu estômago. Ele notou que aquela era uma tempestade criada por magia. Criada por uma feiticeira capaz de conjurar trevas e maldade sem expressar nada em seu exterior calmo e controlado.

— Pois não, Jonas? — Lucia respondeu, com um sorriso ameaçador.

— Você quer o cristal da terra? — A boca dele estava seca, e o coração batia rápido, mas Jonas tentou manter a voz firme e confiante.

— Isso é evidente.

— Então proponho uma parceria.

Ela levantou uma sobrancelha.

— E eu proponho que você me entregue o cristal antes que eu coloque fogo em você e em seus amigos.

— Tudo bem, tudo bem. — Ele levantou as mãos, pensando na

melhor maneira de lidar com aquela garota perigosa. — Não é hora de considerar uma parceria. Certo.

— Acredite em mim, rebelde. Você não tem ideia do que roubou.

— Matem ela! — alguém gritou na multidão. — A filha do Rei Sanguinário merece morrer! — Um coro de aprovação e gritos pedindo justiça se seguiram, e Jonas fez uma careta para o público indesejável e totalmente inútil.

Era tudo culpa dele. Ele *tinha* que ter se metido quando viu aquele ladrão roubar um saco de moedas de uma linda garota.

Boas ações nunca o beneficiavam.

Jonas olhou de novo para cima, para as nuvens de tempestade se fechando.

— Princesa, me escute — ele disse. — Não sou seu inimigo.

Um trovão retumbou.

— *Todos* são meus inimigos.

— Queria que soubesse que não fui eu quem matou a rainha.

— Estou decepcionada— ela revelou. — Era a única coisa de que eu gostava em você.

— Chega de conversa — Lysandra resmungou. — Meus pais estão mortos por causa de seu pai. Por causa de seu pai, minha vila foi escravizada. Por causa de seu pai, meu irmão foi executado bem na minha frente!

— Sinto muito por suas perdas, Lysandra. De verdade. Mas o rei Gaius não é meu verdadeiro pai. A rainha Althea não era minha verdadeira mãe. Odeio os Damora tanto quanto vocês.

Surpreso pela confissão repentina, Jonas lançou um olhar furtivo para Olivia. Será que ela poderia ajudar se as coisas saíssem do controle?

Era mais provável que só provasse não ser nada além de uma bruxa comum, impotente contra uma feiticeira profetizada com desejo de vingança.

Mas ele sabia que devia haver um jeito de resolver aquilo sem ninguém se ferir.

— Se for verdade, tenho uma excelente sugestão para você — Jonas disse com calma. — Você deveria entrar para a causa rebelde.

Dava para ver que a princesa estava achando graça pelos seus olhos azuis.

— E ficar andando por aí com seu grupo, fracassando em todas as tentativas? Que sugestão brilhante!

Jonas ignorou as alfinetadas daquelas palavras.

— Bem, por que não? Juntando-se a nós você poderia ajudar a trazer a paz para Mítica e acabar com o sofrimento do povo.

— E como você acha que vai conseguir fazer tudo isso? Usando a mim e minha magia para conquistar seus objetivos? Sinto muito, rebelde, mas meus dias de caridade acabaram.

Jonas precisou engolir as respostas irritantes e presunçosas que queria dar àquela garota extremamente grosseira. Ele respirou fundo.

— Se a filha do rei Gaius se posicionar contra ele, todo o povo de Mítica vai acordar e começar a enxergar suas mentiras. Não apenas mais auranianos e paelsianos vão se juntar e se rebelar contra ele, mas os limerianos também. Foi Limeros que ficou aprisionada sob seu domínio por todos esses anos, e seriam esses cidadãos que mais se beneficiariam pelo fim de seu regime. Será uma revolução de corpo e espírito, e sua magia teria muito pouco a ver com isso.

— Jonas — Nic resmungou. — Olhe para ela. Com certeza não está interessada em argumentos racionais.

— Não seja rude, Nicolo — Lucia disse. — Sou perfeitamente capaz de pensar e responder por mim mesma. — Ela se virou para Jonas. — Seus argumentos são excelentes, Jonas. Mas você me julga mal se pensa que me preocupo com a paz ou com o fim do sofrimento dos cidadãos comuns. Não fique tão surpreso. Afinal, mesmo não sendo do mesmo sangue, *fui criada* como uma Damora.

Jonas analisou a expressão de Lucia, procurando qualquer indício de suavidade, algo além da vingança. Mas só encontrou raiva e, de repente, sentiu pena dela.

— O que aconteceu para te deixar tão zangada? Tão amarga?

— Talvez eu tenha nascido assim.

— Duvido — Jonas discordou. — Ninguém nasce com tanto ódio no coração.

— Como ousa presumir que sabe algo sobre mim, Jonas Agallon?

— Sei mais do que imagina, e tenho um instinto bastante confiável. Você é uma boa pessoa, princesa. Poderia melhorar muitas vidas com sua magia. Poderia mudar o mundo. Fazer dele um lugar melhor, mais alegre, mais feliz. Não vê isso?

— Não me importo com nada disso. No momento, só quero que me entregue o cristal da terra.

Jonas estava prestes a responder quando uma voz interrompeu a conversa.

— O que foi aquilo? — Um jovem de cabelo claro se aproximou de Lucia. Parecia destemido e intrigado. — Ouvi você dizer alguma coisa sobre o cristal da terra?

Lucia cerrou os lábios e se virou para ele.

— Não esperava que você voltaria de sua pequena missão tão cedo.

— Eu ando rápido. — O homem olhou para Jonas franzindo a testa. — Entendi direito? Você está com a esfera de obsidiana?

— Jonas… — Nic sussurrou em tom de alerta. — Esse é o homem que esteve no palácio com Lucia. Ele quase matou o príncipe Magnus. Não diga nada.

— Eu resolvo isso sozinha, Kyan — Lucia disse.

Kyan continuou encarando Jonas.

— Você está errada — ele disse para Lucia, ainda com os olhos em Jonas. — Ele não está com a esfera. Eu sei que seria capaz de sentir sua magia se realmente estivesse tão perto.

— Talvez não esteja com ele agora, mas ele a invocou. — Lucia insistiu: — Onde está, Jonas?

— Não faço ideia — Jonas disse sem se abalar. — Sinto muito por não poder ajudar.

O jovem estreitou o olhar e em um repentino lampejo de luz e calor, um círculo de chamas subiu do chão, envolvendo-os. Jonas se assustou e ouviu a multidão, do outro lado do fogo, gritar e se dispersar, abandonando o mercado.

Jonas ficou tenso e olhou para os amigos.

— Olivia, diga que pode fazer alguma coisa.

Os olhos dela estavam arregalados e paralisados, repletos de um medo que ele nunca tinha visto naquela bruxa corajosa.

— Ah, não... — ela sussurrou. — Não agora. Não aqui.

— Do que está falando? — O calor das chamas ficou ainda mais intenso ao redor de Jonas.

— É... é cedo demais — ela disse, visivelmente abalada. — Não estou pronta. Não sou forte o bastante.

— Faça o que puder, então! — Jonas a encorajou. — Vamos ajudar! — Ele voltou a olhar para Kyan.

— O *que* você é?

— Vocês não param de me perguntar isso, seus mortais fracos e ignorantes. Nascem com tanto potencial, mas ainda assim cheios de falhas, fracassando sempre. É revoltante.

— Kyan... — Lucia disse com um tom de advertência na voz.

— Menos você, pequena feiticeira. Você é totalmente isenta das falhas dos demais. É um espécime perfeito, um exemplo do que os humanos *deveriam* ser. Do que *vão* ser.

Jonas observou as chamas nervoso, uma jaula infernal que os encarcerava junto com uma feiticeira e aquele homem — alguém muito mais perigoso do que qualquer bruxo.

Kyan deu mais um passo adiante, as mãos cerradas em punho.

— Fique longe do Jonas, sua aberração — Lys gritou, aproximando-se sem medo, e lançando um olhar para Jonas. — Vamos sair dessa. Já escapamos de coisa pior.

O coração de Jonas se encheu de orgulho. De repente, percebeu que não conseguia tirar os olhos daquela guerreira forte e estonteante que esteve a seu lado em todas as etapas de sua jornada. Aquela garota incrível que disse que o amava.

Mas logo seu coração também doeu ao se lembrar que tinha se esquecido completamente dela assim que vira Cleo, que havia quase caído aos pés da princesa dourada e implorado por um beijo.

Ele estava cego demais para ver que já tinha o maior tesouro de todos.

Jonas encarou Kyan diretamente em seus olhos cor de âmbar.

— Você ouviu Lys. Afaste-se. Não estou com seu cristal, mas, se estivesse, ficaria feliz em enfiá-lo na sua bunda.

Kyan o observou com um sorriso arrepiante.

— Você é extremamente poderoso ou muito burro, garoto.

Jonas olhou para Kyan e Lucia.

— Já chega. Vocês podem ir brincar de magia em outro lugar. Não posso ajudá-los. — Ele lançou um olhar intenso a Lucia. — E, evidentemente, você também não pode me ajudar.

Kyan continuava a encarar Jonas com tanta atenção que achou que ele pudesse estar tentando ler sua mente. Mas logo sua expressão ficou um pouco mais relaxada, e ele franziu a testa e inclinou a cabeça.

— Estou sentindo outra magia aqui — ele disse. — Magia elementar pura.

Kyan voltou sua atenção para Olivia, e em um instante seus olhos âmbar ficaram de um tom forte de azul.

— *Vigilante.*

Olivia cambaleou para trás, balançando a cabeça.

— Fique longe de mim.

— Como ousa me confrontar? — Chamas desceram pelos braços de Kyan, oscilando com uma fúria radiante. — Achou mesmo que poderia esconder sua verdadeira identidade? O que Timotheus mandou você fazer? Me pegar de surpresa? Me enganar? Me capturar?

Olivia virou e viu o olhar consternado de Jonas.

— É verdade? — ele questionou. — Você é uma Vigilante?

— Sinto muito, Jonas. Não posso... — Sua voz tremia, ela continuava a balançar a cabeça. — Timotheus estava errado ao me enviar.

O círculo de fogo ardeu ainda mais, ficando da altura das árvores mais antigas de Mítica.

— Você deseja ajudar seu ancião a me aprisionar? — Kyan vociferou. — Pois vai fracassar, e vou ficar feliz em vê-la queimar!

Jonas mal conseguia raciocinar; o calor estava ficando insuportável.

— Olivia, diga o que está acontecendo! — ele exigiu. — Quem é ele?

A pele fúlvida de Olivia tinha ficado pálida e sem vida.

— Sinto muito. Sinto muito por não ser tão forte quanto Phaedra foi.

Jonas estava prestes a responder quando, de repente, o contorno da forma de Olivia começou a brilhar, e o ar mudou diante dela. Suas roupas caíram em uma pilha no chão, e um falcão dourado emergiu delas, abrindo as asas e voando acima do anel de fogo.

— Covarde! — Kyan gritou para ela.

— Kyan — Lucia disse com serenidade, colocando as mãos sobre o braço em chamas. — Precisamos ir. Ela já se foi, e o rebelde não está com o cristal. Vamos continuar procurando.

Mas ele não a estava escutando, nem sequer olhando para ela. Em vez disso, Kyan parou de observar o céu e lançou um olhar tão feroz para Jonas que o rebelde cambaleou para trás.

Ao lado de Jonas, Nic observava em desespero o círculo de fogo.

— Precisamos sair daqui — ele disse.

Lys concordou com uma expressão séria.

— Deve haver um jeito.

— Vocês estavam auxiliando uma imortal! — Kyan bradou para Jonas, afastando-se de Lucia. — Quer me ver aprisionado de novo? Torturado em minha prisão eterna, para que os simplórios mortais não precisem temer minha cólera?

— Não quero comprar briga com você, seja quem você for. — Jonas levantou as mãos em um gesto de rendição, sentindo o calor do fogo ficar mais intenso. — Para ser sincero, eu não sabia o que ela...

— Mais mentiras! — Kyan estendeu as mãos e, com um impulso violento, lançou uma rajada de magia do fogo bem na direção de Jonas.

— Não! — Lysandra gritou, empurrando Jonas para o chão. Ao abaixar para ver como ele estava, a lança de chamas atingiu o coração dela.

Então a lança desapareceu.

Ela perdeu o fôlego e caiu de joelhos.

Jonas a segurou, procurando sinais de ferimento.

— Lys! Você está bem? Lys, por favor! Responda!

O rosto dela estava úmido de suor, a respiração era curta e ruidosa, mas ela ainda conseguiu sorrir para ele.

— Você estava no meu caminho, seu idiota.

Uma onda de fúria cega e puro alívio tomou conta dele, e Jonas retribuiu o sorriso.

— Faz ideia de quanto amo você, Lysandra Barbas?

— O quê? — ela piscou. — Você me ama?

— Amo.

— E a Cleo?

Ele sorriu.

— Que Cleo?

— Nicolo. — Ao interromper o momento de ternura causado graças à fúria de Kyan, a voz de Lucia era baixa, mas firme. — Tire Jonas de perto dela antes que seja tarde demais.

Jonas olhou feio para ela.

— Você e seu amigo precisam ir embora. Agora. Está me ouvindo? Se chegarem mais perto, juro que mato os dois.

Todo o espírito de combate que cintilava nos olhos de Lucia tinha desaparecido, e ela parecia apenas triste e desolada.

— Eu não queria que isso acontecesse. Sei que não vai acreditar em mim, mas eu sinto muito. Nicolo, faça o que eu disse!

Sem dizer nenhuma palavra, Nic agarrou Jonas e o puxou para longe de Lysandra.

O rebelde tentou se desvencilhar.

— O que está fazendo? Me solte!

— Jonas? — Lys estendeu a mão na direção dele, com um sorriso nos lábios. — Eu amo...

Suas doces palavras foram de repente silenciadas quando chamas irromperam de seu peito, transbordando como lava por cada centímetro de seu corpo.

— Não! — Jonas empurrou Nic e tentou levantar para chegar até Lysandra, cuja figura tinha sido transformada em uma coluna flamejante de fogo âmbar.

As chamas subiam cada vez mais alto e, com violência, mudaram de âmbar para azul brilhante — o mesmo tom dos olhos de Kyan.

O som dos gritos de Lysandra atravessou a alma de Jonas, e em um instante doloroso, as próprias chamas se estilhaçaram como vidro, jogando cacos de cristal azul ao redor de todos.

Não sobrou nada.

Com um lamento ofegante, Jonas caiu no chão, olhando fixamente para o espaço vazio onde Lysandra tinha estado havia pouco tempo.

Ele ficou daquele jeito por um tempo, imóvel, com lágrimas ardendo os olhos, sem notar quando o círculo de fogo desapareceu, nem ver Lucia e Kyan indo embora do mercado, deixando Jonas e Nic completamente sozinhos.

19

FELIX

KRAESHIA

Felix acordou com a consciência de que algo estava errado. Mas não fazia ideia do que era.

Tentou ignorar a sensação, entretanto, porque a vida nunca tinha sido tão boa para ele. Tinha reconquistado a confiança do rei Gaius. Viajado para além da costa de Mítica pela primeira vez, até o belo Império Kraeshiano. E uma linda princesa o havia convidado para compartilhar sua cama não apenas por uma, mas por sete noites.

Sete. Consecutivas.

Se a vida de Felix tinha se tornado tão iluminada e alegre, por que de repente tudo parecia tão sombrio?

Ele saiu em silêncio da enorme cama de plumas da princesa Amara, coberta de sedas verdes e véus dourados transparentes, e se vestiu às pressas.

Seu estômago roncou. Talvez pudesse atribuir a sensação à fome — desde que chegara em Kraeshia, tinha comido muitas frutas e legumes, mas nada perto de carne vermelha.

— Felix, minha bela fera... — ela disse, sonolenta. Amara enroscou os braços no quadril dele quando ele sentou na beirada da cama para vestir as botas. — Saindo tão cedo?

— O dever me chama.

Ela levou as mãos até o peito nu dele.

— Mas ainda não quero que vá.

— O rei vai discordar disso.

— Deixe que discorde — Amara puxou o rosto dele para perto e o beijou. — Quem se importa com o que o rei pensa, afinal?

— Bem, eu, para começar. Trabalho para ele. E ele é muito rigoroso.

— Deixe-o e trabalhe para mim.

— Para ser o quê? Um de seus míseros criados? — Ele se surpreendeu com o veneno na própria voz. De onde tinha vindo aquilo?

Ele sabia que o relacionamento dos dois não tinha potencial nem futuro. Amara era uma princesa com grande apetite e com baixa atenção — quase tão baixa quanto a dele. Mas, é claro, não estava reclamando. Amara era linda. Disposta. Entusiasmada. Tinha articulações flexíveis.

Então o que havia de errado com ele naquele dia para não estar agradecendo à deusa por sua situação invejável?

Ele lançou um olhar cauteloso para Amara enquanto se levantava, e as mãos dela soltaram seu corpo.

— Minha nossa — ela disse. — Minha bela fera está mal-humorada hoje.

Felix não tinha certeza se gostava do apelido, mas sabia que era melhor não discordar.

— Você sabe que não faço o tipo mal-humorado.

Amara recostou nos travesseiros e o observou vestir a camisa e o casaco do dia anterior.

— Diga — ela disse, com um tom menos brincalhão —, o que vai acontecer se meu pai recusar a oferta do rei?

Eles não tinham trocado nenhuma palavra sequer sobre política na semana inteira, o que, para Felix, não era nenhum problema. Ele não era conselheiro nem confidente do rei, e também não tinha interesse em ser nada além de músculos e força.

— Não sei — ele disse. — Acha que ele vai recusar?

Amara levantou uma sobrancelha.

— Se acho que meu pai vai recusar entregar metade de seu império por uma bugiganga brilhante e por uma ameaça envolvendo magia?

Quando viu o rei Gaius balançar o cristal do ar no nariz do imperador, Felix teve certeza de que o Mar Prateado tinha subido e uma onda havia quebrado sobre ele, bem ali, no banquete. Foi preciso toda sua força para manter uma expressão neutra.

— Parece uma grande loucura, não?

Felix não sabia muita coisa sobre o cristal, mas sabia o bastante para ter certeza de que não devia estar nas mãos de um imperador que o usaria para conquistar o mundo.

Amara soltou o longo cabelo escuro sobre o ombro e ficou enrolando distraidamente uma mecha no dedo, como se estivesse perdida em pensamentos.

— É verdade que o rei Gaius está com os quatro cristais?

— Ele diz que sim, então deve estar — Felix mentiu. — Mas vi apenas a selenita.

— Queria que o rei a tivesse oferecido para mim — Amara sorriu, conspirando. — Então talvez nós dois pudéssemos governar o mundo juntos.

— Nós dois, é?

— Consegue imaginar como seria incrível?

— Sabe, princesa, não precisa dizer esse tipo de coisa para mim. Não precisa fazer nenhuma promessa. Estou perfeitamente feliz com nosso acordo, do jeito que é, pelo tempo que precisar de mim. Entretanto, com todo o respeito, minha vida pertence ao rei.

Sem dar a ela chance de convencê-lo, Felix saiu do quarto. Do lado de fora, encostou na parede do corredor e soltou um suspiro pesado.

— É um suspiro de tristeza ou de alívio?

Felix levantou a cabeça e viu Mikah, um guarda do palácio que tinha conhecido quando chegou.

— Veja só, você parado aqui no corredor — Felix comentou, aborrecido. — Não estava ouvindo atrás porta, estava?

Mikah levantou os olhos.

— Por quê? Se estivesse, teria ouvido algo além de suspiros? Estou mais do que acostumado com os encontros casuais da princesa.

— Fico feliz em saber que vocês dois são próximos — Felix disse, estreitando o olhar, enquanto saía dali. — Agora, se me der licença... — Mikah segurou o braço de Felix, apertando o suficiente para machucar. — Solte — Felix bradou.

Mikah não sorriu nem recuou.

— Diga-me — ele disse. — Já se apaixonou por ela?

Felix piscou.

— O quê?

— Responda.

— Ah, entendi. Você é um *encontro casual* antigo, não é? Ciumento? Não se preocupe, não há nada permanente entre nós. Vou partir em breve, e você vai poder continuar a sofrer por ela. Agora, me solte, ou vamos ter problemas.

Mikah o analisou com atenção por mais um longo momento, e então o soltou bruscamente.

— Ótimo. Não gostaria de vê-lo se machucar.

— Posso cuidar de mim mesmo, mas fico muito grato por sua preocupação.

— O rei quer que você verifique o navio — Milo disse para Felix mais tarde, naquele mesmo dia. — Certifique-se de que esteja pronto para partir a qualquer momento.

— E ele mandou você me dar essa ordem? — Felix o encarou desconfiado.

Milo deu de ombros.

— Só estou transmitindo a informação. O rei está ocupado.

— Sua majestade quer uma fuga rápida, é isso? — ele perguntou em voz alta.

Milo assentiu, parecendo aflito.

— Quanto antes melhor, ao que parece.

Os dois não tinham falado sobre a proposta do rei — ou melhor, o *ultimato* — ao imperador, mas tinham trocado olhares de preocupação durante o banquete. Afinal, eram os responsáveis por salvar o pescoço do rei, mesmo quando ele o oferecesse voluntariamente à lâmina de um conhecido inimigo.

Felix baixou o tom de voz.

— O rei Gaius acha mesmo que o imperador vai simplesmente nos deixar partir?

Um músculo da bochecha esquerda de Milo se contorceu.

— Não faço ideia do que o rei pensa…

— Nem eu.

— Mas se fizesse… — Milo continuou, a expressão mais séria que Felix já tinha visto desde que se conheceram, saindo de Auranos — Começaria a me preparar para sair daqui bem depressa.

O que o rei esperava que seus guardas pessoais fizessem se o imperador resolvesse responder com violência, e não com um acordo?

Assassinar o mais poderoso líder do mundo em seu próprio lar e ter a esperança de fugir impunes?

Por fim, ele assentiu.

— Vou verificar o navio imediatamente.

Parecia que Felix tinha se convencido a sentir apenas cheiro de rosas depois de se reconciliar com o rei, mas na verdade ele estava na maior e mais nojenta pilha de estrume em que já tinha se metido.

Depois de verificar o navio limeriano, enquanto andava pela doca principal sob o calor intenso do sol do meio-dia, uma imagem surgiu em sua mente. Jonas, preso ao chão por uma adaga. O rebelde tinha levantado os olhos para ele, com dor e acusação, enquanto Felix guardava o cristal do ar no bolso.

— É, bem, ele mereceu — Felix resmungou para si mesmo.

Tinha merecido mesmo? Jonas realmente merecera ser tão humilhado por alguém em quem confiava? Jonas, que não tinha feito nada além de continuar tentando fazer o bem e o que era certo, apesar de sempre fracassar?

Talvez pudessem ter feito as pazes se Felix não fosse um idiota impaciente e raivoso que resolvia todos os problemas com força física.

Ele tinha passado oito anos no clã. Oito anos como assassino até tentar seguir um caminho diferente.

Não passava de um garoto inocente quando tinha sido recrutado. Um garoto inocente escolhido e abduzido pelo rei, que não lhe dera escolha a não ser se tornar um assassino.

Ele parou no galpão que ficava no final da doca e deu um soco na parede de pedra brilhante. Sempre achou que a dor física ajudava a clarear as ideias e espantar lembranças desagradáveis.

Coisas ruins aconteciam quando ele pensava demais no passado.

— Pare com isso — ele disse, rangendo os dentes. — A vida é boa. O futuro é brilhante. E vou...

Felix cambaleou quando alguém agarrou seu braço e o empurrou. Ele se chocou contra a parede do galpão, e sua visão ficou turva.

Ele piscou e recuperou o foco bem a tempo de ver um punho vindo na direção de seu queixo. Ele o segurou e o girou para trás, fazendo o golpe acertar o rosto de seu agressor.

— Não me teste hoje — Felix resmungou. — Não estou com ânimo para ser complacente.

— Engraçado. Nem eu — disse o agressor de Felix, esfregando o queixo e mostrando os dentes. O jovem tinha cabelo castanho na altura do ombro, amarrado na nuca. — Manobra impressionante. Foram seus amigos do Naja que ensinaram?

Então o agressor sabia exatamente quem era ele. Aquilo não era bom.

Ele espiou ao redor e reparou que o enorme edifício impedia que os passantes que estavam nas movimentadas docas os vissem. Apenas o cheiro das algas do mar e o grasnar das aves marinhas ocupavam aquele trecho isolado da costa.

— Sim, foram eles que me ensinaram. Isto aqui também. — Ele desferiu um soco, mas o agressor se esquivou, e depois acertou Felix na barriga. Ele se inclinou, dando ao agressor a oportunidade perfeita para dar um golpe direto em seu queixo. Felix, com dificuldade de respirar, caiu no chão como um saco de batatas.

— Foi muito bom — o jovem de cabelo comprido disse. — Fazia tempo que estava ansioso por uma briga.

Enquanto se sentava no chão, ofegante, Felix ouviu mais alguém se aproximando pelo outro lado do galpão

— Já basta por hoje — disse uma voz que Felix reconheceu.

Felix levantou a cabeça e viu Mikah parado ao lado do brutamontes, parecendo calmo como sempre.

— Está me seguindo? — Felix perguntou. — Até receberia como um elogio, mas você não faz mesmo o meu tipo.

— Levante — Mikah ordenou.

— Não recebo ordens de você.

— Muito bem, então fique aí. Não me importa. Não vai demorar muito, de qualquer forma.

— Está aqui para me matar? Ou tentar?

Mikah se curvou até ficar na altura dos olhos de Felix.

— Você tem uma atração pela morte, posso ver em seus olhos. Sinto dizer que não vou ajudá-lo com isso hoje.

— Ah, nossa. Pode ler mentes também? — Felix levantou.

Com certeza aqueles dois achavam que os novos ferimentos faziam dele um alvo fácil. Mas era exatamente o que queria que pensassem. Tudo fazia parte do jogo que havia aprendido com o clã: deixe o alvo conjeturar; deixe que acerte alguns golpes e, quando ele achar que venceu, ataque para matar.

Felix sabia que daria conta daquela dupla se fosse preciso. Mas primeiro precisava saber o que queriam.

— Está aqui para me atormentar por causa da princesa Amara de novo? — Felix revirou os olhos. — O ciúme não lhe cai bem, meu amigo.

— Isso não tem relação com a princesa.

— Ótimo. Você odiaria me ter como rival romântico. Agora diga o que quer.

— Não gosto desse aí — o jovem de cabelo comprido disse, os braços cruzados sobre o largo tórax.

— Não precisa gostar — Mikah respondeu.

— Confia nele?

— É claro que não. É um limeriano.

— Vocês notaram que estou parado bem aqui e posso ouvi-los em alto e bom som? — Felix relembrou. — Agora, vou perguntar mais uma vez: o que um guarda kraeshiano e seu subordinado querem comigo, um simples assassino que trabalha para o rei de Mítica?

Mikah, desconfiado, olhou para ele por um longo momento, enquanto seu amigo continuou parado com os punhos cerrados.

— Eu uso este uniforme, mas, na verdade, não sou um guarda. E, apesar de você estar vestindo roupas elegantes que escondem a marca dos Naja que tem no braço, não acredito nem por um instante que seja empregado do rei ou um simples assassino — Mikah abriu um sorriso malicioso, o que apenas atiçou mais a curiosidade de Felix. Mikah prosseguiu: — Estou aqui, com este uniforme, porque sou um revolucionário. Conquistei essa posição no palácio para obter informações sobre a família real. — Ele indicou o amigo com a cabeça. — Este é Taran. Ele não é de Kraeshia, mas se juntou à nossa honrada luta para libertar o império de Cortas.

Por essa ele não esperava. Parecia que não ia conseguir se livrar de todos os rebeldes do mundo.

— Bem, isso... parece um objetivo muito nobre. Desejo muita sorte a vocês. Mas o que tem a ver comigo?

— Queremos que nos ajude.

Felix não conseguiu conter o riso.

— E por que eu os ajudaria?

Taran deu um passo para a frente, com a postura muito mais relaxada, mas os olhos castanhos ainda cheios de raiva.

— Se visse o que de fato acontece aqui em Kraeshia; se soubesse o que o imperador faz com qualquer coisa e qualquer pessoa que não esteja dentro de seus padrões... não hesitaria em se juntar a nós. — A expressão de Taran se tornou sombria. — Aquele homem é um monstro. Ele envia exércitos para invadir e conquistar todo tipo de território, escolhendo aleatoriamente quais deseja manter, descartando e destruindo o resto; e, sim, isso inclui tanto cidadãos quanto propriedades e bens.

— Vocês vivem em um país em guerra constante. Pessoas morrem em guerras — Felix argumentou. — E muitas vezes são pessoas que não merecem morrer.

Mikah parecia indignado.

— É uma ideologia que nunca vou aceitar. Força bruta, ganância extrema... isso não está certo, e vou fazer o que estiver ao meu alcance para impedir.

— E são só vocês dois? E estão procurando novos recrutas?

Mikah abriu um sorriso forçado.

— Existem milhares de nós, todos organizados em facções e posicionados pelo império. Estamos nos preparando para nos rebelar e lutar.

— Há milhares de vocês... — Felix arregalou os olhos. — Bem, não parece mais intimidador do que a dupla que vejo diante de mim. Além disso, o exército de vocês é muito pequeno em comparação ao que o imperador tem para protegê-lo.

— É por isso que queremos sua ajuda.

Felix riu.

— Ouvi o que disse para a princesa pela manhã.

— Sabia que você era depravado.

— Cale a boca e escute. A princesa Amara mencionou a Tétrade, e disse que seu rei tem acesso a uma das esferas. Que seus poderes são reais. Se tudo isso for verdade, então precisamos pegar aquele cristal do rei.

Felix quase gargalhou.

— Ah, é só isso? Então por que não pedir para o próprio rei? Tenho certeza de que ele ficaria feliz em ajudar.

Sem aviso, Taran deu um soco no rosto de Felix.

Praguejando, Felix colocou a mão sobre o nariz, que jorrava sangue.

— Você quebrou meu nariz. Parabéns. Acabou de me dar minha sexta fratura no nariz, e agora é um homem morto.

— Tente. Eu o desafio. — Taran puxou o manto e revelou a lâmina brilhante de uma adaga. — Ou, em vez disso, poderia calar a boca e nos levar a sério. Porque estamos falando muito sério.

— Peço desculpas, Felix — Mikah disse, olhando feio para Taran. — Meu amigo aqui é um pouco... precipitado. Provavelmente por ter ascendência auraniana.

Auraniano? Felix sabia que não tinha gostado de Taran logo de cara por algum motivo.

— E você é o líder dessa revolução, Mikah?

— Aqui em Joia, sim. Estou há dez anos no palácio, me preparando para essa revolução, seguindo os passos de meu pai.

— Dez anos?

Mikah assentiu.

— Nossa batalha será longa, e a preparação envolveu duas gerações. Mas vamos lutar para acabar com o domínio do imperador e libertar nosso povo de sua crueldade e ganância, não importa quanto tempo leve.

Com certeza parecia uma luta digna. Praticamente condenada ao fracasso, mas digna.

— Vocês vão falhar, e vão morrer — Felix afirmou. — Devem saber disso, não?

Ele estava esperando Taran fazer outra tentativa de acertá-lo, mas os dois revolucionários apenas ficaram encarando-o com seriedade.

— Talvez — Mikah respondeu.

— Então por que passar por tudo isso?

— Porque se não decidirmos lutar contra as coisas erradas que existem do mundo, passamos a *ser* essas coisas erradas.

Esse sujeito tinha dedicado a vida inteira à rebelião, que ainda nem tinha começado. Uma rebelião que sabia que provavelmente seria vencida.

Mas, ainda assim, queria tentar.

Aquele pedaço doentio de escuridão que havia se alojado dentro de Felix desde que tinha deixado Jonas e Lysandra e se aliado ao Rei Sanguinário se tornava mais obscuro. Como ele poderia ser um rebelde? Não passava de um assassino.

Antes daquele dia, Felix não acreditava que de fato tinha alguma escolha.

— Talvez eu tenha uma ideia que possa ajudar — Felix finalmente disse.

Mikah olhou para ele.

— Qual é?

— Preciso mandar uma mensagem para o príncipe Magnus Damora.

— O quê? O filhinho do Rei Sanguinário? — Taran esbravejou, encarando Felix com desgosto e preocupação, como se questionasse sua sanidade.

— Ele mesmo. O mesmo filhinho que, dizem, matou um guarda do palácio para salvar uma inimiga de seu pai. E, agora, na ausência do rei Gaius, controla o trono de Limeros.

— Rumores não são fatos — Taran o ridicularizou.

— Não. Mas, desculpe dizer, ainda são umas mil vezes mais úteis do que tudo o que me contaram hoje.

Mikah o observou com atenção, refletindo, com a testa franzida.

— Se os rumores se provarem verdadeiros, parece que o príncipe Magnus pode estar tramando sua própria rebelião.

— Tenho certeza de que é mais complexo do que isso. Mas, se pai e filho estiverem em conflito, o príncipe vai querer saber os planos do rei, incluindo o fato de o rei ter um cristal reluzente nas mãos, e talvez possa se tornar um aliado.

— Talvez — Taran repetiu. — Mas não com certeza. Não me parece um plano muito bom. Na verdade, parece completamente precipitado.

— Seria um risco, claro. Mas sou eu que estou arriscando o pescoço.

— E por que faria isso? — Mikah perguntou, desconfiado. — Por que nos ajudaria? Poucos minutos atrás estava ameaçando nos matar.

— Ei, foram vocês que vieram pedir a *minha* ajuda, lembra? Uma ajuda pela qual estavam tão desesperados que estou com o nariz quebrado para provar. E agora está reclamando porque estou disposto a colaborar?

— Isso não responde minha pergunta. Diga por que mudou de ideia.

Felix ficou em silêncio por um instante enquanto organizava seus pensamentos confusos.

— Talvez eu finalmente tenha resolvido, de uma vez por todas, lutar pelas coisas certas. — Ele coçou o braço sem perceber. Tinha começado a sentir um comichão na tatuagem do clã, como se ela protestasse contra sua decisão.

Mikah sorriu.

— Bem-vindo à revolução, Felix.

— Estou feliz por estar aqui.

Taran manteve a expressão rígida e encarou Felix.

— Oficialmente, você ainda faz parte do Clã da Naja — Taran afirmou. — Mikah pode acreditar que você transferiu sua lealdade à nossa causa, mas como vai convencer alguém como o príncipe?

Bom, era uma excelente pergunta. O que ele poderia escrever naquela mensagem, enviada por alguém em seu atual posto de guarda pessoal do rei, que pudesse ganhar a confiança do príncipe?

Felix coçou o braço de novo, depois arregaçou a manga e olhou para a tatuagem de cobra. A evidência física de seu juramento ao Clã da Naja e ao Rei Sanguinário, gravada na pele.

— Acho que conheço um jeito — ele disse.

20
MAGNUS

LIMEROS

A princesa estava vestindo azul. A princesa *sempre* vestia azul.

Magnus estava encostado em um muro do palácio, observando Cleo e lorde Kurtis, que começavam a aula de arqueirismo do dia. Era a primeira vez que ele saía para vê-la praticar, mas, depois que Nic e todos os amigos rebeldes de Cleo sumiram do palácio na calada da noite, sem permissão — supostamente para comprar um presente para Cleo, em comemoração a seu décimo sétimo aniversário —, ele havia decidido ficar de olho naquela princesa mentirosa.

A fúria que sentira ao saber que seus novos "aliados" tinham desaparecido depois que toda aquela informação havia sido revelada tinha se transformado, desde então, em uma raiva ardente, porém controlada. A princesa não os havia acompanhado. Se tivesse feito isso, ele estaria rastreando todo o reino em busca do grupo e não teria piedade quando os encontrasse.

Nic voltaria, ele tinha certeza. Ele nunca abandonaria sua preciosa princesa com tanta facilidade. Magnus esperava.

Desde então, tinha ficado muito mais curioso a respeito de Cleo e seu progresso com o arco e flecha.

Ela usava um manto azul-turquesa, comprado em Pico do Corvo fazia alguns dias. Ela tinha levado Nerissa e, depois de um dia inteiro de compras, parado na quinta de lady Sophia.

A quinta de lady Sophia. Um lugar que guardaria para sempre lembranças inevitáveis para Magnus. E nenhuma tinha a ver com a própria lady Sophia.

Ele cerrou os olhos ao ver Kurtis colocar a mão enluvada sobre o ombro de Cleo e sussurrar algo em seu ouvido. Uma pequena tropa que Magnus havia designado para proteger Cleo — mais de Kurtis do que de qualquer outra ameaça externa — montava guarda a poucos passos de distância dos dois.

O grão-vassalo apontou para um alvo a vinte passos deles. Cleo assentiu confiante e encaixou com habilidade uma flecha no arco.

Ela puxou a corda, mirou e...

Magnus prendeu a respiração.

... a flecha voou direto para o céu, como se Cleo tivesse mirado uma nuvem. Caiu a poucos passos dela, e foi enterrada no chão coberto de neve.

Hum.

Kurtis se aproximou de Cleo e abriu um sorriso encorajador ao lhe entregar uma nova flecha para tentar de novo. Ela concordou, ajeitou a flecha no lugar, puxou a corda, mirou e...

Magnus viu Kurtis proteger os olhos do sol para acompanhar o trajeto ascendente. Então, de repente, ele levou um susto e deu um pulo para sair do caminho e evitar ser atingido quando a flecha caiu.

Magnus cobriu a mão para ocultar o sorriso.

Ah, princesa... Você é péssima nisso, não é?

Ela tentou mais duas vezes, e obteve os mesmos resultados. Então jogou o arco no chão, bateu o pé e apontou com raiva para o alvo.

— Calma — Magnus disse baixinho. — Não seja má perdedora.

Como se pudesse escutá-lo daquela distância, Cleo virou na direção dele. Seus olhares se encontraram.

Ele ficou paralisado, e se lembrou no mesmo instante da penosa animosidade do último confronto e do novo ódio que ardeu nos olhos dela quando mencionou Theon.

Mas, em vez de ir embora, ele começou a aplaudir.

— Ah, muito bem, princesa! Você tem um dom natural.

Cleo apertou os olhos e franziu a testa, depois foi direto para o portão do palácio que ficava mais perto de onde Magnus estava, deixando Kurtis para trás sem se despedir. Magnus lançou um olhar sinistro para ele antes de sair andando e encontrar Cleo na entrada.

Ela tirou as luvas.

— Pode zombar de mim o quanto quiser. Não me importo. Você não foi convidado para assistir.

— Esta é minha casa, meu palácio. Posso fazer o que quiser, inclusive vê-la praticar seus incríveis dons com armas. — Por mais divertido que fosse provocá-la de vez em quando, ele tinha assuntos mais importantes a tratar. — Diga, princesa. Quando seus amigos voltam?

— Eu já disse, Magnus, que não faço a mínima ideia. E tenho certeza de que eles não imaginariam que você ficaria tão irritado com a ausência deles. Devem voltar logo.

— Como pode ter certeza disso se não tem ideia do rumo que eles tomaram, nem do motivo da partida?

Ela abriu um sorriso.

— Você não tem uma reunião de conselho para presidir?

Evitando o assunto, princesa?, ele pensou. *Eu não podia esperar outra coisa.*

— Eles podem esperar.

— Tem certeza? Se eu fosse você, não faria nada para deixá-los ainda mais descontentes do que já estão.

A pouca paciência que lhe restava estava acabando.

— Ainda bem que não é.

Magnus sabia que Kurtis continuava a encher os ouvidos dela com todo tipo de história sobre sua falta de aptidão, dizendo que era um tolo que só tomava decisões ruins e que não sabia governar. Aquele galo podia cantar o quanto quisesse — não faria a mínima diferença. Magnus sabia que era um líder digno. E, diferente do conselho e de seu pai, ele de fato se preocupava com a vida dos limerianos.

Ele suspirou alto.

— Por que me dou ao trabalho de falar com você? Nunca vamos concordar em nada.

— Talvez seja porque você não tem com quem conversar?

O insulto veio com um tapa que ele não esperava. Um músculo em sua face, do lado da cicatriz, se contraiu.

— É verdade. Ninguém me conhece como você, princesa.

Cleo o encarou com a testa franzida.

— Foi grosseiro de minha parte dizer isso.

— A verdade nunca é grosseira, princesa. É libertadora. Agora, se me der licença. — Magnus deu meia-volta e se afastou de Cleo antes que ela pudesse responder.

Vários dias depois, Enzo chegou à porta e disse:

— Eles estão prontos, vossa alteza.

Magnus fez um sinal para o guarda e se levantou da mesa com pilhas de pergaminhos. Estava grato pela chance de fazer uma pequena pausa na monotonia que era ficar horas e horas lendo infinitas linhas escritas em letra cursiva pequena e apertada, à luz de vela, tentando decorar todos os detalhes de todas as leis de sua terra.

Enzo o escoltou até a torre noroeste, onde o rei mantinha aposentos frios para prisioneiros notórios, valiosos demais para serem jogados no calabouço com os ladrões e criminosos comuns. As paredes estavam cobertas por uma fina camada de gelo, mas os guardas tinham ordens para garantir que a temperatura permanecesse tolerável.

No alto da estreita escadaria em espiral, Magnus entrou em uma pequena sala circular para saudar os dois mais novos hóspedes.

— Bem-vindos de volta.

Dois pares de olhos o encaravam, um repleto de ódio, o outro totalmente vazio. Um era Nic, lutando contra as correntes que prendiam seus braços acima da cabeça. Preso bem na frente dele estava Jonas, com o corpo mole, pendendo das algemas.

— Por que mandou nos acorrentar como ladrões? — Nic resmungou. — Onde está Cleo? Quero ver Cleo!

Magnus se aproximou.

— Vocês estão acorrentados como ladrões, caro Nicolo, porque quando eu me comprometo a fazer uma parceria com alguém, presumo que haja um certo nível de confiança. Não saio no meio da noite, sem dizer nada nem dar nenhum indício para onde estou indo. O que vocês fizeram é inaceitável. Até onde sei, vocês podiam muito bem estar reunindo um exército para me derrubar.

— Que ideia inspiradora. Queria ter pensando nisso.

— Ainda não me considera grande coisa, não é, Cassian? — Magnus sorriu e deu um tapinha no rosto de Nic.

— Você não quer nem saber o que eu o considero — Nic murmurou. — Preciso ver a Cleo.

— E eu preciso que vocês digam o que andaram tramando durante a última semana para ficarmos amigos de novo. Mas, por outro lado, faz muito tempo que não vejo uma execução. Aquela última foi bem divertida. Lembra, Agallon? Foi bem... explosiva, não foi?

Jonas não respondeu nem se mexeu.

Dada a desobediência usual do rebelde, seu silêncio intimidava Magnus.

— Estávamos comprando um presente para a princesa — Nic respondeu. — Encontrar algo digno dela demanda tempo e esforço.

— Prefiro ouvir da boca de Agallon. — Magnus segurou o queixo do rebelde e levantou seu rosto, esperando que Jonas cuspisse em sua cara. Em vez disso, Jonas simplesmente ficou olhando para a frente, os olhos vidrados e sem energia.

— O que aconteceu com você? — Magnus franziu a testa e olhou para Nic. — Ele está bêbado?

Nic ficou assombrado.

— Não.

Magnus soltou Jonas e ficou andando em círculos em volta dos prisioneiros.

— Deixem-nos a sós — ele disse para os guardas.

Os guardas fizeram uma reverência e saíram, fechando a porta.

— Onde estão as meninas que viajavam com vocês? Lysandra e Olivia? — Magnus perguntou, uma vez que Jonas e Nic tinham retornado sozinhos ao palácio.

— Olívia foi embora. E Lys... — Nic engoliu em seco. — Lysandra está morta.

Jonas se contraiu, como se tivesse levado uma chicotada nas costas.

Magnus ficou em silêncio por um instante, tentando processar o choque e a estranha sensação de horror que acompanhava a notícia.

— Como? — ele perguntou.

Finalmente, Jonas respondeu com a voz áspera:

— Sua irmã feiticeira.

Magnus perdeu o fôlego.

— Lucia? Vocês encontraram Lucia?

Jonas confirmou.

— O homem que estava com ela... matou Lys. Ela tentou me proteger, então o homem a destruiu com fogo. E logo ela... simplesmente... desapareceu.

A dor na voz de Jonas era perceptível. Magnus sentiu garras afiadas sendo fincadas em seu peito.

Lucia e o homem que havia tentado matá-lo com magia do fogo assombravam seus sonhos desde aquela visita.

— Ele deve ser um bruxo poderoso — Magnus afirmou.

— Acho que não é um bruxo — Nic disse, sem a ousadia anterior. — Já o vi duas vezes e parece que ele é muito mais poderoso que isso. A princesa Lucia deve ter invocado o cristal do fogo. E, de alguma forma, ela e Kyan descobriram como usar sua magia. Ele a está controlando agora.

Magnus se lembrou do incêndio com fogo elementar que aconteceu durante o ataque rebelde ao campo de trabalho da estrada no leste de Paelsia. Sempre que o fogo tocava uma pessoa, suas chamas ficavam azuis e estilhaçavam a vítima como uma escultura de gelo.

Pensar que esse poder estava solto por aí, controlado por alguém que viajava com sua irmã...

— Por que vocês foram até lá? — Magnus perguntou quando recuperou a voz. — O que a princesa Cleo pediu para encontrarem para ela?

— Cleo não teve nada a ver com isso — Nic insistiu. — Estávamos visitando um mercado, em busca de um presente, como eu já disse. Só isso.

Magnus poderia mandar torturar o garoto, surrá-lo, deixá-lo isolado... mas sabia que sua história nunca mudaria. Quanto a Jonas, já parecia estar meio morto.

Se o rebelde de fato havia se desestruturado por isso, ele não teria nenhuma utilidade para Magnus.

— E quanto ao nosso acordo? — Magnus perguntou, olhando direto para Jonas.

Ele levantou os olhos.

— Resolveu me fazer essa pergunta justo agora?

— Resolvi. E exijo uma resposta.

— Eu não sei. Não sei de mais nada.

— Tenho empatia por sua dor, Agallon. De verdade. Mas hoje é um novo dia, que será seguido por outro, e por mais outro depois. Sua amiga está morta, e é uma tragédia, mas nada mais mudou. Você se lembra do acordo que fizemos?

— Lembro.

— E ele ainda está de pé?

Fez-se um prolongado silêncio, e Magnus esperou com paciência.

— Está — Jonas finalmente respondeu. Magnus pediu que os guardas voltassem à torre.

— Desacorrentem os dois, forneçam alimento e os deixem limpos. Depois os tragam até mim na sala do trono. Temos um assunto importante para discutir.

Jonas e Nic foram levados para a sala do trono, ambos vestindo roupas limpas e sem o fedor de dias sem tomar banho.

— Sentem — Magnus ordenou. Jonas sentou, e Nic, com relutância, fez o mesmo. Magnus deixou de lado uma pilha de papéis e pegou uma mensagem que tinha recebido via corvo pela manhã. Ele a deslizou pela mesa na direção de Nic. — Leia em voz alta.

Com um olhar aflito no rosto, Nic pegou a mensagem, cerrando os olhos para conseguir ler com a pouca luz do fim de tarde.

Vossa alteza, príncipe Magnus Damora,

Uma vez que me encontro em Kraeshia, serei tão direto quanto o povo daqui.

Estou trabalhando como guarda pessoal de seu pai durante esta viagem.

Ele ofereceu o cristal do ar ao imperador Cortas em troca de dividirem o poder sobre toda Mítica e Kraeshia.

Nic fez uma pausa, depois levantou os olhos.

— O rei está com o cristal do ar?

Jonas tinha ficado completamente pálido.

— Continue lendo — ele disse, e Nic prosseguiu.

Se o imperador recusar a proposta, acredite, você e todo seu reino correrão grande perigo. Recomendo que responda esta mensagem imediatamente, e também que envie um representante a Kraeshia assim que possível.

Mítica vai precisar de todo o apoio disponível no momento.

Incluí uma prova que indica que não sou mais leal ao rei Gaius nem a sua ganância implacável.

Com muita esperança em um futuro sob seu domínio,
Felix Graebas

Nic desdobrou a última parte da mensagem e pegou o que parecia um pedaço pequeno e ressecado de pergaminho. Ele o levantou na luz.

— O que é isso?

Jonas se aproximou para ver mais de perto. Seus olhos se arregalaram em choque.

— Pele esfolada. Com uma tatuagem nela.

Nic soltou o pedaço de pele sobre a mesa.

Magnus assentiu.

— É a marca oficial do Clã da Naja, um grupo de assassinos experientes que trabalha especificamente para meu pai. Felix deve ter arrancado isso do próprio braço.

Finalmente, uma pequena fagulha de vida retornou ao olhar de Jonas.

— Eu conheço Felix.

— Você o conhece? — Magnus virou para o rebelde. — Como?

— Achei que fosse um amigo antes de saber da ligação com seu pai. Tivemos uma... desavença, e ele foi embora, voltou para o rei que havia lhe dado a missão de se infiltrar em meu grupo.

— Que mundo pequeno — Magnus disse, agora desconfiado das verdadeiras intenções por trás da mensagem. — É prova suficiente de que o rapaz não é confiável.

— Há duas semanas, eu poderia ter concordado com você — disse Jonas, observando o pedaço de pele e balançando a cabeça. — Mas agora, não. Felix tinha decidido deixar o clã quando se juntou ao meu grupo, buscando redenção por seu passado. Ele era um verdadeiro amigo, e eu só o decepcionei. — Ele ficou em silêncio por um instante. — Acredito que esteja dizendo a verdade.

Magnus sentou e pressionou as mãos abertas sobre a mesa. Parecia que ele e Jonas concordavam em alguma coisa. Que acontecimento estranho.

Seu pai estava em Kraeshia conduzindo negociações secretas com o imperador. E pensar que, para ele, Magnus era o traidor.

Dominar o mundo era exatamente o que Gaius Damora queria. E agora estava com o cristal do ar.

Lucia e Kyan estavam com o cristal do fogo.

Amara tinha roubado o cristal da água.

Isso queria dizer que apenas o cristal da terra estava desaparecido.

— Agallon, você vai para Kraeshia como meu representante para falar com Felix e seu novo grupo de rebeldes — Magnus anunciou. — E depois vai encontrar meu pai e enfiar uma adaga em seu coração.

Era a única forma de dar um fim àquilo.

— Vai fazer isso? — Magnus questionou depois de um longo silêncio.

Jonas assentiu.

— Vou.

— Ótimo. Você parte ao amanhecer.

21

CLEO

LIMEROS

Despertada de seu descanso, Cleo abriu os olhos e viu seu quarto na penumbra. O céu do lado de fora ainda estava escuro, exceto pela luz da lua.

— Princesa — sussurrou uma voz insistente. — Sinto muito em incomodá-la tão cedo. — A luz de uma lamparina atravessou a escuridão, iluminando o rosto da confidente de Cleo. Ela esfregou os olhos para acordar e sentou na cama.

— O que foi, Nerissa? Algo errado?

— Não sei bem se "errado" é a melhor palavra... mas tem uma coisa que imaginei que você gostaria de saber, e não pode esperar até amanhecer.

— Diga.

Nerissa sentou na beirada da cama.

— Jonas e Nic voltaram ontem.

— O quê? Por que só estou sabendo disso agora?

— O príncipe os encontrou primeiro e não quis que você soubesse.

Ah, não. Milhares de versões diferentes do que poderia ter acontecido explodiram em sua cabeça de uma vez.

— Eles estão bem? O que Magnus fez com eles?

— Está tudo bem — Nerissa garantiu. — Eu vi os dois bem rápido. Jonas me pediu para lhe dizer que ele vai partir ao amanhecer. Vai embarcar em Porto Negro em um navio para Kraeshia.

— Para Kraeshia? Por que para Kraeshia? Para ir atrás de Amara e do cristal da água?

— Não. O príncipe ficou sabendo recentemente que o rei Gaius está em Kraeshia. Ele vai mandar Jonas para... cuidar da situação.

— Ah, entendi. — Cleo estava muito surpresa. Por que Magnus confiaria uma missão tão importante ao rebelde, principalmente depois de seu desaparecimento injustificado? Ele devia estar muito desesperado e sem outras opções.

— Onde está Nic? — ela perguntou.

— Ele está no quarto, dormindo, imagino.

Cleo sentiu um repentino baque de decepção.

— Se a viagem a Paelsia tivesse sido bem-sucedida, eles teriam me acordado imediatamente para dar a notícia.

— Tenho certeza de que Nic vai lhe contar tudo sobre a viagem pela manhã. — Nerissa levantou da cama. — Por enquanto, volte a dormir. Vai precisar estar descansada amanhã.

Nada daquilo parecia certo.

— Por que Magnus tomaria uma decisão tão importante sem me consultar primeiro? Por que esconderia isso de mim?

— Não sei — Nerissa respondeu. — Normalmente espera que ele a consulte?

— Não tenho mais ideia do que esperar dele — ela murmurou. — Obrigada por me contar, Nerissa.

— Tente dormir, princesa. — Nerissa apagou a chama da lamparina e virou para sair.

— Acha mesmo que vou conseguir voltar a dormir agora?

Nerissa olhou para trás.

— Princesa?

— Me ajude a me vestir — Cleo pediu, saindo de baixo das cobertas e descendo da cama. — Precisamos chegar a Porto Negro antes do amanhecer.

Porto Negro ficava ao sopé dos altos penhascos, embaixo das terras do castelo. Uma estrada tortuosa permitia a viagem de carroça ou carruagem, mas a rota era longa demais, então Cleo e Nerissa resolveram descer pelos degraus esculpidos na lateral do penhasco.

Os degraus *traiçoeiros* e cobertos de *gelo* esculpidos na lateral do penhasco.

Finalmente, chegaram às docas.

— Talvez tenha sido uma péssima ideia — Cleo sussurrou, o rosto dormente devido ao vento gélido.

— De jeito nenhum — Nerissa garantiu a ela. — Eu a admiro. Está defendendo seus interesses sem deixar os outros tomarem decisões que a afetem. No entanto...

— O quê?

— Eu queria estar em Auranos. Este frio é insuportável. Sinto falta do calor de nossa terra.

Cleo não conseguiu conter o riso.

— Concordo.

O pequeno porto era usado apenas para atracar os navios de visitantes do palácio e as embarcações usadas em importações e exportações. Havia três grandes navios atracados: dois com o brasão de Auranos, carregados de produtos importados como legumes, frutas, grãos e animais vivos — caixotes com galinhas, porcos e carneiros —, e um preto com velas vermelhas com a insígnia da serpente limeriana. As palavras "força, fé e sabedoria" estavam pintadas na lateral do navio.

Dezenas de marinheiros, criados e outros membros da tripulação movimentavam-se pelas docas, repletas de suprimentos. Cleo e Nerissa observavam o caos organizado à distância.

— Princesa. — Nerissa apertou a mão enluvada para chamar sua atenção.

E então ela viu uma imagem que nunca acreditaria ser possível.

Jonas Agallon e Magnus Damora caminhando lado a lado.

— Certo — ela sussurrou. — Aquela é a prova de que ainda estou dormindo e sonhando.

Nerissa sorriu.

— Ou de que existem milagres.

Cleo não conseguia tirar os olhos do príncipe e do rebelde.

— Magnus está sorrindo ou cerrando os dentes? Jonas acabou de contar uma piada a ele?

— Ele com certeza está cerrando os dentes. Tenho a impressão de que Jonas não vai contar nenhuma piada por um tempo.

— Como assim?

Nerissa balançou a cabeça.

— Acho melhor Nic contar para você.

Cleo ficou preocupada. Algo devia ter dado terrivelmente errado em Paelsia.

— Nerissa, Nic não está aqui. Está claro que aconteceu alguma coisa de que preciso saber, e você vai ter que me contar.

Nerissa encarou Cleo com seus olhos escuros e perturbados.

— Lysandra está morta.

Cleo ficou boquiaberta.

— *O quê?*

— Durante a viagem, eles encontraram a princesa Lucia e outro homem, e... as coisas não saíram bem. Não sei muito mais do que isso, princesa. Sinto muito.

— Não! Ah, não! — A respiração de Cleo acelerou.

Lucia e outro homem. Deve ter sido aquele que a acompanhou ao palácio procurando a roda de pedra. Era tudo obra dele. Ela não tinha nenhuma dúvida sobre isso.

— Não sabia que Lysandra era sua amiga — Nerissa disse.

— Não era. Mas ainda assim é uma grande perda para nós todos. Lysandra era uma guerreira habilidosa e apaixonada. — Cleo se obrigou a respirar fundo e se recompor para se concentrar na tarefa atual. Lysandra nunca tinha lhe dito uma palavra gentil, mas Cleo sabia como a rebelde era próxima de Jonas. Ela admirava Lysandra por sua força e capacidade de se misturar e lutar com a mesma intensidade que um dos rapazes.

E Jonas tinha muito carinho por ela.

Cleo ficou de coração partido por ele. *Ah, Jonas...*

Ela saiu do lado de Nerissa e caminhou na direção de Jonas e Magnus.

Magnus a viu primeiro, demonstrando seu desgosto no mesmo instante.

— O que está fazendo aqui?

— Por que não fui informada sobre isso? — Cleo rebateu.

Magnus revirou os olhos.

— Você não deveria estar aqui. Volte ao palácio imediatamente.

— Não.

Ele soltou um suspiro irritado.

— Essas docas não são lugar para uma princesa.

Ignorando o príncipe, ela virou para Jonas.

— Acabei de ficar sabendo sobre o que aconteceu com Lysandra.

Jonas a encarou nos olhos.

— Eu nem sabia o quanto ela significava para mim até pouco antes de... — Ele passou a mão no rosto. — Estava tão cego.

— Não tenho palavras, Jonas. Sinto muito, muito mesmo.

Ela o abraçou forte. Levou um momento, mas ele retribuiu o abraço.

— Vou matar o rei. Não pelo príncipe, nem mesmo por todos os cidadãos de Mítica que ele tentou dominar e explorar. Vou matá-lo por Lysandra.

Cleo assentiu.

— Sei que vai conseguir.

Ele pressionou os lábios na testa dela, beijando-a com ternura.

— Vamos nos ver em breve, vossa alteza.

— É bom mesmo.

Jonas assentiu e abriu um meio sorriso antes de subir na plataforma e embarcar no navio.

Cleo arriscou lançar um olhar para Magnus. Nem por um instante tinha esquecido que ele estava a apenas alguns passos de distância.

De braços cruzados, ele a analisava com uma expressão indecifrável, à exceção do maxilar tenso.

— Que linda despedida — ele disse. — Muito romântico.

Sim, é claro que o príncipe era estúpido o bastante para acreditar que o diálogo dos dois tinha um teor de romance e não de uma amizade nascida em uma época de dificuldade e luto.

Cleo resolveu deixá-lo acreditar no que quisesse sobre ela e o rebelde.

Mas esqueceu totalmente de Magnus quando viu alguém se aproximando dela — Nic, pegando-a de surpresa.

— O que você está fazendo aqui? — ela perguntou.

Ele olhou para ela com curiosidade, pendurando a bolsa volumosa que carregava no outro ombro.

— Eu ia perguntar a mesma coisa. Você falou com Nerissa?

— Falei. Ela não me contou tudo, mas contou o suficiente. — Ela agarrou a manga do casaco dele. — Fiquei sabendo sobre Lysandra. É horrível, não há palavras para descrever. Mas, Nic, você podia ter sido assassinado também.

— Mas não fui.

— Quem sabe da próxima vez? — Magnus comentou, interrompendo os dois. — Cassian, volte para o palácio. Sua presença não foi solicitada aqui.

Nic olhou feio para ele.

— Vou para Kraeshia com Jonas.

— Nic, não — ela disse, séria. — Jonas está preparado para arriscar a vida nessa viagem. Você pode pensar que está disposto a fazer o mesmo, mas me recuso a correr o risco de perdê-lo também.

— Preciso fazer isso, Cleo. Preciso ajudar. Que serventia tenho se apenas ficar o dia todo no palácio como um inútil? — Ele cerrou os dentes. — E preciso encontrar a princesa Amara. Quero pegar o cristal da água de volta, e ela precisa pagar pelo que fez com Ashur. — O sofrimento que ele estava tentando esconder dela e de todos com tanto afinco reluziu em seus olhos. — Por favor, entenda que preciso ir.

— Você ficaria aqui comigo se eu pedisse?

Ele soltou um suspiro longo e trêmulo.

— Sim, é claro que ficaria.

Ela assentiu, depois o envolveu pela cintura e o abraçou forte.

— Sei o quanto Ashur significava para você, então não vou pedir que fique. Vá. Mas, lembre-se de uma coisa: se morrer, vou ficar furiosa com você.

— Também vou ficar furioso. — Nic riu de leve. — Por sinal, você precisa saber que não comprei seu presente de aniversário. Nossa viagem a Paelsia foi malsucedida em todos os sentidos possíveis.

Ela conteve o ímpeto de olhar para Magnus e abaixou a voz.

— Sinto muito saber disso.

— Eu também. A vendedora que queríamos visitar havia falecido, infelizmente.

Cleo mordeu o lábio.

— Ah.

— Ela era bem idosa, então não ficamos muito surpresos. Mas eu esperava que ela estivesse ali para ajudar.

— Vamos ter de encontrar outra pessoa. Ela não deve ser a única.

— Sim. — Ele apertou as mãos de Cleo. — Amo você, Cleo. Mas acho que você já sabe disso.

— Quanto amor pela princesa esta manhã! Que encantador da parte de todos vocês! — Magnus cruzou os braços diante da jaqueta preta. — Agora, se pretende mesmo ir, Cassian, vá logo.

— Não vai tentar me impedir? — Nic perguntou com cautela.

— Por quê? Você é livre para ir aonde quiser, como já provou com a recente viagem que fez com o rebelde. E saiba que se você *acabar* morrendo — Magnus disse, oferecendo-lhe um sorriso desagradável —, não vou ficar nem um pouco furioso.

Ignorando Magnus, Nic beijou a bochecha de Cleo, deu outro abraço nela, e depois fez o mesmo com Nerissa. Com mais um olhar melancólico para cada uma delas, ele embarcou no navio limeriano.

Cleo procurou a mão de Nerissa, precisando do apoio da amiga mais do que nunca. Mas não ia chorar. Aquilo era o que precisava ser feito.

Quando o sol nasceu sobre o penhasco atrás deles, o navio negro partiu pelo mar escuro.

22

AMARA

KRAESHIA

Amara conhecia um lugar perfeito para ir quando queria ficar sozinha.

Era um jardim anexo à ala leste da Lança de Esmeralda, um presente de seu pai para contribuir para a beleza da residência real. Afinal, a única coisa que se esperava das garotas kraeshianas era um interesse por flores belas.

Mas, em vez de flores, Amara tinha cultivado um jardim com dezenas de milhares de rochas, conchas e pedras semipreciosas, de vários lugares do mundo. Seu pai tinha considerado aquele jardim feio e decepcionante, mas Amara discordava totalmente.

Em especial agora, porque era onde tinha escondido o cristal da água.

E foi nesse jardim que sentou para pensar no plano de controlar o próprio futuro sem ficar sob o domínio de homens cujo objetivo era fazê-la se sentir um ser inferior. Na vida, ela tinha conhecido muitos poucos homens que não compartilhavam da misoginia kraeshiana.

Felix era um deles.

Ele não queria nada dela. Não fez nenhuma exigência. Amara o havia levado para a cama porque gostou de seus ombros largos e de seu nariz torto, e do fato de que seu pai nunca aprovaria se ficasse sabendo do caso entre os dois.

Mas logo começou a ansiar pela companhia do limeriano, e não apenas à noite. Ele a entretinha e a desafiava com suas opiniões — as poucas que tinha compartilhado com ela, pelo menos. Felix havia provado ser muito mais do que apenas um escudeiro do rei. Sem nem tentar, tinha se tornado alguém especial para ela.

Isso tinha criado complicações em um momento em que ela precisava que tudo fosse simples.

Sua avó entrou no jardim e foi se sentar a seu lado no banco de pedra.

— Você tem muitas preocupações, *dhosha*. Posso ver em seu rosto encantador.

— A senhora me culpa por isso?

— Nem um pouco. O fato de refletir sobre sua vida e suas decisões com cuidado mostra que a ensinei bem.

— Queria que tudo fosse mais fácil.

— Nada que tem valor é fácil, *dhosha* — afirmou a avó, apoiando a mão sobre seu ombro. — Fui ver meu boticário hoje de manhã.

Amara ficou tensa. Neela tinha falado de um homem com um grande talento secreto para criar poções mágicas para sua avó e, no passado, para sua mãe.

— E?

— Ele mencionou que outro cliente do palácio foi visitá-lo, não muito tempo atrás.

— Alguém do palácio? Quem?

— Seu irmão. Ashur.

Amara arregalou os olhos.

— Mas... eu nem sabia que Ashur sabia da existência desse boticário.

— Nem eu.

— Que poção ele pediu?

— Não sei. Ele apenas mencionou a visita de Ashur por alto ao perguntar como ele estava.

— E a senhora não perguntou mais nada? Vovó, preciso saber.
— Por quê? Que diferença isso faz agora?
— Se não faz diferença, por que veio me contar?
— Agora percebo que não devia ter feito isso. — Neela pegou a mão dela. — Acalme seus pensamentos, *dhosha*. Você é forte e vai fazer o que precisa ser feito. Está perto agora. Muito mais perto do que antes.

Amara soltou um suspiro longo e incomodado, depois assentiu.
— Não se preocupe comigo, *madhosha*. Sei o que preciso fazer.

— Venha sentar ao meu lado, filha.
O imperador levantou quando Amara entrou no solário, um ambiente privado em que ele recebia os convidados mais importantes.

Ela não sabia o que esperar quando seu pai a intimou e percebeu que não era a única que ele havia chamado. Foi a última a chegar. O rei Gaius, Felix, Milo e seus irmãos já estavam lá.

Então ficou claro. Ela tinha sido convidada para presenciar o momento em que o imperador declararia sua decisão.

Amara nunca tinha sido convidada para um evento tão importante antes.

Será que, de alguma forma, tinha provado seu valor para o pai? Tinha provado que sua opinião sobre política importava? Ele faria bem se a colocasse sob sua asa como conselheira; seria muito mais útil que Elan e Dastan juntos.

— Princesa — o rei Gaius disse, levantando quando ela sentou. — Está muito bonita hoje.

— Obrigada, vossa graça. — Por que os homens sempre achavam necessário tecer comentários sobre o exterior de uma mulher? Ela sabia que era bela. Não havia necessidade de ficar repetindo o tempo todo, como se lhes rendesse pontos em um jogo.

O rei parecia confiante. Ele de fato acreditava que o imperador concordaria com aqueles termos mais do que ambiciosos?

Felix e Milo estavam ao lado do rei, com as mãos para trás. Felix meneou a cabeça para ela, e os olhares se cruzaram por um instante. Ele, por outro lado, não parecia tão confiante. Seria uma sombra de preocupação o que se passava por trás de seus olhos escuros?

Minha bela fera, ela pensou. *Não se aflija. Você já me provou seu valor.*

Sua atenção se voltou a seus irmãos, nenhum dos quais tinha se levantado para saudá-la. Os dois bebiam de cálices dourados ornados com pedras preciosas, e Amara notou que o centro da mesa estava repleto de frutas coloridas.

O imperador fez um sinal para os guardas que estavam nas portas.

— Deixem-nos discutir nossos assuntos importantes em particular. — Amara observou quando saíram, notando que Mikah não estava entre eles, e de repente se deu conta de que não o via fazia vários dias. Talvez estivesse doente.

Os guardas fecharam as pesadas portas com uma pancada barulhenta, e o coração de Amara começou a acelerar. Era um dia importante.

Um dia novo em folha que profetizaria um futuro incerto para o Império Kraeshiano...

... ou um dia que marcaria o fim da vida do Rei Sanguinário.

Era assim que seu pai conduzia suas negociações políticas: ou concordava com termos obviamente favoráveis, ou fazia um problema irritante desaparecer matando-o e matando todos os envolvidos. No fim, o imperador Cortas sempre vencia.

— Dediquei algum tempo para considerar sua interessante oferta, Gaius. — O imperador se manteve em pé, o rosto enrugado lúgubre e sério. Não haveria bom humor dessa vez.

O rei Gaius assentiu.

— E estou pronto para ouvir sua decisão.

— Você deseja se tornar o segundo imperador do Império Kraeshiano, e compartilhar o poder de maneira igualitária comigo. Em troca, vai me dar o cristal do ar e me ensinar a liberar sua magia. Além dessa magia, também terei as habilidades de feiticeira de sua filha à minha disposição. Entendi bem, Gaius?

— Sim — o rei respondeu com calma, quase entediado.

Era impossível para Amara não admirar a confiança do rei — ou seria burrice? Afinal, ele não passava de um abutre pedindo para um leão compartilhar sua carne de graça.

No entanto, o rei não parecia burro. Muito pelo contrário.

Ele devia ter outra carta na manga.

O imperador voltou a falar:

— E você espera que eu acredite em sua palavra quando afirma que o que disse sobre sua filha, sobre a Tétrade, é verdade.

— Sim.

— É isso que me incomoda, Gaius. Você não me deu provas de nenhuma das duas coisas.

— E não verá nenhuma prova até chegarmos a um acordo. Com todo o respeito, vossa iminência, esta é a maior oportunidade de sua vida. Você é sábio, muito sábio, e tenho certeza de que deve perceber isso. — Gaius tomou um gole de seu cálice, olhando fixamente para o imperador. — E se vier a descobrir que sou um mentiroso, pode mandar me executar e tomar Mítica sem resistência. Com minha bênção, na verdade. Simples.

O imperador cerrou os lábios.

— Mítica será minha independentemente do desenrolar deste acordo. Fará parte do Império Kraeshiano, não se manterá um reino soberano.

O rei piscou.

— Muito bem.

— E eu quero outro cristal. Se vamos compartilhar o poder de forma igualitária, não é justo que eu fique apenas com a esfera de selenita.

Um sorriso fino se formou nos lábios do rei.

— Está pedindo muito, mas vou concordar com isso também.

Fez-se um longo e desconfortável silêncio, e Amara só conseguia ouvir o som de seu coração batendo forte no peito.

— Pegue o documento — o imperador instruiu Dastan.

Dastan levantou da mesa, logo voltou com um rolo de pergaminho e o deixou diante do rei.

— Esperava que concordasse com minhas solicitações — disse o imperador. — Então aqui está o acordo oficial. Não deixe de notar a advertência no final. Essencialmente, ela declara que você consente em ser morto se mentir para mim agora ou no futuro.

O rei passou os olhos pelo pergaminho, sem deixar transparecer nada em sua expressão.

Finalmente, olhou para a frente.

— Vou precisar de alguma coisa para assinar isso.

O imperador sorriu.

— Não vou fazê-lo assinar com seu próprio sangue, embora tenha considerado essa hipótese. — Ele fez um sinal para Elan, que trouxe pena e tinta.

O rei pegou a pena e assinou no fim do pergaminho, embaixo da assinatura do imperador.

Os homens nunca deixavam de entreter Amara. Esses dois achavam mesmo que um mero pedaço de papel equivalia a um acordo compulsório?

O rei Gaius devolveu o pergaminho ao imperador, cujos lábios formaram um sorriso de satisfação.

— Fico muito grato, rei Gaius. Há mais uma questão que pode se provar preocupante — o imperador afirmou.

O rei Gaius se inclinou na cadeira, rangendo os dentes.

— É mesmo?

— Em Kraeshia, o poder é passado por meio da hereditariedade. — Ele apontou para o pergaminho. — Este é um documento válido apenas entre mim e você. Quaisquer futuros governantes de meu império devem pertencer à família Cortas.

— Isso é um problema — comentou o rei. — E, para ser franco, estou confuso. Você concordou com meus termos, e sinto que fui extremamente generoso e paciente com os seus. Agora está tentando me dizer que a participação de minha família neste império termina quando eu morrer?

Amara teria que ser surda para não ouvir as ameaças sombrias por trás de suas palavras.

A situação estava ficando interessante.

O imperador fez sinal para Dastan de novo.

— Mande buscar o profeta do palácio.

Amara franziu a testa. O profeta do palácio era um oficial religioso que conduzia rituais kraeshianos e cerimônias exclusivamente para o imperador.

— Está mandando buscá-lo para me obrigar a fazer um juramento religioso? — o rei perguntou calmo. — Vossa senhoria, me desculpe, mas o que isso tem a ver com hereditariedade?

— Não é esse tipo de juramento — explicou o imperador. — Isso vai tranquilizá-lo em relação ao futuro.

— Meu sangue é Damora, nem mesmo a magia pode mudar isso. Parece que temos um problema, vossa senhoria.

— Não é um problema que não possa ser resolvido — o imperador disse. — Você vai se casar com minha filha. Hoje.

Com certeza Amara tinha entendido errado.

Ela se esforçou para não perder a compostura, para não sair correndo da sala. Então foi por isso que seu pai tinha pedido sua presença; não tinha nada a ver com respeito.

Ele queria usá-la como trunfo.

Amara sentiu os olhos de Felix sobre si, e arriscou olhar para ele. Ele a observava com a testa franzida.

— Esta união vai simbolizar a junção de nossas famílias e a divisão do poder entre nós dois — o imperador continuou. — Considera aceitável, Gaius? Sei que perdeu sua rainha recentemente e deve estar pronto para uma nova esposa.

O rei pareceu considerar a reviravolta com tranquilidade.

— Sim, perdi minha amada Althea — ele afirmou. — Sinto muita falta da companhia de uma esposa. Mas, com todo respeito, vossa senhoria, eu nunca desejaria obrigar ninguém a um casamento arranjado como esse, muito menos sua adorável filha.

— Talvez seja isso que nos diferencie.

— Talvez — o rei reconheceu. — Mas eu só poderia concordar com isso se a princesa Amara também concordar.

Todas as atenções se voltaram para a princesa.

Amara tinha recusado todos os outros pretendentes que seu pai havia empurrado, e o imperador nunca a tinha forçado a se casar antes. Mas isso tinha sido antes, quando ela tinha tão pouca importância para ele.

Ela seria incrivelmente ingênua se pensasse que tinha escolha. E Amara era tudo menos ingênua. Fazer estardalhaço só causaria um conflito desnecessário.

Naquele dia, dentre todos os demais, a princesa queria que seu pai ficasse satisfeito com ela.

— Seria uma honra me tornar sua rainha, rei Gaius — ela respondeu, ignorando o aperto que sentia no peito.

O rei arregalou os olhos. Ela o havia surpreendido.

Dastan voltou acompanhado de um homem idoso de cabelo branco e túnica verde.

— Excelente — disse o imperador. — Profeta, por favor, não percamos mais nenhum instante para oficializar esse casamento.

O sacerdote apresentou um longo lenço de seda que estava na família de Amara havia inúmeras gerações e fez um sinal para ela se posicionar diante do rei. Seguindo a tradição kraeshiana, ele enrolou o lenço em volta dela e do rei, dos tornozelos aos ombros, amarrando as mãos juntas.

Amara encarou o rei, que se parecia muito com o filho, Magnus. Ela não tinha se dado conta até aquele momento.

Como ditava o costume, a cerimônia de casamento foi realizada em língua kraeshiana, com o sacerdote repetindo os votos em língua franca para que o rei pudesse compreender.

O sacerdote falou solenemente sobre os deveres de marido e mulher. Declarou que a esposa deveria ser sempre leal ao marido. Ela lhe daria seu poder. Ela lhe daria filhos. Ela o serviria.

Se o desagradasse, era direito do marido bater nela.

Os dedos do rei apertavam os dela conforme as palavras lhe atravessavam, como se cortassem sua garganta.

Se ele algum dia ousasse tocá-la com fúria, Amara o mataria.

A cerimônia terminou, e os dois foram proclamados marido e mulher. O profeta desenrolou o lenço, e o rei puxou Amara e a beijou quando foi instruído, para selar simbolicamente a união. Apesar da agitação interna e do fato desolador de ter acabado de casar com alguém com idade para ser seu pai, o beijo não foi de todo desagradável.

E aquele casamento era apenas mais uma oportunidade para ela.

Seu pai se aproximou, segurando o rosto dela entre as mãos e beijando suas bochechas.

— Nunca estive tão orgulhoso de você, minha querida filha!

Parecia que ela finalmente havia conquistado sua aprovação.

— Obrigada, pai.

— Este é um dia incrível: a união de duas famílias, duas nações. Um futuro brilhante com magia e poder.

Ela sorriu.

— Concordo plenamente. Por sinal, tenho algo que seria perfeito para uma celebração como esta. Está em meus aposentos. Permite que eu vá buscar? É uma garrafa de vinho paelsiano.

Seus olhos se arregalaram de surpresa e deleite.

— Que maravilha!

— Sim, eu tinha esquecido completamente que havia trazido da viagem. Só lembrei agora. Sabia que o senhor gostaria de provar. E, se gostar, ainda há mais duas caixas no navio.

— Ouvi dizer que o vinho paelsiano tem sabor de magia — Elan disse.

— Sim, parece a maneira perfeita de homenagear esta ocasião — afirmou o imperador. — Vá pegá-lo, filha. E vamos brindar ao futuro de Kraeshia.

Ela deixou a sala com a cabeça atordoada, uma mistura de preocupação, empolgação e medo.

Você não precisa fazer isso, alertou uma pequena parte dela. *Você tem outra escolha. Se fugir, pode viver sua vida em outro lugar, em algum lugar bem longe daqui.*

Amara quase chegou a achar graça daquele momento de dúvida.

Não havia escolha. Ela sabia disso. Aceitava isso.

Seu destino havia sido traçado desde o momento de seu nascimento.

Ela correu até seu quarto e voltou ao solário com a garrafa de vinho paelsiano. O imperador pegou da mão dela, tirou a rolha rapidamente e serviu a bebida amarelo-clara em quatro cálices. Seus irmãos receberam um cálice cada um, e o imperador entregou o quarto ao rei.

— Receio que não haja o bastante para você, filha.

— Receio ter de recusar — o rei Gaius levantou a mão. — Bebidas alcoólicas são contra a religião limeriana.

— Que política infeliz — comentou o imperador. — Muito bem, então este cálice é para você, Amara.

Ela pegou a taça da mão do pai e fez uma pequena reverência.

— Obrigada, pai.

O imperador levantou o cálice.

— Ao futuro do Império Kraeshiano. E a muito mais filhos para você, Gaius. Muito mais filhos! Amara e meninos, bebam.

Amara tomou um gole da bebida e observou o pai e os irmãos secarem as taças.

— É incrível. — O imperador ficou eufórico e arregalou os olhos de prazer. — Delicioso como sempre ouvi falar. E agora finalmente o provei. Gaius, vou precisar que mais caixas sejam entregues em Joia, um suprimento eterno.

O rei concordou.

— Vou providenciar pessoalmente, vossa senhoria.

— É muito bom — Dastan aprovou.

— Não tem mais? — Elan perguntou. — Eu quero mais.

— Amara, peça para trazerem ao palácio as caixas que ficaram no navio, assim poderemos continuar a comemoração. Já mandei preparar um banquete na expectativa de selarmos o acordo de hoje. E assim que voltar, filha, precisa trocar de vestido. O que está usando não é apropriado para a esposa de um... — Ele franziu a testa. — Amara?

Amara contou devagar até dez, depois começou a conta mais uma vez.

Seu coração estava acelerado. Ela não podia esperar, não por muito mais tempo.

Finalmente, quando não conseguiu mais se conter, cuspiu o vinho de volta no cálice.

O imperador franziu a testa.

— Qual é o problema?

Ela limpou a boca com um pedaço de seda.

— Sei que não vai acreditar em mim, pai, mas sinto muito. Queria que pudesse ser diferente.

A expressão inquisidora logo se transformou em agonia. Ele levou as mãos à garganta.

— Filha... o que você fez?

— Só o que foi preciso. — Ela olhou para seus irmãos, que também estavam segurando a garganta, sufocando.

O veneno devia agir muito rápido e não causar nenhuma dor.

— Sinto muito — ela disse de novo com os olhos cheios de lágrimas.

Um por um, cada membro da família caiu no chão, contorcendo-se, ficando roxos enquanto a encaravam sem entender, e depois com ódio.

Assim como havia acontecido com Ashur.

Finalmente, eles ficaram imóveis.

Amara virou para os quatro guardas que tinham voltado ao solário durante a cerimônia de casamento. As mãos estavam de prontidão sobre as armas, um olhando para o outro sem saber muito bem o que fazer.

— Vocês não vão dizer nada sobre o que viram aqui — ela anunciou. — A ninguém.

— Eles não vão lhe dar ouvidos — disse o rei, surpreendentemente calmo. — Felix, Milo. Cuidem disso.

Felix e Milo voaram sobre os guardas e só se viram lampejos de aço em suas mãos.

Os guardas estavam mortos no momento em que caíram no chão.

Amara soltou um suspiro lento e trêmulo, o olhar selvagem encontrando o do rei.

Gaius ficou a observando sem nenhuma acusação ou choque.

— Tive a sensação de que você estava tramando alguma coisa. Mas não fazia ideia de que seria algo tão extremo.

— Você chama de extremo. Eu chamo de necessário. — Ela engoliu em seco, encarando os guardas assassinos com apreensão. Felix tinha seguido a ordem do rei. Será que a mataria com a mesma rapidez com que matou os guardas se o rei ordenasse?

— Uma profecia dizia que eu dominaria o universo com uma deusa ao meu lado — Gaius afirmou. — Já estava começando a achar que era mentira. Agora não tenho tanta certeza. Ele abaixou a cabeça. — Se me aceitar, gostaria de continuar sendo seu marido e seu criado. *Imperatriz Cortas.*

A violenta turbulência em seu interior parou quando, de repente, ela se deu conta de que havia conseguido.

A hereditariedade era a lei em Kraeshia, e ela era a primeira criança do sexo feminino a sobreviver à morte de um imperador e de todos os herdeiros homens.

Uma criança que tinha se tornado mulher.

E a primeira imperatriz que Kraeshia já conheceu.

Talvez ela e o rei formassem uma excelente dupla, afinal.

O rei Gaius e Amara notificaram o capitão da guarda de que rebeldes tinham se infiltrado no palácio e envenenado a família real. Amara era a única Cortas que sobrevivera ao ataque sorrateiro.

É claro que ela colocaria a culpa nos rebeldes. Quem acreditaria que a princesa Amara tinha envenenado a própria família?

Amara foi ver a avó depois que os corpos foram removidos do solário. O sorriso e o abraço dela fizeram parte da dor desaparecer.

— É tudo por um bem maior, *dhosha* — ela afirmou. — Eu sabia que seria vitoriosa.

— Não sei se teria conseguido sem sua fé em mim.

— Tem alguma dúvida do que deve acontecer em seguida?

— Sim, *madhosha* — Amara admitiu. — Muitas. Mas sei que precisa ser feito.

Neela pressionou a palma da mão fria no rosto quente de Amara.

— Então não há motivos para esperar.

Ela finalmente viu Felix de novo nos corredores perto de seus aposentos e foi falar com ele no mesmo instante. Ele olhou para Amara com incerteza.

— Então... — ele começou a falar. — *Aquilo* foi bastante inesperado, não foi?

— Talvez para você, mas não para mim.

— Você é uma garota perigosa. — Ele inclinou a cabeça. — Mas acho que eu já sabia disso. Talvez seja o que eu mais gosto em você.

— Então você *gosta* de mim.

Ele deu uma risada nervosa.

— Alguma vez duvidou disso, princesa? Não estou mostrando o quanto gosto de você todas as noites?

— Não foi isso que quis dizer.

— Peço desculpas, estou sendo rude. Apelo para a grosseria quando me sinto desequilibrado. E é exatamente assim que me sinto com você. — Ele limpou a garganta. — Parabéns pelo casamento. Vocês formam uma bela dupla.

— Formamos, não é? Pelo menos por enquanto.

Ele franziu a testa.

— Do que está falando?

— Preciso do rei para ter acesso aos outros cristais da Tétrade e para aprender como liberar sua magia.

— Está me dizendo que o rei não está em segurança ao seu lado? Tem certeza de que é inteligente fazer isso, princesa? Ser tão sincera comigo, o guarda pessoal dele? Meu trabalho é protegê-lo.

— Você não me engana, minha bela fera. No dia em que ele morrer, você vai comemorar com todo mundo. Devia ter concordado em trabalhar para mim quando lhe dei a chance.

— Acho que trabalho para você, já que é esposa do rei.

Amara pegou o braço dele, fazendo-o se contrair.

— Desculpe. Ainda está machucado?

Ele esfregou o antebraço, que ela sabia que estava com bandagens sob a camisa, devido a um ferimento recente.

— Estou melhorando.

— Ótimo. Agora, venha comigo. Preciso de você.

Ele olhou com nervosismo para os dois lados do corredor.

— Não sei se é um bom momento, princesa. Afinal, você *acabou* de casar com o Rei Sanguinário. Não acho que ele aprovaria o que estamos fazendo. Na verdade, tenho quase certeza de que ele cortaria certas partes do meu corpo se ficasse sabendo.

— Que estranho, não pensei que você fosse covarde.

Os olhos dele arderam de raiva.

— Não sou.

— Então prove. — Ela ficou na ponta dos pés e o beijou. Felix a agarrou pelo punho, pressionou-a contra a parede, e retribuiu o beijo com entusiasmo.

— Cuidado. Estou ficando viciado em você — ele sussurrou. — Considerando que um vício como esse poderia levar à minha desgraça, não sei se gosto muito dele.

— O sentimento é mútuo. Agora, venha comigo. Tenho uma coisa importante para lhe mostrar.

— Eu a seguiria para qualquer lugar, princesa.

Ela o levou ao grande saguão que ficava na entrada principal da Lança de Esmeralda. Estavam cercados de janelas que lançavam luz verde e cintilante sobre o chão brilhoso.

— É isso? — ele perguntou, observando ao redor. — É um pouco público demais para o meu gosto. Que tal irmos para um lugar mais fechado?

O sorriso de Amara desapareceu.

— Guardas! — ela gritou com severidade. — Aqui está ele!

Felix ficou paralisado e olhou para todos os lados, confuso. Dezenas de guardas se aproximavam dele com armas em punho.

— O que é isso? — ele perguntou. — O que está acontecendo?

Ela respirou fundo e levantou o queixo ao se dirigir aos guardas.

— Felix Graebas revelou ser um conspirador rebelde. Ele envenenou minha família, *ele* matou o imperador e meus irmãos.

— Princesa, o que está dizendo?

— Prendam-no — ela disse com uma voz áspera.

— Está louca? O rei não vai deixar isso acontecer!

— O rei já está ciente do que você fez, e também acredita que merece pagar com a morte.

Amara observou quando o entendimento, e depois a fúria, tomaram conta do olhar de Felix.

— Sua megera desalmada — ele bradou.

Felix, então, cometeu o erro de lutar com os guardas na tentativa de escapar. A disputa durou apenas alguns momentos até ele ser dominado e espancado até ficar inconsciente.

Os guardas o arrastaram ao calabouço e para uma execução rápida.

Amara tinha descoberto que estava começando a se apaixonar por Felix — e o amor enfraquecia as pessoas.

Esse sacrifício necessário a fortaleceria de novo.

23

JONAS

KRAESHIA

Jonas tinha passado a maior parte da vida cercado por terra.

Mas, durante quase toda a semana anterior, tinha estado cercado apenas por água — quilômetros e quilômetros de água por todos os lados. O sereno frescor das ondas e da brisa deu a ele muito tempo para pensar. E para viver o luto.

Agora sua mente estava limpa de novo, e ele estava pronto para prosseguir com sua promessa de matar o rei.

— Por você, Lys — ele sussurrou para si mesmo enquanto olhava para o litoral de Joia do Império ao longe. — Tudo o que fizer daqui por diante, será por você.

A embarcação finalmente atracou. Jonas e Nic pegaram as bolsas e foram em direção à prancha de desembarque.

— Então esta é Kraeshia — Nic comentou, observando a cidade resplandecente diante de si.

— Espero que seja — Jonas respondeu. — Se não for, entramos errado em algum lugar.

— Está vendo? É desse rebelde insolente que eu gosto.

— Você gosta de mim? Isso é novidade, Cassian.

— Está crescendo em meu conceito. Devagar. Como um fungo.

Jonas abriu um sorriso.

— O sentimento é mútuo.

Magnus tinha respondido a uma mensagem aos rebeldes kraeshianos por meio do próprio corvo deles, ordenando que encontrassem Jonas e Nic quando chegassem.

— Não vejo Felix — Jonas disse em voz baixa enquanto inspecionava os arredores. — Achei que ele estaria aqui.

Havia uma pessoa esperando no fim das docas, parada ao lado da praia branca. Eles foram até o jovem alto de pele escura e olhos castanho-claros, que meneou a cabeça quando se aproximaram.

— Jonas Agallon? — ele perguntou.

— Isso mesmo.

— Meu nome é Mikah Kasro. Bem-vindo a Kraeshia.

Jonas apresentou Nic e então perguntou:

— Onde está Felix?

— Venha comigo e vou explicar tudo — Mikah disse, examinando as docas. — Há muitos olhares curiosos por aqui.

— Não vou a lugar nenhum até me dizer onde Felix está. E depois quero saber onde está o rei Gaius.

— Qual é seu interesse no rei?

— Não é da sua conta.

— Tudo o que acontece em Kraeshia é da minha conta. Mas suponho que o paradeiro do rei não importe tanto assim para você agora. O rei Gaius e sua nova esposa partiram para Mítica há vários dias.

Jonas o encarou.

— O que disse?

— Nova *esposa*? — Nic perguntou, franzindo a testa. — Ele casou?

Mikah confirmou, com uma expressão lúgubre.

— Com a princesa Amara.

Nic ficou boquiaberto.

Era impossível. Jonas tinha acabado de chegar, preparado para fincar uma adaga no coração do rei, para dar a vida em troca disso, se necessário.

Mas o rei tinha partido.

Ele praguejou em voz baixa.

— Inacreditável. Então Felix foi com eles. É por isso que não está aqui?

— Não exatamente.

— Então o que aconteceu, *exatamente?*

— É muito provável que Felix esteja morto a esta altura.

O peito de Jonas foi tomado por um aperto doloroso, e ele encarou Mikah com olhar inquisidor.

— Ele foi acusado de um crime muito sério e levado para o calabouço. Quando um prisioneiro é colocado ali, a única maneira de sair é em pedaços.

— Qual crime?

Mais uma vez, Mikah olhou para a multidão alegre na praia. Jonas seguiu a direção daquele olhar. Os kraeshianos se aqueciam sob o sol, e todos pareciam ignorar a obscuridade que estava tão próxima deles.

Mikah voltou a encarar Jonas e Nic e sussurrou a eles a história do envenenamento na cerimônia de casamento — uma história que ainda não era de conhecimento público.

Quando terminou, Mikah parecia ainda mais convencido de que Felix já estava morto.

Mas Mikah não conhecia Felix tão bem quanto Jonas.

Depois da conversa nas docas, Jonas e Nic foram levados à base rebelde, um amontoado de salas no último andar de um edifício roxo com um muro com pinturas de flores na lateral. Um lugar que parecia feliz demais para abrigar uma discussão tão séria e fatal.

— Ela voltou — Nic disse ao sair do prédio para conversar com Jonas em particular.

Jonas olhou para o falcão que voava em círculos sobre eles.

— Sim, eu notei mais cedo.

— Ela não vai desistir.

— Deveria.

— Você deveria conversar com ela.

— Não quero conversar com ela.

— Ela pode ajudar — Nic insistiu.

— Como? Fazendo outra pessoa de que gosto morrer? — Ele bufou. — Tudo bem. Volte para dentro. Eu cuido disso.

— Não seja duro demais com ela, está bem?

— Não posso prometer nada.

Nic concordou, sério, e então desapareceu dentro do edifício.

Estava quente demais para usar mantos em Kraeshia, então, em vez disso, ele tirou a camisa de algodão e a jogou na grama à frente para que Olivia vestisse. E depois ficou de costas.

E esperou.

Como suspeitava, não demorou muito para ouvir o som de asas batendo. Ele sentiu uma carga elétrica no ar, que arrepiou os pelos de seu braço, fazendo-o respirar fundo. Ele esperou um tempo antes de virar.

Olivia estava a seis passos de distância, vestindo sua camisa, descalça. Ele sempre a achara linda, mas sua beleza parecia muito mais óbvia agora que sabia que era uma imortal. Seu cabelo não era de um preto comum, tinha cor de obsidiana; e sua pele oliva cintilava como se estivesse levemente coberta de pó de ouro. Antes seus olhos eram apenas verdes, mas agora Jonas via que tinham o tom e a profundidade de esmeraldas escuras, de outro mundo.

— Imaginei que precisaria de roupas — ele disse. — Não sei muita coisa a respeito dos Vigilantes, mas sei que a maioria das garotas tem pudores com esse tipo de coisa.

A expressão de Olivia estava tensa, e seu olhar se fixou nele.

— Sinto muito, Jonas.

— Foi o que você me disse na última vez em que a vi.

— Não podia contar a você o que eu era antes.

— Por que não?

— Teria pedido que me juntasse a você se soubesse? — Ela soltou o ar de forma trêmula e então endireitou os ombros. — Sei que cometi erros, mas, por favor, lembre que salvei sua vida ao curar seu ferimento.

— E depois deixou Lysandra morrer.

— Eu não estava preparada. Não tinha ideia de que nossos caminhos se cruzariam com o dele tão cedo. Minha magia é considerável, mas não é páreo para o deus do fogo. Timotheus me disse para evitá-lo a qualquer custo, disse que minha missão não era lutar contra ele, e sim proteger você.

Jonas piscou.

— Do que está falando? O deus do fogo?

Olivia confirmou, em tom solene.

— Kyan... ele é o deus do fogo. Um deus elementar que antes estava aprisionado em uma esfera de âmbar.

Jonas a encarou, visivelmente surpreso.

— E você resolveu esperar até agora para me contar isso?

— Como eu disse, não era minha missão explicar. Apenas...

— Sim, apenas me proteger. Entendi. Fez um trabalho esplêndido, por sinal. — Ele esfregou os olhos. — Diga, Olivia, por que precisaria me proteger?

— Porque Timotheus mandou.

— Não faço ideia de quem seja Timotheus e, ainda assim, Kyan também mencionou esse nome.

— Ele é meu ancião. Meu líder.

— Outro Vigilante.

— Sim. Ele tem visões do futuro. Uma delas incluía você. Por alguma razão, você é importante, Jonas. Phaedra também sabia disso. Era por isso que o observava. Foi por isso que sacrificou a vida para salvar a sua.

— Mas que papel *eu* poderia desempenhar nessa visão de Timotheus? Sou um pobre trabalhador dos vinhedos de Paelsia, um líder rebelde fracassado. Não sou ninguém.

— Foi exatamente o que eu disse a ele — ela falou, concordando. — Que você não passava de um zé-ninguém. Mas ele insistiu mesmo assim.

Jonas ficou chocado. Ela apresentou aquelas palavras ultrajantes como simples fatos, sem uma gota sequer de agressividade.

— Pode ir agora. Não quero você perto de mim. Vá, voe para seu Santuário. Ou se exilou por minha causa, como fez Phaedra?

— Longe de mim. As barreiras místicas que nos mantinham presos a nosso mundo caíram quando o sangue da nova feiticeira foi derramado. Se os outros soubessem, poderiam tentar sair, e assim se colocariam em perigo com o deus do fogo à solta. Então Timotheus está mantendo isso em segredo.

Jonas rangeu os dentes.

— Vá embora, Olivia.

— Sei que está com raiva por causa de Lysandra. Também estou. Mas não temos como mudar isso. Está feito. De qualquer forma, eu não teria como salvá-la, mesmo que desrespeitasse as ordens de Timotheus.

— Poderia ao menos ter tentado.

Ela ficou séria.

— Você tem razão, deveria ter tentado. Mas estava com medo. Não estou mais. Voltei e pretendo cumprir meu dever para com Timotheus, mesmo que isso signifique que deva quebrar as regras de vez em quando.

— Então voltou para ficar, para me manter seguro para participar de algum evento futuro desconhecido.

— Sim.

— Não me importo com o futuro. Tudo o que quero é que me deixe em paz agora.

— Não posso fazer isso. — Jonas lançou um olhar furioso a ela, que deu de ombros. — Vou me redimir aos seus olhos.

— Duvido muito.

— Vou ficar e protegê-lo, quer você goste ou não, Jonas Agallon. Mas será muito mais fácil para nós dois se não tentar se opor ao plano.

Ela era extremamente irritante. Mas, parado bem diante dela e encarando seus olhos cheios de determinação, Jonas percebeu que não poderia odiá-la por voar para longe como havia feito. Se Kyan de fato era quem ela dizia ser...

.... então estavam com um problema maior do que Jonas imaginava.

E o fato de existirem três outros como Kyan à solta fazia a maldade do rei Gaius parecer tão perigosa quanto a dor de machucar o dedão do pé.

Se Olivia estivesse dizendo a verdade sobre o estado atual do Santuário, aquilo significava que sua magia estava tão forte quanto deveria ser, e não enfraquecida, como acontecia com a de um Vigilante exilado. E aquele com certeza parecia o caso: ela podia se transformar em falcão sempre que quisesse, e tinha curado o ferimento fatal de Jonas com magia da terra.

— Se for ficar, vamos fazer as coisas do meu jeito — Jonas disse. — Dessa vez não vai apenas me proteger. Vai proteger a mim e a todos meus amigos.

— Está pedindo que eu prometa algo que não tenho autoridade para prometer. Você é o único que fui designada a proteger.

— Nunca solicitei um guardião pessoal. Pode dizer isso a seu precioso ancião se ele se exaltar. Isso não é negociável. Se quiser ficar, vai ter que se comprometer a proteger todas as pessoas com as quais me importo.

— Mas como poderei...?

Ele levantou a mão.

— Não. Sem discussão. Sim ou não?

Os olhos dela cintilaram.

— Você já tem sorte de eu ter voltado para protegê-lo, mortal! E ainda ousa agir como se tivesse algum poder de decisão?

— Mas não tenho? Pode me olhar lá de cima, batendo suas belas asas enquanto jogo pedras em você e corro na direção do perigo, ou pode ficar aqui no chão e lutar com a gente. Como vai ser?

Olivia o encarou com firmeza, com um olhar desafiador.

— Está bem.

Ele levantou o queixo e a desafiou também.

— Ótimo.

Então ela descartou a camisa e, em um rápido borrão de ouro, pele nua e penas, transformou-se em falcão e alçou voo, grasnando com desprazer.

Jonas a observou se empoleirar na beirada de um telhado próximo.

Felix queria outra chance na vida, para se redimir pelos erros do passado e partir em direção a um futuro mais feliz. Jonas lamentava não ter dado aquela chance ao amigo.

Em vez disso, tinha dado a Olivia.

24

FELIX

KRAESHIA

Ele não gritou durante o primeiro dia que passou no calabouço kraeshiano, mas aquela determinação não durou muito. Ele não ficou tão surpreso quando os urros começaram. Como membro do Clã da Naja, tinha aprendido rápido que uma quantidade suficiente de tortura desestabiliza qualquer um. Até mesmo ele.

Especialmente a tortura administrada por carcereiros que estavam frente a frente com um limeriano acusado de matar a família real.

Depois de uma semana no calabouço, suas costas tinham sido açoitadas até ficar em carne viva. Cem, quinhentos, mil toques de um chicote. Ele não sabia mais. Pendia, enfraquecido, das correntes presas ao teto enquanto o sangue escorria por suas costas arruinadas.

— Vá em frente — um guarda o provocou. — Chame sua mamãe. Vai ajudar.

Felix não sabia o nome do guarda, mas, em sua mente, chamava-o de demônio.

— Ei, lembra disso? — O demônio jogou alguma coisa no chão de terra bem à frente de Felix. — Agora está olhando para si mesmo.

Um globo ocular imundo olhava direto para Felix.

As coisas tinham sido muito mais simples no começo daquele dia, antes de o demônio enfiar uma adaga na órbita de seu olho esquerdo.

— Por que não vai em frente e me mata? — Felix cuspiu.

— E que graça há nisso? Preciso trabalhar aqui, com vocês, assassinos fedorentos, repulsivos, todos os dias. Por que me negaria um pouco de diversão?

— Sua diversão comigo é perda de tempo. Não matei o imperador Cortas, nem seus filhos.

O guarda soltou um leve riso.

— Claro que não. É totalmente inocente... como o restante da escória nesta prisão.

— Aquela vadia que você chama de princesa me incriminou pelos próprios crimes!

— Ah, não! Isso de novo? A bela e doce princesa Amara matando o pai e os irmãos? Por que faria algo assim?

— Por poder, é claro. Acredite, não há nada de doce nela.

O demônio bufou.

— Ela não passa de uma mulher, que utilidade o poder teria para ela?

— É tão estúpido que quase lamento por você.

O guarda cerrou os olhos e ficou de pé. Ele sacou a adaga e usou a ponta da lâmina para cutucar a ferida que estava no lugar da tatuagem de Felix.

Felix gritou com a dor aguda e repentina.

— Ah, isso dói? — o guarda perguntou, mostrando os dentes.

— Vou matar você — Felix rosnou.

— Não vai, não. Vai ficar pendurado aí e me deixar continuar a machucá-lo até chegar sua hora de morrer. E então vou bater em você mais um pouco antes de eviscerá-lo. — Ele raspou o pedaço de pele dependurada mais uma vez. — É, sabemos tudo sobre você e seu Clã da Naja aqui. Vocês pensam que são durões, uma elite. Bem, estava certo quando arrancou sua tatuagem insignificante. Porque agora você não é nada. Percebe que não é nada?

— Vai beijar a bunda de um cavalo.

O guarda passou a lâmina pelo braço de Felix, subindo até o ombro e dali para o pescoço, depois pelo queixo e pela bochecha até que sua ponta afiada parasse logo abaixo de seu olho direito.

— Talvez tire este aqui também. Talvez tire sua língua e suas orelhas também, e o deixe cego, surdo e mudo.

Felix pensou em lembrar àquele guarda imbecil de que tirar suas orelhas não o deixaria surdo — ele já havia testemunhado alguém do clã cometer o mesmo erro antes —, mas ficou quieto.

Alguém bateu na porta da cela. O demônio abriu e conversou com alguém por uma pequena janela.

— Desculpe decepcioná-lo, mas tenho que sair por um instante — ele disse, voltando-se para Felix. — Prometo voltar mais tarde. Descanse. — Ele girou uma manivela, que desceu as correntes que o prendiam, desobrigando Felix a ficar na ponta dos pés e fazendo-o desabar no chão. — Olhe para você, vermelho com o próprio sangue. Vermelho é a cor de Limeros, não é? Tenho certeza de que o rei Gaius ficaria orgulhoso ao ver seu patriotismo agora... quer dizer, se ainda se importasse com você.

Gargalhando, o guarda saiu.

— Bem, esta com certeza é uma situação infeliz, não? — Felix resmungou para si mesmo.

Ele soltou uma risada engasgada, mas mal soou como um som humano.

As paredes da cela estavam cobertas por um lodo de cheiro repugnante; o chão era apenas uma mistura de terra e resíduos humanos. Não lhe deram nada além de água suja desde que acordara ali, nem uma migalha de comida. Se não fosse pelas correntes que o penduravam, acreditava que não seria capaz de se manter em pé sozinho.

— O que acha disso tudo? — Ele propôs esta questão à aranha enorme e peluda que estava no teto. Felix tinha dado à feia colega de cela o nome de Amara.

Em seus longos dezenove anos de vida, Felix nunca tinha odiado tanto alguém quanto odiava Amara.

— O que foi aquilo, Jonas? — Felix também havia dado um nome à vítima mais recente da aranha: uma mosca que, por azar, tinha passado perto demais da teia e agora estava aprisionada, assim como ele.

Ele levou a mão trêmula até a orelha.

— Não perca as esperanças? Mantenha a cabeça erguida? Sinto em dizer, amigo, mas é tarde demais para isso. Para nós dois, ao que parece.

A única coisa que o mantinha consciente, que o mantinha lutando para sobreviver àquele inferno, era um sonho desesperado de vingança. Ah, como ele acabaria com a vida dela se um dia conseguisse escapar. Aquela abominação trapaceira, conspiratória, cruel, de sangue frio e sedenta por poder.

Só de pensar nela Felix já tremia de raiva, um movimento destruidor que logo se converteu em um choro sem lágrimas.

Ah, pare com isso, Amara, a aranha, disse. Você já causou danos o bastante na vida. Não diria que merece este tipo de tratamento?

Você é tão mau quanto eles, grasnou Jonas, a mosca. É um assassino, lembra? Não merece uma segunda chance.

— Não estou dizendo que estão errados — ele respondeu. — Mas vocês dois não estão ajudando, sabiam?

Ele tocou o rosto com cuidado, sentindo o sangue ressecado e grosso que formava uma massa do lado esquerdo. Seu olho arrancado o encarava do outro lado da cela.

Amara tinha dado a impressão de se importar com ele ao menos um pouco, de que Felix tinha alguma importância, afinal. E então fez *aquilo*. Por quê? E por que o rei concordou tão prontamente?

Não fazia nenhum sentido.

Felix pensava ter conquistado o perdão e a confiança do rei, mas talvez aquilo também tivesse sido uma mentira. Talvez o rei só o tivesse trazido por esta única razão: ter alguém em quem colocar a culpa, alguém para ser punido.

Ele deitou de lado, com calafrios.

Já tinha se sentido perdido e sem esperança antes, muitas vezes, mesmo que não admitisse. Mas nunca desse jeito.

— Vou morrer — ele sussurrou. — E ninguém no mundo inteiro vai sentir minha falta.

Devagar, Felix foi apagando até atingir um estado de semiconsciência — se estava dormindo ou se era simplesmente a pura escuridão, ele não sabia. Mas o tempo passou. E então, o som de uma chave chacoalhando na porta o acordou.

O guarda espiou pela pequena janela.

— Sentiu minha falta?

Felix logo sentou, seu corpo gritava de dor. Ele se afastou rapidamente, ficando o mais longe que podia da porta de ferro.

Ele não achava que conseguiria suportar mais tortura. Um pouco mais e tinha certeza de que enlouqueceria por completo.

Já estava dando nome a insetos e conversando com eles. O que viria depois?

O guarda estava prestes a abrir a porta quando, de repente, ouviu-se um estrondo alto que ecoou pelo calabouço. As paredes tremeram e poeira caiu do teto em grandes nuvens que fizeram Felix tossir e respirar com dificuldade.

O guarda virou para olhar o corredor e então desapareceu.

Felix encostou a cabeça na parede limosa, sentindo um alívio momentâneo.

Outro estrondo, maior que o anterior, fez o calabouço tremer. Uma pequena rachadura começou a se formar ao longo da parede e se espalhar até o teto, até um pedaço de pedra desabar no chão a apenas alguns centímetros de Felix.

Aquele lugar inteiro ia desabar sobre sua cabeça.

Felix pensou que seria melhor morrer daquele jeito do que à mercê do guarda sádico.

Ele umedeceu os lábios secos e rachados com a ponta da língua, sentindo o gosto de suor e do próprio sangue.

— Não estou com medo — ele sussurrou. — Não tenho medo da morte. Mas quero que seja rápido. Por favor, deusa. Chega de dor. Se este pedido faz de mim um covarde, que seja, sou um covarde. Mas, por favor... por favor. Já sofri o bastante.

Ele esperou, esforçando-se para ouvir qualquer coisa que viesse do corredor. Mas depois da segunda explosão, tudo tinha ficado extremamente quieto.

Minutos se passaram. Ou teriam sido horas? Ele não sabia quanto tempo ficou esperando. O tempo não significava nada ali.

Então ele ouviu. Gritos. Urros. O barulho de metal batendo contra metal, o barulho de portas de ferro se chocando em paredes de pedra. Ele se esforçou para romper as correntes, mas as algemas só fincavam mais em seus pulsos, reabrindo as feridas que já haviam feito.

Alguém estava tentando escapar. E outra pessoa ajudava.

— Aqui... estou aqui — Ele tentou gritar, mas mal conseguia falar.

Felix não fazia ideia do que poderia aparecer pela porta, se estava chamando por um amigo ou inimigo. Mas tinha que tentar.

— Por favor — ele disse com a voz rouca, mais uma vez. — Por favor, me ajude.

Finalmente, o choque e o barulho cessaram, e os sons de batalha deram lugar ao silêncio.

Felix inspirou, sua respiração produziu um som trêmulo, digno de pena, e ele sentiu a vergonhosa ferroada das lágrimas.

Tinha sido deixado para trás, para apodrecer.

Ele fechou o olho em meio à poeira e ao vazio, esperando pelo menos poder definhar em paz. Mas então um pequeno tumulto no corredor o fez voltar a abri-lo.

Passos. E o som estava mais alto, mais perto.

Por fim, alguém chegou à porta. Felix só podia ver um par de olhos, que o observaram brevemente pela janela para depois desaparecer.

Ele ouviu uma chave abrindo a fechadura, e seu corpo ficou tenso. Ele esperou, quase sem respirar, enquanto a porta se abria.

Com medo de levantar a cabeça, viu primeiro um par de botas pretas sujas de lama. Calça de couro. Uma túnica de lona suja, manchada de sangue, com amarras esfarrapadas.

O lampejo de uma espada afiada.

Felix começou a tremer enquanto se forçava a olhar para a frente. A poeira preenchia o ar, e seu olho ardia enquanto tentava se concentrar na forma daquele intruso.

Familiar. Ele parecia tão... familiar.

A silhueta do jovem na porta trazia uma expressão cheia de horror.

— Droga. O que fizeram com você?

— Estou sonhando. Um sonho. Tudo isso é um sonho. Você não está aqui de verdade. Não pode estar. — Felix se encostou na parede. — Ah, que engraçado. Sonhar com um velho amigo pouco antes de morrer.

A figura onírica se aproximou e se agachou diante dele.

— É isso que se ganha por tentar ser bondoso, seu idiota — ele disse.

— Parece que sim.

— Algum arrependimento?

— Um ou dois milhões deles — Felix piscou para ele. — É... é você mesmo?

Jonas confirmou.

— Sou eu mesmo.

Felix balançou a cabeça, ainda muito assustado para acreditar que aquilo fosse real. E sentiu algo quente e úmido na face. Lágrimas.

— Como?

— Não vai acreditar, mas precisa agradecer ao príncipe Magnus por isso. Somos aliados agora. Mais ou menos. Ele recebeu sua mensagem e me mandou para cá, para matar o pai dele.

— Agora sei que estou sonhando. Você nunca desceria tão baixo a ponto de ajudar o príncipe.

— Muita coisa mudou desde a última vez que nos vimos — Jonas pegou uma pequena chave e mexeu nas algemas, finalmente removendo-as dos punhos ensanguentados de Felix. — Acha que consegue ficar em pé?

— Posso tentar.

Jonas o ajudou a levantar, e Felix viu a surpresa no rosto dele quando notou que lhe faltava um olho. Ele praguejou.

— Você passou por um inferno.

Rir doía demais, mas era um eufemismo, se é que Felix já tinha ouvido algum.

— É, fui para as terras sombrias e voltei. Como me encontrou aqui? Os revolucionários de Mikah planejavam libertar alguns de seus homens hoje?

— Não exatamente. Eles tinham certeza de que você já estava morto, mas... não sei. Eu tinha a sensação de que não estava.

— E essa sensação era tão forte que arriscou invadir uma prisão kraeshiana para ver se estava certo?

— Parece que funcionou.

— Você veio aqui para *me* ajudar — Felix olhou fixamente para Jonas, e as lágrimas voltaram a correr. — Droga.

— Se esse é o seu jeito de agradecer...

Felix emitiu mais uma risada curta e dolorosa com dificuldade.

— Eu deveria estar implorando por seu perdão agora mesmo.

— Não, eu é que deveria implorar pelo seu — disse Jonas. — Sinto muito, Felix. Sinto por ter duvidado de você.

Felix se esforçou para respirar.

— Vamos deixar isso no passado, que é o lugar das coisas sombrias. Agora, preciso de um favor enorme.

— O que quiser.

— Me tire logo daqui.

O rebelde sorriu.

— Isso eu posso fazer.

Jonas explicou rapidamente que o calabouço estava instável e que os revolucionários kraeshianos estavam tentando percorrê-lo, libertando prisioneiros e matando qualquer guarda que tentasse impedi-los. Felix apenas olhou para o amigo; as palavras de Jonas eram um zumbido reconfortante em seus ouvidos enquanto ele o ajudava a levantar, e seu corpo gritava de dor a cada movimento.

Jonas ajudou Felix a sair da cela. Enquanto atravessavam o corredor com cuidado, Felix viu o que restou de seu torturador, jogado contra uma parede, cortado em vários pedaços.

Felix meneou a cabeça na direção do algoz.

— Mas que infelicidade.

— Por quê?

— Queria tê-lo matado eu mesmo.

Jonas abriu um sorriso sinistro e continuaram a percorrer o calabouço em ruínas.

— Temos muito a fazer — Jonas disse quando começaram a subir as escadas. — E precisamos de sua ajuda. Está dentro?

Felix confirmou.

— Com certeza. Para o que precisar.

— Conheço alguém que pode curá-lo depressa — Jonas o examinou mais uma vez, fazendo uma careta. — Mas não acho que possa ajudar com o olho.

— Ah, obrigado por me lembrar. Sabia que tinha esquecido alguma coisa na cela.

— Pegue, aceite isso como um presente — ele enfiou a mão no bolso e entregou um tapa-olho preto para Felix. — Tenho certeza de que vai ficar melhor em você do que em mim.

Felix olhou para ele, confuso.

— Nem vou perguntar.

Jonas sorriu.

— E então, como vai seu plano para se redimir?

Felix gargalhou com um pouco menos de dor daquela vez.

Demoraria um pouco para se acostumar com o tapa-olho, mas Olivia tinha curado todos os demais ferimentos dele.

Enquanto a Vigilante trabalhava em Felix, Jonas observava, claramente irritado pela receita de cura não incluir estrume de vaca dessa vez.

— Eu *tive* que usar aquilo em você daquela vez. Você ainda achava que eu era só uma bruxa — ela explicou. — Não existem bruxas poderosas o bastante para curar ferimentos sérios apenas com o toque.

— O que quer que esteja fazendo, não pare — Felix disse, rangendo os dentes com a dor causada pela milagrosa magia da terra.

A fuga da prisão tinha marcado oficialmente o início da revolução kraeshiana. Rebeldes, incluindo aqueles que tinham acabado de escapar, invadiram as ruas prontos para lutar, ávidos por tomar a Lança de Esmeralda e a própria Joia.

Ainda assim, depois que Mikah explicou a situação atual, Felix percebeu — com menos de trezentos rebeldes na ilha naquele momento — que não chegavam nem perto do número necessário para ter sucesso na tomada de uma cidade daquele tamanho.

Mesmo com os vinte navios levando tropas kraeshianas para Mítica, para auxiliar na "ocupação pacífica" do rei, os guardas que restaram na cidade superavam os rebeldes em uma proporção de dez para um.

Mas Felix estava mais impressionado com Mikah do que quando descobriu quais eram suas ambições. Nunca tinha conhecido ninguém mais determinado a fazer a diferença no mundo, sem se importar com quanto tempo isso levaria.

— Onde está Taran? — Felix perguntou.

— No sul da cidade. Está no comando da facção daquela região.

— Quem é Taran? — Nicolo Cassian perguntou, de quem Felix se lembrava como o amigo ruivo de Jonas que tinha ajudado a resgatar Lys da execução.

Ele tinha perguntado sobre Lysandra, mas não havia recebido uma resposta satisfatória. Era provável que ela continuasse em Mítica para ficar de olho no príncipe Magnus.

Era aquilo, ou talvez não tivesse sido tão clemente quanto Jonas, e ainda o culpasse pelo que acontecera naquela noite terrível em Auranos.

Teria que lidar com ela depois.

— Taran é um rebelde — Felix respondeu. — Talvez até já o conheça. Ele veio de Auranos.

Nic deu de ombros.

— É um reino bem grande.

— Amara e o rei já devem estar se aproximando das praias de Mítica, não? — Jonas perguntou.

— Provavelmente ainda têm dois ou três dias pela frente — Mikah confirmou. — E o resto dos navios está apenas doze horas atrás deles.

— Precisamos enviar uma mensagem ao príncipe — Felix disse. — Para avisá-lo do que está por vir. Se a suposta "ocupação pacífica" tem algo a ver com Amara, Mítica verá muita violência. É ela que está tomando o poder, e se o rei causar qualquer problema, Amara vai matá-lo.

— Não vejo nada de errado nisso — Nic disse.

— Apesar de toda sua ganância e crueldade, o rei valoriza Mítica — Jonas disse, andando de um lado para o outro com os braços cruzados. — O que Amara deve querer com ele é colocar as mãos no resto dos cristais da Tétrade.

Felix tinha admitido a própria estupidez e confirmado que o rei estava com o cristal do ar, mas Jonas garantira que aquela era a única pedra em que o rei colocaria as mãos.

Amara, aquela viúva negra maligna e traiçoeira, estivera o tempo todo com o cristal da água, e Felix não fazia a mínima ideia.

— Um corvo não chegará lá a tempo — Jonas disse. — Olivia?

Ela foi até o lado dele.

— Pois não?

— Em que velocidade consegue voar?

— Muito rápido.

— Preciso que leve uma mensagem para o príncipe. Precisa partir imediatamente.

Ela examinou o grupo, com a expressão fechada.

— Não posso partir. Se fizer isso, você ficará vulnerável a um ataque.

— E se não fizer, muitas pessoas em Mítica correrão um perigo enorme.

— E? — O tom de voz dela demonstrava uma ponta de irritação. — Devo entender que está contando cada alma viva de Mítica como um amigo, e que preciso proteger a todos.

— Exatamente — Jonas apoiou as mãos nos ombros dela. — Por favor, Olivia. É importante. Por favor, faça isso por mim.

— Mortais... — ela disse, balançando a cabeça. Olivia analisou Jonas por um momento de silêncio. — Muito bem — ela disse, por fim. — Escreva sua mensagem. Mas se morrer antes do meu retorno, me recuso a ser considerada responsável.

Jonas concordou.

— Justo.

25
LUCIA

PAELSIA

Os eventos fatais que aconteceram no mercado paelsiano não tinham saído da cabeça de Lucia, atormentando seus pensamentos durante o dia e lhe roubando o sono à noite.

Kyan estava ficando cada vez mais furioso, e sua violência era mais facilmente suscitada. Os momentos de calma e introspecção eram poucos e espaçados, enquanto continuavam procurando uma forma de tirar Timotheus do Santuário.

Aquela busca os tinha levado a duas vilas paelsianas próximas, a oito quilômetros de distância uma da outra.

Kyan já tinha transformado uma daquelas vilas em cinzas.

Lucia ficou com Kyan no meio das chamas que continuavam a queimar. Diante deles, estava uma velha bruxa que Kyan tinha interrogado por acreditar que ela sabia mais do que estava revelando.

— Você é diabólico — a bruxa vociferou. — E precisa ser destruído. Vocês dois estão destinados às terras sombrias!

Kyan olhou para ela com desdém.

— Se não fossem pelos desejos inapropriados dos imortais, vocês bruxas, com sua magia fraca e corrompida, nem mesmo existiriam.

— Basta — Lucia resmungou. — Ela não sabe de nada que possa nos ajudar.

O dia tinha sido longo e decepcionante, e tudo o que ela queria era tentar dormir um pouco.

— Faça-a falar, pequena feiticeira — Kyan disse. — Ou ela vai morrer.

Lucia estava cansada de testemunhar tanto sofrimento. Não queria que ninguém mais morresse aquela noite; o mero pensamento já a afligia. Então ela fez o que Kyan pediu.

— Olhe para mim — Lucia ordenou com as forças que conseguiu juntar.

Quando a bruxa finalmente a encarou nos olhos, Lucia concentrou toda sua magia para fazê-la dizer a verdade.

— Onde está a roda de pedra que ainda tem um elo mágico com o Santuário?

Diferente de todos os outros que tinham caído no encanto de Lucia, a bruxa não se encolheu nem ficou ofegante. Em vez disso, levantou o queixo e cerrou os olhos.

— Eu já disse, garota. Não sei. E se soubesse, não diria.

Lucia bufou e tentou mais uma vez, agora com os punhos cerrados.

E, mais uma vez, a bruxa se esquivou das perguntas com facilidade, como se Lucia falasse uma língua incompreensível.

A magia dela não estava funcionando — apenas mais uma prova de que precisava descansar.

— Tente uma pergunta mais simples — Kyan disse.

Lucia assentiu. Quanto mais rápido conseguisse uma resposta satisfatória, mais rápido poderiam ir embora daquele lugar horrível.

— Qual o seu nome, bruxa?

A bruxa cuspiu bem no rosto de Lucia.

— Meu nome morrerá comigo antes de sair de meus lábios.

Lucia sentiu o calor do fogo de Kyan. Ela se virou, furiosa, enquanto as chamas desciam pelos braços dele.

— Não há motivo para matá-la.

Ele extinguiu as chamas, e então mostrou que seus punhos estavam fechados.

— Ela é inútil!

— Então vamos achar outra pessoa. Amanhã, no dia seguinte. Que importa?

— Importa mais do que você pensa — Kyan rosnou para ela, depois se virou e se afastou a passos largos, deixando uma trilha de fogo por onde passava.

Lucia respirou, trêmula, e então se voltou para a mulher.

— Não queria que isso acontecesse esta noite. Sua vila...

— Vá embora — a bruxa disse, rangendo os dentes. — E não volte nunca mais.

Lucia endireitou os ombros.

— Poupei sua vida.

— Acha de verdade que vai ser perdoada pela morte e devastação que causou aqui hoje?

— Eu nunca pediria...

— *Vá* — a mulher bradou, com os olhos se enchendo de lágrimas.

Encolhendo-se, Lucia por fim virou as costas para a mulher e se arrastou para longe, deixando para trás as chamas e a destruição que Kyan havia causado.

Ele a esperava no alto de uma colina próxima, olhando para baixo, para a vila que tinha destruído com tanta facilidade, como se fosse um formigueiro em que tinha decidido pisar.

Ele lançou um olhar para ela, com uma expressão severa e hostil.

— Estou decepcionado com você — ele disse.

— Está?

— Sim. Achei que fosse a feiticeira renascida.

O maxilar dela se contraiu.

— É exatamente o que sou.

— Talvez minha lembrança de Eva tenha se obscurecido depois de todo esse tempo. Mas esta noite você... você mostrou que não é *nada* em comparação a ela. Se ela ainda estivesse aqui, se ainda estivesse viva, Timotheus já estaria morto.

Era raro Kyan voltar sua fúria contra ela, e, quando acontecia, ela não gostava nem um pouco. Lucia o encarou, desafiadora.

— Você mesmo disse que só tive acesso a uma pequena parte de minha magia até agora.

— Talvez eu estivesse errado. É claro que estava... Como um mero mortal seria capaz de me ajudar?

A indignação de Lucia crescia a cada palavra, mas ela tentava ao máximo se acalmar. Um dos dois tinha que ser racional. Ela respirou fundo.

— Precisamos fazer uma pausa — ela disse. — Vamos procurar uma hospedaria na outra cidade e descansar, comer. E *vamos* encontrar uma roda, Kyan. Prometi que o ajudaria, e estava falando sério. Ainda estou. Mas você precisa se controlar. Isso — ela disse, apontando para a vila que ainda queimava — está se tornando um problema.

Os olhos de Kyan brilharam ferozes, e Lucia se preparou para suas palavras.

— *Isso*, Lucia, são mais mortais inúteis e decepcionantes transformados em pó. Não vejo nenhum problema nisso.

Sem querer, Lucia o censurou.

— Eu vejo.

— Mais uma prova de que se tornou inútil para mim.

Aquelas palavras a magoaram, mas ela se recusou a demonstrar.

Lucia se obrigou a respirar fundo mais uma vez para não perder a calma ou, pior, começar a chorar.

— No momento em que matei Melenia, tudo a respeito de minha vida, de minha jornada, se tornou muito claro para mim. Queria destruir tudo e a todos.

— E agora?

— Agora não tenho mais certeza. Mas é o que você quer, não é? Quer pôr este reino inteiro abaixo. Então vá em frente. — Ela esperou uma reação dele, mas não obteve nenhuma. — Não? Acho que estou começando a entender. Pode estar livre daquele cristal, mas continuará aprisionado até Timotheus estar morto e seus irmãos serem libertados, não é? O que significa que precisa mesmo de mim, muito mais do que eu preciso de você. O que significa que é melhor começar a se comportar.

Uma sombra escura e gélida surgiu em seus olhos cor de âmbar.

— Você não me conhece tão bem quanto pensa, pequena feiticeira.

— Se está dizendo... Agora, vou continuar minha jornada *sozinha* até a outra vila, para encontrar uma hospedaria e dormir um pouco. Não me perturbe até amanhã de manhã.

Ela virou as costas e foi embora.

Lucia ficou uma eternidade se revirando na cama, imersa em pensamentos tumultuados. Era como se as lembranças de tudo o que havia testemunhado e de que havia participado com Kyan nas semanas anteriores não pudessem sair de sua mente.

Apesar de ter gastado quase toda sua energia tentando não pensar em Ioannes, a imagem de seu rosto apareceu naquele instante, acompanhada de suas palavras de amor, suas promessas para o futuro. Eram como adagas ferindo o coração dela.

Ela pensou em Magnus, seu melhor amigo e irmão, estendendo-lhe a mão, oferecendo ajuda apesar de tudo o que ela havia feito para macular aquele relacionamento durante o ano anterior.

Pensou em seu pai, que, apesar da crueldade com os outros, sempre fora gentil e compreensivo com ela — mesmo antes de ter certeza de que Lucia era a feiticeira que ele pensava ser.

E pensou em Cleo, em como havia, com relutância, se tornado sua amiga, e, por um momento, sentido que tinha encontrado alguém a quem poderia confiar seus segredos mais profundos e sombrios.

E então em Jonas, um rapaz que conhecia apenas pela reputação até aquele dia no mercado, quando tinha sido testemunha de sua desolação consternada depois que Kyan matara sua amiga — uma garota valente que só estava tentando protegê-lo.

Aonde quer que Lucia fosse, levava a dor consigo. Houve um tempo, não muito distante, em que talvez não se importasse com isso, mas agora...

Ela se perguntava a mesma coisa que todos sempre perguntavam a Kyan.

Quem *sou eu*? O que *sou eu*?

Sinceramente, ela não sabia mais. Só tinha certeza de que não havia como voltar atrás.

Demorou uma pequena eternidade até a escuridão do sono finalmente encontrá-la.

Mas logo a escuridão se iluminou, transformando-se em um campo familiar. De pé à sua frente havia um belo jovem vestindo um manto branco reluzente.

Não, hoje não, ela pensou. Não suportaria encará-lo aquela noite.

Lucia rapidamente deu a volta, procurando sem parar uma saída, mas sabendo que estava presa ali.

— Já faz um tempo, Lucia — Timotheus disse. — Como tem passado?

— Vá embora. Me deixe acordar.

— O deus do fogo tem se comportado bem?

Ela se perguntou o que Timotheus sabia, o que tinha visto, o que seria capaz de ler em sua mente adormecida. Sua postura confiante ali, naquele lugar onde tinha controle total, fazia Lucia se sentir intimidada.

Ela forçou um sorriso, mas não tentou fazê-lo parecer amigável.

— Kyan é maravilhoso, obrigada por perguntar.

Os lábios dele se esticaram, formando um leve sorriso.

— Tenho certeza disso.

Ela suspirou de frustração.

— Este é o segundo sonho para o qual me arrasta. Qual é seu objetivo hoje? Além de tentar me irritar.

— Já perdoou Ioannes por tê-la enganado?

Mais uma vez, o som do nome dele foi como um tapa.

— Nunca vou perdoar.

— Ele merece destino melhor do que ser odiado pelas escolhas que Melenia fez.

Lágrimas começaram a despontar dos olhos dela, o que apenas aumentou sua fúria.

— É questão de opinião.

— Um dia vai perdoá-lo por deixá-la tomar decisões estúpidas e egoístas sozinha.

— Ah, Timotheus, esses insultos só me fazem odiá-lo mais.

— Não tem motivo para me odiar.

— Kyan tem.

— Talvez. Mas você não é Kyan — Timotheus encostou na macieira e examinou Lucia com seus olhos dourados ancestrais. — Então... está se perguntando por que a trouxe para outro sonho? Especialmente depois de me deixar com uma má impressão da primeira vez?

— Não fui a única a deixar uma má impressão.

Timotheus ignorou a provocação e continuou.

— Eu a trouxe aqui porque acredito que Ioannes a amou de verdade, mesmo antes de saber que era a feiticeira da profecia. Eu conhecia Ioannes melhor do que qualquer outra pessoa, e ele não daria seu amor a ninguém que não fosse verdadeiramente digna. Ele morreu para salvar sua vida.

As palavras inesperadas de Timotheus a atingiram como se uma mão entrasse em seu peito e arrancasse seu coração.

Lucia abriu a boca para retrucar, mas se descobriu incapaz de encontrar as palavras certas. Em vez disso, a sensação de ardência em seus olhos aumentou.

— Me diga, Lucia. Está se divertindo com a morte e a destruição que estão deixando pelo caminho? Os gritos dos inocentes que Kyan mata aliviam seu coração? Dão forças a você? Fazem com que se sinta poderosa?

Aquelas palavras duras, que ecoavam com tanta potência nas dúvidas que levava em seu coração, causaram um nó na garganta. Mas ela não deixaria que Timotheus a abalasse. Se não continuasse firme, sabia que perderia todo o controle que restava sobre si mesma.

— *Me* diga, Timotheus — ela disse. — Sente-se intimidado por mim?

Ele levantou uma sobrancelha.

— Eu? Intimidado?

— A ideia do que fiz com Melenia o mantém acordado à noite, sabendo que posso estar no escuro, esperando para dar um fim à sua existência demasiadamente longa?

— Não tanto quanto você gostaria. — Timotheus a observou por bastante tempo, encarando seus olhos. — Você devia saber que mesmo nos momentos mais fracos de Eva, ela nunca perdeu a fé em nossa missão de proteger o mundo. Ela foi a única de nós em quem confiei totalmente. Mesmo depois que se apaixonou por um mortal.

O conhecimento de que a magia de Eva havia se esgotado vinha atormentando Lucia desde quando Timotheus fez tal revelação.

— Não entendo — ela disse. — Se Eva foi a primeira e mais poderosa feiticeira, como pôde ter sido derrotada e ter sua magia drenada?

Nesse momento, o olhar de Timotheus ficou distante.

— A magia de Eva foi enfraquecida pela criança mortal mestiça que carregava no útero. Um segredo que tentou esconder de todos, inclusive de mim. Quando Melenia soube da gravidez, viu a oportunidade de ganhar poder assassinando sua anciã, e Eva não conseguiu se defender de maneira adequada.

— Então Eva não teve uma visão de seu próprio futuro.

— Nem eu tenho do meu. Mas vi muitas versões do seu. E a aconselho a escolher seu caminho com sabedoria.

— Me conte sobre esses futuros e talvez eu o compreenda melhor. — As palavras saltaram de sua garganta. — Se quer tão desesperadamente que eu faça o que é certo a ponto de insistir em me trazer para estes sonhos, então me conte quais são as consequências.

Mas Timotheus não respondeu. Em vez disso, o campo desapareceu na escuridão.

Lucia abriu os olhos e se viu deitada na cama da hospedaria.

— Muitas versões do meu futuro... — ela sussurrou.

De repente, foi acometida por uma náusea violenta. Ela correu para o penico, e quase não chegou a tempo para vomitar. Era a terceira manhã seguida que aquilo acontecia, e ela sabia que a doença provavelmente estava contribuindo para enfraquecer sua magia.

Ela não se sentia mal assim desde... bem, ela *nunca* tinha se sentido assim.

E odiava se sentir fraca.

— Timotheus estúpido. — Lucia sentou ali, no chão de seu pequeno quarto, puxou os joelhos junto ao peito e se balançou para a frente e para trás. Enquanto esperava ser atingida pela próxima onda de enjoo, lembrou-se do que o imortal tinha contado sobre a feiticeira original.

Apesar de seu vasto poder, apesar de sua imortalidade, a magia de Eva tinha diminuído quando uma criança metade mortal estava crescendo dentro dela.

Lucia pensou que sua magia também parecia diminuir.

Ela respirou fundo e prendeu a respiração por tanto tempo que começou a ficar tonta.

— Ah, deusa... — ela sussurrou. — Estou grávida.

26

CLEO

LIMEROS

Desde que Jonas e Nic partiram para Kraeshia, Cleo estava dando atenção extra às aulas de arqueirismo. Mas, ainda assim, não conseguia aprimorar suas habilidades.

Entre a decepção consigo mesma e a necessidade cada vez mais insuportável e constante de lorde Kurtis maldizer Magnus e o triste estado de Limeros agora que não estava mais no comando, sua paciência finalmente tinha se esgotado.

Então, naquela manhã, depois de uma hora particularmente frustrante errando alvos e ouvindo reclamações de lorde Kurtis, ela desistiu.

Cleo voltou a seus aposentos, tirou as luvas e o manto, e sentou na beirada da cama. Dali, podia se ver no espelho da penteadeira.

— O que ainda estou fazendo aqui? — ela perguntou ao próprio reflexo. Nerissa tinha feito a mesma pergunta com cuidado no dia anterior. Ela não tinha nenhuma resposta aceitável, e descobriu que continuava não tendo, nem para si mesma. Qual era seu objetivo naquele palácio frio e austero? Ela não perderia seu posto na realeza se partisse.

Só estava perdendo tempo, esperando e esperando...

Chega de esperar.

Ela havia ficado profundamente triste ao saber que Eirene, a Vigilante exilada, estava morta, mas a notícia não lhe causara muita surpresa — Eirene já era bem velha quando Cleo a viu pela última vez.

E isso só significava que agora Cleo teria que encontrar outro Vigilante exilado e conseguir as respostas por conta própria.

Ela foi até a janela e levantou uma pedra solta no peitoril, sob a qual havia escondido a esfera de obsidiana.

Mas o esconderijo estava vazio.

Ela piscou, ainda não registrando totalmente o buraco escuro. É claro que o cristal tinha que estar lá; ela não o tinha tirado do lugar. Andou em círculos, passando os olhos por todo o quarto, tentando ver se alguma coisa tinha mudado.

— Não. Estava ali. — Ela olhou sob o peitoril mais uma vez, mas não encontrou nenhuma esfera preta.

Seu coração começou a ficar acelerado.

O cristal tinha desaparecido.

Alguém o tinha roubado.

Mas quem?

Com certeza não tinha sido Nerissa, a única pessoa que sabia do esconderijo. Cleo confiava totalmente em Nerissa e se recusava a duvidar dela.

Talvez uma arrumadeira ou criada tivesse encontrado por acidente enquanto limpava o quarto? Mas, se fosse o caso, por que roubaria uma coisa como aquela? Para uma pessoa desinformada, o cristal não parecia nada além de uma enorme bola de gude.

— Quem poderia ter feito isso? — ela sussurrou. Quem mais sabia sobre a Tétrade e arriscaria a vida vasculhando seus aposentos privados para encontrar o cristal?

Então, em um vislumbre gélido, a resposta chegou até ela.

Ela se aproximou da sala do trono com passos rápidos, e os guardas abriram as portas antes que precisasse pedir. Magnus estava lá, esperando por ela, sentado no trono de ferro de seu pai.

O príncipe vestia preto da cabeça aos pés, como sempre, como se tentasse se camuflar no trono, à sala, no palácio todo. Mas, apesar de tanta escuridão, ela avistou o cristal da terra de imediato. Magnus o segurava na mão direita.

— Veja o que encontrei — ele disse, jogando-o para cima e para baixo enquanto Cleo se aproximava do trono. — Surpreendentemente, estava em seus aposentos. Fazia ideia de que estava escondida lá?

— Isso me pertence — ela resmungou.

— Na verdade, princesa, estava em meu palácio, então significa que *me* pertence. — Ele levantou a esfera na frente do rosto e a observou. — A obsidiana tem uma cor tão bonita, não tem? Imagino que Agallon tenha trazido para você.

Ela se manteve em silêncio, resoluta, cerrando os dentes e de braços cruzados.

— Ah, princesa, o silêncio não vai ajudá-la hoje.

— Tenho muito pouco a dizer sobre esse assunto.

— Não tem problema. Tenho muito a dizer; posso falar por nós dois. O que tenho nas mãos é uma prova consistente de que você é uma mentirosa implacável, que ainda está aliada com os rebeldes, e que continua a esconder informações essenciais de mim. Você sabia exatamente por que esta esfera da Tétrade não estava no Templo de Cleiona quando chegamos para invocá-la. Por que não me contou?

Uma risada desprovida de humor escapou da garganta de Cleo.

— Por que contaria? Apesar das belas promessas que me fez e do acordo verbal com Jonas, sempre deixou muito claro que somos inimigos... hoje, amanhã e sempre.

— E como, precisamente, deixei isso claro? Foi quando poupei seu amiguinho rebelde da execução? Ou quando me ofereci para devolver seu reino? Devo continuar?

— Magnus, não pode esperar que eu realmente acredite em suas promessas. Devolver meu reino? Depois de todas as mentiras que contou no passado? Depois de todas as traições?

O olhar dele ficou mais frio.

— Pretendo cumprir cada palavra daquela oferta. E se tem alguém que sabe que posso ser um homem de palavra, essa pessoa é você. Mas agora? — Ele apontou para a esfera. — Mudei de ideia. Mítica, toda ela, será minha. Toda minha. Sim, parece bem melhor assim. Nunca gostei mesmo de dividir meus brinquedos.

Cleo deu alguns passos na direção da plataforma e o encarou, franzindo a testa.

— Você tem razão — ela disse. — Talvez eu devesse me desculpar.

Ele piscou.

— O quê?

— Está claro para mim que o magoei.

Ele achou graça.

— Você nunca poderia me magoar, princesa.

Cleo balançou a cabeça.

— Acho que você foi magoado por todo mundo. É por isso que age dessa forma. Tenta ser o mais cruel, frio e repulsivo possível para que ninguém chegue perto de você. Porque quando chegam, quando deixa as pessoas se aproximarem, sempre é magoado.

Magnus soltou uma risada fria e seca.

— Muito obrigado por suas opiniões, princesa, mas está errada.

— Não sou cega, Magnus. Vi o que aconteceu entre você e Lucia quando ela esteve aqui. Você ficou de coração partido ao ver sua irmã daquele jeito, quando só queria ajudá-la.

— Lucia é diferente. Independentemente do que faça, ela é minha família. Mas deixou claro que não quer minha ajuda nem precisa dela, e nunca mais cometerei aquele erro de novo.

— Isso não muda o que sente de fato.

Magnus levantou e desceu os degraus.

— Estou entediado com essa conversa. Você pode tentar me manipular o quanto quiser, mas os fatos dessa situação continuam iguais. Você é uma garotinha falsa, e o cristal da terra agora é meu.

— Muito bem. Desejo toda a sorte do mundo a você para acessar a magia. É impossível. Já tentei de tudo.

— Eu já imaginava. Ou já estaria morto e enterrado a esta altura, não é?

— Acha que desejo sua morte? Mesmo agora?

Magnus suspirou.

— Você precisa tomar uma decisão quanto a isso, princesa. Sua hipocrisia está me dando vertigens.

— Certo. Sim. Mantive o cristal em segredo. Eu pretendia, e ainda pretendo, usar sua magia para reconquistar meu reino. Pronto. Essa é a verdade. Cansei de mentir. Que bem me fizeram as mentiras? Então, agora que sabe, por que não me joga no calabouço? Ordena que cortem minha cabeça?

— Você adora testar minha paciência — ele resmungou.

— Você não vai mandar me matar por isso. Porque, apesar de todas as nossas diferenças, nós *somos* aliados. E talvez esteja na hora de começarmos a confiar um no outro.

Quanto mais ela falava, mais se dava conta de que estava realmente dizendo a verdade. Magnus não era perverso como o pai. Nunca tinha sido. Ela o tinha ouvido tentar argumentar racionalmente com o conselho. Tinha visto o quanto ele se importava com o reino. E tinha certeza de que ele nunca tentaria machucá-la, independentemente do que ela dissesse ou fizesse. Tudo aquilo, aquela fachada fria e de aparência impenetrável, não passava disso: uma fina carapaça que protegia a alma genuína que existia por baixo.

— É curioso que você tenha chegado a essa conclusão monumental apenas *depois* que encontrei o cristal.

Mas ele era mesmo irritante às vezes.

— Kurtis veio falar comigo mais cedo — Magnus disse antes que Cleo pudesse responder. — Sabe por quê?

— Para dizer que desisti das aulas de arco e flecha?

— Não, mas é adorável que pense que eu me importaria com algo tão trivial. Kurtis me procurou porque queria que eu soubesse que ele andava discutindo política com você. Contou todas as questões sobre as quais vocês dois parecem concordar, sendo uma delas minha falta de aptidão para governar Limeros.

Cleo acenou a mão com descaso.

— Ele exagerou.

— É mesmo? Ou se trata de mais uma pequena parceria que escondeu de mim?

— Não consegue ver que estou aqui tentando acertar as coisas entre nós, Magnus? — ela perguntou, começando a perder a paciência.

— Mas você se recusa a aceitar.

— Se eu lhe contasse sobre as coisas que Kurtis fazia no passado, você não ia querer nem chegar perto dele.

Se Magnus se recusava a ser agradável, ela também não seria.

— Suponho que seja algo que vocês dois têm em comum.

Magnus franziu a testa, como se estivesse confuso.

— Quando éramos crianças, Kurtis costumava gostar de torturar animais e ficar observando seu sofrimento.

A ideia de ter passado tanto tempo com um jovem perturbado lhe causava náuseas. Mas Magnus não podia estar falando a verdade. Ela decidiu atingi-lo com um golpe.

— E você, por outro lado, gosta de matar pessoas que eu amo. Qual passatempo é pior?

Magnus olhou para ela com uma fúria repentina.

— Você alega me conhecer? Dispara venenos e logo depois de tentar ganhar minha confiança. Isso só mostra que não me conhece nem um pouco. Quer muito esse cristal, não quer? Talvez possamos dividi-lo.

Ele virou, ainda com um olhar de raiva, e jogou o cristal da terra contra a parede de pedra. Tudo ficou em silêncio enquanto Magnus olhava para a mão vazia, em choque.

Um momento depois, o chão começou a tremer sob seus pés.

— Não... — ele sussurrou.

O coração de Cleo quase saiu pela garganta. Ela se lembrou do dia de seu casamento e do terremoto elementar que destruiu o Templo de Cleiona, matando muitas pessoas.

Paralisada de medo, ela observou uma rachadura serpentear pelo chão, criando uma profunda fenda na pedra que a separava de Magnus, seguindo até o ponto da parede que havia entrado em contato com a esfera.

Então, com a mesma rapidez que o terremoto teve início, a terra parou de tremer.

Cleo cobriu a boca enquanto o alívio tomava conta de seu corpo.

Magnus correu na direção da esfera e a recolheu do chão, inspecionando-a com cuidado.

— Não está nem um pouco danificada.

Cleo se aproximou para ver com os próprios olhos. Ele estava certo; embora a sala estivesse em ruínas, o cristal tinha se mantido totalmente intacto. O fio de magia em seu interior girava mais rápido do que ela já tinha visto.

— Acho que você enfureceu o cristal — ela disse, ofegante.

— Por um instante, eu pensei... — Magnus a encarou e franziu a testa. — Cleo...

Um grasnado alto os assustou.

Eles se viraram e viram um falcão pousar sobre o parapeito de uma janela. O animal ficou olhando para os dois com a cabeça inclinada, depois bateu as asas e levantou voo, entrando pela janela e lançando-se sobre eles, tão perto que ambos tiveram de abaixar. O falcão soltou alguma coisa sobre a mesa do conselho e então, depois de um último grito, saiu voando pela janela.

Magnus ficou observando a ave de queixo caído.

— Isso nunca aconteceu antes. — Ele pegou o pedaço de pergaminho que o falcão tinha deixado ali, desenrolou e leu a mensagem. Quando terminou, praguejou em voz alta e empurrou a mensagem para Cleo.

Príncipe Magnus,

Escrevo para alertá-lo de que o rei chegará à costa de Mítica em breve, seguido por uma armada kraeshiana de vinte navios. Seu pai acredita que entrou em um acordo que transformará Mítica em parte do Império Kraeshiano, e que terá domínio sobre tudo. Mas está enganado. Amara envenenou a própria família — o imperador e seus irmãos — e agora é Imperatriz de Kraeshia. Está interessada em Mítica apenas por sua magia. Nada a impedirá de possuí-la. O rei chegará a Mítica com notícias de uma ocupação pacífica, mas, por causa de Amara, acreditamos que não será bem assim.

Retornaremos assim que possível.
Jonas

As mãos de Cleo tremiam quando recolocou a mensagem de Jonas sobre a mesa.

— Eu não fazia ideia de que meu pai era tão burro — Magnus afirmou.

— Temos que avisar a todos que podemos sofrer um ataque em breve — Cleo disse.

— Concordo com Agallon que meu pai não fez nada para merecer uma reputação de governante pacífico, mas não acredito que ele apenas ficaria de lado e deixaria Amara fazer o que quisesse com Mítica. Talvez tenha concordado com isso sob pressão. Talvez tenha outro plano e virá nos contar assim que chegar.

— Não, Magnus. Sinto muito, mas acho que Jonas tem razão. O rei está pensando apenas nele mesmo; é compelido apenas pela própria ganância. Eu e você sabemos como Amara pode ser perigosa, mas ele provavelmente a vê apenas como uma garota jovem e fraca que pode manipular e controlar.

— Uma garota jovem e fraca que pelo jeito assassinou a família a sangue-frio para tomar todo o poder para si. Nós a vimos matar o príncipe Ashur bem na nossa frente, deveríamos saber que algo assim aconteceria em seguida. Fico imaginando há quanto tempo planejou isso.

Cleo apertou as mãos.

— O que vamos fazer?

Ele começou a andar de um lado para o outro ao lado da mesa.

— Cronus sempre foi o especialista em estratégia de defesa — ele afirmou. Um tom pesaroso tomou conta de sua voz ao mencionar o nome do capitão da guarda responsável por vigiar Cleo enquanto ela esperava no calabouço para ser executada.

— Que pena que você o matou, então — Cleo disse de forma ofensiva.

— É, foi uma pena. Foi um erro do qual me arrependo cada vez mais a cada dia que passa.

Ela ficou sem fôlego.

— Está dizendo que se arrepende de ter salvado minha vida?

— Aquela escolha imprudente marca o momento em que destruí toda a minha vida. Essa mensagem — ele apontou para o bilhete — é a prova final disso.

Mesmo nos momentos de maior grosseira de Magnus, mesmo quando estava sendo insuportavelmente odioso, Cleo pelo menos conseguia se apegar à lembrança daquele dia em que ele tinha escolhido salvar sua vida. Independentemente das motivações que alegava estar seguindo aquele dia — estava preocupado com Lucia, estava zangado com seu pai, não tinha nada a ver com Cleo exatamente — o resultado final era o que permanecia. Ele, sozinho, tinha salvado sua vida. Ele, sozinho, tinha desafiado o rei e agido com bondade.

Mas se realmente estava arrependido, então aquela esperança, aquela crença de que ele tinha um bom coração... tudo foi apagado.

Uma mistura tempestuosa de raiva e dor serpeava dentro dela.

— Como ousa me dizer isso?!

Ele esfregou a testa e soltou uma risada.

— Não percebe? Quando se trata de você, só tomo decisões tolas que colocam todos à minha volta em perigo. Não acredito que fui tão idiota para não enxergar isso antes. Se eu tivesse sido forte o bastante para deixá-la morrer, nada disso estaria acontecendo. Qual é meu problema? Por que optaria por proteger uma mentirosa, uma traidora que tenta me destruir sempre que pode?

A garganta dela ficou apertada, assim como seus punhos.

— O fato de você me odiar ou não me odiar não muda nada. Acredita que sou uma mentirosa inútil que estaria melhor morta? Ótimo. Mas não me faça perder meu tempo chorando sobre suas decisões agora. Amara está vindo e vai matar qualquer um que ficar em seu caminho na busca por todos os cristais da Tétrade.

— Todos os cristais. Talvez você esteja com os outros escondidos em algum lugar também. Até onde sei, você pode ter conspirado com Amara.

— Não vai acreditar em mim, não importa o que eu diga. Está claro que não há nada que eu possa fazer ou dizer para mudar sua opinião sobre mim.

— Você quer tudo, se apropria de tudo o que puder pegar, mas não dá nada em troca — Magnus resmungou por entre os dentes. — Me deixe sozinho.

Cleo balançou a cabeça.

— Mas o rei... Amara...

Magnus foi na direção dela com um olhar ameaçador no rosto, forçando-a a recuar até o lado de fora da sala do trono.

— Vou lidar com o rei e com a princesa quando chegarem. Se

isso significa que vou morrer, será uma morte merecida devido às coisas que fiz envolvendo você. Se nunca voltar a vê-la, será uma bênção.

Com isso, Magnus bateu as portas na cara dela.

27

AMARA

MAR PRATEADO

Foi a linha do queixo familiar que chamou sua atenção. Os fios de cabelo escuro. O formato dos ombros.

Ashur?

O coração de Amara ficou leve de felicidade, mas imediatamente se fechou de terror.

Não pode ser possível.

Ela seguiu o jovem pelo convés do navio, fazendo a volta e seguindo na direção da proa. Finalmente, conseguiu segurar seu braço.

— Ash... — ela começou a dizer, mas o nome desapareceu quando o rapaz se virou. Era Milo, que a encarava com surpresa.

— Vossa alteza, precisa de alguma coisa?

Ela franziu a testa, olhando freneticamente para a esquerda e para a direita, mas não havia mais ninguém por perto.

— Não, nada — ela disse, fazendo sinal para Milo seguir seu caminho. Amara desceu para o cômodo sob o convés que compartilhava com o rei e ficou aliviada ao encontrá-lo vazio.

Olhou pela escotilha e não viu nada além de mar — uma extensão interminável de azul cintilante.

Ela suspirou, ansiosa para chegar em Mítica. Precisava saber quão desonesto o rei estava sendo ao alegar possuir todos os cristais da Tétrade. Pelo menos sabia que ele estava blefando a respeito da esfera da água, que estava envolvida por um lenço de seda e escondia em segurança no meio de suas roupas.

A única coisa que sabia era que, com ou sem a ajuda de Gaius, logo teria os quatro.

Aprenderia o segredo para libertar sua magia e ascenderia de imperatriz à deusa.

— Tudo está transcorrendo perfeitamente — ela lembrou a si mesma.

— Está mesmo? — Uma voz familiar soou do canto oposto de seus aposentos, atraindo seu olhar.

Ela ficou boquiaberta.

— Ashur.

Na penumbra, sorrindo para ela, estava o irmão que Amara havia matado fazia apenas algumas semanas.

— Saudações, irmã.

Amara cerrou os olhos, certa de que estava imaginando coisas.

Reunindo toda sua coragem, ela levantou e caminhou até o irmão. Estendeu o braço em sua direção, e ele desapareceu. Amara encostou a mão na parede onde ele estava, deixando uma mistura cruel de decepção e alívio tomar conta de seu corpo.

Mas quando se virou, lá estava Ashur de novo, sentado em uma cadeira perto da cama, olhando para ela como se estivesse se divertindo.

— Ah, Amara, não me diga que *sentiu minha falta*.

— O que é isso? Um espírito vingativo que veio bater papo?

— É isso que acha que sou? E eu que pensava que você acreditava em reencarnação, como todo bom kraeshiano.

— Se não é um demônio, então não passa de um produto de minha imaginação, o que significa que posso fazê-lo ir embora e me deixar em paz.

— Você matou todos nós, garota perversa — ele resmungou, mas continuou com aquele sorriso familiar e caloroso. — Pegou todos de surpresa com sua brutalidade. Valeu a pena? Agora não tem com quem compartilhar seus segredos.

— Tenho a vovó.

— Ah, sim, uma senhora amarga, tão velha quanto as colinas. Ela não vai ser sua companheira por muito mais tempo.

A ideia de perder Neela era dolorosa demais para contemplar, então Amara tentou tirar aquilo da cabeça e cerrou as mãos em punho.

— Eu não queria matá-lo. Você não devia ter me enganado.

— É isso que pensa que fiz?

— Houve um tempo em que éramos inseparáveis — Amara continuou falando. — Melhores amigos. Então você quis ir embora para explorar terras distantes, caçar tesouros, e me deixou para trás, sozinha.

Os olhos azul-prateados de Ashur refletiam um misto de tristeza e raiva.

— Não ouse me culpar por suas escolhas.

— Preferiu ficar ao lado de estranhos em vez da própria irmã!

— E suponho que tenha aprendido minha lição. Todo mundo que fica a seu lado, Amara, precisa saber que não pode virar as costas. Você fez coisas imperdoáveis, tudo em uma busca vazia pelo poder.

Ela virou para o espelho, tudo para não precisar mais encará-lo, e começou a pentear o cabelo vigorosamente.

— Quando os homens fazem o mesmo são considerados campeões — ela bufou.

— Você se considera uma campeã?

Aquele fantasma sarcástico não era o irmão de Amara, era apenas uma manifestação de sua culpa. Ela sabia que só tinha feito o que era preciso, nada além disso.

— Vou trazer para este mundo mudanças que vão beneficiar milhões de pessoas — ela disse para o próprio reflexo.

— Há muitas formas de fazer isso, minha irmã, mas você escolheu matar. Parece que é mais parecida com nosso pai do que gostaria de admitir.

Quando Amara se virou para encará-lo de novo, ele não estava mais lá.

Amara aproveitou para se recompor na cabine e, quando voltou para o convés, viu que o navio estava se aproximando da costa congelada de Limeros. Cobrindo-se melhor com o manto de pele que trazia nos ombros, sentiu o ar ainda mais frio do que da última vez em que esteve ali.

Ela olhou para a cidade coberta de neve. Era onde Felix tinha crescido. Seus pensamentos tinham se voltado para ele muitas vezes durante a viagem — para a dor que havia sentido ao abandoná-lo, fazendo-o levar a culpa por seu crime.

Assim que uma pontada de dor começou a consumi-la, o rei Gaius se aproximou pelo lado esquerdo e encostou na amurada do navio, segurando um pedaço de pergaminho.

Ela endireitou a postura e foi até o marido.

— Você parece preocupado — ela afirmou.

O rei Gaius olhou para ela, surpreso, como se tivesse acabado de acordar de um sonho.

— Devo admitir que estou um pouco preocupado. — Ele apontou para o pergaminho que tinha nas mãos. — Pouco antes de partirmos de Joia, recebi esta mensagem. É de um informante no palácio limeriano. Já li muitas vezes, mas ainda acho difícil acreditar no conteúdo.

— É sobre Magnus? O príncipe está aproveitando seu lugar ao sol?

— Pelo jeito, até demais. Se o que está escrito aqui for verdade, parece que ele se encontrou várias vezes com rebeldes.

Amara apoiou a mão sobre a dele.

— Sinto muito. Mas, devo dizer, se for verdade, não me surpreende nem um pouco. Seu filho já cometeu traição contra você uma vez.

— Ele alega que tinha um bom motivo para fazer isso.

— Existe algum bom motivo para cometer traição?

— Diga você, imperatriz. Por que envenenou sua família inteira?

Ela já tinha quase esquecido como as pessoas de Mítica podiam ser sensíveis. Se quisesse virar a cabeça de Gaius sem que ele percebesse, teria que lembrar de usar uma mão mais gentil para conduzi-lo.

— Entendo que queira pensar o melhor sobre ele — Amara disse com doçura. — Afinal, é seu herdeiro. Mas fez demonstrações públicas de oposição a você mais de uma vez, posicionando-se contra tudo o que faz. Precisa pagar por seus crimes.

— Está sugerindo que eu execute meu único filho?

Surgiu uma angústia nos olhos escuros do rei, um alerta de que a mão de Amara não tinha sido gentil o bastante.

— Não, é claro que não. Não existe resposta fácil para isso. Não estou sugerindo que exista. Mas me importo mais com você. Conosco. Com nosso futuro. E se Magnus receber nossa chegada com violência, meus guardas não hesitarão em reagir. Quero uma transição pacífica tanto quanto você, mas se o palácio limeriano armar um levante, sangue será derramado.

— Pacífica... — Gaius repetiu, e então abriu um sorriso melancólico para ela. — Seu nome suscita muitas palavras, Amara, mas "pacífica" não é uma delas.

— Por que não? — ela perguntou, indignada. — Por que eu desejaria prejudicar a nova joia da coroa kraeshiana?

— Por que pediu para vinte navios nos seguirem e atracarem em todos os portos de Mítica? Para garantir que não encontremos nenhum tipo de resistência?

— Porque sou cautelosa. Só isso. Além do mais, você já tinha concordado com essa estratégia.

Ele suspirou.

— Sim, é verdade. Sei que temos que nos prevenir contra insurgentes e controlá-los.

A tensão no pescoço de Amara se dissipou, e ela finalmente se permitiu relaxar.

— Talvez seu retorno faça Magnus perceber que estamos fazendo isso com a melhor das intenções. Que fazer parte de Kraeshia só fortalecerá Mítica.

— Eu costumava duvidar que meu filho fosse se recuperar, que fôssemos nos encarar nos olhos de novo, que um dia ele assumiria suas responsabilidades como meu herdeiro com honra e orgulho. Mas um problema persistente atropelou esta crença. — Gaius fez uma pausa, observando a costa limeriana com os olhos semicerrados. — Cleiona Bellos. Assim que aquela criaturinha calculista entrou em nossa vida, um abismo intransponível pareceu surgir entre mim e meu filho. Eu o criei para ser grandioso, mas ela conseguiu corrompê-lo. Fui cego por não enxergar isso antes, mas não sou mais. Ele a ama. — As articulações dos dedos dele ficaram brancas ao apertar o peitoril do navio.

— Ele pode amá-la, mas Cleiona o ama também? — Amara argumentou. — Depois de tudo o que aconteceu com o antigo reino da princesa, como ela pode enxergá-lo como algo além de um inimigo?

— Não importa se ela corresponde ou não ao amor dele. Amor platônico ainda é amor. — Ele balançou a cabeça. — Conforme vou envelhecendo, estou começando a entender cada vez mais as escolhas de minha mãe. Eu não as perdoo, mas compreendo. Meu filho não percebe o quanto se parece comigo.

A curiosidade de Amara tinha sido bastante estimulada.

— Em que sentido? — ela perguntou.

Ele não respondeu.

Ela franziu a testa, ainda esperando tirar mais informações de Gaius.

— Está querendo dizer que já amou alguém como acredita que Magnus ama Cleo?

A boca do rei formou uma linha fina.

— Não importa. Foi muito tempo atrás. É insignificante.

— Você está pensando em Althea? — Amara não havia conhecido a antiga rainha, mas tinha visto retratos dela em poses austeras nos corredores do palácio limeriano.

— Não, não em Althea. — Gaius ficou olhando para o pergaminho. Justo quando Amara pensou que ele tinha encerrado o momento de desabafo, o rei começou a falar de novo, em um tom de voz que chegava a ser lamentoso e nostálgico. — Quando eu era jovem, ainda mais jovem que Magnus, fiz uma viagem para o exterior. Conheci uma garota. Uma garota linda, instigante e frustrante. Nós brigávamos, argumentávamos e discutíamos todos os assuntos imagináveis, e ela logo se tornou meu mundo. Eu queria passar o resto da vida com ela, tinha certeza disso. Mas minha mãe tinha outros planos para mim... planos que não incluíam minha profunda devoção a outra pessoa. "Amor é fraqueza", ela me disse. "E deve ser destruído, ou criaturas enganadoras e perigosas vão explorar essa fraqueza em benefício próprio."

— O que aconteceu? — Amara perguntou, aproximando-se de Gaius para reconfortá-lo.

— Minha mãe interveio. Ela envenenou esse amor com palavras e ameaças e uma obscuridade que eu não sabia que existia dentro dela, e logo a garota passou a me odiar. Depois de um tempo, ela se casou com outro e teve filhos lindos.

E você, por sua vez, tornou-se exatamente o monstro que ela acreditou que fosse, Amara pensou.

— E onde ela está agora? — Amara questionou em voz alta. — Você sabe?

Ele cerrou os dentes.

— Está morta.

— Sinto muito — ela respondeu, ainda sem conseguir acreditar que aquela história de amor e perda tinha saído da boca do próprio Rei Sanguinário.

— Eu não — ele respondeu, retomando o olhar frio. — Minha mãe estava certa sobre o amor. Sem sua intervenção, eu não seria o rei que sou hoje. E agora sei exatamente o que precisa ser feito para assegurar o destino de meu filho. Vou acabar com a tentação dele, de forma permanente, assim como minha mãe fez por mim.

Ele rasgou a mensagem e a jogou no mar.

28
MAGNUS

LIMEROS

Magnus passou a noite inteira acordado, preparado para receber o navio do rei assim que ouvisse o chamado dos guardas. Mas quando o sol começou a nascer e ainda não havia sinal dos kraeshianos, ele ficou frustrado, xingando Jonas Agallon por perturbá-lo sem necessidade.

Ele deixou seus aposentos e caminhou pelo palácio, grato por pelo menos poder esticar as pernas. Tudo parecia normal, como em qualquer outro dia. Mas é claro que parecia. Além de alguns guardas de plantão, a quem pediu para ficarem de olho em qualquer navio que se aproximasse, Cleo era a única que sabia o que estava por vir.

O retorno de seu pai. A ocupação de Amara.

O fim de Mítica — e da vida — como ele a conhecia.

Magnus saiu do palácio, preparando-se para o frio gélido que reinava em Limeros naquela época. Mas, ao chegar nos jardins gelados, não encontrou os ventos inóspitos e dolorosamente frios que costumavam lhe cortar o rosto. Olhou para cima e viu o céu nublado, mas iluminado, e alguns flocos de neve que começavam a cair.

Ele jogou a cabeça para trás e fechou os olhos, experimentando a sensação familiar dos flocos brancos e macios derretendo sobre a pele.

Devagar, caminhou pelos jardins, sozinho, permitindo-se desfrutar da paisagem e dos sons de seu lar, sem caminhar o mais rápido possível de um ponto a outro como de costume.

Ele sentiria falta de manhãs como aquela.

Na beirada dos penhascos, com o palácio negro elevando-se à sua esquerda, Magnus analisou o Mar Prateado, procurando sinais da armada kraeshiana. Resistir apenas levaria a mais mortes e dor do que seus cidadãos já enfrentavam. Magnus não tinha nenhuma chance contra as forças de Amara, e o rei sabia disso.

Finalmente chegaria a hora de responder por seu crime de traição, e ele logo entenderia por que seu pai era conhecido como Rei Sanguinário. Magnus não esperava nenhum tipo de compaixão.

E jurou para si mesmo que não imploraria.

Durante a noite que passara em claro, Magnus tinha refletido muito sobre as mensagens que tinha recebido de Kraeshia. Algo em sua situação atual parecia muito errado, deixando-o com um gosto amargo na boca, do qual não conseguia se livrar.

Ambas as mensagens tinham sido escritas e enviadas por rebeldes — rebeldes que se conheciam e tinham trabalhado juntos no passado.

Felix Graebas havia incluído um pedaço da própria pele para mostrar que havia transferido sua lealdade do clã aos rebeldes. Mas por que Magnus deveria acreditar que aquela era de fato sua tatuagem, sua pele? E que tipo de coincidência tinha feito Felix mandar a mensagem justo quando seu compatriota, Jonas, chegara ao palácio?

E depois a mensagem de Jonas na noite anterior, um alerta de perigo iminente, provocando um medo sombrio no coração de Magnus.

Uma constatação gritante lhe tirou o fôlego.

Mesmo naquele momento Cleo agia contra ele, com a ajuda de Felix e Jonas.

Apesar de todas as belas palavras, todos os pedidos para que acreditasse nela — pedidos nos quais ele estava começando a acreditar —, Cleo ainda o considerava um inimigo, um obstáculo a ser eliminado.

É claro. O rei Gaius nunca seria tão idiota a ponto de se aliar a alguém como Amara. O rei sabia que ela podia ser uma criatura falsa, que era uma manipuladora dissimulada, quase tão habilidosa quanto a própria Cleiona Bellos.

A sensação de náusea piorou ainda mais quando ele pensou em uma possibilidade que havia descartado na noite anterior: que Cleo poderia estar aliada a Amara.

As duas podiam estar trabalhando juntas desde o início, desde o instante em que Amara colocou os pés no solo de Mítica.

Com a cabeça atordoada, Magnus dirigiu-se para a Uróboro. O dono levantou as sobrancelhas espessas quando Magnus passou pela porta.

— Comida — Magnus bradou. — E uma garrafa de vinho paelsiano. Agora.

— Sim, vossa alteza — ele disse, dessa vez quase sem se dar ao trabalho de negar que havia álcool disponível.

Magnus devorou com violência ovos, bolinhos de kaana fritos e compota de figo que o homem serviu, fazendo um brinde a Cleo com a garrafa de vinho.

— Jogada de mestre, princesa — ele resmungou.

Acabou com a primeira garrafa, depois com a segunda, até decidir que estava na hora de ir embora. Na saída, parou e segurou o ombro do dono do bar.

— Quando eu for oficialmente rei, o vinho vai correr solto em Limeros de novo. Vinho para todos!

Encolhendo-se de medo, o homem deu um pequeno sorriso, e Magnus saiu sem esperar a resposta.

Embora não estivesse conseguindo andar em linha reta, Magnus retornou ao palácio sem muita demora. Só quando visualizou o portão, percebeu que não tinha levado nenhum guarda ao deixar as dependências do palácio.

— Não preciso deles — ele resmungou. — Qualquer um que ousar cruzar o caminho do Príncipe Sanguinário vai se arrepender.

Quando se aproximou dos portões do palácio, avistou lorde Kurtis conversando com um homem que vestia um manto preto. Kurtis olhou para ele e, em resposta, Magnus riu e fez um gesto grosseiro, caminhando na direção do palácio.

Cretino idiota. E pensar que as lembranças de infância de Magnus o tinham feito considerar Kurtis uma ameaça real esse tempo todo.

De agora em diante, ele cortaria a garganta de qualquer um que pudesse se tornar uma ameaça. Sem exceções.

Já era o meio da manhã, e a atividade no palácio havia aumentado desde que Magnus tinha saído. Criados se apressavam pelos corredores, sussurrando uns para os outros e olhando para o príncipe. Ele seguiu o tumulto até a praça do palácio, onde viu dezenas e dezenas de cidadãos começando a se reunir depois de passar pelos portões escancarados.

Magnus pegou o braço de um guarda.

— O que significa isso?

— Vossa alteza, não está sabendo?

— Se estivesse, não teria que perguntar, teria?

— Não, é claro que não. Peço desculpas, vossa alteza. O pronunciamento real está... — o guarda pigarreou com nervosismo — ...prestes a começar.

— Não planejei fazer nenhum pronunciamento hoje. — O guarda o encarou emudecido, inseguro e temeroso. Magnus o dispensou. — Vá — ele retrucou, e o rapaz uniformizado saiu apressado.

Ele estava pagando o preço de ter tomado mais de uma garrafa de vinho. Com a visão borrada, Magnus abriu caminho pela multidão, observando rostos que pareciam ansiosos e empolgados.

Era obra de Cleo. Ela alertaria todos sobre o ataque kraeshiano, orquestrado por ela mesma.

Por quanto tempo pretendia fazer esse jogo?

A multidão logo aumentou para centenas de pessoas. Magnus continuava analisando a cena que se desenrolava à sua volta, notando que nenhum dos presentes olhava para ele. Com certeza não esperavam ver o príncipe coroado perambulando entre os plebeus, principalmente com hálito de vinho.

De repente, a agitação da praça se aquietou, transformando-se em um silêncio coletivo. Magnus olhou para cima, seguindo o olhar da multidão, e viu Cleo na galeria que dava para a praça.

— Bem-vindos, sejam todos bem-vindos — ela iniciou o discurso com voz firme e confiante. — E, por favor, aceitem minha mais sincera gratidão por sacrificarem seu tempo e seus deveres para comparecerem e escutarem este importante anúncio.

Magnus sentiu a cabeça esquentar, o sangue começar a ferver.

Ele a viu sorrir calmamente enquanto esperava os gritos da multidão se silenciarem.

— A última vez que estive aqui foi durante minha excursão de casamento, em uma cerimônia para me apresentar a todo o povo de Mítica como esposa do príncipe Magnus, herdeiro do trono de seu pai, o rei Gaius. Tenho certeza de que muitos de vocês estavam aqui naquele dia para escutar o discurso do príncipe, sua alegação de que nossa união tinha acontecido por escolha nossa, que começamos como inimigos e acabamos virando duas pessoas apaixonadas que desejavam passar o resto da vida juntas.

Cleo fez uma pausa e olhou para o público, que parecia se inclinar para a frente em massa, esperando ansiosamente pela continuação.

— Aquilo foi uma mentira. — Suspiros surpresos e falatório começaram a se espalhar pela multidão, e Magnus rangeu os dentes. Cleo continuou e, mais uma vez, as pessoas fizeram silêncio. — O rei Gaius assassinou meu pai e roubou meu trono. Poupou minha vida apenas porque viu em mim uma forma de facilitar sua aceitação no reino. Casando-me com seu filho, ele mostraria ao povo que eu tinha aceitado os Damora como minha nova família, assim como o povo de Auranos deveria aceitar o rei Gaius como seu novo líder.

— Eu fui forçada a me casar sob ameaça de morte, e a única coisa que pude fazer foi esperar por uma chance de alterar minha situação. E me apegar à esperança de que um dia poderia reaver meu trono.

Magnus a encarou, profundamente consternado. Ela pretendia derrubá-lo ali e naquele momento.

— Sei que o povo limeriano foi submetido a anos de medo — Cleo disse, solene. — Desde que seu gentil e benevolente rei Davidus morreu e foi substituído pelo filho cruel e sádico, Gaius, vocês têm vivido sob essa sombra escura. Agora, Paelsia e Auranos também passaram a sofrer com as crueldades do Rei Sanguinário. Reuni todos vocês aqui hoje para dizer que o rei está mancomunado com a princesa Amara de Kraeshia. Ele entregou Mítica, e, com isso, todos vocês, para o Império Kraeshiano. Estão se dirigindo à nossa costa neste exato momento. Corremos risco iminente de ocupação por forças kraeshianas.

A multidão se exaltou com provocações e gritos; conversas inflamadas eram pontuadas por medo e raiva.

Cleo levantou as mãos, reconquistando a atenção deles.

— Como sua princesa, estou pedindo ajuda a vocês. Devemos espalhar a notícia de uma invasão kraeshiana o mais rápido e o mais longe possível. Saibam que, a partir de hoje, a inimiga não é apenas a princesa Amara, mas o rei Gaius também. Que tipo de rei faria uma coisa dessas? Vender o próprio país e o próprio povo como se fossem gado, tudo em benefício próprio?

Ela se inclinou para a frente, agarrando a grade e encarando o povo com o olhar de uma guerreira.

— Esses são atos de um homem que não serve para governar Mítica. O rei Gaius é mais do que egocêntrico; ele é *perverso*. Ele se apropria de tudo e não dá nada em troca. E nada vai mudar a menos que nos rebelemos contra ele!

Magnus cerrou os punhos, obrigando-se a sair do estado de paralisia e choque. Precisava subir àquela galeria, arrastá-la de lá, colocar um fim nisso antes que fosse tarde demais. Precisava expor sua querida esposa como uma mentirosa rebelde, uma fraude empenhada em destruir Magnus — e todo o povo limeriano — de dentro do palácio.

— Mas quero que saibam — Cleo continuou — que existe esperança. E sou a prova viva dessa esperança. Porque embora tenha sido forçada a me casar contra minha vontade, pude conhecer o príncipe Magnus Lukas Damora muito bem nos últimos meses. E uma coisa que descobri é que o príncipe Magnus não é *nada* parecido com seu pai. O príncipe Magnus é corajoso e compassivo, e realmente deseja o que é justo e melhor para este reino. A bondade é o que faz um bom rei, um rei que colocará as necessidades e os direitos de seu povo acima de seus próprios desejos.

Magnus cambaleou para trás, pressionando o corpo contra um pilar para não desabar no chão. Ele não conseguia falar, mal conseguia pensar. Só conseguia ficar olhando para Cleo, totalmente abismado.

— Acredito, de coração, que Magnus é um sucessor digno e superior ao atual rei. Portanto, hoje peço que vocês rejeitem Gaius Damora como seu líder e aceitem o príncipe Magnus como o novo rei. Ele vai reparar os erros que assolaram Mítica. E fará Gaius Damora pagar por tudo o que destruiu.

Ainda olhando para ela com admiração, Magnus de repente se deu conta de que Cleo não estava vestindo azul, sua cor favorita.

Ela vestia vermelho.

Cleo abriu os braços, como se tentasse se aproximar das pessoas.

— Vocês vão ficar ao meu lado neste dia fatídico? — Sua voz se transformou em um grito. — Povo de Limeros! Juntem-se a mim e a meu marido em uma jornada rumo a uma Mítica melhor e renovada! Repitam comigo: rei Magnus!

Um burburinho agitado tomou conta dos espectadores e, uma por uma, as pessoas começaram a acompanhar Cleo em seu brado. Logo, o volume na praça tinha se tornado ensurdecedor, todos gritando as mesmas palavras em uníssono, repetidas vezes:

— Rei Magnus! Rei Magnus! REI MAGNUS!

Um grito agudo desviou a atenção de Magnus da galeria. Ele observou, horrorizado, enquanto um grupo de guardas com uniformes verdes — a pé e a cavalo — tomava conta da praça.

O alerta era verdadeiro.

E ele estava profundamente enganado, em vários sentidos, ao duvidar de Cleo. A revelação lhe atingiu com tudo, como vidro estilhaçado.

Os cidadãos se espalharam, e a praça foi tomada pelo caos. Magnus viu quase todos os limerianos que fugiam sendo capturados e imobilizados pelos kraeshianos.

Um guarda alto, de ombros largos, montado em um cavalo enorme e majestoso, gritou para a multidão:

— Sou o comandante da guarda real da imperatriz Amara Cortas. O Império Kraeshiano agora está no comando de Mítica. Nossas intenções aqui são pacíficas. Ninguém precisa morrer hoje, mas qualquer um que resistir a essa ocupação vai pagar com a vida. De agora em diante, vocês devem se curvar para Amara Cortas, sua nova e gloriosa imperatriz.

Magnus voltou a olhar para a galeria e viu que Cleo tinha desaparecido. Com uma última olhada no caos que o cercava, ele correu de volta para o palácio sem ser notado.

Precisava de armas. Precisava encontrar o capitão da guarda do palácio. Precisava impedir os abutres kraeshianos antes que fosse tarde demais.

Mas, primeiro, precisava encontrar Cleo.

Magnus correu pelos corredores na direção de uma escadaria em caracol que levava à galeria, subindo dois degraus de cada vez. Chegou ao alto e passou os olhos em todo o corredor longo e escuro.

Um vislumbre de cabelos longos e dourados chamou sua atenção, e ele correu na mesma direção, mas parou de repente quando chegou mais perto.

Ele viu lorde Kurtis segurando Cleo pelo braço. Ela tentava se desvencilhar dele como uma fera, golpeando e arranhando o rosto dele.

— Me solte! — ela gritou.

Kurtis a agarrou pela garganta e a jogou contra a parede, dando um tapa em seu rosto.

— Comporte-se.

— Vou matar você!

— Dê um jeito nela — Kurtis disse, jogando-a para um guarda, que a golpeou na cabeça com o punhal da espada, deixando-a inconsciente. O guarda recolheu o corpo desacordado e o jogou sobre o ombro.

Magnus correu até eles, mas de repente se viu de rosto no chão, sem ar nos pulmões. Alguém o havia derrubado. Levantou os olhos e viu um guarda kraeshiano agigantando-se sobre ele, com a espada afiada pressionada sobre o peito de Magnus.

O príncipe levantou os braços ao lado do corpo.

— Eu me rendo.

O kraeshiano afastou um pouco a espada, e Magnus segurou nas laterais da lâmina e bateu com o cabo no rosto do guarda, quebrando seu nariz. Enquanto o homem cambaleava para trás de dor, Magnus levantou e deu um soco nele, derrubando-o.

Então, sem hesitar, Magnus arrancou a espada da mão do homem e enfiou a lâmina em seu peito.

De espada em punho, ele saiu correndo pelo corredor, procurando Cleo desesperadamente. Ela não estava em lugar nenhum, mas viu Kurtis, sozinho, indo na direção de uma saída.

— É bom que tenha algumas respostas para mim — Magnus pressionou a ponta da espada entre as escápulas de Kurtis assim que o grão-vassalo tentou abrir a porta. — Onde está Cleo? — ele perguntou.

Kurtis ficou paralisado.

— Acho que essa não é a pergunta certa a se fazer no momento.

— Ah, é? E qual seria a pergunta certa?

— A pergunta certa é: com quem eu estava me encontrando nos portões hoje mais cedo?

— Bem, você não passa de um covarde, então deve ter sido um kraeshiano. Alguém que o subornou e disse que pouparia sua vida se você fizesse o que ele mandasse.

Kurtis soltou uma risada seca.

— Quase — ele respondeu. — Mas ainda assim não chegou perto. Não era um kraeshiano. Era um rei. Seu pai, para ser mais específico.

O sangue de Magnus gelou.

— Isso mesmo, Magnus. Seu pai chegou.

— E pegou a princesa. Por quê?

— Por que você acha? Francamente, Magnus, use a cabeça.

Magnus ficou irritado e pressionou mais a espada contra as costas de Kurtis.

— Tudo bem, não precisa apelar para a violência — Kurtis argumentou. — Seu pai pegou a princesa Cleo porque deseja terminar pessoalmente o serviço que devia ter sido feito em Auranos se não fosse por sua intervenção.

— Ele vai matá-la.

— É claro que vai matá-la.

— Para onde ela foi levada?

Kurtis deu de ombros e olhou para trás com um sorriso amarelo no rosto.

— *Para onde?* — Magnus pressionou ainda mais a lâmina, até ver uma mancha de sangue aparecer na túnica do grão-vassalo.

— Se me matar, nunca vai saber — Kurtis esbravejou.

— Você e eu, Kurtis, estamos totalmente sozinhos aqui em cima. Nenhum membro do conselho, nenhum guarda vai ajudar. — Ele desceu a lâmina ao longo da coluna de Kurtis, fazendo-o gemer de dor. — Vai me dizer logo o que preciso saber, ou prometo que o farei implorar pela morte quando começar a cortar as partes de seu corpo. — Magnus pegou um punhado de cabelo de Kurtis, puxou-o para trás e levou a ponta da espada até seu rosto. — Acho que vou começar pelo nariz.

— Não, não faça isso! Por favor! — Kurtis começou a tremer. — Se... se eu contar, promete me deixar sair do palácio, vivo e ileso?

— Muito bem. Mas, se mentir, vou encontrá-lo e fazê-lo sofrer como aqueles gatos vira-latas de que você gostava tanto quando era criança.

Kurtis engoliu em seco.

— A princesa foi levada para o castelo do meu pai, onde Amara e o rei estão hospedados.

— Muito obrigado pela informação, Kurtis.

— Agora, me deixe ir.

Magnus afastou a espada.

— Promessa é promessa.

Kurtis pegou na maçaneta da porta, mas antes que pudesse girá-la, Magnus o interrompeu.

— Foi com essa mão que você a acertou, não foi? — Magnus perguntou.

— O quê...?

Magnus levantou a espada e decepou a mão direita do grão-vassalo na altura do punho. Kurtis gritou, arregalando os olhos de choque e dor.

Magnus o agarrou pela camisa, virando-o de frente para si, e o jogou contra a parede.

— Por sinal, eu menti quando disse que não o mataria.

Pouco antes de enterrar a espada no ventre macio de Kurtis, uma criada apareceu no corredor, tremendo, seguida por um guarda kraeshiano. Magnus se virou para olhar e Kurtis deu uma cabeçada na testa dele antes de sair correndo, pingando sangue pelo caminho.

Magnus rugiu de raiva e imediatamente correu atrás dele, mas, quando virou no corredor seguinte, Kurtis tinha desaparecido.

Ele desceu as escadas e passou pelas portas do palácio, procurando freneticamente seu inimigo do lado de fora. A neve suave daquela manhã já tinha se transformado em uma tempestade. O céu estava repleto de nuvens escuras, dificultando a visão além de vinte passos à frente.

O palácio limeriano tinha sido tomado. O exército de Amara estava no controle, seus guardas ocupavam as dependências como formigas. E Magnus estava cercado.

Ele sabia que precisava lutar por seu povo, destruir seu pai e Amara e reaver seu reino antes que fosse tarde demais.

Mas, naquele momento, naquele exato momento, só conseguia pensar em Cleo.

29

LUCIA

PAELSIA

No andar de baixo da hospedaria, Lucia se forçou a comer um pouco de pão e mel, mastigando cada pedaço de forma lenta e metódica antes de engolir.

— Noite difícil? — a atendente perguntou enquanto trazia sidra para Lucia. — Exagerou na bebida, não? Sei como é. Fique no vinho paelsiano e não sofrerá no dia seguinte.

— Obrigada pelo conselho — Lucia respondeu, e a garota saiu para servir outra mesa de viajantes que atravessavam as planícies estéreis de Paelsia.

Ela tentou negar de início, mas agora sabia que era verdade.

Estava grávida de Ioannes.

E nunca tinha se sentido tão confusa, assustada e sozinha em toda sua vida.

Kyan aproximou-se devagar da mesa e sentou na cadeira do lado oposto. Ela tomou um gole da sidra, sem se importar em olhar para ele.

— Preciso me desculpar com você, pequena feiticeira.

Lucia molhou um pedaço de pão seco no mel e o enfiou na boca.

— Meu comportamento na noite passada... — Kyan continuou. — Meu comportamento nos últimos dias tem sido imperdoável.

— Fico feliz por ouvir você admitir isso — Lucia disse, seca.

— O fato de ainda estar aqui esta manhã, de não ter me abandonado, é um milagre.

Lucia finalmente olhou para ele.

— Acha que tenho outro lugar para ir? — ela perguntou, com um tom de repreensão. Kyan estava com as mãos entrelaçadas sobre a mesa, e tinha uma expressão extremamente séria.

— É insuportável ficar perto de mim, eu sei. Sempre fui assim. É minha natureza. Fogo, você sabe.

— Ah, eu sei. Agora sei muito bem. — Ela soltou um longo suspiro e encostou na cadeira. — Então, o que propõe que façamos?

— Você é importante para mim, pequena feiticeira. É o único ser vivo no planeta que ainda me conecta à minha família. Você é minha família.

Ela sentiu um nó na garganta.

— É assim que trata sua família? Com crueldade e insultos?

— Está certa. Está absolutamente certa. Sinto muito. — Kyan se inclinou para a frente até ela não ter escolha e encarar seus sinceros olhos cor de âmbar. — Minha proposta é a seguinte: não há sentido em continuar uma busca em vão por um portal para o Santuário. Em vez disso, precisamos encontrar aquele garoto de novo, aquele do mercado da vila. Tem certeza de que ele está com a esfera de obsidiana?

Lucia sentiu uma pontada na barriga quando se lembrou de Jonas Agallon e da garota que Kyan havia matado.

— Não tenho como ter certeza absoluta — ela disse, em tom solene. — Pensei que estava com ele, mas talvez estivesse errada. Podemos procurá-lo. Mas, se o encontrarmos, deixe-me lidar com a situação, entendeu? Não vou deixar que perca o controle de novo.

Um sorriso forçado saiu dos lábios de Kyan.

— Lucia Damora, protetora mágica dos mortais indignos.

— Só porque você não me dá outra escolha, oh, temível deus do fogo. — Ela suspirou e lutou contra um sorriso. — Eu o perdoo desta vez. Mas, se perder a cabeça de novo, se fizer *qualquer coisa* que me faça sentir que não sou digna de sua companhia por não passar de uma mortal imunda, eu e você vamos ter um grande problema.

— Entendido — disse Kyan, colocando as mãos sobre as dela. — Então, agora que todo o mal-estar entre nós está resolvido, diga-me, pequena feiticeira, como se sente a respeito deste — ele virou e olhou pela janela, para o céu cheio de nuvens cinzentas de chuva — dia paelsiano um tanto quanto lúgubre e desagradável.

Ela tinha ouvido que era sempre lúgubre e desagradável nas cercanias das Montanhas Proibidas.

— Como me sinto? — ela repetiu.

Grávida, ela pensou. *Estou grávida e minha magia está enfraquecendo por causa disso.*

Lucia não conseguia esquecer do aviso que a rainha Althea tinha feito quando tinha pouco mais de doze anos.

Homens contarão mentiras para levá-la para a cama, para usá-la para o próprio prazer, e vão descartá-la logo em seguida. Não deve deixar que isso aconteça. Se deixar, acabará com uma criança indesejada, uma vida perdida e um potencial desperdiçado — tudo por causa da decisão estúpida de compartilhar a carne antes do casamento. E, se seu pai ficar sabendo desse comportamento, não hesitará em matá-la.

Que conselho útil e maternal da mulher que se ressentia da existência de Lucia desde o dia em que Gaius a trouxera para casa.

Ioannes tinha usado Lucia por diversas razões pérfidas, mas não por seu corpo. Ela havia se entregado a ele por vontade própria, porque acreditava estar apaixonada.

Talvez realmente estivesse.

— Pequena feiticeira — Kyan chamou, inclinando-se para a frente. — Ainda está aqui comigo?

Ela afastou seus pensamentos.

— Sim, estou. Onde mais estaria?

Parte dela queria compartilhar sua preocupação com o que crescia dentro de seu corpo, mas conteve a língua. Era melhor manter segredo por mais um tempo, especialmente de Kyan. Ela tinha conseguido esconder tão poucos segredos do deus do fogo que se permitiria guardar aquele para si.

Lucia olhou para as montanhas ao longe. Como eram altas, pontiagudas rochas negras serrilhadas que se espalhavam de norte a sul ao longo da fronteira ocidental de Paelsia. Ela tinha lido sobre essas terras do interior, textos antigos que proclamavam que o Santuário poderia ser encontrado por alguém que se aventurasse nas profundezas daquelas montanhas.

— O que sabe sobre as Montanhas Proibidas? — ela perguntou.

— Apenas que mortais lhes deram esse nome idiota, e que é um tanto quanto desagradável olhar para elas.

— Você é um deus elementar eterno e todo-poderoso. Isso é mesmo tudo o que sabe sobre as célebres montanhas que muitos tolos acreditam levar diretamente ao Santuário?

Ele deu de ombros.

— Não me interesso por geografia. Meu irmão é o perito nessa área. A minha é um pouco mais interessante. — Ele estendeu a mão e gerou uma chama que dançava sobre a palma.

Ela gargalhou, surpresa.

— Muito impressionante.

— É possível que eu seja ainda mais talentoso que a Deusa das Serpentes, não acha? — Ele fechou o punho para extinguir a chama quando a atendente voltou.

— O que posso servir para o senhor? — ela perguntou a Kyan.

— Apenas um pouco de informação. — Ele indicou a janela com a cabeça. — Me conte sobre as Montanhas Proibidas. Por que são tão agourentas?

Ela deu um sorriso largo.

— Quer mesmo saber?

— Ah, sim, quero *mesmo*.

— Bem, ninguém sabe qual é *de fato* a verdade, mas minha avó costumava me contar histórias sobre elas. Sobre como, na realidade, não são montanhas, mas gigantescos guardiões que protegem o Santuário do resto do mundo. E que qualquer bruxa ou Vigilante exilado que se aventurar por lá não apenas perderá sua magia, mas também ficará cego, para que não veja os perigos que o ameaçam diante dos próprios olhos. Ela conhecia muitas histórias como essa. — Os olhos da garota brilharam. — Sinto tanta falta dela...

— Onde ela está? — Lucia perguntou.

— Faleceu há pouco tempo. Eu morava com ela no extremo oeste. Ela cuidou de mim depois que meus pais morreram. Agora tenho que trabalhar aqui. — Ela olhou ao redor da hospedaria. — Odeio ficar presa no meio desta terra desolada.

Lucia escutou com atenção, percebendo só naquele momento que não precisava usar nem um pouco de magia para extrair a verdade daquela garota.

— Como você chama? — ela perguntou.

— Sera — disse a garota, e depois balançou a cabeça. — Desculpem, não deveria atormentá-los com meus problemas.

— Não é um tormento. — Lucia encarou a garota nos olhos. Ela podia ser uma rica fonte de informação. Lucia nunca a deixaria ir embora sem primeiro arrancar cada detalhe que pudesse com sua magia.

— Sera, sua avó contava histórias sobre portais para o mundo imortal? Sobre rodas de pedra em vários locais espalhados por Paelsia?

Sera respirou fundo, como se alguém estivesse apertando sua garganta.

— Não. Ela nunca disse nada do tipo.

— Sua avó era uma bruxa?

A garota hesitou, ganhando uma expressão tensa e aflita.

— S-sim. — Seu lábio inferior começou a tremer. — Mas havia rumores de que era muito mais que uma bruxa. Havia boatos de que ela costumava ser uma imortal que se autoexilou para se casar com meu avô. Parece tolice, eu sei. E é claro que ela nunca admitiu isso para mim. As pessoas falavam, e vovó simplesmente ignorava.

A bruxa da noite anterior tinha sido muito forte e lutado contra a influência da magia enfraquecida de Lucia. Esta garota, entretanto, não resistiu, o que mantinha o desconforto dela em um nível mínimo.

Lucia se concentrou e reforçou a mortalha de magia que envolvia Sera.

— O que mais sua avó contou sobre as montanhas? Algo sobre a magia delas?

— Ela... ela sempre fez questão de nos lembrar de que as montanhas não são mágicas sozinhas. Elas apenas protegem *outra coisa* que é mágica. Bem no meio delas é onde se pode encontrar a magia.

Kyan ouviu com atenção, apegando-se a cada palavra que Sera dizia.

— Muito obrigada por sua ajuda, Sera — Lucia disse. — Pode ir agora.

Sera assentiu, balançou a cabeça como se tivesse acordado de um sonho desconcertante e desagradável, e então se afastou da mesa deles.

— Não foi muito longe daqui que fui despertado e consegui assumir uma forma mortal — Kyan disse. — Achava que Melenia tinha sido responsável por isso, mas agora não tenho tanta certeza. — Ele olhou para as montanhas mais uma vez, com muito mais interesse do que antes. — Há alguma coisa lá fora, pequena feiticeira. Algo poderoso o bastante para me tirar de minha jaula, algo que me libertou sem que sua magia tivesse papel nisso.

— Podem ser apenas histórias, como Sera disse. O tipo de histórias que avós contam para as netas para ter certeza de que não sairão andando sozinhas pelas montanhas.

— Talvez não passe de uma história. Mas talvez seja a resposta que estou procurando este tempo todo. — Kyan a encarou e franziu a testa. — Sei que eu disse que deveríamos parar de procurar o portal de pedra...

Lucia levantou da mesa, encorajada pela experiência com Sera e pronta para entrar de cabeça de novo na missão de Kyan.

— Você está certo. Pode ser nossa chance. É isso que as Montanhas Proibidas guardam, a magia de que precisamos para tirar Timotheus do Santuário, e para libertar seus familiares.

— Então temos um acordo.

— Temos. Vamos ao centro das Montanhas Proibidas.

30

CLEO

LIMEROS

Cleo abriu os olhos, lenta e dolorosamente, e descobriu que estava deitada sobre uma cama dura em um quarto pequeno e desconhecido com paredes de gesso branco.

Gemeu ao levantar e levou a mão à cabeça, sentindo sangue ressecado no cabelo. E então se lembrou.

Lorde Kurtis.

Ela tinha passado a gostar cada vez menos dele no decorrer das semanas, percebendo como era covarde desde que pediu sua ajuda para retomar o poder que Magnus havia tirado. Mas nunca esperaria que ele fosse ousado ou resoluto o bastante para arrastá-la da galeria do palácio como se não passasse de uma boneca de pano, e entregá-la a um par de guardas kraeshianos.

Ele pagaria caro por aquele erro.

Cleo levantou e foi até a porta, girou a maçaneta e descobriu que estava trancada. Uma única janela na parede oposta à porta mostrava que já era noite, o que significava que havia ficado inconsciente por um bom tempo. Ela abriu a janela e se debruçou sobre o peitoril o máximo possível para tentar avistar algo familiar que lhe desse pistas de sua localização.

Estava dentro de uma grande construção de pedra, com pelo menos quatro andares de altura. Era mais grandiosa que uma quinta, assemelhava-se mais a um castelo, e era feita do mesmo granito negro do palácio limeriano.

O quarto estava iluminado por várias lamparinas, mas a única coisa que conseguia ver para além dos jardins sob sua janela era uma floresta. Caía muita neve, obscurecendo sua visão mais adiante.

Por um momento, ela pensou em pular para o chão coberto de neve, mas rapidamente mudou de ideia. Mesmo com uma generosa camada de neve, sabia que pular daquela altura lhe renderia, na melhor das hipóteses, ferimentos graves e, na pior, a morte instantânea. Com o coração apertado, fechou a vidraça.

— Pense, Cleo — ela murmurou. Precisava haver um jeito de sair dali.

Ela ficou se perguntando onde estaria Magnus. Não o via desde a terrível discussão que haviam tido na sala do trono.

Ela sabia que o príncipe ficaria zangado com o discurso na galeria, mas não estava arrependida da mensagem que havia transmitido. E esperava que aquilo servisse para mudar a ideia que Magnus tinha dela, de uma vez por todas.

Depois de receber a mensagem de Jonas e passar uma noite em claro tentando descobrir uma forma de evitar ficar presa sob o domínio kraeshiano, Cleo tinha se dado conta de que Magnus era a única pessoa capaz de manter o país a salvo do rei Gaius, de Amara e de sua ganância implacável.

Mas agora, depois de testemunhar a força e a rapidez com que o exército kraeshiano tinha tomado o palácio, viu que sua última tentativa de um futuro esperançoso havia sido extremamente otimista.

De repente, Cleo ouviu uma chave na fechadura, e a porta começou a abrir.

Cerrando os olhos sob a luz das lamparinas, viu a própria Amara Cortas entrar.

Ela abriu um grande sorriso para Cleo.

— Boa noite, Cleo. Parece que não a vejo há muito tempo.

— Parece mesmo — Cleo respondeu, oferecendo um sorriso menor. — E deu para ver que andou ocupada. Suponho que deva parabenizá-la por sua vitória.

Amara olhou para o guarda que estava na porta.

— Vá pegar alguma coisa para bebermos — ela ordenou. — Um pouco de vinho paelsiano. Já que a maioria dos limerianos parece hipócrita em relação a suas crenças religiosas, tenho certeza de que lorde Gareth mantém um estoque em algum lugar da casa.

— Sim, imperatriz — o guarda respondeu e depois saiu do quarto.

Amara se virou para Cleo.

— Ainda deve estar zangada comigo pelo jeito que as coisas ficaram entre nós.

— A raiva desaparece, Amara. Até a mais intensa.

— Dei ordens para os meus guardas a matarem.

— Eu me lembro. Mas eles falharam, claramente.

— Claramente. Porém, para dizer a verdade, estou feliz pela ineficiência de meus guardas. Minhas emoções estavam exaltadas aquela noite. Pensando bem, estou envergonhada por ter perdido a compostura de maneira tão extrema.

— Já está tudo no passado — Cleo manteve o sorriso, determinada a não lembrar Amara de que tinha perdido mais do que a compostura aquela noite. Ela havia perdido seu irmão, assassinando Ashur a sangue-frio sem nenhuma hesitação. — Então esta é a casa de lorde Gareth?

— Sim. É um castelo um tanto quanto singular, não é?

— Eu não confiaria no lorde Gareth se fosse você. E, principalmente, no filho dele.

Amara riu.

— Não se preocupe, não confio em homem nenhum.

A princesa kraeshiana foi até a janela e sentou no parapeito.

— Parece que temos um problema, Cleo.

— Hum?

— O rei quer você morta. E quer realizar a execução pessoalmente.

Cleo sentiu um arrepio na espinha, mas se esforçou para não demonstrar nada além de surpresa.

— Isso é... eu... mas não entendo. Que tipo de ameaça *eu* represento para alguém tão poderoso quanto o rei Gaius?

— Você não sabe? — Amara levantou uma sobrancelha. — Achei que era óbvio. Meu novo marido acredita que você é o único obstáculo que existe entre ele e a lealdade do filho. E, devo dizer, Cleo, tendo em vista os últimos atos de seu príncipe, não acho que ele esteja errado.

— Perdão, mas acabou de se referir ao rei como seu "marido"? — Cleo perguntou, a mente girando. — Você está... você casou com o rei Gaius?

Amara deu de ombros.

— Foi ideia de meu pai. Ele achou que nosso casamento faria o rei entrar simbolicamente na linha de hereditariedade dos Cortas, tornando-o digno de compartilhar seu poder. — Ela olhou para Cleo com deleite. — Não fique tão horrorizada. Não é tão repulsivo quanto parece.

— Mas ele é... — Cleo gaguejou, esforçando-se para entender aquela situação nova e estranha. — O rei Gaius... até se desconsiderarmos todas as coisas que ele fez, ele é...

— Exatamente como Magnus, só que com o dobro da idade? Isso me faz lembrar... espero que não esteja mais chateada com meu breve flerte com seu marido. Posso garantir que não significou nada... pelo menos para mim.

— Não dou a mínima para esses assuntos.

— É claro que não.

Cleo se lembrou da pontada que sentiu quando se deu conta de que Amara tinha passado a noite com o príncipe. Na época, ela tinha se convencido de que a pontada era de irritação, de decepção por Magnus pular tão rapidamente na cama de uma inimiga em potencial.

Agora não tinha tanta certeza.

O guarda voltou, segurando uma garrafa de vinho e dois cálices.

— Conforme solicitado, imperatriz.

— Excelente. — Ela apontou para uma mesa no canto. — Coloque ali e nos deixe a sós.

Amara serviu o vinho e ofereceu um cálice para Cleo.

Ela hesitou um pouco, depois aceitou.

— Não se preocupe — Amara disse. — Não está envenenado. Além disso, sua morte não me serviria de nada. Prefiro que fique viva.

— Isso quase pareceu um elogio. — Cleo ergueu o cálice. — A seu novo papel como imperatriz. E a você e ao rei.

Amara brindou com Cleo e tomou um gole.

— Você brindaria a um homem que deseja vê-la morta?

Cleo inclinou a cabeça para trás e tomou o último gole de vinho de uma vez.

— Estou brindando ao dia em que você se tornar viúva, assim que resolver que ele não tem mais utilidade.

Amara sorriu.

— Você me conhece bem.

— Eu a admiro, Amara. Você vai atrás do que quer e consegue, custe o que custar.

— Minha avó sempre foi uma mulher determinada a garantir que eu crescesse acreditando que era tão boa quanto meus irmãos, mesmo que todos os homens de Kraeshia me vissem como um belo enfeite. Tenho orgulho de minhas conquistas, mas não estou livre de arrependimentos.

— Ninguém está.

— Diga, Cleo — Amara disse ao encher mais uma vez os cálices. — Se eu conseguisse convencer o rei a poupar sua vida, você se aliaria a mim? Prometeria ser leal a mim de hoje em diante?

Cleo ficou paralisada, com a borda da taça pressionada contra os lábios.

— Você faria... Por que faria isso?

— Tenho muitas razões. E recentemente descobri algo muito surpreendente sobre Gaius: suas decisões mais importantes são tomadas com o coração.

— E eu que estava certa de que ele não tinha coração...

— Deve ser pequeno, escuro e frio, mas está lá. Ele ama tanto o filho que está disposto a perdoá-lo até mesmo pela mais grave traição. Ele também ama Lucia... mais do que apenas por sua magia. — Amara fez uma pausa e tomou outro gole de vinho, com um olhar dissimulado e brilhante. — Também fiquei sabendo de algo muito interessante sobre o passado do rei. Algo relacionado a uma garota. Uma garota que ele amou com uma paixão que surpreendeu até a mim.

Cleo teve que achar graça.

— Ele contou isso a você? Está mentindo.

— Não tenho certeza — Amara afirmou, com um sorriso sagaz nos lábios. Ela se inclinou para a frente. — Cleo, podemos deixar nosso passado para trás. Podemos trabalhar juntas, em segredo, para ajudar a evitar que qualquer homem tente roubar nosso poder.

— *Nosso* poder?

— Minha avó é velha, meu pai e meus irmãos estão mortos. Não tenho amigos, não tenho aliados em quem confiar. Você passou por tantas tragédias e perdas que sei que a modificaram. Como eu, você é bonita por fora, mas sua alma é forjada em aço.

Cleo franziu a testa, mais cética a cada elogio que Amara fazia.

— Você confiaria em mim com tanta facilidade?

— É claro que não. Esse tipo de confiança precisa ser conquistado, de ambos os lados. Sei disso. Mas vejo o suficiente de mim em você para me dispor a correr o risco. — Amara estendeu a mão. — O que me diz?

Cleo olhou para a mão cheia de joias por um longo instante e finalmente a apertou.

— Excelente — Amara sorriu, depois se virou para olhar pela janela. — Quando Gaius acordar, vou falar com ele. Duvido que argumente muito antes de concordar manter você viva. Afinal, ele a vê do mesmo modo que me vê: como um objeto para possuir e controlar.

— Erro dele, não é?

— Sem dúvida.

Cleo pegou a garrafa, verteu mais vinho em seu cálice e engoliu a bebida.

Depois deu com a garrafa na cabeça da imperatriz.

Aliar-se à garota mais maliciosa, dissimulada e sanguinária que ela já conhecera em toda sua vida?

Nunca.

Estupefata, Amara desabou no chão.

Cleo correu para a porta e encostou o ouvido ali. Não ouviu nada. O barulho do vidro e a pancada do corpo de Amara não levantaram suspeitas de nenhum dos guardas.

De qualquer modo, sabia que não tinha muito tempo e, se tentasse escapar por dentro do castelo, com certeza seria capturada.

Desviando da imperatriz caída, Cleo voltou a abrir a janela. O vento gelado e a neve entraram no quarto.

Será que ela estava pronta para correr o risco?

— Pense — sussurrou.

Ela se debruçou sobre o parapeito e olhou para a lateral do prédio, vendo algo que tinha deixado passar antes: uma treliça coberta de gelo, parcialmente escondida sob a neve.

Uma lembrança surgiu em sua mente, de uma época não muito distante, quando tudo corria bem na Cidade de Ouro e o maior problema de Cleo era ter um pai superprotetor e uma irmã, a herdeira do trono, que se saía bem em tudo o que fazia. Cleo sempre ansiou por liberdade e odiava ficar engaiolada no palácio.

Ela estava com Emilia em seus aposentos quando notou a treliça coberta de trepadeiras e flores ao longo da sacada de sua irmã.

A treliça a fez lembrar que Nic havia escalado uma vez para colher uma rosa vermelha perfeita para ela, e que ela havia decidido tentar escalar também. Só conseguiu estragar o vestido novo, o que a deixou em maus lençóis com a ama-seca. Mas ela gostou muito da escalada, deleitou-se com a capacidade de chegar a algum lugar apenas graças à própria força e ao próprio equilíbrio.

— *Quero tentar* — *a pequena Cleo tinha dito a Emilia e, sem esperar pela resposta, começou a passar pela grade.*

Emilia largou o livro e correu até a sacada.

— *Cleo! Você vai acabar se matando!*

— *Não vou, não.* — *Seu pé encontrou um apoio firme, e ela sorriu para a irmã.* — *Olhe para mim! Acho que encontrei uma nova forma de escapar do palácio!*

Mas a treliça de Emilia não era tão escorregadia, e seus aposentos ficavam muito mais perto do chão.

Cleo escutou uma comoção do outro lado da porta. Sem tempo para pensar, ela engatinhou pela janela e sentou no parapeito. O ar frio roçava suas pernas descobertas sob o vestido. Às cegas, tentou encontrar um apoio para o pé. Procurou com a ponta da sapatilha e finalmente encontrou.

Estreito, muito estreito. E tão gelado.

Ela fez uma oração em silêncio para a deusa na qual tinha deixado de acreditar fazia muito tempo e finalmente se soltou do robusto parapeito, agora totalmente pendurada na treliça coberta de neve.

— Vou conseguir — ela sussurrou. — Vou conseguir. Vou conseguir.

Ela repetia a frase a cada novo apoio que encontrava.

A neve continuava a cair, densa e pesada, o que só deixava cada movimento mais perigoso.

Um passo de cada vez. Um pé mais embaixo. De novo. E de novo.

Seu coração batia rápido, os dedos começavam a ficar dormentes.

De repente, um pé escorregou. Ela balançou o corpo para se segurar. Um grito se formou em sua garganta quando ela perdeu a firmeza e caiu.

Caiu sentada com tudo, e, aturdida, porém ilesa, olhou boquiaberta para a lateral do castelo.

Não havia tempo para descansar. Ela levantou de imediato e começou a caminhar.

Precisava encontrar abrigo, um lugar para descansar e se esconder. No dia seguinte, quando o sol nascesse, correria para Pico do Corvo, onde tentaria mandar uma mensagem para Jonas e Nic.

O som de latidos a assustou, e ela tentou se esconder atrás de uma pilha de lenha. Dali, observou dois guardas e três cães pretos saírem da mata densa. Os cães arrastavam um trenó que carregava a carcaça de um cervo.

— Leve os cães para o canil e os alimente — disse o guarda mais alto.

O companheiro concordou e soltou os cães do trenó, levando-os para o outro lado do castelo.

O guarda que ficou pegou as rédeas e continuou a arrastar o trenó na direção do castelo. Ele olhou para o céu tempestuoso, então tirou o arco do ombro e o jogou no chão, junto com a aljava de flechas. Depois se sentou em um tronco grande, tirou uma garrafinha prateada do manto e tomou um gole.

— Foi um dia bem longo — ele resmungou.

— Foi mesmo — Cleo concordou, batendo com um pedaço de lenha na cabeça dele.

O guarda a olhou com surpresa por uma fração de segundos, antes de cair, inconsciente.

Ela bateu mais uma vez, só para garantir.

Rapidamente, Cleo tirou o manto do guarda e jogou sobre os ombros. Inspecionou a área, sabendo que teria que se embrenhar mais na floresta se quisesse ficar escondida até o amanhecer. Seu olhar então recaiu sobre o arco e as flechas.

Se magia de fato existisse, talvez fosse possível que suas habilidades no arqueirismo surgissem quando ela mais precisasse. Mesmo sem conseguir acertar um único alvo durante as aulas.

É isso que acontece quando se tem um covarde como instrutor de armas, ela pensou com desgosto.

Cleo pegou o arco e as flechas e correu o mais rápido que pôde pela neve alta, entrando na mata.

31
MAGNUS

LIMEROS

Magnus tinha visitado o castelo de lorde Gareth apenas uma vez, mas tinha certeza de que se lembrava do caminho. Não conseguiu acessar os estábulos do palácio, então correu até a vila mais próxima e roubou o primeiro cavalo que encontrou — uma égua cinza, provavelmente utilizada apenas para pequenas viagens e pequenos serviços.

Ela ia servir. Teria que servir.

Seu destino ficava a quase meio dia de viagem sentido nordeste, e a neve tinha começado a cair com maior densidade quando o sol se pôs atrás das nuvens cinza-escuras.

Logo a tempestade ficou tão forte que as estradas e passagens ficaram completamente escondidas pela neve. Magnus estava perdido, não conseguia reconhecer um único ponto de referência, e teria que se guiar apenas pelo instinto.

Depois de horas andando com dificuldade pela neve, a égua começou a protestar balançando a cabeça e relinchando de descontentamento. Ela precisava de água, comida, abrigo e descanso. Ele também.

Mas não podia parar.

Magnus se inclinou para a frente e acariciou a crina do animal.

— Por favor, continue. Você precisa continuar. Eu preciso de você.

Em resposta, a égua relinchou bem alto e deu um pulo, expulsando Magnus da sela. Ele caiu no chão, mas se levantou de imediato.

Rapidamente, tentou segurar as rédeas, mas elas escaparam de suas mãos enluvadas.

Finalmente livre, a égua saiu galopando para longe.

— Não! — ele gritou.

O príncipe ficou olhando para o animal com desânimo por um longo momento de consternação.

— Que maravilha — ele finalmente murmurou. — Aqui estou, com apenas um manto e um par de luvas inútil como proteção para não morrer congelado neste maldito fim de mundo.

Ele começou a caminhar, notando a posição da lua, às vezes visível por entre aberturas esporádicas nas nuvens. A neve já estava na altura dos joelhos, tornando impossível se movimentar com rapidez.

A lua deslizou para trás de uma nuvem pesada, e mais uma vez seu mundo voltou a mergulhar na escuridão. Mesmo assim, ele seguiu em frente.

Mais uma hora. Duas, talvez mais três depois daquela. Fazia muito que tinha perdido a noção do tempo.

Finalmente, foi diminuindo a velocidade até parar. Não queria admitir, mas tinha certeza, e não havia como negar: estava totalmente perdido.

Ficou imaginando qual seria o método escolhido pelo rei para tirar a vida da princesa.

Seria gentil com ela, uma garota que já tinha vivenciado tanta dor? Ou seria cruel, aproveitando para torturá-la antes de libertar sua alma?

O rei Gaius tinha tanto medo de uma garota de dezessete anos a ponto de insistir em matá-la com as próprias mãos?

Uma garota amada por seu povo, não apenas por sua beleza, mas por seu espírito e sua coragem.

Magnus tinha sido cruel com ela. Indiferente. Rude, frio e inclemente.

A noite anterior tinha sido a pior de todas. Ele tinha saqueado seus aposentos e roubado o cristal da terra enquanto Cleo atirava flechas com Kurtis. E depois, a última coisa que havia dito a ela, era que não queria vê-la nunca mais.

Seu comportamento era imperdoável.

Mas ainda assim ela tinha enxergado além disso, insistido em ver algo a mais nele.

Magnus não era diferente do rei. Ele também tinha medo da princesa. Seu espírito era tão iluminado que o havia cegado.

Mas nunca quis fechar os olhos para bloquear aquela luz.

— Vou matá-lo se ele encostar nela — ele conseguiu botar para fora, com a garganta áspera. — Vou arrancar seu coração.

E pensar que, em um tempo não muito distante, Magnus sonhava em ser como o pai: forte, implacável, decidido. Imune a qualquer tipo de remorso.

Quando soube que foi o rei que ordenou a morte da rainha Althea, Magnus jurou vingança. Mas em vez de tomar uma atitude, ele duvidou de si mesmo a cada passo.

Estava farto de duvidar de si mesmo.

Magnus se obrigou a levantar. Sem muita força, devagar, foi arrastando os pés com dificuldade até o frio se tornar tão grande que, apesar das grossas botas de inverno, ele não conseguia mais sentir os dedos.

Então é assim que termina, pensou.

Justo quando conseguiu enxergar sua vida com total clareza, ela lhe seria tirada. Que piada de mau gosto.

Ele olhou para o céu negro e começou a rir. Flocos de neve se desfaziam sobre seu rosto, escorregando pelo queixo.

— Certo — ele disse, com a risada cada vez mais aguda e dolorosa. — Perdi a sanidade *e* estou perdido. Se Kurtis pudesse me ver agora...

Devia ter arrancado os olhos do rapaz, não apenas a mão.

Eram tantos arrependimentos...

Se aqueles eram realmente seus últimos instantes de vida, preferia pensar em Cleo. Ela uma vez o acusara de ter um coração gelado. Logo aquilo seria uma verdade literal. Ele tinha escutado que morrer congelado era muito parecido com adormecer — pacífico, sem dor.

Mas precisava de dor. Precisava sentir alguma coisa para poder continuar lutando contra a morte.

— Ah, deusa — ele disse em voz alta. — Sei que não fui seu servo mais humilde. Nem acredito em seu esplendor, agora que sei que não passava de uma Vigilante gananciosa com magia roubada. Mas, seja quem for, quem quer que esteja aí em cima olhando por nós, estúpidos mortais, por favor, escute minha prece.

Ele cruzou os braços diante do peito, tentando aproveitar o pouco de calor que ainda restava pelo máximo de tempo possível.

— Faça com que eu sinta dor para saber que ainda estou vivo. Me ajude a continuar a sofrer. Porque, se meu pai já a matou, preciso viver para vingá-la.

A noite estava muito escura. Ele não conseguia ver nenhuma estrela entre as nuvens. Nada para iluminar seu caminho. Apenas a pressão fria da neve à sua volta.

— Por favor, deusa — ele implorou mais uma vez. — Me dê uma chance de consertar as coisas. Prometo nunca mais pedir nada. Por favor. — Ele abaixou a cabeça na neve e fechou os olhos. — *Por favor, me deixe viver para matá-lo*. Para poder impedir que machuque mais alguém.

De repente, Magnus escutou algo ao longe. Um uivo assustador.

Seus olhos abriram, e ele tentou enxergar na escuridão infinita. O mesmo barulho de novo. Parecia o uivo de um lobo das neves.

Ele olhou para o céu negro.

— Eu estava tentando ser sincero, e é isso que recebo em troca? Um lobo faminto para me dilacerar na pior noite da minha vida? Muito obrigado, deusa.

As nuvens se abriram e, aos poucos, a lua ficou visível novamente.

— Assim está melhor — ele murmurou, empurrando a neve e se forçando a levantar. — Um pouco melhor.

Com a ajuda da pouca luz do luar, ele analisou a área mais uma vez, procurando alguma coisa — qualquer coisa — que pudesse ajudá-lo. Havia uma floresta adiante, depois da planície nevada. Não era tão bom quanto uma vila, mas as árvores podiam oferecer calor e abrigo suficiente para passar a noite.

Magnus se arrastou na direção da floresta, mantendo uma mão na espada roubada, caso lobos famintos decidissem cruzar seu caminho.

Ele conseguiu entrar na floresta, e logo começou a procurar um lugar que pudesse servir de abrigo. Mas quando enfim viu exatamente o que estava procurando, teve certeza de que seus olhos o enganavam.

Era um pequeno chalé de pedra, não muito maior do que a possível moradia de um camponês paelsiano, mas naquele momento parecia muito bem um palácio.

Aproximou-se com cautela e espiou por uma janela suja e coberta de gelo, mas não conseguiu enxergar nada lá dentro. Não havia fumaça saindo da chaminé. Nenhuma vela acesa. Com dificuldade, conseguiu subir os três degraus esculpidos em pedra que levavam à porta.

Tentou a maçaneta. Estava destrancada. A porta abriu sem esforço.

Se aquilo se revelasse obra da deusa, ele prometeu que começaria a rezar com mais frequência.

Magnus entrou e tateou tudo à sua volta até encontrar uma lamparina a óleo e um pedaço de sílex. Bateu o sílex e acendeu o pavio.

Quase começou a chorar quando o cômodo se encheu de luz.

Com a lamparina na mão, ele inspecionou o chalé. Tinha um único cômodo com uma cama de palha no canto, equipado com algumas colchas esfarrapadas, mas secas. No canto oposto, viu um grande fogão a lenha e algumas panelas.

Em cima do fogão, perto de outra lamparina, encontrou uma imagem da deusa Cleiona, adornada com os símbolos do fogo e do ar. Aquilo significava que o chalé, em algum momento, tinha sido ocupado por um auraniano — ou um limeriano que adorava secretamente a deusa auraniana.

Ele acendeu o fogo com o modesto suprimento de lenha do chalé. Sentou diante do fogo, sobre um tapete grosso bordado com um falcão e com os dizeres NOSSO VERDADEIRO OURO É O POVO.

Magnus concluiu que o antigo ocupante do espaço provavelmente tinha sido preso e levado para o calabouço por adorar Cleiona. Se Magnus sobrevivesse, jurou que encontraria aquela pessoa e a libertaria.

Não havia lenha suficiente para a noite inteira, então Magnus pegou a lamparina e arriscou sair de novo. Encontrou um machado e uma plataforma de corte, além de pedaços maiores de madeira apoiados na lateral do chalé. Colocou a lamparina no chão e se preparou para fazer algo que nunca tinha feito antes: cortar madeira.

Mas antes que pudesse dar a primeira machadada, um grito não muito distante chamou sua atenção. Magnus vestiu o capuz do manto, pegou a lamparina e o machado, e foi investigar. A cinquenta passos dali, encontrou um homem morto, caído na neve. Ele usava o uniforme verde da guarda kraeshiana e tinha uma flecha fincada no olho esquerdo.

Outro grito chamou sua atenção, vindo da direção do chalé. Ele segurou o machado com mais força e começou a voltar, devagar e com cuidado.

Outro guarda estava morto atrás do chalé, com uma flecha na garganta. Magnus se ajoelhou e arrancou a flecha para ver se levava a marca dos kraeshianos.

Precisava olhar dentro do chalé para ver se havia alguém preparando uma emboscada. Ao se aproximar da porta e notar que estava entreaberta, alguém o atingiu por trás, com força, derrubando-o sobre a soleira. Ele derrubou o machado e bateu as costas no chão. Um agressor coberto por um manto segurava uma flecha e tentava perfurá-lo com ela, mas Magnus o segurou e o derrubou, fazendo a arma cair.

O indivíduo era pequeno e ágil e conseguiu se desvencilhar, mas Magnus o segurou pela parte de trás do manto e o jogou no chão. Ele tirou o capuz do rosto do agressor, pronto para esmagar seu pescoço.

Uma mecha sedosa de cabelo longo se soltou do capuz. Magnus perdeu o fôlego e cambaleou para trás.

Cleo.

Ela tentou alcançar a flecha, mas suas mãos encontraram o machado. Levantou a ferramenta e, com um grito de guerra, investiu na direção dele.

Magnus segurou o cabo do machado pouco abaixo da lâmina e o tirou dela, jogando-o no chão.

Ele a segurou pelos ombros e a empurrou contra a parede.

— Cleo! Cleo, chega! Sou eu!

— Me solte! Vou matar você!

— Sou eu! — Ele abaixou o próprio capuz para ela enxergar seu rosto.

Finalmente seus olhos azul-celeste o reconheceram.

Cleo continuou a olhar fixamente para ele, como se fosse a última pessoa que esperasse encontrar ali — ou em qualquer outro lugar.

— Vou soltar você. — Ele tirou as mãos dela e deu um passo para trás.

Ela estava viva. De algum modo, tinha escapado dos captores, escapado do rei. E tinha acabado de matar dois guardas kraeshianos com nada além das próprias mãos e algumas flechas.

E pensar que ele tinha duvidado de que Cleo se transformaria em uma arqueira habilidosa.

Ela permaneceu em silêncio, imóvel, como se estivesse em choque.

— Está me ouvindo? — ele perguntou com o tom de voz mais calmo que conseguiu emitir.

— Você! — ela de repente esbravejou. — Isso tudo foi obra sua, não foi? Tentando reconquistar a aprovação de seu pai ao me entregar a ele! Então, e agora? Veio até aqui para me matar com suas próprias mãos? Ou vai me levar de volta para aquele castelo para poder observá-lo ter a honra de acabar comigo?

— Cleo...

— Cale a boca! Quase quebrei o pescoço fugindo de Amara. E depois quase morri congelada lá fora! *Sim*, eu estava com o cristal da terra. *Sim*, eu menti para você. O que esperava? Que, de repente, começasse a compartilhar tudo com você? Você, o filho do meu pior inimigo?

Magnus continuou apenas encarando Cleo, sem saber se ficava impressionado ou horrorizado com tanta hostilidade saindo da boca de uma garota daquele tamanho.

Não, estava impressionado. Muito impressionado e muito feliz.

O rosto dela ficou vermelho.

— Sei que não ouviu o discurso que fiz de manhã, mas foi muito bom. Com certeza vai achar que estou mentindo, mas pedi que todos o aceitassem como rei.

— E por que faria uma coisa dessas? — ele perguntou com a voz rouca.

— Porque eu acredito em você — ela disse, soltando um suspiro exausto. — Mesmo quando é cruel comigo. Mesmo quando me faz querer sair correndo e nunca mais voltar. Acredito em você, Magnus!

Ela ficou ofegante e respirou fundo, com dificuldade.

Magnus lutou para encontrar a própria voz. Precisava desesperadamente responder.

— Achei que estivesse morta — ele finalmente conseguiu dizer. — Tinha certeza de que já era tarde demais e de que meu pai... de que meu pai tinha...

Cleo piscou.

— Então você... está aqui para me salvar?

— Esse era o plano, mas você parece perfeitamente capaz de se salvar sozinha.

E então ele caiu de joelhos, a atenção fixa no chão de madeira.

— O que está acontecendo? — ela perguntou, preocupada. — Por que não olha para mim?

— Agi como um monstro com você. Eu a magoei várias vezes, mas você continuou acreditando em mim.

— Na verdade, comecei a acreditar recentemente. — Seu tom de voz era incerto, hesitante e baixo.

— Me perdoe, Cleo. Por favor... por favor, me perdoe por tudo o que eu disse. Por tudo o que fiz.

— Você... você realmente deseja o meu perdão?

— Sei que não mereço nem pedir, mas... sim. — Era muito agonizante se dar conta do quanto estava errado sobre ela. Sobre tudo.

Cleo se abaixou, olhando para o rosto dele com preocupação.

— Não está agindo normalmente. Está com dor?

— Sim. Com uma dor terrível.

Cleo estendeu o braço e, com a mão trêmula, tirou o cabelo dele da testa. Magnus levantou os olhos para encará-la. Não conseguia falar, não conseguia encontrar palavras para tudo o que estava sentindo. Então, em vez de falar, apenas ficou encarando seus olhos, sem máscara, sem proteção, com o coração aberto, dolorido e confuso.

— Eu amo você, Cleo — ele disse, finalmente encontrando as palavras sem nenhum esforço, por serem tão verdadeiras. — Amo tanto que chega a doer.

Ela arregalou os olhos.

— O que acabou de dizer?

Magnus quase começou a rir.

— Acho que você me ouviu bem.

Cleo chegou mais perto, ainda acariciando seu cabelo umedecido pela neve derretida. Ele ficou paralisado com o toque, incapaz de se mover ou respirar. Desprovido de pensamentos ou palavras, apenas sentindo a ponta dos dedos dela sobre sua pele. Ela o acariciou no rosto, no queixo, com o toque cada vez mais presente ao acompanhar a linha da cicatriz.

E se aproximou ainda mais, o bastante para sentir o hálito quente junto a seus lábios.

— Eu também amo você — ela sussurrou. — Agora me beije, Magnus. Por favor.

Com um gemido sinistro, Magnus colou a boca na dela, absorvendo-a, sentindo a doçura de seus lábios conforme sua língua deslizava sobre a dele. Ela correspondeu ao beijo sem restrições. Foi mais profundo, doce e quente do que o beijo que tinham trocado em Pico do Corvo.

Isso — aquela *necessidade* esmagadora — era o que vinha se formando entre os dois desde aquela noite. Ele achou que poderia esquecer, ignorar seu coração. Mas a lembrança daquele beijo assombrava seus sonhos todas as noites e o distraía todos os dias.

Magnus precisava dela, ele a desejava, ansiava por ela. Nem por um instante seu desejo tinha diminuído.

Cleo interrompeu o beijo. Ele ficou preocupado no mesmo instante. Será que ela estava caindo em si e o afastando? Mas ela apenas o encarou, os olhos bem abertos e escurecidos pelas sombras do chalé.

Ele gentilmente segurou o rosto dela entre as mãos e a beijou mais uma vez, ouvindo um pequeno gemido escapar do fundo da garganta da princesa, um som que quase o enlouqueceu.

Cleo tirou o manto dos ombros dele e puxou as amarras de sua camisa para revelar seu peito. Roçou os lábios em sua pele, e ele a segurou pelos ombros.

— Cleo... por favor...

— Shhh. — Ela pôs a ponta dos dedos sobre os lábios dele. — Não estrague tudo falando. É capaz de começarmos a discutir de novo.

Quando ela sorriu, Magnus soube que já estava arruinado.

Os lábios de Cleo encontraram os dele mais uma vez, e Magnus abriu mão do resquício de controle que ainda lhe restava.

Ele não a merecia. Sabia que não. Era o Príncipe Sanguinário, filho de um monstro, que tinha dito e feito coisas cruéis. Que machucava preventivamente os outros antes que pudessem machucá-lo.

Mas mostraria a ela que podia mudar.

Magnus podia mudar por ela.

Cleo era sua princesa. Não. Ela era sua *deusa*. Com a pele e o cabelo dourados. Era sua luz. Sua vida. Era tudo para ele.

Ele a amava mais do que qualquer coisa no mundo.

Magnus idolatrou sua bela deusa aquela noite, tanto o corpo quanto a alma, diante do calor do fogo, sobre o tapete que levava o símbolo do reino que seu pai tinha roubado dela.

32

LUCIA

MONTANHAS PROIBIDAS

Quanto mais perto chegava das Montanhas Proibidas, mais elas começavam a parecer um arsenal de adagas de obsidiana rasgando o céu cinza. Mas Lucia estava acostumada a viver em meio a estruturas ameaçadoras. Afinal, tinha crescido no frio palácio limeriano.

Ela se recusava a ser intimidada pela paisagem agourenta que a cercava. Seria necessário muito mais do que aqueles supostos guardiões para assustá-la.

Mas a recordação momentânea do passado, do castelo empoleirado no alto do penhasco onde morou por dezesseis anos, provocou nela uma sensação fora do comum — e completamente indesejada.

Saudades de casa.

Depois de tanto tempo longe do lar — primeiro durante o tempo que passou em Auranos, e agora na estrada com Kyan — ela finalmente estava tão esgotada que se pegou com saudades de coisas tão banais quanto a própria cama. Sentia falta de suas criadas e da cozinheira gentil que sempre lhe dava um pãozinho a mais, um agrado especial só para ela, nos cafés da manhã. Sentia falta dos livros, da coleção que tinha em casa e da incrível seleção que tinha apenas começado a explorar na biblioteca do palácio auraniano. Sentia falta de seus tutores, mesmo daqueles que ensinavam matérias que odiava, principalmente desenho, que em Limeros era tratado mais como uma habilidade para o dia a dia do que como uma arte. Magnus era o artista da família, não ela.

Sentia falta de Magnus.

E, o mais surpreendente de tudo: sentia falta do pai.

Ela precisou afastá-los, precisou afastar tudo da mente, à exceção da tarefa atual. Não voltaria à antiga vida. Ela tinha feito uma escolha muito tempo atrás, e agora teria que viver com ela.

Em vez disso, Lucia se concentrou nos arredores enquanto se embrenhava cada vez mais nas montanhas com Kyan. Não era tão frio ali, mas, curiosamente, sentia arrepios mesmo assim. Ajeitou melhor o manto sobre os ombros.

Nada crescia ali, nem grama, nem árvores. Nem animais. Nenhuma vida.

Nenhum pássaro voava no céu. Nenhum inseto rastejava pela terra.

Era de fato um local desolado.

— Não gosto daqui — Kyan disse. — Acho que aquela atendente da hospedaria estava errada. Aqui não é um lugar com grande magia elementar, é um lugar esquecido, vazio e morto.

Sim, ela também sentia aquilo, mas havia alguma coisa naquele vazio, naquele silêncio e naquela falta de vida que a estimulava na mesma medida em que a preocupava.

Paelsia tinha se degradado ao longo das gerações, tornando-se desolada, seca, incapaz de sustentar vidas prósperas. Algumas pessoas diziam que era uma terra amaldiçoada — as mesmas pessoas que alegavam que Limeros também era amaldiçoada, com neve e gelo que pareciam não ter fim. Mas Lucia sabia a verdade: aquelas variações ambientais extremas se deviam aos cristais desaparecidos.

A Tétrade tornava a vida possível. Não entendia exatamente *como*, principalmente agora que sabia que Kyan tinha sido libertado do cristal na forma de um jovem que se tornou parte de sua nova família. Mas ele não era apenas um jovem extraordinário: era *elementia* do fogo. *Elementia* de fogo puro que podia falar, respirar, comer, odiar, desejar, amar e ter esperança. E os irmãos da Tétrade eram iguais a ele. Magia da terra, magia do ar, magia da água — todos seres vivos, reais, presos em jaulas de cristal.

Sem aqueles quatro irmãos excepcionais, não haveria vida.

O mundo inteiro seria igual às Montanhas Proibidas.

Os dois estavam explorando fazia pouco tempo, mas aquele ambiente hostil já começava a afetar o ânimo de Lucia. Quando começaram a caminhada pelas montanhas, ela estava otimista, tão certa de que estavam prestes a encontrar as respostas que buscavam, tão pronta a ajudar Kyan a ganhar total liberdade e subjugar o imortal que tentava controlar seu destino.

Mas agora, completamente cercada pelas montanhas escuras e serrilhadas, sem planícies nem vilas à vista, se sentia apenas triste, cansada e muito sozinha.

Lucia colocou a mão sobre o ventre. Se aquela desolação se espalhasse mais por Mítica, destruindo toda vida que tocasse, seu filho não teria futuro.

A morte seria a única coisa à espera do ser vivo que estava em seu ventre.

Por sorte, um cristal tinha sido despertado. Logo, os irmãos se juntariam a ele e caminhariam pelo planeta. Era apenas uma questão de tempo até o equilíbrio que havia se perdido nos últimos milênios ser restaurado.

O sol começou a se pôr e, com a escuridão crescente, ficou muito mais frio. Ela não gostava da ideia de passar a noite naquele lugar. Os dois conjuraram chamas que lembravam tochas enquanto andavam, para iluminar o caminho, mas também para ter certeza de que sua magia continuava forte. Sera tinha mencionado que bruxas e Vigilantes exilados não eram capazes de acessar os *elementia* ali, mas aquilo não parecia acontecer com uma feiticeira e um deus.

Talvez os Guardiões — o nome que Lucia usava para se referir às montanhas negras que os cercavam e observavam — tivessem o poder de drenar a magia dos Vigilantes, assim como Lucia havia feito com Melenia.

— Lucia — Kyan chamou depois de um tempo. — De repente, tive um ótimo pressentimento de que finalmente chegamos ao lugar onde precisávamos estar.

Os dois tinham encontrado um pequeno vale de rochas negras e terra, e no centro dele havia um local que se assemelhava a um jardim.

Eles correram para o jardim, que tinha uma circunferência de mais ou menos trinta passos. Grama verde macia, margaridas, rosas coloridas, oliveiras. No centro do jardim, havia uma enorme rocha coberta de musgo, tão alta e larga quanto o dobro de uma das rodas de pedra que tinham encontrado antes.

Lucia suspirou, assimilando aquele pequeno oásis de beleza.

— Sente alguma coisa? — Lucia perguntou. — Alguma magia?

— Não, mas sinto vida aqui — Kyan disse. Ele deu a volta na roda da pedra, passando a mão pelo musgo. — Deve haver algum tipo de força atuando para sustentar esse oásis isolado.

A melancolia de Lucia tinha sido afastada por aquele espaço cheio de vida que florescia no meio de tanta morte.

— Talvez seja isso o que fazia as pessoas acreditarem que os Vigilantes moravam nas montanhas.

Ele concordou.

— Os Vigilantes conseguiram guardar muito bem esse segredo. Mas por que fariam isso?

Lucia se esforçou, mas a mente continuava vazia.

— Não faço ideia.

Em um momento ofuscante, uma torrente de fogo jorrou dos braços dele.

— Para trás, pequena feiticeira.

Lucia se assustou.

— O que vai fazer?

— Preste atenção e vai ver. — Os olhos dele ficaram azuis e brilhantes.

Antes que ela conseguisse dizer qualquer coisa, Kyan virou para a rocha coberta de musgo, lançou as chamas e a envolveu com sua magia do fogo. O musgo queimou em um instante; a grama ao redor ficou enegrecida. Profundamente desanimada, Lucia assistiu à rápida destruição daquele belo lugar, mas ficou quieta.

O fogo cor de âmbar de Kyan se tornou azul, e depois um branco brilhante e ofuscante.

Lucia nunca havia visto aquele fogo branco antes, mas logo percebeu que era quente o bastante para transformar a rocha sólida em lava borbulhante em segundos. A rocha derreteu como uma escultura de gelo em um dia de verão.

Kyan apagou o fogo. A lava brilhava na forma de um fosso laranja protegendo um estranho objeto então revelado, embaixo de onde a rocha ficava.

Lucia esticou o pescoço para ver, esperando encontrar outra roda de pedra. Em vez disso, viu um monólito de cristal irregular de um tom roxo-claro no topo, escurecendo até chegar a um tom púrpura forte na base.

O monólito iluminou os arredores com seu brilho sobrenatural, como uma fogueira mágica. Lucia sentiu o calor daquela magia, a vida pura e pulsante que emanava do cristal.

Ela olhou para baixo, atordoada, e viu seu anel de ametista começar a brilhar exatamente com a mesma luz roxa.

— Este é um portal original — Kyan sussurrou, colocando a mão na superfície do cristal. — É tão raro que pode levar a lugares ainda mais secretos e mais sagrados que o Santuário. Eles o esconderam por causa de seu poder. Que segredo perigosíssimo descobrimos. — Ele sorriu para Lucia. — E agora é ainda mais perigoso, porque fomos nós que o encontramos. Diga-me o que pode fazer, pequena feiticeira.

Lucia tocou o cristal com cautela e ficou boquiaberta.

Era a mesma sensação que tinha tido ao roubar a magia de Melenia. Um calor, um brilho, um desejo de ter mais.

Lucia instintivamente percebeu que poderia drenar magia daquele monólito cristalino em quantidade suficiente para tirar Timotheus da segurança de seu Santuário em segundos.

E poderia matá-lo quase com a mesma rapidez.

— Posso acessar sua magia — ela disse. — Posso atrair Timotheus para fora. É exatamente o que estávamos procurando.

Os lábios de Kyan formaram um sorriso, e ele gargalhou.

— Ah, isso é maravilhoso! Você é uma deusa, minha pequena feiticeira. E vai ficar ao meu lado enquanto queimo toda a fraqueza deste mundo.

— Como um incêndio florestal — ela disse, lembrando-se de uma lição do passado. Apesar da devastação que causavam, incêndios florestais possibilitavam a existência de novas vidas ao forçar às vidas antigas a seguir seu curso.

— Sim, como um incêndio florestal. Assim que o Santuário for destruído, vamos reconstruir este mundo, levá-lo de volta ao que era no início.

— Que início? — ela perguntou.

Kyan levou a mão ao queixo dela.

— O início de *tudo*. Vai ser preciso paciência, mas vamos acertar desta vez. Vamos criar um mundo perfeito.

Ela queria que o sorriso continuasse em seu rosto, mas, de repente, sentiu-se desconfortável.

— Pensei que só quisesse a morte de Timotheus para que não pudesse aprisioná-lo de novo.

— Esse é apenas o primeiro passo de meu plano grandioso e revolucionário.

Ela respirou fundo, trêmula.

— Então o que está dizendo é que acredita que este mundo... meu mundo... é uma grande floresta que precisa ser queimada para que uma nova vida floresça no lugar?

— Exato. É para um bem maior. — O sorriso de Kyan diminuiu um pouco, e ele olhou para Lucia com mais cuidado. — Não tem que se preocupar com nada, pequena feiticeira. Com uma magia tão forte e pura quanto essa — ele olhou fixamente para o monólito —, você pode se tornar imortal, como aqueles que acham que me controlam.

— Mas não precisa de seus irmãos para isso?

— É melhor que fiquem onde estão, por ora. É melhor que eu esteja no controle nestes primeiros dias. Mas logo vamos nos reunir. — Seu sorriso largo e gentil retornou. — Invoque Timotheus aqui, agora, pequena feiticeira. Esperei uma eternidade por este momento.

Timotheus já sabia daquilo — o grande plano de Kyan para o mundo. Tinha que saber. Mas não contou nada a ela nos sonhos. Não significava que Lucia teria acreditado nele se tivesse contado. E foi por esse exato motivo que ele a deixou descobrir aquilo sozinha.

Nos despenhadeiros, na noite em que Ioannes morreu, depois que matou Melenia, Lucia tinha se sentido tão ferida, tão traída, que não queria nada além de ferir todo mundo para se vingar. Não lhe restava nada mais pelo que viver, então não se importava se todos morressem com ela.

Lucia queria ver o mundo incendiado.

E agora, por causa de Kyan, de fato o veria.

— Não — ela disse, em voz baixa.

— Desculpe? O que disse?

— Eu disse não.

— Não? Não o quê? Está se sentindo mal? Precisa descansar antes de começarmos?

Ela encarou os olhos cor de âmbar dele.

— Não vou ajudá-lo a fazer isso, Kyan.

Kyan franziu a testa, e seus olhos brilharam com muita intensidade.

— Mas você prometeu.

— Sim, prometi ajudá-lo a recuperar a liberdade, a se reunir com sua família, chegando ao ponto de matar alguém que eu considerava um inimigo para lhe dar o que mais desejava. Mas isso... destruir a tudo e a todos... — Ela balançou a cabeça, apontando para as montanhas e para a floresta desolada atrás de si. — Não vou fazer parte disso.

— O mundo é tragicamente imperfeito, pequena feiticeira. Mesmo em nosso curto tempo juntos, vi incontáveis exemplos disso. Homens e mulheres obcecados por suas próprias vidinhas, sua ganância, sua luxúria, sua vaidade, cada uma das fraquezas desenvolvendo a seguinte.

— Mortais *são* fracos, é o que os torna mortais. Mas também são fortes, resilientes durante as crises que testam sua fé ou ameaçam as pessoas e coisas que amam. Não existe perfeição, Kyan.

— Vai existir assim que eu colocar meu plano em prática. Vou criar a perfeição neste mundo.

— Você não deve criá-la. Não deve destruí-la. Deve apenas sustentá-la.

A expressão melancólica de Kyan passou a demonstrar aborrecimento.

— Você ousa me julgar? Você, uma criança mortal que mal conheceu a vida?

Era raro Lucia se sentir tão certa a respeito de alguma coisa. Mais raro ainda era se defender quando outra pessoa se opunha a ela.

Ela tinha mudado.

— Acabou, Kyan. Tomei minha decisão. E agora, vou partir. É claro que não precisa vir comigo; pode ficar aqui o tempo que quiser.

Com um leve meneio de cabeça, ela virou e começou a se afastar.

Mas apenas um instante depois, sentiu o calor aumentando atrás de si.

— Se acha que vou deixá-la sair daqui com tanta facilidade, é mais estúpida do que eu imaginava — ele disse. — Ainda não entendeu exatamente o que sou, não é?

Devagar, Lucia se virou para ele.

Fogo cobria a pele de Kyan, queimando suas roupas, até deixá-lo em chamas da cabeça aos pés. Seus olhos brilhavam em azul, no meio de um mar de chamas cor de âmbar.

— Sim, sei o que você é — ela afirmou com um nó na garganta. — Você é o deus do fogo.

— Sim. Mas você não consegue conceber o que isso significa de verdade. Permita-me esclarecer.

Cerrando os olhos e a encarando diretamente, Kyan começou a aumentar. Ficou duas, três, quatro vezes mais alto e largo que sua estatura anterior.

E ficou muito maior do que ela, um monstro criado pelo fogo.

Um monstro *feito* de fogo.

O deus do fogo em sua forma mais pura.

Enquanto tremia com a simples imagem dele, Lucia lutava para manter sua posição e não se acovardar diante dessa criatura que tinha ousado desafiar.

Tinha chegado muito perto de ajudá-lo a destruir o mundo. E agora, para ter a chance de salvá-lo, precisava ficar o mais longe possível de Kyan.

Ele abaixou o rosto em chamas na direção dela, chegando perto o bastante para chamuscar seus cabelos.

— Eu sou eterno. Eu sou fogo. E você vai fazer o que eu mandar, ou vai arder.

— É isso que você realmente é? — ela perguntou, sem fôlego. — Mentiu para mim esse tempo todo? Você me usou como todos os outros? Pensei que fôssemos uma família.

Ele rugiu e mais chamas surgiram ao redor de Lucia. Seu manto pegou fogo, então ela o tirou, rapidamente se afastando dele.

— Você não vai me matar! — ela gritou. — Se me matar, seu sonho de destruição e recriação estará acabado!

— Posso causar muitos danos sem você.

— Mas não tanto quanto precisa.

— Acha mesmo que é tão especial assim? Que é a única agraciada com esses dons? Vou esperar até uma nova feiticeira nascer, e *ela* vai me ajudar. Como gosta de me lembrar, tenho tempo para esperar. Você, no entanto, é frágil... ainda mais frágil do que Eva.

E com aquilo, uma gigantesca rajada de fogo a atingiu em cheio. Lucia fechou bem os olhos e levantou os braços, como se aquele esforço patético pudesse protegê-la daquela fúria elementar. Ela gritou, esperando seu corpo todo ser consumido pela dor candente enquanto a carne derretia de seus ossos.

Mas não sentiu nada.

Um pouco hesitante, abriu os olhos.

Um redemoinho de fogo girava violentamente a seu redor, mas não a tocava. Tinha sido bloqueado por uma barreira de luz roxa que a cercava como uma fria auréola brilhante.

Ela olhou para o anel, e a ametista agora brilhava como um pequeno sol roxo em seu dedo, com luz o suficiente para cegar.

E viu o deus do fogo parado logo atrás da parede que bloqueava as chamas.

— O que você fez? — Kyan exigiu saber.

O anel... ele era a chave, aquele tempo todo. Guardava mais segredos, mais poder do que ela imaginava. Foi isso que permitiu que Eva manipulasse com segurança os cristais, enquanto todos os outros Vigilantes, como Valoria e Cleiona, foram corrompidos por eles. Para Lucia, o anel trazia equilíbrio ao eterno conflito de ser uma feiticeira aprisionada em um corpo mortal.

E então o anel a protegeu — e a vida que crescia dentro dela — da ira de um deus imortal.

A tempestade de fogo diminuiu enquanto o brilho ao redor dela ficou mais forte, expandindo-se até tocar Kyan.

A aura etérea se transformou em filamentos roxos brilhantes que avançavam como correntes, contendo o fogo, contendo a fúria dele. Os filamentos se enrolaram em Kyan, até que Lucia não conseguiu ver mais nenhuma chama sob eles.

Kyan começou a encolher, tornando-se cada vez menor, até voltar a seu tamanho de antes. Mas a luz só brilhava mais forte.

E ficou mais forte ainda, até Kyan gritar, e a luz explodir em milhões de estilhaços roxos.

E então o mundo ao redor de Lucia se tornou uma escuridão fria e infinita.

Ela acordou com o cheiro da grama verde e quente e de flores de macieira. Aos poucos, abriu os olhos e descobriu que estava deitada no meio de um campo — aquele mesmo campo onde encontrava Ioannes e Timotheus nos sonhos.

— Estou sonhando? — ela sussurrou.

Ninguém respondeu, nenhum belo rapaz dourado apareceu. Nenhum falcão se empoleirou na macieira. Em seus sonhos anteriores, tudo ali se assemelhava a pedras preciosas, a grama era como filamentos de esmeraldas, as maçãs, vermelhas como rubis.

Mas agora o campo parecia feito apenas de grama verde macia, e, embora as árvores fossem altas e belas, não eram diferentes das que encontraria em Auranos.

Além do campo, havia uma enorme roda de pedra que lembrava de ter visto em sonhos. E, ao longe, depois das montanhas e dos vales verdejantes, havia uma cidade de cristal que brilhava como diamantes sob o sol.

Ela estava no Santuário. No Santuário *de verdade*.

Como aquilo era possível? Ioannes havia lhe contado que mortais não podiam chegar até lá. Ele tinha mentido? Ou alguma coisa tinha acontecido com Lucia, transformando-a em uma exceção à regra?

A feiticeira andou em círculos, como se a resposta fosse aparecer como mágica.

E então se deu conta.

Seu futuro filho — um bebê que era metade mortal, metade Vigilante. E ela, uma feiticeira com poder para subjugar o deus do fogo. Aqueles dois eventos extraordinários tinham dado a ela a habilidade de estar ali.

Ela não sabia aonde Kyan tinha ido, nem se voltaria. Mas, se voltasse, sabia que ele teria que ser aprisionado de novo. E seus irmãos nunca poderiam ser libertados de dentro das esferas. Kyan era a criatura mais perigosa que ela já havia visto. Mal conseguia imaginar como as coisas poderiam piorar quando ele se reunisse com sua família.

Timotheus tinha previsto aquilo? Ela perguntaria assim que o encontrasse.

Ela precisava consertar o terrível mal que tinha ajudado a criar.

Lucia respirou fundo, reuniu até a última gota de coragem que tinha e começou a andar na direção da cidade de cristal.

33
CLEO

LIMEROS

Dessa vez, quando Cleo despertou, sabia exatamente onde estava.

E com quem.

Desde o primeiro instante acordada, só conseguia olhar para ele, que continuava dormindo ao seu lado.

Os acontecimentos da noite tinham transcorrido de maneira muito inesperada. Ele tinha ido atrás dela, arriscado a vida para tentar encontrá-la.

E tinha dito que a amava.

Magnus Damora a amava.

Cleo não conseguiu conter um sorriso — um sorriso assustado e nervoso, mas esperançoso.

Ele ficava tão diferente quando dormia. Mais jovem. Tranquilo. Belo. Ela tentou memorizar cada linha e cada ângulo do rosto de seu príncipe.

Magnus abriu os olhos devagar, e em instantes seus olhares se encontraram. Ele franziu a testa.

— Princesa...

— Sabe — ela disse —, realmente acho que você devia começar a me chamar de Cleo, apenas. Títulos de realeza são tão... *ultrapassados*.

Ele manteve um olhar sério, mas os lábios se curvaram, formando um sorriso cauteloso.

— Acha mesmo? Hum. Não sei bem se gosto disso. *Cleo*. Tão curto, tão... alegre. E é assim que Nic chama você.

— É meu nome.

— Não, seu nome é Cleiona. O nome de uma deusa nunca deveria ser abreviado.

— Eu não sou uma deusa.

O sorriso dele se abriu, e Magnus tirou o cabelo dela do rosto.

— É animador o fato de você ainda não ter saído correndo daqui, para longe de mim.

— Mas eu não fugi, não é? — Cleo encostou os lábios nos dele, sentindo uma tontura diante da constatação ao mesmo tempo doce e assustadora do que sentia por ele. Ela não tinha se dado conta da verdade daqueles sentimentos até proferi-los em voz alta na noite anterior. Mas era real, mais real do que qualquer outra emoção que já havia sentido. — Espere — ela respirou fundo e sentou, cobrindo-se com a colcha. — Magnus... está claro lá fora.

Ele procurou a boca dela de novo, entrelaçando os dedos em seu cabelo.

— Claro, sim. Muito, muito melhor do que a escuridão. Eu adoro a claridade, pois me permite vê-la por completo.

— Não, Magnus... — Ela apontou para a janela. — Amanheceu. Já é *amanhã*.

Ele ficou tenso, depois praguejou em voz baixa.

— Por quanto tempo dormimos?

— Ao que parece, tempo demais. O castelo do lorde Gareth fica a poucos quilômetros daqui, e se mandaram mais guardas para me procurar... — Cleo o encarou, pessimista. — Precisamos sair daqui.

— Você tem toda razão. Vamos ter que deixar em suspenso essa importantíssima discussão sobre como devo me referir a você.

— Sim, logo depois de discutirmos o que fazer com Amara e seu pai.

— Uma coisa de cada vez. — Assim que Cleo mencionou o pai dele, a tensão voltou ao rosto de Magnus. — Vamos para Pico do Corvo, para encontrar um navio com destino a Auranos. Vamos ficar bem longe do rei. O lorde Gareth não deve concordar com a última decisão de meu pai.

— Conhecendo seu filho sorrateiro e chorão, isso é discutível.

— Excelente argumento.

— Mas eu conheço gente em Auranos — Cleo afirmou. — Nobres e diplomatas ainda leais a meu pai e a mim. Podem nos ajudar.

— Eu, implorando ajuda de nobres auranianos? — Ele levantou uma sobrancelha. — Podemos discutir isso depois?

Ela não conseguiu conter o sorriso.

— Está bem, depois.

Depois de se vestirem, Magnus encostou no braço dela.

— Quero que fique com uma coisa.

Cleo virou e viu que ele estava segurando o cristal da terra. Imediatamente o encarou nos olhos.

— Tive medo de perguntar se ainda estava com ela.

— Isso pertence a você. — Ele deixou a esfera na mão de Cleo e fechou seus dedos. — Não tenho nenhum direito sobre ela. — Magnus assentiu com firmeza antes que ela pudesse responder qualquer coisa. — Vamos.

Cleo guardou a esfera no bolso do manto enquanto ele abria a porta...

Para se deparar com o rei Gaius, que esperava sobre os degraus de pedra.

O coração de Cleo parou dentro do peito.

— Bom dia — disse o rei. — Que adorável chalé abandonado. Ouvi falar deste lugar, tão próximo à residência de lorde Gareth, então decidi trazer alguns guardas para investigar. Imaginei que seria um ótimo lugar para alguém se abrigar durante uma noite fria e tempestuosa.

Atrás do rei, havia quatro guardas com uniforme limeriano.

— Faz tempo que não nos vemos, Magnus — disse o rei. — Sentiu minha falta? E, o mais importante, está pronto para responder pelos crimes que cometeu?

— Depende. Você está?

— Não preciso responder a crime nenhum.

— Os kraeshianos armados que estão tomando conta de Limeros sugerem o contrário.

O rei suspirou.

— Por que transforma tudo em uma batalha entre nós?

— Porque tudo é uma batalha entre nós.

— Eu lhe dei inúmeras chances de provar seu valor, de me mostrar que é forte e inteligente e capaz de me suceder. E toda vez você me decepciona. Sua fuga para este pequeno chalé não passa de mais uma decepção. — Uma expressão de perversidade pura surgiu no rosto do rei. — Guardas.

Três guardas foram para cima de Magnus, e um agarrou Cleo. Nenhum dos dois resistiu quando foram escoltados para fora do chalé.

Quem levava Cleo era Enzo, o guarda gentil que tinha se envolvido com Nerissa.

— Sinto muito por isso, princesa — ele disse em voz baixa. — Mas estou cumprindo ordens.

— Eu compreendo. — Cleo não esperava a ajuda dele nem se humilharia a ponto de pedir. Os guardas limerianos eram treinados para seguir os comandos do rei.

O cadáver coberto de neve do guarda kraeshiano que Cleo tinha matado continuava no mesmo lugar, e ainda podia ser parcialmente visto quando saíram do chalé. Cleo o viu quando passaram, tentando encontrar uma forma de escapar daquela situação. Ela estava com o cristal da terra, que era inútil se não conseguisse acessar sua magia.

— Para onde está nos levando? — ela perguntou. — De volta ao castelo?

— Está falando comigo, princesa? — o rei questionou.

— Não, estou falando com os pássaros nas árvores.

O rei olhou para trás e deu um sorriso amarelo.

— Adorável como sempre, pelo que vejo. Não entendo como uma garota tão venenosa como você conseguiu manipular meu filho.

— Você não entende — Magnus vociferou. — Nunca entendeu.

— O que não entendo? O amor? — O rei riu. — É isso que você acha que é? Um amor pelo qual vale a pena cometer traição? Abrir mão de seu trono? Morrer, talvez?

Magnus fez uma careta.

— Qual é seu plano? — ele perguntou, não querendo dignificar as observações de seu pai com uma resposta. — Nos matar?

— Se for preciso, acho que terei que fazer isso. Mas tenho outra coisa em mente.

Magnus não tinha olhado para Cleo nem uma vez desde que saíram do chalé. Ela estava tentando não ficar nervosa com aquilo. Agora, mais do que nunca, precisava de coragem. Precisava de força.

O rei os conduziu para fora da mata, mas, em vez de seguirem na direção do castelo de lorde Gareth, foram até a beirada íngreme de um penhasco gelado cuja queda até um lago congelado tinha quinze metros.

— Quando eu era menino, minha mãe me trazia aqui todo verão — o rei contou. — Havia uma cascata bem ali. — O rei apontou para a esquerda. — Está congelada agora, como todo o resto. — Ele olhou para Magnus. — Não lhe contei muito sobre sua avó, não é?

— Não, pai, mas fico muito feliz em conhecer mais sobre a história da família neste momento.

— E é para ficar mesmo. Sua avó era uma bruxa.

Magnus piscou.

— Está mentindo. É impossível que eu nunca tenha ouvido falar disso.

— É, você sabe como são as fofocas... Os rumores se espalham como um incêndio descontrolado. É por isso que ela sempre manteve sua identidade em segredo. Não contou nem para seu avô. Só para mim.

— Nossa, que coincidência. Minha avó era uma bruxa, e minha mãe verdadeira também.

— Ah, sim. Isso. Admito que fiquei surpreso quando você acreditou que Sabina Mallius era sua mãe verdadeira. — Magnus lançou um olhar intenso para o pai, e o rei gargalhou. — Você não pode me culpar. Estava com uma espada no meu pescoço, ameaçando me matar. Precisei lançar mão de uma distração.

— Então era mentira? Apenas uma mentira.

— É claro que sim. Althea era sua mãe, mais ninguém.

Cleo viu Magnus perder o fôlego e fechar as mãos em punho.

— Muito bem, pai. Fui muito tolo ao esquecer o quanto você é cruel.

— Sim, suponho que eu seja mesmo. Se não fosse, nunca teria sobrevivido tanto tempo. — O rei virou para Cleo, inclinando a cabeça. — Você me causou um sofrimento extraordinário em seu pouco tempo de vida... mais do que pode imaginar.

— Eu? — ela exclamou, sem acreditar, recusando-se a revelar àquele monstro qualquer ponta de medo. — Nunca foi minha intenção causar sofrimento nem dificuldades. Só quero viver a vida para a qual nasci.

— Amara está muito zangada com você, sabia? Ela me pediu para levá-la de volta para cuidar de você com as próprias mãos, mas acho que não vou fazer isso. Se eu começar a lhe conceder muitos desejos, minha esposa pode começar a achar que tem algum poder sobre mim. Nenhuma mulher jamais terá poder sobre mim. Nunca mais.

O rei Gaius parou diante dela, encarando sua alma com olhos que pareciam dois poços sem fundo de ódio.

Finalmente, desviou os olhos dela e virou para Magnus.

— Amara acredita que devo mandar executá-lo por traição.

— E em que você acredita?

— Eu acredito na família. E acredito em segundas chances para a família... se forem devidamente merecidas.

— E como eu poderia merecer essa segunda chance, pai?

O rei assentiu, e um guarda jogou Cleo no chão, fazendo-a cair de joelhos.

— Você pode se provar merecedor por meio de um sacrifício de sangue. À deusa Valoria e a mim. Esta menina é uma ameaça para nós dois. Ela o levará à morte, se permitir. Eu também já tive que fazer uma escolha. Entregar minha vida à outra pessoa ou sacrificá-la e viver em prosperidade. Quando fiz a escolha errada, sua avó interveio, venceu meu amor e salvou minha vida. Se tomar a decisão errada hoje, farei o mesmo favor a você. Mas ainda assim não terá conquistado a redenção. Afinal, apaixonar-se não foi o único crime que cometeu e pelo qual deve pagar.

Cleo tentou atrair o olhar do príncipe, mas Magnus se mantinha concentrado no pai.

— Quer que eu a mate — ele afirmou.

— Rápido, sem dor. Uma espada no coração. Ou talvez um simples empurrão do penhasco. Escolha, ou vou escolher por você.

Magnus encarou o pai com uma expressão inflexível e indecifrável.

— Eu me recuso a aceitar que essa seja a única maneira de me redimir.

— Mas é, filho. Sei que é difícil, a coisa mais difícil que já lhe pedi. Mas é por isso que tem tanto valor. Faça isso, e perdoarei suas transgressões do passado. Você pode governar o mundo a meu lado.

— Pensei que pretendesse governar o mundo com Amara.

— É o que ela pensa também. E vou deixar que continue pensando assim por enquanto. Faça a coisa certa, Magnus. Não arrisque sua vida, seu futuro, por uma garota estúpida. Não vale a pena.

— Eu arriscaria minha vida, meu futuro, por Lucia.

Depois de tudo o que tinha acontecido, Cleo pensou, *de tudo o que sua irmã adotiva o havia feito passar, Magnus ainda a amava?*

— Lucia é diferente — o rei disse. — Ela era digna de seu sacrifício. Era poderosa. Essa tal Bellos — ele lançou um olhar perverso para Cleo — não passa de uma carcaça bonita sem nenhum conteúdo de valor; um peso radiante que o arrastará para o fundo do mar.

— Você tem razão, sei que tem razão, mas ainda me questiono. Sei que ela se tornou minha ruína.

Cleo não conseguia respirar.

— Alguns instantes desagradáveis, mas necessários, podem dar um jeito nisso — o rei afirmou. — O que você acha que sente por ela não passa de uma ilusão. *Todo* amor romântico não passa de uma ilusão. E ilusões desaparecem. O poder não desaparece; o poder é eterno.

Magnus assentiu solenemente, franzindo a testa.

— Pensei que tivesse destruído minhas chances de governar. Tentei pensar em outras formas de recuperar o poder, mas... você está certo. Não há outro jeito. Arrisquei tudo, perdi todo meu potencial por culpa de decisões idiotas. — Ele encarou o rei nos olhos. — E você ainda me ofereceria uma chance de me redimir por tudo isso.

O rei assentiu.

— Sim.

— Sua capacidade de perdoar é, ao mesmo tempo, surpreendente e uma lição de humildade. — Ele ficou tenso e depois também assentiu. — Se é o que preciso fazer para retomar meu poder, minha vida, meu futuro... então que seja.

Cleo observava os dois abismada. Aquilo não estava acontecendo. *Não podia* estar acontecendo.

O rei fez sinal para um guarda, que entregou a espada a Magnus. O príncipe olhou para o objeto que tinha nas mãos, como se calculasse seu peso.

— Olhe para o lago, princesa — Magnus a instruiu. — Prometo que será rápido.

Ela só conseguia ver a espada na mão de Magnus, refletindo a luz em sua lâmina afiada. Uma espada que, com um rápido movimento, acabaria com sua vida.

— Você... você pretende fa-fazer isso de verdade? — ela gaguejou. — Comigo? Depois... depois de tudo o que passamos juntos?

— Não há outra opção.

Cleo se esforçou para manter a compostura e a graça antes de morrer, mas a força lhe escapava como areia por entre os dedos.

— E como vai fazer? — ela perguntou, sem fôlego, o coração agitado como uma revoada de passarinhos. — Vai cravar a espada nas minhas costas quando eu não estiver olhando, como fez com Theon?

— Eu era um garoto naquela época, não me conhecia quando matei aquele guarda. Mas agora me conheço. Você também me conhece, Cleiona. O que significa que não vai ficar surpresa com a escolha que fiz.

Lágrimas escorriam pelo rosto dela ao olhar para a beirada do penhasco.

— Tudo me surpreende quando se trata de você, Magnus.

Ela pensou no próprio pai, o rei bom e nobre. Pensou em Emilia, em Theon, em Mira. Em todos os que havia perdido. Todos pelos quais lutava.

— Então faça — ela disse, rangendo os dentes, olhando para trás, na direção dele. — Faça de uma vez.

Magnus concordou, com um sorriso amargo.

— Muito bem, princesa.

Ele se virou e moveu a espada. Cleo se preparou e sentiu a rajada de vento provocada pela velocidade da lâmina de Magnus. Mas foi tudo o que sentiu. Então, ouvindo um urro intenso e primitivo, virou-se e, surpresa, viu Magnus atacando o pai com um golpe furioso.

O rei levantou a própria arma bem a tempo, e as espadas se chocaram. Estava claro que seu pai estava preparado para aquele ataque.

— Ah, Magnus, não fique tão surpreso — o rei exclamou. As espadas estavam travadas, o rosto dos dois muito próximos. — Conheço você, posso prever todos os seus movimentos, porque há muito tempo *eu* era como você. Mas ainda tinha esperanças, talvez, de que enxergasse a razão muito antes do que enxerguei.

Os guardas deram um passo à frente, e o rei os mandou parar.

— Fiquem onde estão. É hora de meu filho e eu resolvermos nossas diferenças sozinhos. Ele deve acreditar que tem alguma chance de vencer.

— Sou mais jovem — Magnus bradou. — E mais forte.

— Mais jovem, sim. Talvez mais forte. Mas a experiência é a chave para a esgrima. E tenho muita experiência em me proteger, meu filho.

O rei o empurrou para trás e girou a espada. Magnus a interceptou com a própria lâmina, chocando aço com aço.

— Experiência, você disse? Parece que ultimamente seu método preferido para se proteger é se esconder em seu palácio. Ou talvez se humilhar no exterior para homens mais poderosos — ou *mulheres* — e oferecer seu reino como uma maçã brilhante.

— Mítica pertence a mim e posso fazer o que quiser com ela.

— Quase me enganou. Parece que pertence a Amara agora.

— Amara é minha esposa. Apenas mais uma de minhas posses. Quando ela se for, serei imperador de tudo.

— Não, pai. Quando ela se for, você já estará morto.

As lâminas voltaram a se cruzar, e havia tanta força de ambos os lados que, para Cleo, parecia que os dois se equivaliam.

— Está fazendo isso por ela? — o rei perguntou com desdém. — Você se oporia a mim desse jeito e jogaria fora tudo o que poderia ser seu pelo amor de uma garota?

— Não — Magnus respondeu, rangendo os dentes pelo esforço necessário para lutar contra o pai. — Eu me oponho a você porque não passa de um monstro que merece morrer. E quando esse monstro morrer, vou consertar o erro idiota que cometeu subestimando Amara, e retomarei Mítica. — Ele acertou o pai com a lâmina, cortando seu ombro. — O que aconteceu com sua experiência? Parece que tirei seu sangue primeiro.

— E eu tirarei o seu por último. — O rei desviou do golpe seguinte com facilidade, surpreendendo visivelmente Magnus. — Nunca mostre toda sua força desde o início. Guarde para o final.

Gaius arremeteu e movimentou o punho, e a espada de Magnus voou de sua mão. Magnus ficou olhando atordoado para o objeto que estava caído a seis passos de distância.

O rei colocou a ponta da espada na garganta do príncipe.

— No chão.

Magnus lançou um olhar penoso a Cleo e caiu de joelhos diante do rei.

— Eu não queria ter que fazer isso — o rei disse, inconformado. — Mas você não me deixou escolha. Talvez não seja como eu, afinal. É fraco demais para fazer o que precisa ser feito.

— Você está errado — Magnus respondeu por entre os dentes.

— Enxerguei potencial onde ninguém mais enxergava. E, mesmo assim, aqui estamos. Acho que mereci.

Cleo estava balançando a cabeça, tentando encontrar palavras e se sentindo mais desesperada do que nunca.

— Por favor, não faça isso. Não o mate.

— É o que precisa ser feito. Nunca poderei confiar nele. Poderia trancá-lo na torre por meses, anos, mas não passaria um dia sem que eu soubesse que ele estaria planejando me matar de novo. No entanto, meu filho, terei o respeito de agir com rapidez.

Com o braço rígido, a expressão impiedosa, o rei levantou a espada.

— Rei Gaius! — Cleo gritou. — Olhe para mim!

Ele parou, a espada imóvel, mas não a abaixou. O rei olhou para trás, para Cleo, que estava na beira do penhasco, segurando o cristal da terra.

O rei piscou. Os guardas pegaram as armas, mas Gaius fez sinal para ficarem onde estavam.

— Sabe o que é isso? — ela perguntou calmamente.

— Sei — ele respondeu entre os dentes.

— E sabe o que vai acontecer se eu o derrubar a quinze metros de altura, sobre uma camada dura de gelo? Vai se estilhaçar em mil pedaços.

Cleo estava blefando, é claro — tinha visto o que havia acontecido quando Magnus arremessou a esfera contra a parede da sala do trono. Mas rezou para Gaius acreditar nela.

— Sei que quer isso — ela disse. — Sei que está obcecado pela Tétrade, mas que ainda não encontrou nenhuma.

Finalmente, o rei abaixou a espada.

— É aí que se engana, princesa. Estou com a esfera de selenita.

Cleo tentou não transparecer o quanto estava chocada.

— Está mentindo — ela disse.

— Não seria muito conveniente para você? Infelizmente, não estou mentindo. — Ele meneou a cabeça para o guarda mais próximo, depois para Magnus. — Fique de olho nele.

— Sim, vossa majestade.

Magnus não tirou os olhos de Cleo.

— Jogue — ele pediu. — Não o deixe tomar o cristal de você.

— Ótima sugestão — ela respondeu. Balançou o braço enquanto o rei se aproximava, para fazê-lo parar. — Então você tem ar, e eu tenho terra. Mas nenhuma das duas vale nada com a magia presa em seu interior, como já deve ter descoberto.

— Ah, minha cara menina, que decepcionante deve ser ter um tesouro como esse nas mãos e não fazer a mínima ideia de como acessar seu poder.

— E você sabe?

Ele assentiu.

— Minha mãe me ensinou. Foi ela que me contou as primeiras histórias sobre a Tétrade. De alguma forma, ela sabia que eu seria quem as invocaria um dia... todas elas. E viraria um deus mais poderoso que Valoria e Cleiona juntas.

— Como? — Magnus perguntou, e seu pai lançou um olhar intenso, que ele ignorou. — Pode muito bem me dizer. Mesmo se ela jogar a esfera, ainda vai nos matar. Seu segredo morrerá conosco.

Gaius inclinou a cabeça apontando para os guardas.

— Como se uma informação como essa os beneficiasse de alguma forma — Magnus zombou. — Vamos, pai, entretenha-nos em nossos momentos finais. Compartilhe o segredo de minha avó. Como se liberta a magia da Tétrade? E, se souber como, por que não o fez ainda? Por que não libertou a magia do ar e simplesmente tomou o Império Kraeshiano de uma vez, sem passar por essa inconveniência de negociações e acordos?

O rei ficou em silêncio, alternando o olhar entre Cleo e Magnus. Finalmente, um sorriso retornou a seu rosto.

— É bem simples, na verdade. O segredo para a magia da Tétrade é o segredo para qualquer magia elementar poderosa.

O braço de Cleo já estava doendo por segurar o cristal por tanto tempo.

— Sangue — ela respondeu. — O sangue aprimora e fortalece os *elementia*.

— Não apenas sangue — o rei corrigiu.

Magnus ficou pálido.

— Por que isso não me tinha ocorrido até agora? É o sangue de Lucia, o sangue da feiticeira da profecia.

O rei respondeu apenas com um sorriso presunçoso.

— Que azar, pai. Lucia está perambulado por aí com seu novo amigo genioso, onde ninguém pode encontrá-los.

— Vou encontrar Lucia, não tenho nenhuma dúvida disso. Mas há outro componente importante para libertar a Tétrade. Talvez o sangue de Eva fosse suficiente por si só, ela fora criada a partir de pura magia elemental. Mas Lucia é mortal. Seu sangue precisa se misturar ao de um imortal para o processo funcionar adequadamente.

— De acordo com minha avó.

— Sim, de acordo com ela. Agora — ele disse, virando para Cleo —, me entregue o cristal.

— Você vai nos matar se eu o entregar. Vai nos matar se eu não o entregar. Parece que estamos com um grande problema aqui, não acha?

— Acha que pode negociar comigo, princesa? É tão ingênua, mesmo depois de todo esse tempo? Não. Deixe-me explicar o que vai acontecer. Você me entrega o cristal da terra e eu lhes concedo a graça de uma morte rápida. Se me causar problemas, se cambalear, espirrar, adiar o inevitável, vou matá-la devagar, bem devagar, e farei Magnus assistir à sua morte antes de fazer o mesmo com ele.

Cleo trocou um último olhar com Magnus.

— Então não me dá escolha.

Ela jogou a esfera de obsidiana do alto do penhasco.

O rei foi correndo para cima dela, tirando-a do caminho, e olhou para baixo, para o lago congelado, antes de se virar para ela com muita raiva.

— Sua vadia idiota!

Assim que o cristal atingiu a superfície sólida, um terremoto começou a balançar o chão, assim como tinha acontecido na sala do trono, quando Magnus jogara a esfera na parede.

Uma rachadura se formou no gelo, no primeiro ponto de contato com o cristal e, tão rápido quanto um raio, serpenteou pela encosta do penhasco. Um barulho ensurdecedor de ruptura e fragmentação, ecoou pela terra, e a borda de gelo onde estavam Cleo e o rei se quebrou.

Cleo balançou o corpo para se agarrar na beirada áspera de uma pedra coberta de gelo quando o solo em que se encontrava se desfez sob seus pés. O rei também tentou se agarrar em alguma coisa, mas não conseguiu.

Com um rugido, ele caiu de costas no abismo.

No momento em que a mão de Cleo escorregou, Magnus agarrou seu punho e a puxou para cima, apertando-a junto ao peito enquanto os afastava do perigo.

— Está machucada? — ele perguntou.

Ela só conseguiu responder que não com a cabeça.

Os guardas se aproximaram, mas Magnus estava em pé, puxando Cleo para ajudá-la a se levantar também. Ele pegou a espada caída do pai e a brandiu na direção dos homens.

— Afastem-se. Juro que mato todos vocês se chegarem mais perto.

Enzo estava com a testa muito franzida e parecia confuso e desgostoso.

— Precisamos ir atrás do rei — Enzo disse. — É possível que tenha sobrevivido à queda.

— Concordo — Magnus disse. — Só mantenham distância de nós.

— Como desejar, vossa alteza.

Foi preciso tempo e cuidado, mas Cleo e Magnus conseguiram descer até o fim do despenhadeiro, chegando à superfície do lago congelado, onde estava o rei, com a cabeça sobre uma pequena poça de sangue, que já começava a congelar.

Cleo recolheu a esfera preta, bastante visível em meio ao entorno branco. Mesmo sobre uma cama de gelo e neve, estava quente ao toque, e o filete indistinto de magia girava tempestuosamente.

Ela colocou o cristal no bolso e olhou para o rosto do Rei Sanguinário.

Magnus apenas ficou parado ali, sobre o pai, os braços cruzados diante do peito.

— É bom que esteja morto — ele disse. Apesar da violência de suas palavras, Cleo pôde notar certo lamento em sua voz, certa aspereza.

— Vou verificar — ela disse, ajoelhando-se ao lado do rei, e pressionou os dedos na lateral de seu pescoço.

Gaius levantou as mãos e agarrou o punho dela, abrindo os olhos.

Cleo estremeceu e tentou se afastar, mas ele a segurava com muita força. Magnus colocou a espada na garganta do rei em um instante.

— Solte-a — ele exigiu.

Mas o rei não deu atenção. Apenas ficou olhando para Cleo, franzindo a testa, revelando dor nos olhos castanho-escuros.

— Sinto muito — ele sussurrou. — Sinto muito, Elena. Eu nunca quis machucá-la. Me perdoe, por favor. Me perdoe por tudo isso.

Ele virou os olhos, e a mão se soltou.

Cleo estava tremendo e se afastou rapidamente do corpo do rei.

Magnus verificou o pulso do rei e praguejou em voz baixa.

— Ele ainda está vivo. Juro, ele deve ter feito um pacto com um demônio das terras sombrias para sobreviver a uma queda dessas. — Quando Cleo não respondeu, Magnus olhou para ela. — O que ele disse a você? Ele a chamou de Elena? Quem é Elena?

Ela tinha certeza de que tinha escutado mal, mas quando Magnus repetiu o nome, soube que não.

— Elena — ela disse com a voz rouca. — Elena era o nome da minha mãe.

Magnus franziu a testa.

— Sua mãe?

Enzo se aproximou, mas não puxou a arma.

— Vossa alteza, o que quer que façamos?

Magnus hesitou, sem ter certeza.

— Não pretende nos prender?

— O senhor é o príncipe coroado. Seu pai está extremamente ferido, possivelmente perto da morte. É ao seu comando que devemos obedecer agora.

— E quanto ao comando de Amara?

— Não seguimos comandos kraeshianos, mesmo com uma esquadra às ordens da imperatriz. Somos limerianos. Cidadãos de Mítica, e vamos seguir apenas ordens suas. Todos os guardas limerianos seguirão apenas ordens suas.

Magnus assentiu e se levantou. Olhou nos olhos de Cleo.

— Então parece que temos uma guerra para planejar — ele afirmou.

34

JONAS

KRAESHIA

Jonas não tinha tido a chance de assassinar o rei, mas salvar seu amigo da morte fez aquela viagem a Kraeshia ter valido a pena.

Aquela viagem extremamente *curta*.

Enquanto uma parte dele queria ficar e ajudar Mikah e os rebeldes com a revolução, sabia que precisava voltar a Mítica. Assim que Olivia voltou, depois de entregar a mensagem ao príncipe, eles estavam prontos para embarcar no navio limeriano e partir.

Ele apertou a mão de Mikah.

— Boa sorte para você.

— Obrigado. Vou precisar. Para você também.

Jonas se virou para Nic e Olivia.

— Ele já chegou?

— Ainda não — Nic respondeu.

— Não vamos partir sem ele.

— Certo — Nic piscou e cruzou os braços. — Quanto tempo exatamente acha que devemos esperar?

Jonas inspecionou as docas, procurando algum sinal de Felix, mas não o via desde a noite anterior. Desde pouco depois de finalmente contar a verdade sobre Lysandra. Ele queria ter esperado pelo menos até chegarem a Mítica em segurança, mas Felix perguntava sem parar por ela. Então Jonas cedeu e contou a trágica história do assassinato de Lysandra. Felix desapareceu pouco depois, resmungando alguma coisa sobre precisar de uma bebida, de algo que o ajudasse a perder a consciência e suportar aquela notícia.

Jonas poderia ter se juntado a ele, mas percebeu que Felix precisava ficar sozinho. Não apenas para encontrar conforto em seu luto por Lysandra, mas para se recuperar de toda a tortura e dos traumas que lhe foram infligidos em Joia.

No momento em que abrira a porta da cela e vira Felix ali, no chão, quebrado, espancado, coberto de sangue, com cheiro de morte... Tudo o que tinha conseguido fazer era aguentar firme e ajudar o amigo a sair daquele calabouço.

Finalmente, Felix apareceu nas docas, se aproximando a passos lentos e firmes, e Jonas suspirou aliviado.

— Está pronto? — Jonas perguntou quando ele chegou mais perto. Felix tinha olheiras fundas, e sua pele estava pálida e cansada.

— Estou tão pronto que voltaria nadando só para sair logo deste lugar — ele franziu as sobrancelhas quando Jonas apoiou a mão em seu ombro. — Estou bem, não precisa se preocupar comigo.

— Acho que vou me preocupar de qualquer jeito, só por garantia.

— Prometa, Agallon, que quando chegarmos, vamos encontrar esse deus do fogo e cortá-lo em pedacinhos fumegantes. Entendeu? Ele vai pagar pelo que fez com Lysandra.

Jonas assentiu com firmeza.

— De acordo. Agora, vamos embora.

— Esperem! — Mikah os chamou pouco antes de embarcarem. — Jonas, pedi a Taran para vir aqui esta manhã para se despedir de vocês. Achei que gostariam de conhecer o segundo em comando antes de partir.

— Ah, sim, Taran. O auraniano que quebrou meu nariz — Felix disse, apontando para o rosto. — Por sorte, Olivia também cuidou disso.

— Acho que podemos esperar mais alguns minutos — Jonas disse. — Ficarei honrado em conhecê-lo.

Um homem alto, com cabelo cor de bronze, desceu pelo convés e parou ao lado de Mikah.

— Jonas Agallon, este é Taran Ranus.

Jonas estendeu a mão para cumprimentá-lo.

— Chute algumas bundas kraeshianas por mim, certo?

— Com prazer — Taran levantou a sobrancelha quando Nic se aproximou.

— Nicolo Cassian — Jonas disse, franzindo a testa para a maneira desajeitada como Nic olhava para o rebelde. — Este é Taran...

— Ranus — Nic concluiu. — Seu sobrenome é Ranus, não?

— Como sabia?

— Tem um irmão chamado Theon.

Taran sorriu.

— Irmão gêmeo, na verdade.

— Gêmeo *idêntico*.

— Exato. Theon sempre foi o melhor, o filho perfeito, seguindo os passos de nosso pai. Eu sou o... bem, o que quer que eu seja. O encrenqueiro, acho. Quando as coisas se acalmarem por aqui, preciso voltar a Auranos para fazer uma visita. Faz muito tempo desde a última vez que tive contato com minha família. Imagino que conheça Theon?

Nic observava Taran como se estivesse atordoado, de alguma forma assustado pela menção ao nome de Theon.

— Nic? — Jonas chamou ao ver que o amigo continuava em silêncio.

— Eu... eu sinto muito por lhe dar esta notícia — Nic começou. — Mas seu pai e seu irmão... estão mortos.

— O quê? — Taran olhou para Nic em choque. — Como?

— Seu pai, foi um acidente. Terrível, mas inevitável, e não houve culpado. Mas seu irmão… — Os olhos de Nic iam de um lado para o outro com incerteza, até se transformarem em um olhar solene. — Ele foi assassinado. Pelo príncipe Magnus Damora.

Taran deu um passo para trás, curvando-se de leve na altura da cintura. Todos ficaram em silêncio por minutos longos e desconfortáveis, exceto pelo barulho das aves marinhas e do som das ondas quebrando na praia.

— Mikah… — Taran disse, com uma mortalha de pesar cobrindo o rosto. — Preciso partir com eles agora. Hoje. Preciso ir para Mítica, vingar a morte do meu irmão. Mas prometo não deixar a revolução. Voltarei assim que puder.

Mikah concordou.

— Faça o que tem que fazer.

— Então você vem conosco? — Jonas perguntou. — Simples assim?

O brilho amigável no olhar de Taran se transformou em um lampejo de fúria.

— É um problema para você?

— Não é se você não transformar em problema.

— Não tenho nenhum conflito com você, mas vou encontrar o príncipe Magnus. E quando encontrá-lo, ele vai pagar pelo que fez à minha família. Sei que foi ele que o mandou aqui. Isso significa que vai tentar me impedir?

Jonas ficou olhando para ele por um longo tempo. Naquele momento, era aliado do príncipe, mas aquilo não tinha relação alguma com aquele luto pessoal. E até onde sabia, Magnus merecia o que quer que Taran reservasse a ele.

— Não, não vou impedir.

— Ótimo.

Taran partiu para juntar alguns pertences que levaria na viagem, e Jonas virou para Nic.

— Tenho a sensação de que Taran não é o único encrenqueiro entre nós. Você não precisava ter contado a verdade sobre o irmão dele. Está tentando reavivar antigos conflitos com o príncipe, é isso?

Nic deu de ombros, mas havia certa dureza em sua expressão quando encarou os olhos curiosos de Jonas.

— Tudo o que fiz foi dizer a verdade. Taran merece saber o que aconteceu com Theon. E acha que Magnus não deve pagar por seus crimes?

— Não foi o que eu disse, não mesmo. Só me pergunto qual é sua motivação.

— Puro e verdadeiro ódio pelo príncipe Magnus e por sua família maligna. Essa é minha motivação. Cleo está completamente cega no que diz respeito a ele. Vou fazer o que for preciso para protegê-la.

— Que maravilha. Temos um navio cheio de pessoas em busca de vingança voltando para casa conosco.

— Quanto mais, melhor.

O olhar de Nic foi para além de Jonas, para as docas atrás dele. Em um instante, todo o sangue parecia ter sumido de seu rosto, deixando-o pálido como a neve.

— O que foi agora? — Jonas olhou para trás e viu alguém, um estranho, aproximando-se do navio. — Deixe-me adivinhar, outro fantasma do seu passado?

Nic se manteve em silêncio, boquiaberto.

Jonas virou e olhou de novo para o homem, que continuava se aproximando. Um kraeshiano alto com cabelo preto na altura dos ombros, preso em um rabo de cavalo.

— Quem é, afinal? — ele perguntou.

— Aquele — Nic disse, a voz rouca e quase inaudível — é o príncipe Ashur Cortas.

AGRADECIMENTOS

Gostaria de começar agradecendo meus leitores. Vocês não sabem o quão maravilhosos são. Alguns de vocês sabem, tenho certeza. Mas aqueles que não sabem? Vocês-são-maravilhosos. E agradeço a cada um por se juntar a esta jornada comigo, espalhando as palavras de A Queda dos Reinos, ficando cada vez mais entusiasmado por cada livro novo que lançamos.

Uma saudação especial para minha galera on-line, os #Rhode-Rebels (uma saudação ainda mais especial para Lainey!), os Kindred (como é chamado o pequeno mas poderoso fandom de A Queda dos Reinos), e todos que são participativos nas redes sociais. Sou muito grata a todos vocês!

Muito amor e muita gratidão à minha família e aos meus amigos... e animais de estimação. Mãe e pai, Cindy e Mike, Bonnie, Eve, Tara. Elly, Nicki, Maureen, Julie, Laura, Liza, Megan, Sammy e Spike. Muito amor também para Seth, Rachel, Maggie e Jessica.

Um milhão de "obrigadas" à minha família editorial na Penguin. Incluindo o maravilhoso Bem Schrank, Casey McIntyre e Vikki Van-Sickle.

Obrigada a Liz Tingue, minha editora fabulosa. Você me faz parecer uma escritora muito melhor do que realmente sou, com um vocabulário muito mais requintado e diverso. Eu gosto disso. Liz cola post-its em meus primeiros rascunhos com observações como "tanto faz, perdedores!", e sugere uma linguagem muito mais apropriada para uma fantasia de qualidade. E eu geralmente concordo com essas sugestões. *Geralmente.*

Obrigada à minha agente incrível por mais de uma década, Jim McCarthy. Apenas imagine uma linha de emojis de coração. Eu adoro ter você ao meu lado, e espero passar muito mais anos produzindo muito, muito mais livros com você!

ESTA OBRA FOI COMPOSTA PELA VERBA EDITORIAL EM ADOBE JENSON PRO
E IMPRESSA PELA GRÁFICA BARTIRA EM OFSETE SOBRE PAPEL PÓLEN SOFT DA
SUZANO PAPEL E CELULOSE PARA A EDITORA SCHWARCZ EM ABRIL DE 2016

A marca FSC® é a garantia de que a madeira utilizada na fabricação do papel deste livro provém de florestas que foram gerenciadas de maneira ambientalmente correta, socialmente justa e economicamente viável, além de outras fontes de origem controlada.